I0524306

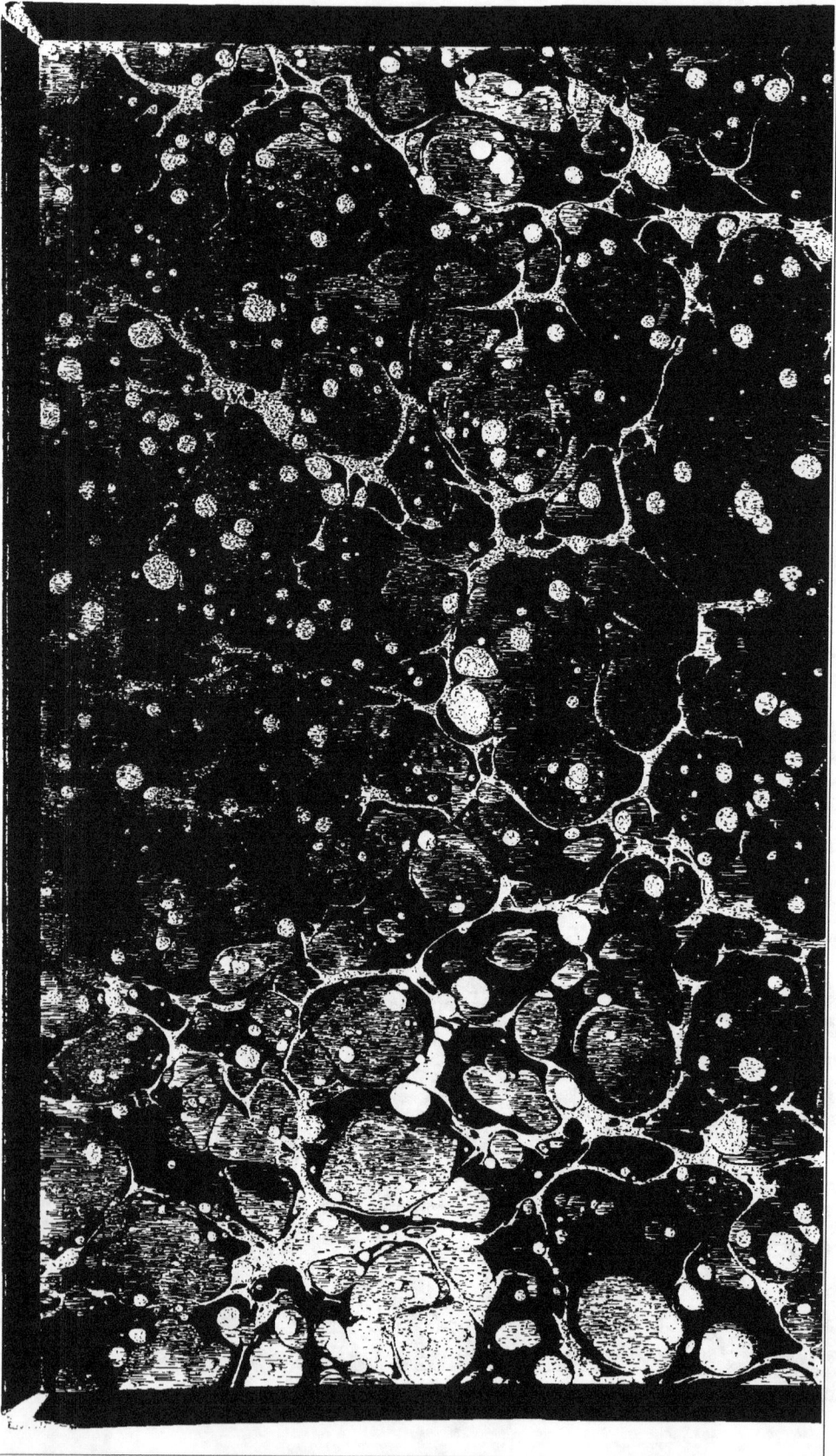

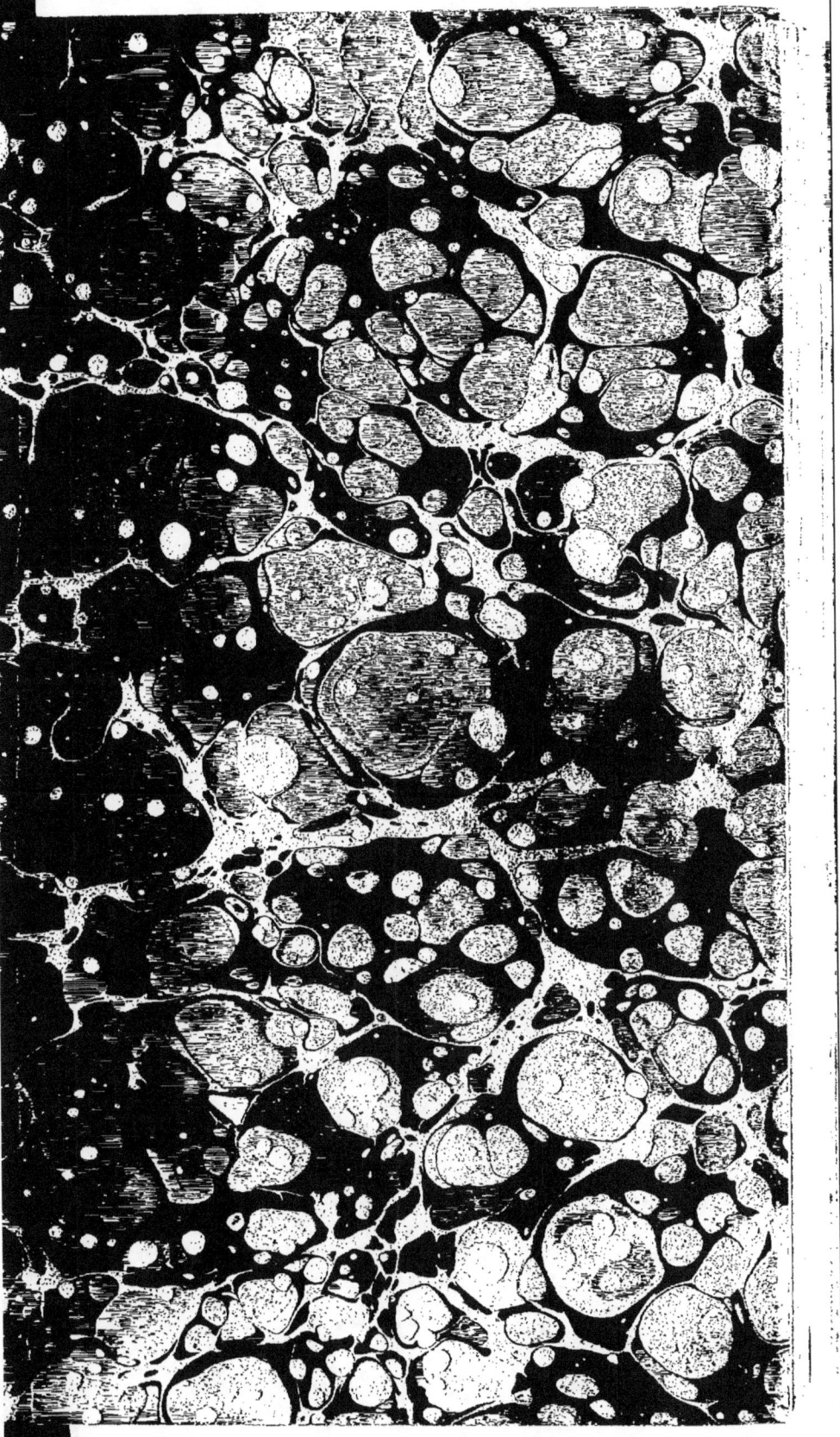

VAN HAVÉRE 1965

NOTRE-DAME

DE PARIS.

TOME DEUXIÈME.

PARIS. — IMPRIMERIE DE COSSON,
Rue Saint-Germain-des-Prés, n° 9.

NOTRE-DAME

DE PARIS.

PAR VICTOR HUGO.

TROISIÉME ÉDITION.

PARIS,
CHARLES GOSSELIN, LIBRAIRE,
RUE SAINT-GERMAIN-DES-PRÉS, Nº 9.
M DCCC XXXI.

NOTRE-DAME
DE PARIS.

LIVRE CINQUIÈME.

I.

Du danger de confier son secret à une chèvre.

––––––

Plusieurs semaines s'étaient écoulées.

On était aux premiers jours de mars. Le soleil, que Dubartas, ce classique ancêtre de la périphrase, n'avait pas encore nommé *le grand-duc des chandelles*, n'en était pas moins joyeux et rayonnant pour cela. C'était une de ces journées de printemps qui ont tant de

douceur et de beauté que tout Paris, répandu
dans les places et les promenades, les fête
comme des dimanches. Dans ces jours de clarté,
de chaleur et de sérénité, il y a une certaine
heure, surtout, où il faut aller admirer le portail de Notre-Dame. C'est le moment où le soleil, déjà incliné vers le couchant, regarde
presque en face la cathédrale. Ses rayons, de
plus en plus horizontaux, se retirent lentement du pavé de la place, et remontent le
long de la façade à pic dont ils font saillir
les mille rondes bosses sur leur ombre, tandis que la grande rose centrale flamboie comme
un œil de cyclope enflammé des réverbérations de la forge.

On était à cette heure-là.

Vis-à-vis la haute cathédrale, rougie par le
couchant, sur le balcon de pierre pratiqué au-
dessus du porche d'une riche maison gothique
qui faisait l'angle de la place et de la rue du Parvis, quelques belles jeunes filles riaient et de-
visaient avec toute sorte de grâce et de folie.
A la longueur du voile qui tombait du sommet de leur coiffe pointue, enroulée de perles,
jusqu'à leurs talons, à la finesse de la chemi-
sette brodée qui couvrait leurs épaules en
laissant voir, selon la mode engageante d'alors,

la naissance de leurs belles gorges de vierges, à l'opulence de leurs jupes de dessous, plus précieuses encore que leur surtout (recherche merveilleuse!), à la gaze, à la soie, au velours dont tout cela était étoffé, et surtout à la blancheur de leurs mains qui les attestait oisives et paresseuses, il était aisé de deviner de nobles et riches héritières. C'était en effet damoiselle Fleur-de-Lys de Gondelaurier et ses compagnes, Diane de Christeuil, Amelotte de Montmichel, Colombe de Gaillefontaine, et la petite de Champchevrier; toutes filles de bonne maison, réunies en ce moment chez la dame veuve de Gondelaurier, à cause de monseigneur de Beaujeu et de madame sa femme, qui devaient venir au mois d'avril à Paris, et y choisir des accompagneresses d'honneur pour madame la dauphine Marguerite, lorsqu'on l'irait recevoir en Picardie des mains des Flamands. Or tous les hobereaux de trente lieues à la ronde briguaient cette faveur pour leurs filles, et bon nombre d'entre eux les avaient déjà amenées ou envoyées à Paris. Celles-ci avaient été confiées par leurs parens à la garde discrète et vénérable de madame Aloïse de Gondelaurier, veuve d'un ancien maître des arbalétriers du roi, retirée, avec sa fille

unique, en sa maison de la place du Parvis-
Notre-Dame, à Paris.

Le balcon où étaient ces jeunes filles s'ouvrait sur une chambre richement tapissée d'un
cuir de Flandre de couleur fauve, imprimé à
rinceaux d'or. Les solives qui rayaient parallèlement le plafond, amusaient l'œil par mille
bizarres sculptures peintes et dorées. Sur des
bahuts ciselés de splendides émaux chatoyaient
çà et là ; une hure de sanglier en faïence, cou-
ronnait un dressoir magnifique, dont les deux
degrés annonçaient que la maîtresse du logis
était femme ou veuve d'un chevalier banne-
ret. Au fond, à côté d'une haute cheminée armoriée et blasonnée du haut en bas, était assise, dans un riche fauteuil de velours rouge,
la dame de Gondelaurier, dont les cinquante-
cinq ans n'étaient pas moins écrits sur son
vêtement que sur son visage. A côté d'elle se
tenait debout un jeune homme d'assez fière
mine, quoiqu'un peu vaine et bravache, un
de ces beaux garçons dont toutes les femmes
tombent d'accord, bien que les hommes graves et physionomistes en haussent les épaules.
Ce jeune cavalier portait le brillant habit de
capitaine des archers de l'ordonnance du roi,
lequel ressemble beaucoup trop au costume

de Jupiter, qu'on a déjà pu admirer au premier livre de cette histoire, pour que nous en fatiguions le lecteur d'une seconde description.

Les damoiselles étaient assises, partie dans la chambre, partie sur le balcon, les unes sur des carreaux de velours d'Utrecht à cornières d'or, les autres sur des escabeaux de bois de chêne sculptés à fleurs et à figures. Chacune d'elles tenait sur ses genoux un pan d'une grande tapisserie à l'aiguille, à laquelle elles travaillaient en commun, et dont un bon bout traînait sur la natte qui recouvrait le plancher.

Elles causaient entre elles avec cette voix chuchottante et ces demi-rires étouffés d'un conciliabule de jeunes filles au milieu desquelles il y a un jeune homme. Le jeune homme, dont la présence suffisait pour mettre en jeu tous ces amours-propres féminins, paraissait, lui, s'en soucier médiocrement; et tandis que c'était parmi les belles filles à qui attirerait son attention, il paraissait surtout occupé à fourbir, avec son gant de peau de daim, l'ardillon de son ceinturon.

De temps en temps la vieille dame lui adressait la parole tout bas, et il lui répondait de son mieux avec une sorte de politesse gauche et contrainte. Aux sourires, aux petits signes d'intelligence de madame Aloïse, aux clins d'yeux qu'elle détachait vers sa fille Fleur-de-Lys, en parlant bas au capitaine, il était facile de voir qu'il s'agissait de quelque fiançaille consommée, de quelque mariage, prochain sans doute, entre le jeune homme et Fleur-de-Lys. Et à la froideur embarrassée de l'officier, il était facile de voir que, de son côté du moins, il ne s'agissait plus d'amour. Toute sa mine exprimait une pensée de gêne et d'ennui que nos sous-lieutenans de garnison traduiraient admirablement aujourd'hui par : Quelle chienne de corvée !

La bonne dame, fort entêtée de sa fille, comme une pauvre mère qu'elle était, ne s'apercevait pas du peu d'enthousiasme de l'officier, et s'évertuait à lui faire remarquer tout bas les perfections infinies avec lesquelles Fleur-de-Lys piquait son aiguille ou dévidait son écheveau.

— Tenez, petit cousin, lui disait-elle en le tirant par la manche pour lui parler à l'oreille. Regardez-la donc ! la voilà qui se baisse.

— En effet, répondait le jeune homme; et il retombait dans son silence distrait et glacial.

Un moment après il fallait se pencher de nouveau, et dame Aloïse lui disait : — Avez-vous jamais vu figure plus avenante et plus égayée que votre accordée? Est-on plus blanche et plus blonde? ne sont-ce pas là des mains accomplies? et ce cou-là ne prend-il pas, à ravir, toutes les façons d'un cygne? Que je vous envie par momens! et que vous êtes heureux d'être homme, vilain libertin que vous êtes! N'est-ce pas que ma Fleur-de-Lys est belle par adoration et que vous en êtes éperdu?

— Sans doute, répondait-il tout en pensant à autre chose.

— Mais parlez-lui donc, dit tout à coup madame Aloïse en le poussant par l'épaule; dites-lui donc quelque chose; vous êtes devenu bien timide.

Nous pouvons affirmer à nos lecteurs que la timidité n'était ni la vertu ni le défaut du capitaine. Il essaya pourtant de faire ce qu'on lui demandait.

— Belle cousine, dit-il en s'approchant de Fleur-de-Lys, quel est le sujet de cet ouvrage de tapisserie que vous façonnez?

— Beau cousin, répondit Fleur-de-Lys avec un accent de dépit, je vous l'ai déjà dit trois fois : c'est la grotte de Neptunus.

Il était évident que Fleur-de-Lys voyait beaucoup plus clair que sa mère aux manières froides et distraites du capitaine. Il sentit la nécessité de faire quelque conversation.

— Et pour qui toute cette neptunerie? demanda-t-il.

— Pour l'abbaye Saint-Antoine-des-Champs, dit Fleur-de-Lys sans lever les yeux.

Le capitaine prit un coin de la tapisserie : — Qu'est-ce que c'est, ma belle cousine, que ce gros gendarme qui souffle à pleines joues dans une trompette?

— C'est Trito, répondit-elle.

Il y avait toujours une intonation un peu boudeuse dans les brèves paroles de Fleur-de-Lys. Le jeune homme comprit qu'il était indispensable de lui dire quelque chose à l'oreille, une fadaise, une galanterie, n'importe quoi. Il se pencha donc, mais il ne put rien trouver dans son imagination de plus tendre et de plus intime que ceci : — Pourquoi votre mère porte-t-elle toujours une cotte-hardie armoriée comme nos grand's-mères du temps de Charles VII? Dites-lui donc, belle cousine, que ce n'est plus l'élégance d'à présent, et que son gond et son laurier brodés en blason sur sa robe lui donnent l'air d'un manteau de cheminée qui marche. En vérité, on ne s'assied plus ainsi sur sa bannière, je vous jure.

Fleur-de-Lys leva sur lui ses beaux yeux pleins de reproche : — Est-ce là tout ce que vous me jurez? dit-elle à voix basse.

Cependant la bonne dame Aloïse, ravie de les voir ainsi penchés et chuchottant, disait en jouant avec les fermoirs de son livre d'heures : — Touchant tableau d'amour !

Le capitaine, de plus en plus gêné, se rabattit sur la tapisserie : — C'est vraiment un charmant travail, s'écria-t-il.

A ce propos, Colombe de Gaillefontaine, une autre belle blonde à peau blanche, bien colletée de damas bleu, hasarda timidement une parole qu'elle adressa à Fleur-de-Lys, dans l'espoir que le beau capitaine y répondrait. — Ma chère Gondelaurier, avez-vous vu les tapisseries de l'hôtel de la Roche-Guyon?

— N'est-ce pas l'hôtel où est enclos le jardin de la Lingère du Louvre? demanda en riant Diane de Christeuil, qui avait de belles dents et par conséquent riait à tout propos. — Et où il y a cette grosse vieille tour de l'ancienne muraille de Paris? ajouta Amelotte de Montmichel, jolie brune bouclée et fraîche, qui avait habitude de soupirer comme l'autre riait, sans savoir pourquoi.

— Ma chère Colombe, reprit dame Aloïse, voulez-vous pas parler de l'hôtel qui était à monsieur de Bacqueville, sous le roi Charles VI? il y a en effet de bien superbes tapisseries de haute lice.

— Charles VI! le roi Charles VI! grommela le jeune capitaine en retroussant sa moustache. Mon Dieu! que la bonne dame a souvenir de vieilles choses!

Madame de Gondelaurier poursuivait : — Belles tapisseries, en vérité. Un travail si estimé qu'il passe pour singulier!

En ce moment Bérangère de Champchevrier, svelte petite fille de sept ans, qui regardait dans la place par les trèfles du balcon, s'écria : — Oh! voyez, belle marraine Fleurde-Lys! la jolie danseuse qui danse là sur le pavé, et qui tambourine au milieu des bourgeois manans!

En effet, on entendait le frissonnement sonore d'un tambour de basque.

— Quelque égyptienne de Bohême, dit Fleurde-Lys en se détournant nonchalamment vers la place.

— Voyons! voyons! crièrent ses vives com

pagnes; et elles coururent toutes au bord du
balcon, tandis que Fleur-de-Lys, rêveuse de
la froideur de son fiancé, les suivait lentement,
et que celui-ci, soulagé par cet incident qui
coupait court à une conversation embarrassée,
s'en revenait au fond de l'appartement de l'air
satisfait d'un soldat relevé de service. C'était
pourtant un charmant et gentil service que
celui de la belle Fleur-de-Lys, et il lui avait
paru tel autrefois; mais le capitaine s'était
blasé peu à peu; la perspective d'un mariage
prochain le refroidissait davantage de jour en
jour. D'ailleurs, il était d'humeur inconstante,
et, faut-il le dire ? de goût un peu vulgaire.
Quoique de fort noble naissance, il avait con-
tracté sous le harnois plus d'une habitude de
soudard. La taverne lui plaisait, et ce qui
s'ensuit. Il n'était à l'aise que parmi les gros
mots, les galanteries militaires, les faciles
beautés et les faciles succès. Il avait pourtant
reçu de sa famille quelque éducation et quelques manières; mais il avait trop jeune couru
le pays, trop jeune tenu garnison, et tous les
jours le vernis du gentilhomme s'effaçait au dur
frottement de son baudrier de gendarme. Tout
en la visitant encore de temps en temps par un
reste de respect humain, il se sentait double-

ment gêné chez Fleur-de-Lys; d'abord parce
qu'à force de disperser son amour dans toutes
sortes de lieux il en avait fort peu réservé
pour elle; ensuite parce qu'au milieu de tant
de belles dames roides, épinglées et décentes,
il tremblait sans cesse que sa bouche habituée
aux jurons ne prît tout d'un coup le mors aux
dents et ne s'échappât en propos de taverne.
Qu'on se figure le bel effet!

Du reste, tout cela se mêlait chez lui à
de grandes prétentions d'élégance, de toilette
et de belle mine. Qu'on arrange ces choses
comme on pourra. Je ne suis qu'historien.

Il se tenait donc depuis quelques momens,
pensant ou ne pensant pas, appuyé en silence
au chambranle sculpté de la cheminée, quand
Fleur-de-Lys, se tournant soudain, lui adressa
la parole. Après tout, la pauvre jeune fille ne
le boudait qu'à son cœur défendant.

— Beau cousin, ne nous avez-vous pas
parlé d'une petite bohémienne que vous avez
sauvée, il y a deux mois, en faisant le contre-
guet la nuit, des mains d'une douzaine de voleurs?

— Je crois que oui, belle cousine, dit le capitaine.

— Eh bien! reprit-elle, c'est peut-être cette

bohémienne qui danse là dans le parvis. Venez voir si vous la reconnaissez, beau cousin Phœbus.

Il perçait un secret désir de réconciliation dans cette douce invitation qu'elle lui adressait de venir près d'elle, et dans ce soin de l'appeler par son nom. Le capitaine Phœbus de Chateaupers (car c'est lui que le lecteur a sous les yeux depuis le commencement de ce chapitre) s'approcha à pas lents du balcon. — Tenez, lui dit Fleur-de-Lys en posant tendrement sa main sur le bras de Phœbus. Regardez cette petite qui danse là dans ce rond. Est-ce votre bohémienne ?

Phœbus regarda, et dit :

— Oui, je la reconnais à sa chèvre.

— Oh ! la jolie petite chèvre en effet! dit Amelotte en joignant les mains d'admiration.

— Est-ce que ses cornes sont en or de vrai? demanda Bérangère.

Sans bouger de son fauteuil, dame Aloïse prit la parole : — N'est-ce pas une de ces bohémiennes qui sont arrivées l'an passé, par la porte Gibard ?

— Madame ma mère, dit doucement Fleur-de-Lys, cette porte s'appelle aujourd'hui porte d'Enfer.

Mademoiselle de Gondelaurier savait à quel
point le capitaine était choqué des façons de
parler surannées de sa mère. En effet il commençait à ricaner en disant entre ses dents :
Porte Gibard! Porte Gibard! C'est pour faire
passer le roi Charles VI!

— Marraine, s'écria Bérangère dont les
yeux sans cesse en mouvement s'étaient levés
tout à coup vers le sommet des tours de Notre-
Dame. Qu'est-ce que c'est que cet homme
noir qui est là haut?

Toutes les jeunes filles levèrent les yeux.
Un homme en effet était accoudé sur la balustrade culminante de la tour septentrionale,
donnant sur la Grève. C'était un prêtre. On
distinguait nettement son costume, et son visage appuyé sur ses deux mains. Du reste, il ne
bougeait non plus qu'une statue. Son œil fixe
plongeait dans la place. C'était quelque chose
de l'immobilité d'un milan qui vient de découvrir un nid de moineaux et qui le regarde.

—C'est monsieur l'archidiacre de Josas, dit
Fleur-de-Lys.

— Vous avez de bons yeux si vous le reconnaissez d'ici! observa la Gaillefontaine.

—Comme il regarde la petite danseuse! reprit Diane de Christeuil.

— Gare à l'égyptienne, dit Fleur-de-Lys. Car il n'aime pas l'Égypte.

— C'est bien dommage que cet homme la regarde ainsi, ajouta Amelotte de Montmichel; car elle danse à éblouir.

— Beau cousin Phœbus, dit tout à coup Fleur-de-Lys, puisque vous connaissez cette petite bohémienne, faites-lui donc signe de monter. Cela nous amusera.

— Oh' oui! s'écrièrent toutes les jeunes filles en battant des mains.

— Mais c'est une folie, répondit Phœbus. Elle m'a sans doute oublié, et je ne sais seulement pas son nom. Cependant, puisque vous le souhaitez, mesdamoiselles, je vais essayer. Et se penchant à la balustrade du balcon, il se mit à crier : Petite!

La danseuse ne tambourinait pas en ce moment. Elle tourna la tête vers le point d'où lui venait cet appel, son regard brillant se fixa sur Phœbus, et elle s'arrêta tout court.

— Petite! répéta le capitaine, et il lui fit signe du doigt de venir.

La jeune fille le regarda encore, puis elle rougit comme si une flamme lui était montée dans les joues, et, prenant son tambourin sous son bras, elle se dirigea, à travers les spectateurs ébahis, vers la porte de la maison où Phœbus l'appelait; à pas lents, chancelante, et avec le regard troublé d'un oiseau qui cède à la fascination d'un serpent.

Un moment après, la portière de tapisserie se souleva, et la bohémienne parut sur le seuil de la chambre, rouge, interdite, essoufflée, ses grands yeux baissés, et n'osant faire un pas de plus.

Bérangère battit des mains.

Cependant la danseuse restait immobile sur le seuil de la porte. Son apparition avait produit sur ce groupe de jeunes filles un effet singulier. Il est certain qu'un vague et indistinct désir de plaire au bel officier les animait toutes à la fois, que le splendide uniforme était le point de mire de toutes leurs coquetteries, et que, depuis qu'il était présent, il y avait entre elles une certaine rivalité secrète, sourde, qu'elles s'avouaient à peine à elles-mêmes, mais qui n'en éclatait pas moins à chaque instant dans leurs gestes et leurs propos. Néanmoins, comme elles étaient toutes à peu près dans la même mesure de beauté, elles luttaient à armes égales, et chacune pouvait espérer la victoire. L'arrivée de la bohémienne rompit brusquement cet équilibre.

Elle était d'une beauté si rare que, au moment
où elle parut à l'entrée de l'appartement, il
sembla qu'elle y répandait une sorte de lumière qui lui était propre. Dans cette chambre resserrée, sous ce sombre encadrement
de tentures et de boiseries, elle était incom-
parablement plus belle et plus rayonnante
que dans la place publique. C'était comme un
flambeau qu'on venait d'apporter du grand
jour dans l'ombre. Les nobles damoiselles
en furent malgré elles éblouies. Chacune se
sentit en quelque sorte blessée dans sa beauté.
Aussi leur front de bataille (qu'on nous passe
l'expression) changea-t-il sur-le-champ, sans
qu'elles se dissent un seul mot. Mais elles s'entendaient à merveille. Les instincts de femmes
se comprennent et se répondent plus vite que
les intelligences d'hommes. Il venait de leur
arriver une ennemie : toutes le sentaient, toutes
se ralliaient. Il suffit d'une goutte de vin pour
rougir tout un verre d'eau ; pour teindre d'une
certaine humeur tout une assemblée de jolies
femmes, il suffit de la survenue d'une femme
plus jolie, — surtout lorsqu'il n'y a qu'un
homme.

Aussi l'accueil fait à la bohémienne fut-il
merveilleusement glacial. Elles la considérè-

rent du haut en bas, puis s'entre-regardèrent,
et tout fut dit : elles s'était comprises. Cependant la jeune fille attendait qu'on lui parlât,
tellement émue qu'elle n'osait lever les paupières.

Le capitaine rompit le silence le premier. —
Sur ma parole, dit-il avec son ton d'intrépide
fatuité, voilà une charmante créature! Qu'en
pensez-vous, belle cousine?

Cette observation, qu'un admirateur plus
délicat eût du moins faite à voix basse, n'était
pas de nature à dissiper les jalousies fémini-
nes qui se tenaient en observation devant la
bohémienne.

Fleur-de-Lys répondit au capitaine avec une
doucereuse affectation de dédain : — Pas mal.

Les autres chuchotaient.

Enfin, madame Aloïse, qui n'était pas la
moins jalouse, parce qu'elle l'était pour sa
fille, adressa la parole à la danseuse : — Approchez, petite.

— Approchez, petite! répéta avec une di-
gnité comique Bérangère, qui lui fût venue à
la hanche.

L'égyptienne s'avança vers la noble dame.

— Belle enfant, dit Phœbus avec emphase
en faisant de son côté quelques pas vers elle,

je ne sais si j'ai le suprême bonheur d'être reconnu de vous...

Elle l'interrompit en levant sur lui un sourire et un regard pleins d'une douceur infinie :
— Oh! oui, dit-elle.

— Elle a bonne mémoire, observa Fleur-
de-Lys.

— Or ça, reprit Phœbus, vous vous êtes
bien prestement échappée l'autre soir. Est-ce
que je vous fais peur?

— Oh! non, dit la bohémienne.

Il y avait dans l'accent donc cet *oh! non*,
fut prononcé à la suite de cet *oh! oui*, quelque
chose d'ineffable dont Fleur-de-Lys fut blessée.

— Vous m'avez laissé en votre lieu, ma
belle, poursuivit le capitaine dont la langue
se déliait en parlant à une fille des rues, un
assez rechigné drôle, borgne et bossu, le sonneur de cloches de l'évêque, à ce que je crois.
On m'a dit qu'il était bâtard d'un archidiacre
et diable de naissance. Il a un plaisant nom : il
s'appelle Quatre-Temps, Pâques-Fleuries,
Mardi-Gras, je ne sais plus! Un nom de fête ca-
rillonnée, enfin! Il se permettait donc de vous
enlever, comme si vous étiez faite pour des be-
deaux! cela est fort. Que diable vous voulait-
il donc, ce chat-huant? Hein, dites!

— Je ne sais, répondit-elle.

— Conçoit-on l'insolence! un sonneur de cloches enlever une fille, comme un vicomte! un manant braconner sur le gibier des gentilshommes! voilà qui est rare. Au demeurant, il l'a payé cher. Maître Pierrat Torterue est le plus rude palefrenier qui ait jamais étrillé un maraud; et je vous dirai, si cela peut vous être agréable, que le cuir de votre sonneur lui a galamment passé par les mains.

— Pauvre homme! dit la bohémienne chez qui ces paroles ravivaient le souvenir de la scène du pilori.

Le capitaine éclata de rire. — Corne-de-bœuf! voilà de la pitié aussi bien placée qu'une plume au cul d'un porc! Je veux être ventru comme un pape, si...

Il s'arrêta tout court. — Pardon, mesdames! je crois que j'allais lâcher quelque sottise.

— Fi, monsieur! dit la Gaillefontaine.

— Il parle sa langue à cette créature! ajouta à demi-voix Fleur-de-Lys, dont le dépit croissait de moment en moment. Ce dépit ne diminua point quand elle vit le capitaine, enchanté de la bohémienne et surtout de lui-même, pirouetter sur le talon en répétant avec

une grosse galanterie naïve et soldatesque :
— Une belle fille, sur mon âme !

— Assez sauvagement vêtue, dit Diane de
Christeuil avec son rire de belles dents.

Cette réflexion fut un trait de lumière pour
les autres. Elle leur fit voir le côté attaquable
de l'égyptienne : ne pouvant mordre sur sa
beauté, elles se jetèrent sur son costume.

— Mais cela est vrai, petite, dit la Montmichel ; où as-tu pris de courir ainsi par les
rues sans guimpe ni gorgerette ?

— Voilà une jupe courte à faire trembler,
ajouta la Gaillefontaine.

— Ma chère, poursuivit assez aigrement
Fleur-de-Lys, vous vous ferez ramasser par les
sergens de la douzaine pour votre ceinture
dorée.

— Petite, petite, reprit la Christeuil avec
un sourire implacable, si tu mettais honnête-
ment une manche sur ton bras, il serait moins
brûlé par le soleil.

C'était vraiment un spectacle digne d'un
spectateur plus intelligent que Phœbus, de voir
comme ces belles filles, avec leurs langues en-
venimées et irritées, serpentaient, glissaient et
se tordaient autour de la danseuse des rues ;
elles étaient cruelles et gracieuses ; elles fouil-

laient, elles furetaient malignement dans sa
pauvre et folle toilette de paillettes et d'o-
ripeaux. C'étaient des rires, des ironies, des
humiliations sans fin. Les sarcasmes pleuvaient sur l'égyptienne, et la bienveillance
hautaine, et les regards méchans. On eût cru
voir de ces jeunes dames romaines qui s'a-
musaient à enfoncer des épingles d'or dans
le sein d'une belle esclave. On eût dit d'é-
légantes levrettes chasseresses tournant, les
narines ouvertes, les yeux ardens, autour
d'une pauvre biche des bois que le regard du
maître leur interdit de dévorer.

Qu'était-ce, après tout, devant ces filles de
grande maison, qu'une misérable danseuse
de place publique? Elles ne semblaient tenir
aucun compte de sa présence; et parlaient
d'elle, devant elle, à elle-même, à haute voix,
comme de quelque chose d'assez malpropre,
d'assez abject et d'assez joli.

La bohémienne n'était pas insensible à ces
piqûres d'épingle. De temps en temps une pourpre de honte, un éclair de colère enflammait
ses yeux ou ses joues; une parole dédaigneuse
semblait hésiter sur ses lèvres; elle faisait avec
mépris cette petite grimace que le lecteur lui
connaît; mais elle se tenait immobile; elle at-

tachait sur Phœbus un regard résigné, triste
et doux. Il y avait aussi du bonheur et de la
tendresse dans ce regard. On eût dit qu'elle se
contenait, de peur d'être chassée.

Phœbus, lui, riait, et prenait le parti de la
bohémienne avec un mélange d'impertinence
et de pitié. — Laissez-les dire, petite! répé-
tait-il en faisant sonner ses éperons d'or; sans
doute, votre toilette est un peu extravagante et
farouche; mais, charmante fille comme vous
êtes, qu'est-ce que cela fait?

—Mon Dieu! s'écria la blonde Gaillefontaine
en redressant son cou de cygne avec un sourire amer, je vois que messieurs les archers de
l'ordonnance du roi prennent aisément feu
aux beaux yeux égyptiens.

— Pourquoi non? dit Phœbus.

A cette réponse, nonchalamment jetée par
le capitaine comme une pierre perdue qu'on
ne regarde même pas tomber, Colombe se prit
à rire, et Diane, et Amelotte, et Fleur-de-
Lys, à qui il vint en même temps une larme
dans les yeux.

La bohémienne, qui avait baissé à terre son
regard aux paroles de Colombe de Gaillefontaine, le releva rayonnant de joie et de fierté,

et le fixa de nouveau sur Phœbus. Elle était
bien belle en ce moment.

La vieille dame, qui observait cette scène,
se sentait offensée et ne comprenait pas.

— Sainte-Vierge! cria-t-elle tout à coup,
qu'ai-je donc là qui me remue dans les jambes?
Ahi! la vilaine bête!

C'était la chèvre qui venait d'arriver à la
recherche de sa maîtresse, et qui, en se précipitant vers elle, avait commencé par embar-
rasser ses cornes dans le monceau d'étoffe
que les vêtemens de la noble dame entas-
saient sur ses pieds quand elle était assise.

Ce fut une diversion. La bohémienne, sans
dire une parole, la dégagea.

— Oh! voilà la petite chevrette qui a des
pattes d'or, s'écria Bérangère en sautant de
joie.

La bohémienne s'accroupit à genoux, et appuya contre sa joue la tête caressante de la
chèvre. On eût dit qu'elle lui demandait pardon de l'avoir quittée ainsi.

Cependant Diane s'était penchée à l'oreille
de Colombe. — Eh! mon Dieu! comment n'y
ai-je pas songé plus tôt? C'est la bohémiennne
à la chèvre. On la dit sorcière, et que sa chèvre fait des momeries très-miraculeuses.

— Eh bien! dit Colombe, il faut que la chèvre nous divertisse à son tour, et nous fasse un miracle.

Diane et Colombe s'adressèrent vivement à l'egyptienne : — Petite, fais donc faire un miracle à ta chèvre.

— Je ne sais ce que vous voulez dire, répondit la danseuse.

— Un miracle, une magie, une sorcellerie enfin.

— Je ne sais. Et elle se remit à caresser sa jolie bête en répétant : Djali! Djali!

En ce moment Fleur-de-Lys remarqua un sachet de cuir brodé suspendu au cou de la chèvre. — Qu'est-ce que cela? demanda-t-elle à l'égyptienne.

L'égyptienne leva ses grands yeux vers elle, et lui répondit gravement : C'est mon secret.

— Je voudrais bien savoir ce que c'est que ton secret, pensa Fleur-de-Lys.

Cependant la bonne dame s'était levée avec humeur. — Or ça, la bohémienne, si toi ni ta chèvre n'avez rien à nous danser, que faites-vous céans?

La bohémienne, sans répondre, se dirigea lentement vers la porte. Mais plus elle en

approchait, plus son pas se ralentissait. Un in-
vincible aimant semblait la retenir. Tout à
coup elle tourna ses yeux humides de larmes
sur Phœbus, et s'arrêta.

— Vrai Dieu! s'écria le capitaine, on ne s'en
va pas ainsi. Revenez, et dansez-nous quelque
chose. A propos, belle d'amour, comment
vous appelez-vous?

— La Esmeralda, dit la danseuse sans le
quitter du regard.

A ce nom étrange, un fou rire éclata parmi
les jeunes filles.

— Voilà, dit Diane, un terrible nom pour
une demoiselle.

— Vous voyez bien, reprit Amelotte, que
c'est une charmeresse.

— Ma chère, s'écria solennellement dame
Aloïse, vos parens ne vous ont pas pêché ce
nom-là dans le bénitier du baptême.

Cependant, depuis quelques minutes, sans
qu'on fît attention à elle, Bérangère avait attiré
la chèvre dans un coin de la chambre avec un
massepain. En un instant, elles avaient été
toutes deux bonnes amies. La curieuse enfant
avait détaché le sachet suspendu au cou de la
chèvre, l'avait ouvert, et avait vidé sur la natte
ce qu'il contenait: c'était un alphabet dont

chaque lettre était inscrite séparément sur
une petite tablette de buis. A peine ces joujoux
furent-ils étalés sur la natte que l'enfant vit
avec surprise la chèvre, dont c'était là sans
doute un des *miracles*, tirer certaines lettres
avec sa patte d'or et les disposer, en les poussant doucement, dans un ordre particulier.
Au bout d'un instant cela fit un mot que la chèvre semblait exercée à écrire; tant elle hésita
peu à le former, et Bérangère s'écria tout à
coup en joignant les mains avec admiration :

— Marraine Fleur-de-Lys, voyez donc ce
que la chèvre vient de faire !

Fleur-de-Lys accourut et tressaillit. Les lettres disposées sur le plancher formaient ce mot:

𝕻𝖍𝖔𝖊𝖇𝖚𝖘.

— C'est la chèvre qui a écrit cela? demanda-
t-elle d'une voix altérée.

— Oui, marraine, répondit Bérangère. Il
était impossible d'en douter; l'enfant ne savait pas écrire.

— Voilà le secret! pensa Fleur-de-Lys.

Cependant, au cri de l'enfant, tout le
monde était accouru, et la mère, et les jeunes
filles, et la bohémienne, et l'officier.

La bohémienne vit la sottise que venait de
faire la chèvre. Elle devint rouge, puis pâle,

et se mit à trembler comme une coupable devant le capitaine qui la regardait avec un sourire de satisfaction et d'étonnement.

— *Phœbus!* chuchottaient les jeunes filles stupéfaites; c'est le nom du capitaine!

— Vous avez une merveilleuse mémoire! dit Fleur-de-Lys à la bohémienne pétrifiée. Puis éclatant en sanglots: Oh! balbutia-t-elle douloureusement en se cachant le visage de ses deux belles mains, c'est une magicienne! Et elle entendait une voix plus amère encore lui dire au fond du cœur: C'est une rivale!

Elle tomba évanouie.

— Ma fille! ma fille! cria la mère effrayée. Va-t-en, bohémienne de l'enfer!

La Esmeralda ramassa en un clin d'œil les malencontreuses lettres, fit signe à Djali, et sortit par une porte, tandis qu'on emportait Fleur-de-Lys par l'autre.

Le capitaine Phœbus, resté seul, hésita un moment entre les deux portes; puis il suivit la bohémienne.

II.

Qu'un prêtre et un philosophe sont deux.

Le prêtre que les jeunes filles avaient remarqué au haut de la tour septentrionale,
penché sur la place et si attentif à la danse de
la bohémienne, c'était en effet l'archidiacre
Claude Frollo.

Nos lecteurs n'ont pas oublié la cellule mystérieuse que l'archidiacre s'était réservée dans

cette tour. (Je ne sais, pour le dire en passant, si ce n'est pas la même dont on peut voir encore aujourd'hui l'intérieur par une petite lucarne carrée, ouverte au levant à hauteur d'homme, sur la plate-forme d'où s'élancent les tours : un bouge, à présent nu, vide et délabré, dont les murs mal plâtrés sont *ornés* çà et là, à l'heure qu'il est, de quelques méchantes gravures jaunes représentant des façades de cathédrales. Je présume que ce trou est habité concurremment par les chauve-souris et les araignées, et que par conséquent il s'y fait aux mouches une double guerre d'extermination.)

Tous les jours, une heure avant le coucher du soleil, l'archidiacre montait l'escalier de la tour, et s'enfermait dans cette cellule, où il passait quelquefois des nuits entières. Ce jour-là, au moment où, parvenu devant la porte basse du réduit, il mettait dans la serrure la petite clef compliquée qu'il portait toujours sur lui dans l'escarcelle pendue à son côté, un bruit de tambourin et de castagnettes était arrivé à son oreille. Ce bruit venait de la place du Parvis. La cellule, nous l'avons déjà dit, n'avait qu'une lucarne donnant sur la croupe de l'église. Claude Frollo avait repris précipi-

tamment la clef, et un instant après, il était
sur le sommet de la tour, dans l'attitude sombre et recueillie où les damoiselles l'avaient
aperçu.

Il était là, grave, immobile, absorbé dans
un regard et dans une pensée. Tout Paris était
sous ses pieds, avec les mille flèches de ses
édifices et son circulaire horizon de molles
collines, avec son fleuve qui serpente sous ses
ponts et son peuple qui ondule dans ses rues,
avec le nuage de ses fumées, avec la chaîne
montueuse de ses toits qui presse Notre-Dame
de ses mailles redoublées, mais dans toute
cette ville, l'archidiacre ne regardait qu'un
point du pavé : la place du Parvis ; dans toute
cette foule, qu'une figure : la bohémienne.

Il eût été difficile de dire de quelle nature
était ce regard, et d'où venait la flamme qui
en jaillissait. C'était un regard fixe, et pourtant plein de trouble et de tumulte. Et, à l'immobilité profonde de tout son corps, à peine
agité par intervalle d'un frisson machinal,
comme un arbre au vent, à la roideur de ses
coudes, plus marbre que la rampe où ils s'ap-
puyaient, à voir le sourire pétrifié qui con-
tractait son visage, on eût dit qu'il n'y avait
plus dans Claude Frollo que les yeux de vivant.

La bohémienne dansait; elle faisait tourner
son tambourin à la pointe de son doigt, et le
jetait en l'air en dansant des sarabandes pro-
vençales ; agile, légère, joyeuse, et ne sentant
pas le poids du regard redoutable qui tombait
à plomb sur sa tête.

La foule fourmillait autour d'elle ; de temps
en temps, un homme accoutré d'une casaque
jaune et rouge, faisait faire le cercle, puis revenait s'asseoir sur une chaise à quelques pas
de la danseuse, et prenait la tête de la chèvre
sur ses genoux. Cet homme semblait être le
compagnon de la bohémienne. Claude Frollo,
du point élevé où il était placé, ne pouvait
distinguer ses traits.

Du moment où l'archidiacre eut aperçu cet
inconnu, son attention sembla se partager
entre la danseuse et lui, et son visage devint
de plus en plus sombre. Tout à coup il se redressa, et un tremblement parcourut tout son
corps : — Qu'est-ce que c'est que cet homme?
dit-il entre ses dents; je l'avais toujours vue
seule !

Alors il se replongea sous la voûte tortueuse
de l'escalier en spirale, et redescendit. En passant devant la porte de la sonnerie, qui était
entr'ouverte, il vit une chose qui le frappa :

il vit Quasimodo qui, penché à une ouverture de ces auvens d'ardoises qui ressemblent
à d'énormes jalousies, regardait, aussi lui, dans
la place. Il était en proie à une contemplation
si profonde qu'il ne prit pas garde au passage
de son père adoptif. Son œil sauvage avait
une expression singulière : c'était un regard
charmé et doux.—Voilà qui est étrange! murmura Claude. Est-ce que c'est l'égyptienne
qu'il regarde ainsi? —Il continua de descendre. Au bout de quelques minutes le soucieux
archidiacre sortit dans la place par la porte
qui est au bas de la tour.

— Qu'est donc devenue la bohémienne?
dit-il en se mêlant au groupe des spectateurs
que le tambourin avait amassés.

—Je ne sais, répondit un de ses voisins,
elle vient de disparaître. Je crois qu'elle est
allée faire quelque fandangue dans la maison
en face, où ils l'ont appelée.

A la place de l'égyptienne, sur ce même
tapis dont les arabesques s'effaçaient le moment d'auparavant sous le dessin capricieux
de sa danse, l'archidiacre ne vit plus que
l'homme rouge et jaune, qui, pour gagner
à son tour quelques testons, se promenait
autour du cercle, les coudes sur les hanches,

la tête renversée, la face rouge, le cou tendu,
avec une chaise entre les dents. Sur cette
chaise, il avait attaché un chat qu'une voisine
avait prêté, et qui jurait fort effrayé.

— Notre-Dame! s'écria l'archidiacre au moment où le saltimbanque, suant à grosses
gouttes, passa devant lui avec sa pyramide de
chaise et de chat, que fait là maître Pierre
Gringoire?

La voix sévère de l'archidiacre frappa le
pauvre diable d'une telle commotion qu'il
perdit l'équilibre avec tout son édifice, et que
la chaise et le chat tombèrent pêle-mêle sur
la tête des assistans, au milieu d'une huée
inextinguible.

Il est probable que maître Pierre Gringoire
(car c'était bien lui) aurait eu un fâcheux
compte à solder avec la voisine au chat, et
toutes les faces contuses et égratignées qui
l'entouraient, s'il ne se fût hâté de profiter
du tumulte pour se réfugier dans l'église, où
Claude Frollo lui avait fait signe de le suivre.

La cathédrale était déjà obscure et déserte;
les contre-nefs étaient pleines de ténèbres,
et les lampes des chapelles commençaient à
s'étoiler, tant les voûtes devenaient noires.
Seulement la grande rose de la façade, dont

les mille couleurs étaient trempées d'un rayon du soleil horizontal, reluisait dans l'ombre comme un fouillis de diamans, et répercutait à l'autre bout de la nef son spectre éblouissant.

Quand ils eurent fait quelques pas, dom Claude s'adossa à un pilier et regarda Gringoire fixement. Ce regard n'était pas celui que Gringoire craignait, honteux qu'il était d'avoir été surpris par une personne grave et docte dans ce costume de baladin. Le coup d'œil du prêtre n'avait rien de moqueur et d'ironique ; il était sérieux, tranquille et perçant. L'archidiacre rompit le silence le premier.

— Venez çà, maître Pierre. Vous m'allez expliquer bien des choses. Et d'abord, d'où vient qu'on ne vous a pas vu depuis tantôt deux mois, et qu'on vous retrouve dans les carrefours, en bel équipage, vraiment ! mi-parti de jaune et de rouge, comme une pomme de Caudebec ?

— Messire, dit piteusement Gringoire, c'est en effet un prodigieux accoutrement, et vous m'en voyez plus penaud qu'un chat coiffé d'une calebasse. C'est bien mal fait, je le sens, d'exposer messieurs les sergens du guet à bâtonner sous cette casaque l'humérus d'un

philosophe pythagoricien. Mais que voulez-
vous, mon révérend maître? la faute en est à
mon ancien justaucorps, qui m'a lâchement
abandonné au commencement de l'hiver, sous
prétexte qu'il tombait en loques et qu'il avait
besoin de s'aller reposer dans la hotte du chiffon-
nier. Que faire? la civilisation n'en est pas encore arrivée au point que l'on puisse aller tout
nu, comme le voulait l'ancien Diogénès. Ajou-
tez qu'il ventait un vent très froid, et ce n'est
pas au mois de janvier qu'on peut essayer avec
succès de faire faire ce nouveau pas à l'humanité. Cette casaque s'est présentée, je l'ai prise,
et j'ai laissé là ma vieille souquenille noire, laquelle, pour un hermétique comme moi, était
fort peu hermétiquement close. Me voilà donc
en habit d'histrion, comme saint Genest. Que
voulez-vous? c'est une éclipse. Apollo a bien
gardé les gorrines chez Admétès.

— Vous faites là un beau métier! reprit
l'archidiacre.

— Je conviens, mon maître, qu'il vaut mieux
philosopher et poétiser, souffler la flamme
dans le fourneau ou la recevoir du ciel, que
de porter des chats sur le pavois. Aussi, quand
vous m'avez apostrophé, ai-je été aussi sot
qu'un âne devant un tourne-broche. Mais que

voulez-vous, messire? il faut vivre tous les
jours, et les plus beaux vers alexandrins ne
valent pas sous la dent un morceau de fromage de Brie. Or j'ai fait pour madame Marguerite de Flandre ce fameux épithalame que
vous savez, et la ville ne me le paie pas, sous
prétexte qu'il n'était pas excellent, comme si
l'on pouvait donner pour quatre écus une
tragédie de Sophoclès. J'allais donc mourir de
faim. Heureusement je me suis trouvé un peu
fort du côté de la mâchoire, et je lui ai dit à
cette mâchoire : Fais des tours de force et d'é-
quilibre; nourris-toi toi-même. *Ale te ipsam.*
Un tas de gueux, qui sont devenus mes bons
amis, m'ont appris vingt sortes de tours her-
culéens, et maintenant, je donne tous les soirs
à mes dents le pain qu'elles ont gagné dans
la journée à la sueur de mon front. Après tout,
concedo, je concède que c'est un triste em-
ploi de mes facultés intellectuelles, et que
l'homme n'est pas fait pour passer sa vie à
tambouriner et à mordre des chaises. Mais,
révérend maître, il ne suffit pas de passer sa
vie, il faut la gagner.

Dom Claude écoutait en silence. Tout à
coup son œil enfoncé prit une telle expression
sagace et pénétrante, que Gringoire se sentit,

pour ainsi dire, fouillé jusqu'au fond de l'âme
par ce regard.

— Fort bien, maître Pierre ; mais d'où vient
que vous êtes maintenant en compagnie de
cette danseuse d'Égypte ?

— Ma foi ! dit Gringoire, c'est qu'elle est
ma femme et que je suis son mari.

L'œil ténébreux du prêtre s'enflamma.

— Aurais-tu fait cela, misérable ? cria-t-il
en saisissant avec fureur le bras de Gringoire ;
aurais-tu été assez abandonné de Dieu pour
porter la main sur cette fille ?

— Sur ma part de paradis, monseigneur, répondit Gringoire tremblant de tous ses membres, je vous jure que je ne l'ai pas touchée,
si c'est là ce qui vous inquiète.

— Et que parles-tu donc de mari et de femme ?
dit le prêtre.

Gringoire se hâta de lui conter le plus suc-
cinctement possible tout ce que le lecteur sait
déjà, son aventure de la Cour-des-Miracles et
son mariage au pot cassé. Il paraît du reste
que ce mariage n'avait eu encore aucun résultat, et que chaque soir la bohémienne lui
escamotait sa nuit de noces comme le premier
jour. — C'est un déboire, dit-il en terminant,

mais cela tient à ce que j'ai eu le malheur d'é-
pouser une vierge.

— Que voulez-vous dire ? demanda l'archidiacre qui s'était apaisé par degrés à ce récit.

— C'est assez difficile à expliquer, répondit
le poëte. C'est une superstition. Ma femme est,
à ce que m'a dit un vieux peigre qu'on appelle
chez nous le duc d'Égypte, un enfant trouvé
ou perdu, ce qui est la même chose. Elle
porte au cou une amulette, qui, assure-t-on,
lui fera un jour rencontrer ses parens, mais
qui perdrait sa vertu si la jeune fille perdait la
sienne. Il suit de là que nous demeurons
tous deux très-vertueux.

—Donc, reprit Claude dont le front s'éclair-
cissait de plus en plus, vous croyez, maître
Pierre, que cette créature n'a été approchée
d'aucun homme?

— Que voulez-vous, dom Claude, qu'un
homme fasse à une superstition ? Elle a cela
dans la tête. J'estime que c'est à coup sûr une
rareté que cette pruderie de nonne qui se conserve farouche au milieu de ces filles bohêmes,
si facilement apprivoisées. Mais elle a pour se
protéger trois choses : le duc d'Égypte qui l'a
prise sous sa sauvegarde, comptant peut-être
la vendre à quelque damp abbé; toute sa tribu

qui la tient en vénération singulière, comme une
Notre-Dame; et un certain poignard mignon,
que la luronne porte toujours sur elle dans quelque coin, malgré les ordonnances du prévôt,
et qu'on lui fait sortir aux mains en lui pres-
sant la taille. C'est une fière guêpe, allez!

L'archidiacre serra Gringoire de questions.

La Esmeralda était, au jugement de Gringoire, une créature inoffensive et charmante,
jolie, à cela près d'une moue qui lui était particulière; une fille naïve et passionnée, igno-
rante de tout, et enthousiaste de tout; ne sachant pas encore la différence d'une femme à
un homme, même en rêve; faite comme cela;
folle surtout de danse, de bruit, de grand air;
une espèce de femme abeille, ayant des ailes
invisibles aux pieds, et vivant dans un tourbillon. Elle devait cette nature à la vie errante
qu'elle avait toujours menée. Gringoire était
parvenu à savoir que, tout enfant, elle avait
parcouru l'Espagne et la Catalogne, jusqu'en
Sicile; il croyait même qu'elle avait été emme-
née par la caravane de zingari dont elle faisait partie, dans le royaume d'Alger, pays situé en Achaïe, laquelle Achaïe touche d'un
côté à la petite Albanie et à la Grèce, de l'autre à la mer des Siciles, qui est le chemin de

Constantinople. Les Bohêmes, disait Gringoire, étaient vassaux du roi d'Alger, en sa qualité de chef de la nation des maures blancs. Ce qui était certain, c'est que la Esmeralda était venue en France très-jeune encore, par la Hongrie. De tous ces pays, la jeune fille avait rapporté des lambeaux de jargons bizarres, des chants et des idées étrangères, qui faisaient de son langage quelque chose d'aussi bigarré que son costume moitié parisien, moitié africain. Du reste le peuple des quartiers qu'elle fréquentait, l'aimait pour sa gaîté, pour sa gentillesse, pour ses vives allures, pour ses danses et pour ses chansons. Dans toute la ville, elle ne se croyait haïe que de deux personnes, dont elle parlait souvent avec effroi : la sachette de la Tour-Roland, une vilaine recluse qui avait on ne sait quelle rancune aux égyptiennes, et qui maudissait la pauvre danseuse chaque fois qu'elle passait devant sa lucarne ; et un prêtre qui ne la rencontrait jamais sans lui jeter des regards et des paroles qui lui faisaient peur. Cette dernière circonstance troubla fort l'archidiacre, sans que Gringoire fît grande attention à ce trouble ; tant il avait suffi de deux mois pour faire oublier à l'insouciant poëte les détails singuliers de cette soirée où il avait fait

la rencontre de l'égyptienne, et la présence de
l'archidiacre dans tout cela. Au demeurant, la
petite danseuse ne craignait rien ; elle ne disait
pas la bonne aventure, ce qui la mettait à l'a-
bri de ces procès de magie si fréquemment
intentés aux bohémiennes. Et puis, Gringoire
lui tenait lieu de frère, sinon de mari. Après
tout, le philosophe supportait très-patiem-
ment cette espèce de mariage platonique.
C'était toujours un gîte et du pain. Chaque
matin il partait de la truanderie, le plus souvent avec l'égyptienne ; il l'aidait à faire dans
les carrefours sa récolte de targes et de petits-
blancs, chaque soir il rentrait avec elle sous
le même toit, là laissait se verrouiller dans
sa logette, et s'endormait du sommeil du
juste. Existence fort douce, à tout prendre,
disait-il, et fort propre à la rêverie. Et puis,
en son âme et conscience, le philosophe n'é-
tait pas très-sûr d'être éperdument amoureux
de la bohémienne. Il aimait presque autant sa
chèvre. C'était une charmante bête, douce,
intelligente, spirituelle, une chèvre savante.
Rien de plus commun au moyen âge que
ces animaux savans, dont on s'émerveillait
fort, et qui menaient fréquemment leurs in-
structeurs au fagot. Pourtant les sorcelleries

de la chèvre aux pattes dorées étaient de bien innocentes malices. Gringoire les expliqua à l'archidiacre, que ces détails paraissaient vivement intéresser. Il suffisait dans la plupart des cas de présenter le tambourin à la chèvre de telle ou de telle façon, pour obtenir d'elle la momerie qu'on souhaitait. Elle avait été dressée à cela par la bohémienne, qui avait à ces finesses un talent si rare qu'il lui avait suffi de deux mois pour enseigner à la chèvre a écrire avec des lettres mobiles le mot *Phœbus*.

— *Phœbus!* dit le prêtre; pourquoi *Phœbus*?

— Je ne sais, répondit Gringoire. C'est peut-être un mot qu'elle croit doué de quelque vertu magique et secrète. Elle le répète souvent à demi-voix quand elle se croit seule.

— Etes-vous sûr, reprit Claude avec son regard pénétrant, que ce n'est qu'un mot et que ce n'est pas un nom?

— Nom de qui? dit le poëte.

— Que sais-je? dit le prêtre.

— Voilà ce que j'imagine, messire. Ces bohêmes sont un peu guèbres et adorent le soleil. De là Phœbus.

— Cela ne me semble pas si clair qu'à vous, maître Pierre.

—Au demeurant, cela ne m'importe. Qu'elle marmotte son Phœbus à son aise. Ce qui est sûr, c'est que Djali m'aime déjà presque autant qu'elle.

— Qu'est-ce que cette Djali?

— C'est la chèvre.

L'archidiacre posa son menton sur sa main, et parut un moment rêveur. Tout à coup il se retourna brusquement vers Gringoire.

—Et tu me jures que tu ne lui as pas touché?

— A qui? dit Gringoire; à la chèvre?

— Non, à cette femme.

—A ma femme? Je vous jure que non.

— Et tu es souvent seul avec elle?

— Tout les soirs, une bonne heure.

Dom Claude fronça le sourcil.

—Oh! oh! *Solus cum sola non cogitabuntur orare Pater noster.*

— Sur mon âme, je pourrais dire le *Pater*, et l'*Ave maria* et le *Credo in Deum patrem omnipotentem*, sans qu'elle fît plus d'attention à moi qu'une poule à une église.

—Jure-moi par le ventre de ta mère, répéta l'archidiacre avec violence, que tu n'as pas touché à cette créature du bout du doigt.

—Je le jurerais aussi par la tête de mon père, car les deux choses ont plus d'un rap-

port. Mais, mon révérend maître, permettez-
moi à mon tour une question.

— Parlez, monsieur.

— Qu'est-ce que cela vous fait?

La pâle figure de l'archidiacre devint rouge
comme la joue d'une jeune fille. Il resta un
moment sans répondre, puis avec un embarras visible :

— Écoutez, maître Pierre Gringoire. Vous
n'êtes pas encore damné, que je sache. Je m'in-
téresse à vous et vous veux du bien. Or le
moindre contact avec cette égyptienne du démon vous ferait vassal de Satanas. Vous savez
que c'est toujours le corps qui perd l'âme.
Malheur à vous si vous approchez cette femme!
Voilà tout.

— J'ai essayé une fois, dit Gringoire en se
grattant l'oreille; c'était le premier jour: mais
je me suis piqué.

— Vous avez eu cette effronterie, maître
Pierre? Et le front du prêtre se rembrunit.

— Une autre fois, continua le poëte en
souriant, j'ai regardé avant de me coucher
par le trou de sa serrure, et j'ai bien vu la plus
délicieuse dame en chemise qui ait jamais fait
crier la sangle d'un lit sous son pied nu.

— Va-t'en au diable! cria le prêtre avec un

regard terrible, et, poussant par les épaules
Gringoire émerveillé, il s'enfonça à grands
pas sous les plus sombres arcades de la cathédrale.

III.

Les cloches.

———————

Depuis la matinée du pilori, les voisins de Notre-Dame avaient cru remarquer que l'ardeur carillonneuse de Quasimodo s'était fort refroidie. Auparavant c'était des sonneries à tout propos, de longues aubades qui duraient de Prime à Complies, des volées de beffroi pour une grand'messe, de riches

gammes promenées sur les clochettes pour un
mariage, pour un baptême, et s'entremêlant
dans l'air comme une broderie de toutes sortes
de sons charmans. La vieille église, toute vibrante et toute sonore, était dans une perpé-
tuelle joie de cloches. On y sentait sans cesse
la présence d'un esprit de bruit et de caprice
qui chantait par toutes ces bouches de cuivre.
Maintenant cet esprit semblait avoir disparu;
la cathédrale paraissait morne et garder volontiers le silence; les fêtes et les enterremens
avaient leur simple sonnerie, sèche et nue,
ce que le rituel exigeait, rien de plus; du double bruit que fait une église, l'orgue au dedans, la cloche au dehors, il ne restait que
l'orgue. On eût dit qu'il n'y avait plus de mu-
sicien dans les clochers. Quasimodo y était toujours pourtant; que s'était-il donc passé en
lui? était-ce que la honte et le désespoir du
pilori duraient encore au fond de son cœur,
que les coups de fouet du tourmenteur se re-
percutaient sans fin dans son âme, et que la
tristesse d'un pareil traitement avait tout éteint
chez lui, jusqu'à sa passion pour les cloches?
ou bien, était-ce que Marie avait une rivale dans
le cœur du sonneur de Notre-Dame, et que la
grosse cloche et ses quatorze sœurs étaient

négligées pour quelque chose de plus aimable
et de plus beau ?

Il arriva que dans cette gracieuse année
1482, l'Annonciation tomba un mardi 25 mars.
Ce jour-là l'air était si pur et si léger que Qua.
simodo se sentit revenir quelque amour de
ses cloches. Il monta donc dans la tour septentrionale, tandis qu'en bas le bedeau ouvrait toutes larges les portes de l'église, lesquelles étaient alors d'énormes panneaux de
fort bois couvert de cuir, bordés de clous de
fer doré et encadrés de sculptures « fort artifi-
» ciellement élabourées. »

Parvenu dans la haute cage de la sonnerie,
Quasimodo considéra quelque temps avec un
triste hochement de tête les six campanilles,
comme s'il gémissait de quelque chose d'é-
tranger qui s'était interposé dans son cœur
entre elles et lui. Mais quand il les eut mises en
branle; quand il sentit cette grappe de cloches
remuer sous sa main; quand il vit, car il ne
l'entendait pas, l'octave palpitante monter et
descendre sur cette échelle sonore comme un
oiseau qui saute de branche en branche; quand
le diable-Musique, ce démon qui secoue un
trousseau étincelant de strettes, de trilles et
d'arpéges, se fût emparé du pauvre sourd,

alors il redevint heureux, il oublia tout, et son
cœur qui se dilatait fit épanouir son visage.

Il allait et venait, il frappait des mains, il
courait d'une corde à l'autre, il animait les six
chanteurs de la voix et du geste, comme un
chef d'orchestre qui éperonne des virtuoses
intelligens.

— Va, disait-il, va, Gabrielle, verse tout ton
bruit dans la place, c'est aujourd'hui fête. —
Thibauld, pas de paresse, tu te ralentis; va,
va donc, est-ce que tu t'es rouillé, fainéant?
— C'est bien! vite! vite! qu'on ne voie pas le
battant. Rends-les tous sourds comme moi.
— C'est cela, Thibauld, bravement! — Guillaume! Guillaume! tu es le plus gros, et Pasquier est le plus petit, et Pasquier va le mieux.
Gageons que ceux qui entendent l'entendent
mieux que toi. — Bien! bien! ma Gabrielle,
fort! plus fort! — Hé! que faites-vous donc là
haut tous deux, les Moineaux? je ne vous vois
pas faire le plus petit bruit. — Qu'est-ce que
c'est que ces becs de cuivre-là qui ont l'air de
bâiller quand il faut chanter? Ça, qu'on tra-
vaille! c'est l'Annonciation. Il y a un beau soleil, il faut un beau carillon. — Pauvre Guillaume! te voilà tout essoufflé, mon gros?

Il était tout occupé d'aiguillonner ses

cloches qui sautaient toutes les six à qui
mieux mieux, et secouaient leurs croupes lui-
santes comme un bruyant attelage de mules
espagnoles piqué çà et là par les apostrophes
du sagal.

Tout à coup, en laissant tomber son regard
entre les larges écailles ardoisées qui recou-
vrent à une certaine hauteur le mur à pic du
clocher, il vit dans la place une jeune fille bizarrement accoutrée, qui s'arrêtait, qui déve-
loppait à terre un tapis où une petite chèvre
venait se poser; et un groupe de spectateurs
qui s'arrondissait à l'entour. Cette vue chan-
gea subitement le cours de ses idées, et figea
son enthousiasme musical comme un souffle
d'air fige une résine en fusion. Il s'arrêta,
tourna le dos au carillon, et s'accroupit derrière l'auvent d'ardoise, en fixant sur la danseuse ce regard rêveur, tendre et doux qui
avait déjà une fois étonné l'archidiacre. Cependant les cloches oubliées s'éteignirent brusquement toutes à la fois, au grand désappoin-
tement des amateurs de sonnerie, lesquels
écoutaient de bonne foi le carillon de dessus
le Pont-au-Change, et s'en allèrent stupéfaits
comme un chien à qui l'on a montré un os et
à qui l'on donne une pierre.

IV.

ΑΝΑΓΚΗ.

———

Il advint que par une belle matinée de ce même mois de mars, je crois que c'était le samedi 29, jour de saint Eustache, notre jeune ami l'écolier Jéhan Frollo du Moulin s'aperçut en s'habillant que ses grègues qui contenaient sa bourse ne rendaient aucun son métallique. —Pauvre bourse! dit-il en la tirant de son

gousset, quoi! pas le moindre petit parisis!
comme les dés, les pots de bière et Vénus
t'ont cruellement éventrée! comme te voilà
vide, ridée et flasque! Tu ressembles à la
gorge d'une furie! Je vous le demande, messer
Cicero et messer Seneca, dont je vois les exem-
plaires tout racornis épars sur le carreau, que
me sert de savoir, mieux qu'un général des
monnaies ou qu'un juif du Pont-aux-Changeurs, qu'un écu d'or à la couronne vaut
trente-cinq unzains de vingt-cinq sous huit
deniers parisis chaque, et qu'un écu au croissant vaut trente-six unzains de vingt-six sous
et six deniers tournois pièce, si je n'ai pas un
misérable liard noir à risquer sur le double-
six! Oh! consul Cicero! ce n'est pas là une calamité dont on se tire avec des périphrases,
des *quemadmodum* et des *verumenimvero*!

Il s'habilla tristement. Une pensée lui était
venue tout en ficelant ses bottines, mais il la
repoussa d'abord; cependant elle revint, et il
mit son gilet à l'envers, signe évident d'un
violent combat intérieur. Enfin il jeta rudement son bonnet à terre et s'écria : Tant pis!
il en sera ce qu'il pourra. Je vais aller chez
mon frère! j'attraperai un sermon, mais j'attraperai un écu.

Alors il endossa précipitamment sa casaque à mahoîtres fourrées, ramassa son bonnet et sortit en désespéré.

Il descendit la rue de la Harpe vers la Cité. En passant devant la rue de la Huchette, l'odeur de ces admirables broches qui y tournaient incessamment vint chatouiller son appareil olfactif, et il donna un regard d'amour à la cyclopéenne rotisserie qui arracha un jour au cordelier Calatagirone cette pathétique exclamation : *Veramente, queste rotisserie sono cosa stupenda!* Mais Jehan n'avait pas de quoi déjeuner, et il s'enfonça avec un profond soupir sous la porte du Petit-Châtelet, cet énorme double-trèfle de tours massives qui gardait l'entrée de la Cité.

Il ne prit pas même le temps de jeter une pierre en passant, comme c'était l'usage, à la misérable statue de ce Périnet Leclerc qui avait livré le Paris de Charles VI aux Anglais; crime que son effigie, la face écrasée de pierres et souillée de boue, a expié pendant trois siècles, au coin des rues de la Harpe et de Bussy, comme à un pilori éternel.

Le Petit-Pont traversé, la rue neuve Sainte-Geneviève enjambée, Jehan de Molendino se trouva devant Notre-Dame. Alors son indé-

cision le reprit, et il se promena quelques instans autour de la statue de M. Legris, en se
répétant avec angoisse : le sermon est sûr,
l'écu est douteux!

Il arrêta un bedeau qui sortait du cloître.
— Où est monsieur l'archidiacre de Josas?

— Je crois qu'il est dans sa cachette de la
tour, dit le bedeau; et je ne vous conseille pas
de l'y déranger, à moins que vous ne veniez
de la part de quelqu'un comme le pape ou
monsieur le roi.

Jehan frappa dans ses mains. — Bédiable!
voilà une magnifique occasion de voir la fameuse logette aux sorcelleries!

Déterminé par cette réflexion, il s'enfonça
résolument sous la petite porte noire, et se
mit à monter la vis-de-saint-Gilles, qui mène
aux étages supérieurs de la tour. — Je vais
voir! se disait-il chemin faisant. Par les corbi-
gnolles de la sainte Vierge! ce doit être chose
curieuse que cette cellule que mon révérend
frère cache comme son pudendum! On dit
qu'il y allume des cuisines d'enfer, et qu'il y
fait cuire à gros feu la pierre philosophale.
Bédieu! je me soucie de la pierre philosophale
comme d'un caillou, et j'aimerais mieux trouver sur son fourneau une omelette d'œufs de

Pâques au lard que la plus grosse pierre philosophale du monde!

　Parvenu sur la galerie des colonnettes, il
souffla un moment, et jura contre l'intermi-
nable escalier par je ne sais combien de mil-
lions de charretées de diables; puis il reprit
son ascension par l'étroite porte de là tour
septentrionale, aujourd'hui interdite au public. Quelques momens après avoir dépassé là
cage des cloches, il rencontra un petit pallier
pratiqué dans un renfoncement latéral, et sous
la voûte une basse-porte ogive, dont une
meurtrière, percée en face dans la paroi circulaire de l'escalier, lui permit d'observer l'é-
norme serrure et là puissante armature de fer.
Les personnes qui seraient curieuses aujour-
d'hui de visiter cette porte la reconnaîtront à
cette inscription, gravée en lettres blanches
dans la muraille noire : J'ADORE CORALIE. 1823.
SIGNÉ UGÈNE. *Signé* est dans le texte.

　—Ouf! dit l'écolier; c'est sans doute ici. La
clef était dans la serrure. La porte était tout
contre; il la poussa mollement, et passa sa
tête par l'entre-ouverture.

　Le lecteur n'est pas sans avoir feuilleté
l'œuvre admirable de Rembrandt, ce Shak-
speare de la peinture. Parmi tant de merveil-

leuses gravures, il y a en particulier une eau-
forte qui représente, à ce qu'on suppose, le
docteur Faust, et qu'il est impossible de contempler sans éblouissement. C'est une sombre
cellule ; au milieu est une table chargée d'objets hideux : têtes de mort, sphères, alambics,
compas, parchemins hiéroglyphiques. Le docteur est devant cette table, vêtu de sa grosse
houppelande et coiffé jusqu'aux sourcils de
son bonnet fourré. On ne le voit qu'à mi-corps.
Il est à demi levé de son immense fauteuil ; ses
poings crispés s'appuyent sur la table, et il
considère, avec curiosité et terreur, un grand
cercle lumineux, formé de lettres magiques,
qui brille sur le mur du fond comme le spectre
solaire dans la chambre noire. Ce soleil caba-
listique semble trembler à l'œil et remplit la
blafarde cellule de son rayonnement mystérieux. C'est horrible et c'est beau.

Quelque chose d'assez semblable à la cellule de Faust s'offrit à la vue de Jehan, quand
il eut hasardé sa tête par la porte entrebaillée.
C'était de même un réduit sombre et à peine
éclairé. Il y avait aussi un grand fauteuil et
une grande table, des compas, des alambics,
des squelettes d'animaux pendus au plafond,
une sphère roulant sur le pavé, des hippocé-

phales pêle-mêle avec des bocaux où tremblaient des feuilles d'or, des têtes de mort po-
sées sur des vélins bigarrés de figures et de
caractères, de gros manuscrits empilés tout
ouverts, sans pitié pour les angles cassans du
parchemin; enfin, toutes les ordures de la
science, et partout sur ce fouillis de la poussière et des toiles d'araignées; mais il n'y avait
point de cercle de lettres lumineuses, point
de docteur en extase, contemplant la flam-
boyante vision, comme l'aigle regarde son
soleil.

Pourtant la cellule n'était point déserte. Un
homme était assis dans le fauteuil et courbé
sur la table. Jehan, auquel il tournait le dos,
ne pouvait voir que ses épaules et le derrière
de son crâne; mais il n'eut pas de peine à reconnaître cette tête chauve, à laquelle la nature
avait fait une tonsure éternelle, comme si elle
avait voulu marquer, par ce symbole extérieur, l'irrésistible vocation cléricale de l'archidiacre.

Jehan reconnut donc son frère; mais la
porte s'était ouverte si doucement que rien
n'avait averti dom Claude de sa présence. Le
curieux écolier en profita pour examiner quelques instans à loisir la cellule. Un large four-

neau, qu'il n'avait pas remarqué au premier
abord, était à gauche du fauteuil, au-dessous
de la lucarne. Le rayon du jour qui pénétrait
par cette ouverture traversait une ronde toile
d'araignée, qui inscrivait avec goût sa rosace
délicate dans l'ogive de la lucarne, et au centre
de laquelle l'insecte architecte se tenait immobile comme le moyeu de cette roue de dentelle.
Sur le fourneau étaient accumulés en désordre
toutes sortes de vases, des fioles de grès, des
cornues de verre, des matras de charbon. Jehan
observa, en soupirant, qu'il n'y avait pas un
poêlon. — Elle est fraîche, la batterie de cuisine! pensa-t-il.

Du reste, il n'y avait pas de feu dans le fourneau, et il paraissait même qu'on n'en avait
pas allumé depuis long-temps. Un masque de
verre, que Jehan remarqua parmi les ustensiles
d'alchimie, et qui servait sans doute à préser-
ver le visage de l'archidiacre lorsqu'il élabo-
rait quelque substance redoutable, était dans
un coin, couvert de poussière, et comme oublié. A côté gisait un soufflet non moins pou-
dreux, et dont la feuille supérieure portait
cette légende, incrustée en lettres de cuivre :
SPIRA, SPERA.

D'autres légendes étaient écrites, selon la

mode des hermétiques, en grand nombre sur
les murs; les unes tracées à l'encre, les autres
gravées avec une pointe de métal. Du reste,
lettres gothiques, lettres hébraïques, lettres
grecques et lettres romaines, pêle-mêle; les
inscriptions débordant au hasard, celles-ci
sur celles-là, les plus fraîches effaçant les plus
anciennes, et toutes s'enchevêtrant les unes
dans les autres comme les branches d'une
broussaille, comme les piques d'une mêlée.
C'était, en effet, une assez confuse mêlée de
toutes les philosophies, de toutes les rêveries,
de toutes les sagesses humaines. Il y en avait
une çà et là qui brillait sur les autres comme
un drapeau parmi les fers de lance. C'était, la
plupart du temps, une brève devise latine ou
grecque, comme les formulait si bien le moyen
âge : — *Undè ? indè ?* — *Homo homini mons-
trum.* — *Astra, castra, nomen, numen,* —
Μέγα βιβλίον, μέγα κακόν. — *Sapere aude.* — *Flat
ubi vult.* — etc.; quelquefois un mot dénué de
tout sens apparent: — Ἀναγκοφαγία; — ce qui ca-
chait peut-être une allusion amère au régime
du cloître; quelquefois enfin une simple
maxime de discipline cléricale formulée en un
hexamètre réglementaire : *Cœlestem domi-
num, terrestrem dicito domnum.* Il y avait aussi

passim des grimoires hébraïques, auxquels
Jehan, déjà fort peu grec, ne comprenait rien,
et le tout était traversé à tout propos par des
étoiles, des figures d'hommes ou d'animaux
et des triangles qui s'intersectaient, ce qui ne
contribuait pas peu à faire ressembler la muraille barbouillée de la cellule à une feuille de
papier sur laquelle un singe aurait promené
une plume chargée d'encre.

L'ensemble de la logette, du reste, présentait un aspect général d'abandon et de délabrement; et le mauvais état des ustensiles laissait supposer que le maître était déjà depuis
assez long-temps distrait de ses travaux par
d'autres préoccupations.

Ce maître cependant, penché sur un vaste
manuscrit orné de peintures bizarres, paraissait tourmenté par une idée qui venait sans
cesse se mêler à ses méditations. C'est du
moins ce que Jehan jugea en l'entendant s'é-
crier, avec les intermittences pensives d'un
songe-creux qui rêve tout haut :

— Oui, Manou le dit et Zoroastre l'enseignait !
le soleil naît du feu, la lune du soleil; le feu
est l'âme du grand tout ; ses atômes élémen-
taires s'épanchent et ruissellent incessamment
sur le monde par courans infinis ! Aux points

où ces courans s'entrecoupent dans le ciel,
ils produisent la lumière; à leurs points
d'intersection dans la terre, ils produisent l'or. — La lumière, l'or; même chose!
— Du feu à l'état concret. — La différence
du visible au palpable, du fluide au solide pour la même substance, de la vapeur
d'eau à la glace, rien de plus. — Ce ne sont
point là des rêves, — c'est la loi générale de la
nature. — Mais comment faire pour soutirer
dans la science le secret de cette loi générale?
Quoi! cette lumière qui inonde ma main, c'est
de l'or! ces mêmes atômes dilatés selon une
certaine loi, il ne s'agit que de les condenser
selon une certaine autre loi. — Comment
faire? — Quelques-uns ont imaginé d'enfouir
un rayon du soleil. — Averroës, — oui, c'est
Averroës, — Averroës en a enterré un sous
le premier pilier de gauche du sanctuaire
du Koran, dans la grande mahomerie de Cordoue; mais on ne pourra ouvrir le caveau
pour voir si l'opération a réussi que dans
huit mille ans.

— Diable, dit Jehan à part lui, voilà qui est
long-temps attendre un écu.

— ... D'autres ont pensé, continua l'archidiacre rêveur, qu'il valait mieux opérer sur

un rayon de Sirius. Mais il est bien malaisé d'avoir ce rayon pur, à cause de la présence simultanée des autres étoiles qui viennent s'y mêler. Flamel estime qu'il est plus simple d'opérer sur le feu terrestre. — Flamel ! quel nom de prédestiné, *Flamma!* — Oui, le feu. Voilà tout. — Le diamant est dans le charbon, l'or est dans le feu. — Mais comment l'en tirer ? — Magistri affirme qu'il y a de certains noms de femmes d'un charme si doux et si mystérieux qu'il suffit de les prononcer pendant l'opération... — Lisons ce qu'en dit Manou : « Où les femmes sont honorées, les divinités » sont réjouies ; où elles sont méprisées, il est » inutile de prier Dieu. — La bouche d'une » femme est constamment pure ; c'est une eau » courante, c'est un rayon de soleil. — Le » nom d'une femme doit être agréable, doux, » imaginaire ; finir par des voyelles longues et » ressembler à des mots de bénédictions. » — ... Oui, le sage a raison ; en effet, la Maria, la Sophia, la Esméral... — Damnation ! toujours cette pensée !

Et il ferma le livre avec violence.

Il passa la main sur son front, comme pour chasser l'idée qui l'obsédait ; puis il prit sur la table un clou et un petit marteau dont le man-

che était curieusement peint de lettres caba-
listiques.

— Depuis quelque temps, dit-il avec un
sourire amer, j'échoue dans toutes mes expé-
riences ! l'idée fixe me possède, et me flétrit le
cerveau comme un trèfle de feu. Je n'ai seulement pu retrouver le secret de Cassiodore
dont la lampe brûlait sans mèche et sans huile.
Chose simple pourtant !

— Peste ! dit Jehan dans sa barbe.

— ... Il suffit donc, continua le prêtre, d'une
seule misérable pensée pour rendre un homme
faible et fou ! Oh ! que Claude Pernelle rirait
de moi, elle qui n'a pu détourner un moment
Nicolas Flamel de la poursuite du grand œuvre ! Quoi ! je tiens dans ma main le marteau
magique de Zéchiélé ! à chaque coup que le
redoutable rabbin, du fond de sa cellule,
frappait sur ce clou avec ce marteau, celui
de ses ennemis qu'il avait condamné, eût-il été
à deux mille lieues, s'enfonçait d'une coudée
dans la terre qui le dévorait. Le roi de France
lui-même, pour avoir un soir heurté inconsi-
dérément à la porte du thaumaturge, entra
dans son pavé de Paris jusqu'aux genoux. —
Ceci s'est passé il n'y a pas trois siècles. — Eh
bien ! j'ai le marteau et le clou, et ce ne sont

pas outils plus formidables dans mes mains qu'un hutin aux mains d'un taillandier. — Pourtant il ne s'agit que de retrouver le mot magique que prononçait Zéchiélé, en frappant sur son clou.

— Bagatelle! pensa Jehan.

— Voyons, essayons, reprit vivement l'archidiacre. Si je réussis je verrai l'étincelle bleue jaillir de la tête du clou. — Emen-Hétan! Emen-Hétan! — Ce n'est pas cela. — Sigéani! Sigéani! — Que ce clou ouvre la tombe à quiconque porte le nom de Phœbus...! — Malédiction! toujours, encore, éternellement la même idée!

Et il jeta le marteau avec colère. Puis il s'affaissa tellement sur le fauteuil et sur la table que Jehan le perdit de vue derrière l'énorme dossier. Pendant quelques minutes il ne vit plus que son poing convulsif crispé sur un livre. Tout à coup dom Claude se leva, prit un compas, et grava en silence sur la muraille en lettres capitales ce mot grec :

ΑΝΑΓΚΗ.

— Mon frère est fou, dit Jehan en lui-même; il eût été bien plus simple d'écrire : *fatum;* tout le monde n'est pas obligé de savoir le grec.

L'archidiacre vint se rasseoir dans son fauteuil, et posa sa tête sur ses deux mains, comme fait un malade dont le front est lourd et brûlant.

L'écolier observait son frère avec surprise. Il ne savait pas, lui qui mettait son cœur en plein air, lui qui n'observait de loi au monde que la bonne loi de nature, lui qui laissait s'écouler ses passions par ses penchans, et chez qui le lac des grandes émotions était toujours à sec, tant il y pratiquait largement chaque matin de nouvelles rigoles, il ne savait pas avec quelle furie cette mer des passions humaines fermente et bouillonne lorsqu'on lui refuse toute issue, comme elle s'amasse, comme elle s'enfle, comme elle déborde, comme elle creuse le cœur, comme elle éclate en sanglots intérieurs et en sourdes convulsions, jusqu'à ce qu'elle ait déchiré ses digues et crevé son lit. L'enveloppe austère et glaciale de Claude Frollo, cette froide surface de vertu escarpée et inaccessible, avait toujours trompé Jehan. Le joyeux écolier n'avait jamais songé à ce qu'il y a de lave bouillante, furieuse et profonde sous le front de neige de l'Etna.

Nous ne savons s'il se rendit compte subitement de ces idées; mais, tout évaporé qu'il était,

il comprit qu'il avait vu ce qu'il n'aurait pas
dû voir, qu'il venait de surprendre l'âme de
son frère aîné dans une de ses plus secrètes
attitudes, et qu'il ne fallait pas que Claude s'en
aperçût. Voyant que l'archidiacre était retombé
dans son immobilité première, il retira sa tête
très doucement, et fit quelque bruit de pas
derrière la porte, comme quelqu'un qui arrive et qui avertit de son arrivée.

— Entrez! cria l'archidiacre de l'intérieur
de la cellule; je vous attendais. J'ai laissé ex-
près la clef à la porte; entrez, maître Jacques.

L'écolier entra hardiment. L'archidiacre,
qu'une pareille visite gênait fort en pareil lieu,
tressaillit sur son fauteuil. — Quoi! c'est vous,
Jehan?

— C'est toujours un J, dit l'écolier avec sa
face rouge, effrontée et joyeuse.

Le visage de dom Claude avait repris son
expression sévère. — Que venez-vous faire ici?

— Mon frère, répondit l'écolier en s'efforçant d'atteindre à une mine décente, piteuse
et modeste, et en tournant son bicoquet dans
ses mains avec un air d'innocence, je venais
vous demander...

— Quoi?

— Un peu de morale dont j'ai grand be-

soin. Jehan n'osa ajouter tout haut : et un peu
d'argent dont j'ai plus grand besoin encore.
Ce dernier membre de sa phrase resta inédit.

— Monsieur, dit l'archidiacre d'un ton froid,
je suis très mécontent de vous.

— Hélas ! soupira l'écolier.

Dom Claude fit décrire un quart de cercle
à son fauteuil, et regarda Jehan fixement. —
Je suis bien aise de vous voir.

C'était un exorde redoutable. Jehan se prépara à un rude choc.

— Jehan, on m'apporte tous les jours des
doléances de vous. Qu'est-ce que c'est que
cette batterie où vous avez contus de bas-
tonnade un petit vicomte Albert de Ramon-
champ ?...

— Oh ! dit Jehan, grand'chose ! un méchant
page qui s'amusait à escailbotter les écoliers,
en faisant courir son cheval dans les boues !

— Qu'est-ce que c'est, reprit l'archidiacre,
que ce Mahiet Fargel, dont vous avez déchiré
la robe ? *Tunicam dechiraverunt*, dit la plainte.

— Ah bah ! une mauvaise cappette de
Montaigu ! voilà-t-il pas ?

— La plainte dit *tunicam* et non *cappettam*.
Savez-vous le latin ?

Jehan ne répondit pas.

— Oui, poursuivit le prêtre en secouant la tête! Voilà où en sont les études et les lettres maintenant. La langue latine est à peine entendue, la syriaque inconnue, la grecque tellement odieuse que ce n'est pas ignorance aux plus savans de sauter un mot grec sans le lire, et qu'on dit : *Græcum est, non legitur.*

L'écolier releva résolument les yeux. — Monsieur mon frère, vous plaît-il que je vous explique en bon parler français ce mot grec qui est écrit là sur le mur?

— Quel mot?

— ΆΝΆΓΚΗ.

Une légère rougeur vint s'épanouir sur les joues pommelées de l'archidiacre, comme la bouffée de fumée qui annonce au dehors les secrètes commotions d'un volcan. L'écolier le remarqua à peine.

— Eh bien! Jehan, balbutia le frère aîné avec effort, qu'est-ce que ce mot veut dire?

— FATALITÉ.

Dom Claude redevint pâle, et l'écolier poursuivit avec insouciance : — Et ce mot qui est au dessous, gravé par la même main, Ἀναγνεία, signifie *impureté*. Vous voyez qu'on sait son grec.

L'archidiacre demeurait silencieux. Cette

leçon de grec l'avait rendu rêveur. Le petit
Jehan, qui avait toutes les finesses d'un enfant
gâté, jugea le moment favorable pour hasar-
der sa requête. Il prit donc une voix extrêmement douce, et commença.

— Mon bon frère, est-ce que vous m'avez en
haine à ce point de me faire farouche mine
pour quelques méchantes giffles et pugnala-
des distribuées en bonne guerre à je ne sais
quels garçons et marmousets, *quibusdam
mormosetis.* — Vous voyez, bon frère Claude,
qu'on sait son latin?

Mais toute cette caressante hypocrisie n'eut
point sur le sévère grand frère son effet ac-
coutumé. Cerbère ne mordit pas au gâteau de
miel. Le front de l'archidiacre ne se dérida pas
d'un pli. — Où voulez-vous en venir? dit-il
d'un ton sec.

— Eh bien, au fait! voici! répondit bravement Jehan : j'ai besoin d'argent.

A cette déclaration effrontée, la physionomie de l'archidiacre prit tout-à-fait l'expression pédagogique et paternelle.

— Vous savez, monsieur Jehan, que notre
fief de Tirechappe ne rapporte, en mettant en
bloc le cens et les rentes des vingt-une maisons, que trente-neuf livres onze sous six de-

niers parisis. C'est moitié plus que du temps des frères Paclet, mais ce n'est pas beaucoup.

— J'ai besoin d'argent, dit stoïquement Jehan.

— Vous savez que l'official a décidé que nos vingt-une maisons mouvaient en plein fief de l'évêché et que nous ne pourrions racheter cet hommage qu'en payant au révérend évêque deux marcs d'argent doré du prix de six livres parisis. Or, ces deux marcs, je n'ai encore pu les amasser. Vous le savez.

— Je sais que j'ai besoin d'argent, répéta Jehan pour la troisième fois.

— Et qu'en voulez-vous faire?

Cette question fit briller une lueur d'espoir aux yeux de Jehan. Il reprit sa mine chatte et doucereuse.

— Tenez, cher frère Claude, je ne m'adresserais pas à vous en mauvaise intention. Il ne s'agit pas de faire le beau dans les tavernes avec vos unzains et de me promener dans les rues de Paris en caparaçon de brocart d'or, avec mon laquais, *com meo laquasio.* Non, mon frère, c'est pour une bonne œuvre.

— Quelle bonne œuvre? demanda Claude un peu surpris.

— Il y a deux de mes amis qui voudraient

acheter une layette à l'enfant d'une pauvre
veuve haudriette. C'est une charité. Cela cou-
tera trois florins, et je voudrais mettre le
mien.

— Comment s'appellent vos deux amis ?

— Pierre-l'Assommeur et Baptiste-Croque-
Oison.

— Hum ! dit l'archidiacre ; voilà des noms
qui vont à une bonne œuvre comme une
bombarde sur un maître-autel.

Il est certain que Jehan avait très-mal
choisi ses deux noms d'amis. Il le sentit trop
tard.

— Et puis, poursuivit le sagace Claude,
qu'est-ce que c'est qu'une layette qui doit
coûter trois florins, et cela pour l'enfant d'une
haudriette ? Depuis quand les veuves hau-
driettes ont-elles des marmots au maillot ?

Jehan rompit la glace encore une fois. —
Eh bien, oui ! j'ai besoin d'argent pour aller
voir ce soir Isabeau-la-Thierrye au Val-d'A-
mour !

— Misérable impur ! s'écria le prêtre.

— Ἀναγνεία, dit Jehan.

Cette citation, que l'écolier empruntait,
peut-être avec malice, à la muraille de la cellule, fit sur le prêtre un effet singulier. Il se

mordit les lèvres, et sa colère s'éteignit dans la rougeur.

— Allez-vous-en, dit-il alors à Jehan. J'attends quelqu'un.

L'écolier tenta encore un effort. — Frère Claude, donnez-moi au moins un petit parisis pour manger.

— Où en êtes-vous des décrétales de Gratien? demanda dom Claude.

— J'ai perdu mes cahiers.

— Où en êtes-vous des humanités latines?

— On m'a volé mon exemplaire d'Horatius.

— Où en êtes-vous d'Aristoteles?

— Ma foi! frère, quel est donc ce père de l'église qui dit que les erreurs des hérétiques ont, de tout temps, eu pour repaire les broussailles de la métaphysique d'Aristoteles? Foin d'Aristoteles! je ne veux pas déchirer ma religion à sa métaphysique.

— Jeune homme, reprit l'archidiacre, il y avait à la dernière entrée du Roi un gentilhomme appelé Philippe de Comines, qui portait brodée sur la houssure de son cheval sa devise, que je vous conseille de méditer : *Qui non laborat non manducet.*

L'écolier resta un moment silencieux, le

doigt à l'oreille, l'œil fixé à terre, et la mine
fâchée. Tout à coup il se retourna vers Claude
avec la vive prestesse d'un hoche-queue.

— Ainsi, bon frère, vous me refusez un sou
parisis pour acheter une croûte chez un talmellier?

— *Qui non laborat non manducet.*

A cette réponse de l'inflexible archidiacre,
Jehan cacha sa tête dans ses mains, comme
une femme qui sanglotte, et s'écria avec une
expression de désespoir : — Ο τοτοτοτοτοῖ !

— Qu'est-ce que cela veut dire, monsieur?
demanda Claude surpris de cette incartade.

— Eh bien quoi! dit l'écolier; et il relevait
sur Claude des yeux effrontés dans lesquels il
venait d'enfoncer ses poings pour leur donner
la rougeur des larmes : c'est du grec! c'est un
anapeste d'Eschyles qui exprime parfaitement
la douleur.

Et ici il partit d'un éclat de rire si bouffon
et si violent qu'il en fit sourire l'archidiacre.
C'était là faute de Claude en effet : pourquoi
avait-il tant gâté cet enfant?

— Oh! bon frère Claude, reprit Jehan enhardi par ce sourire, voyez mes brodequins
percés. Y a-t-il cothurne plus tragique au
monde que des bottines dont la semelle tire
la langue?

L'archidiacre était promptement revenu à sa sévérité première. — Je vous enverrai des bottines neuves, mais point d'argent.

— Rien qu'un pauvre petit parisis, frère, poursuivit le suppliant Jehan. J'apprendrai Gratien par cœur, je croirai bien en Dieu, je serai un véritable Pythagoras de science et de vertu. Mais un petit parisis, par grâce ! Voulez-vous que la famine me morde avec sa gueule qui est là, béante, devant moi, plus noire, plus puante, plus profonde qu'un Tartare ou que le nez d'un moine ?

Dom Claude hocha son chef ridé. — *Qui non laborat...*

Jehan ne le laissa pas achever.

— Eh bien, cria-t-il, au diable ! vive la joie ! Je m'entavernerai, je me battrai, je casserai les pots et j'irai voir les filles !

Et sur ce, il jeta son bonnet au mur, et fit claquer ses doigts comme des castagnettes.

L'archidiacre le regarda d'un air sombre.

— Jehan, vous n'avez point d'âme.

— En ce cas, selon Épicurius, je manque d'un je ne sais quoi fait de quelque chose qui n'a pas de nom.

— Jehan, il faut songer sérieusement à vous corriger.

— Ah ça, cria l'écolier en regardant tour à tour son frère et les alambics du fourneau, tout est donc cornu ici, les idées et les bouteilles !

— Jehan, vous êtes sur une pente bien glissante. Savez-vous où vous allez ?

— Au cabaret, dit Jehan.

— Le cabaret mène au pilori.

— C'est une lanterne comme une autre, et c'est peut-être avec celle-là que Diogène eût trouvé son homme.

— Le pilori mène à la potence.

— La potence est une balance qui a un homme à un bout et toute la terre à l'autre. Il est beau d'être l'homme.

— La potence mène à l'enfer.

— C'est un gros feu.

— Jehan, Jehan, la fin sera mauvaise.

— Le commencement aura été bon.

En ce moment le bruit d'un pas se fit entendre dans l'escalier.

— Silence ! dit l'archidiacre en mettant un doigt sur sa bouche, voici maître Jacques. Écoutez, Jehan, ajouta-t-il à voix basse : gardez-vous de parler jamais de ce que vous aurez vu et entendu ici. Cachez-vous vite sous ce fourneau, et ne soufflez pas.

L'écolier se blottit sous le fourneau; là il lui vint une idée féconde.

— A propos, frère Claude, un florin pour que je ne souffle pas.

— Silence! je vous le promets.

— Il faut me le donner.

— Prends donc! dit l'archidiacre en lui jetant avec colère son escarcelle. Jehan se renfonça sous le fourneau, et la porte s'ouvrit.

V.

Les deux hommes vêtus de noir.

———

Le personnage qui entra avait une robe
noire et la mine sombre. Ce qui frappa au
premier coup d'œil notre ami Jehan (qui,
comme on s'en doute bien, s'était arrangé
dans son coin de manière à pouvoir tout voir
et tout entendre selon son bon plaisir), c'é-
tait la parfaite tristesse du vêtement et du vi-

sage de ce nouveau-venu. Il y avait pourtant
quelque douceur répandue sur cette figure,
mais une douceur de chat ou de juge, une
douceur doucereuse. Il était fort gris, ridé,
touchait aux soixante ans, clignait des yeux,
avait le sourcil blanc, la lèvre pendante et de
grosses mains. Quand Jehan vit que ce n'était
que cela, c'est-à-dire sans doute un médecin
ou un magistrat, et que cet homme avait le nez
très loin de la bouche, signe de bêtise, il se
rencoigna dans son trou, désespéré d'avoir à
passer un temps indéfini en si gênante posture
et en si mauvaise compagnie.

L'archidiacre cependant ne s'était pas même
levé pour ce personnage. Il lui avait fait signe
de s'asseoir sur un escabeau voisin de la porte,
et après quelques momens d'un silence qui
semblait continuer une méditation antérieure,
il lui avait dit avec quelque protection : Bon-
jour, maître Jacques.

— Salut, maître, avait répondu l'homme noir.

Il y avait entre les deux manières dont fut
prononcé d'une part ce *maître Jacques*, de
l'autre ce *maître* par excellence, la différence
de monseigneur au monsieur, du *domine* au
domne. C'était évidemment l'abord du docteur et du disciple.

— Eh bien! reprit l'archidiacre après un nouveau silence, que maître Jacques se garda de troubler, réussissez-vous?

— Hélas! mon maître, dit l'autre avec un sourire triste, je souffle toujours. De la cendre tant que j'en veux. Mais pas une étincelle d'or.

Dom Claude fit un geste d'impatience. — Je ne vous parle pas de cela, maître Jacques Charmolue, mais du procès de votre magicien. N'est-ce pas Marc Cenaine que vous le nommez? le sommelier de la Cour des comptes? Avoue-t-il sa magie? La question vous a-t-elle réussi?

— Hélas! non, répondit maître Jacques, toujours avec son sourire triste; nous n'avons pas cette consolation. Cet homme est un caillou; nous le ferons bouillir au Marché-aux-Pourceaux, avant qu'il ait rien dit. Cependant nous n'épargnons rien pour arriver à la vérité; il est déjà tout disloqué, nous y mettons toutes les herbes de la Saint-Jean, comme dit le vieux comique Plautus:

Advorsum stimulos, laminas, crucesque, compedesque,
Nervos, catenas, carceres, numellas, pedicas, boias.

Rien n'y fait; cet homme est terrible. J'y perds mon latin.

— Vous n'avez rien trouvé de nouveau dans
sa maison?

— Si fait, dit maître Jacques en fouillant
dans son escarcelle : ce parchemin. Il y a des
mots dessus que nous ne comprenons pas.
Monsieur l'avocat criminel, Philippe Lheulier,
sait pourtant un peu d'hébreu qu'il a appris
dans l'affaire des Juifs de la rue Kantersten à
Bruxelles.

En parlant ainsi, maître Jacques déroulait
un parchemin. — Donnez, dit l'archidiacre.
Et jetant les yeux sur cette pancarte : — Pure
magie, maître Jacques ! s'écria-t-il, *Emen-
Hetan!* c'est le cri des stryges quand elles
arrivent au sabbat. *Per ipsum, et cum ipso,
et in ipso!* c'est le commandement qui reca-
denasse le diable en enfer. *Hax, pax, max!*
ceci est de la médecine. Une formule contre
la morsure des chiens enragés. Maître Jacques ! vous êtes procureur du roi en cour d'é-
glise : ce parchemin est abominable.

— Nous remettrons l'homme à la question.
Voici encore, ajouta maître Jacques en fouillant de nouveau dans sa sacoche, ce que nous
avons trouvé chez Marc Cenaine.

C'était un vase de la famille de ceux qui cou-

vraient le fourneau de dom Claude. — Ah! dit
l'archidiacre, un creuset d'alchimie.

— Je vous avouerai, reprit maître Jacques
avec son sourire timide et gauche, que je l'ai
essayé sur le fourneau, mais je n'ai pas mieux
réussi qu'avec le mien.

L'archidiacre se mit à examiner le vase. —
Qu'a-t-il gravé sur son creuset? *Och! och!* le
mot qui chasse les puces! Ce Marc Cenaine
est ignorant! Je le crois bien, que vous ne ferez par d'or avec ceci! c'est bon à mettre dans
votre alcôve l'été, et voilà tout!

— Puisque nous en sommes aux erreurs,
dit le procureur du roi, je viens d'étudier le
portail d'en bas avant de monter; votre révé-
rence est-elle bien sûre que l'ouverture de
l'ouvrage de physique y est figurée du côté de
l'Hôtel-Dieu, et que, dans les sept figures nues
qui sont aux pieds de Notre-Dame, celle qui
a des ailes aux talons est Mercurius?

— Oui, répondit le prêtre; c'est Augustin
Nypho qui l'écrit, ce docteur italien qui
avait un démon barbu lequel lui appre-
nait toute chose. Au reste, nous allons descendre, et je vous expliquerai cela sur le texte.

— Merci, mon maître, dit Charmolue en
s'inclinant jusqu'à terre. — A propos, j'ou-

bliais! Quand vous plaît-il que je fasse appréhender la petite magicienne?

— Quelle magicienne?

— Cette bohémienne que vous savez bien, qui vient tous les jours baller sur le parvis malgré la défense de l'official! elle a une chèvre possédée qui a des cornes du diable, qui lit, écrit, qui sait la mathématique comme Picatrix, et qui suffirait à faire pendre toute la Bohême. Le procès est tout prêt; il sera bientôt fait, allez! Une jolie créature, sur mon âme, que cette danseuse! les plus beaux yeux noirs! deux escarboucles d'Égypte! Quand commençons-nous?

L'archidiacre était excessivement pâle.

— Je vous dirai cela, balbutia-t-il d'une voix à peine articulée; puis il reprit avec effort: Occupez-vous de Marc Cenaine.

— Soyez tranquille, dit en souriant Charmolue: je vais le faire reboucler sur le lit de cuir en rentrant. Mais c'est un diable d'homme: il fatigue Pierrat Torterue lui-même, qui a les mains plus grosses que moi. Comme dit ce bon Plautus,

Nudus vinctus, centum pondo, es quando pendes per pedes.

La question au treuil! c'est ce que nous avons de mieux. Il y passera.

Dom Claude semblait plongé dans une sombre distraction. Il se tourna vers Charmolue.

— Maître Pierrat... maître Jacques, veux-je dire, occupez-vous de Marc Cenaine!

— Oui, oui, dom Claude. Pauvre homme! il aura souffert comme Mummol. Quelle idée aussi, d'aller au sabbat! un sommelier de la Cour des comptes, qui devrait connaître le texte de Charlemagne, *Stryga vel masca!* — Quant à la petite, — Smelarda, comme ils l'appellent, — j'attendrai vos ordres. — Ah! en passant sous le portail, vous m'expliquerez aussi ce que veut dire le jardinier de plate peinture qu'on voit en entrant dans l'église. N'est-ce pas le Semeur? — Hé! maître, à quoi pensez-vous donc?

Dom Claude, abîmé en lui-même, ne l'écoutait plus. Charmolue, en suivant la direction de son regard, vit qu'il s'était fixé machinalement à la grande toile d'araignée qui tapissait la lucarne. En ce moment, une mouche étourdie, qui cherchait le soleil de mars, vint se jeter à travers ce filet et s'y englua. A l'ébranlement de sa toile, l'énorme araignée fit un mouvement brusque hors de sa cellule centrale, puis d'un bond, elle se précipita sur la

mouche, qu'elle plia en deux avec ses antennes de devant, tandis que sa trompe hideuse
lui fouillait la tête. — Pauvre mouche! dit le
procureur du roi en cour d'église, et il leva
la main pour la sauver. L'archidiacre, comme
réveillé en sursaut, lui retint le bras avec une
violence convulsive.

— Maître Jacques, cria-t-il, laissez faire la
fatalité!

Le procureur se retourna effaré; il lui semblait qu'une pince de fer lui avait pris le bras.
L'œil du prêtre était fixe, hagard, flamboyant,
et restait attaché au petit groupe horrible de
la mouche et de l'araignée.

— Oh! oui, continua le prêtre avec une
voix qu'on eût dit venir de ses entrailles; voilà
un symbole de tout. Elle vole, elle est joyeuse,
elle vient de naître; elle cherche le printemps,
le grand air, la liberté : oh! oui: mais qu'elle
se heurte à la rosace fatale, l'araignée en sort,
l'araignée hideuse! Pauvre danseuse! pauvre
mouche prédestinée! Maître Jacques, laissez
faire! c'est la fatalité! — Hélas! Claude, tu es
l'araignée. Claude, tu es la mouche aussi! —
Tu volais à la science, à la lumière, au soleil,
tu n'avais souci que d'arriver au grand air,
au grand jour de la vérité éternelle; mais en

te précipitant vers la lucarne éblouissante qui
donne sur l'autre monde, sur le monde de la
clarté, de l'intelligence et de la science, mouche aveugle, docteur insensé, tu n'as pas vu
cette subtile toile d'araignée tendue par le
destin entre la lumière et toi, tu t'y es jeté à
corps perdu, misérable fou, et maintenant tu te
débats, la tête brisée et les ailes arrachées, entre
les antennes de fer de la fatalité! —Maître Jacques! maître Jacques! laissez faire l'araignée!

— Je vous assure, dit Charmolue qui le
regardait sans comprendre, que je n'y touche-
rai pas. Mais lâchez-moi le bras, maître, de
grâce! vous avez une main de tenaille.

L'archidiacre ne l'entendait pas. —Oh! insensé! reprit-il sans quitter la lucarne des
yeux. Et quand tu l'aurais pu rompre, cette
toile redoutable, avec tes ailes de moucheron,
tu crois que tu aurais pu atteindre à la lumière! Hélas! cette vitre qui est plus loin, cet
obstacle transparent, cette muraille de cristal plus dur que l'airain, qui sépare toutes
les philosophies de la vérité, comment l'aurais-tu franchie? O vanité de la science! que de
sages viennent de bien loin en voletant s'y
briser le front! Que de systèmes pêle-mêle se
heurtent en bourdonnant à cette vitre éternelle!

Il se tut. Ces dernières idées, qui l'avaient in-
sensiblement ramené de lui-même à la science,
paraissaient l'avoir calmé. Jacques Charmolue
le fit tout-à-fait revenir au sentiment de la réalité, en lui adressant cette question. — Or ça,
mon maître, quand viendrez-vous m'aider à
faire de l'or ? il me tarde de réussir.

L'archidiacre hocha la tête avec un sourire
amer. — Maître Jacques, lisez Michel Psellus,
Dialogus de energia et operatione dæmonum.
Ce que nous faisons n'est pas tout-à-fait innocent.

— Plus bas, maître ! Je m'en doute, dit
Charmolue. Mais il faut bien faire un peu
d'hermétique quand on n'est que procureur
du roi en cour d'église, à trente écus tournois
par an. Seulement parlons bas.

En ce moment un bruit de mâchoire et de
mastication qui partait de dessous le fourneau
vint frapper l'oreille inquiète de Charmolue.

— Qu'est cela ? demanda-t-il.

C'était l'écolier qui, fort gêné et fort ennuyé
dans sa cachette, était parvenu à y découvrir
une vieille croûte et un triangle de fromage
moisi, et s'était mis à manger le tout sans façon, en guise de consolation et de déjeuner.
Comme il avait grand faim il faisait grand bruit,

et il accentuait fortement chaque bouchée, ce qui avait donné l'éveil et l'alarme au procureur.

— C'est un mien chat, dit vivement l'archidiacre, qui se régale, là dessous, de quelque souris.

Cette explication satisfit Charmolue.

— En effet, maître, répondit-il avec un sourire respectueux, tous les grands philosophes ont eu leur bête familière. Vous savez ce que dit Servius : *Nullus enim locus sine genio est.*

Cependant dom Claude qui craignait quelque nouvelle algarade de Jehan, rappela à son digne discipline qu'ils avaient quelques figures du portail à étudier ensemble, et tous deux sortirent de la cellule, au grand *ouf!* de l'écolier, qui commençait à craindre sérieusement que son genou ne prît l'empreinte de son menton.

VI.

Effet que peuvent produire sept jurons en plein air.

———

— *Te Deum laudamus !* s'écria maître Jehan en sortant de son trou, voilà les deux
chats-huants partis. Och ! och ! Hax ! pax ! max !
les puces ! les chiens enragés ! le diable ! j'en
ai assez de leur conversation ! la tête me bour-
donne comme un clocher. Du fromage moisi
par dessus le marché ! Sus ! descendons, pre-

nons l'escarcelle du grand frère, et convertissons toutes ces monnaies en bouteilles!

Il jeta un coup d'œil de tendresse et d'admiration dans l'intérieur de la précieuse escarcelle, rajusta sa toilette, frotta ses bottines, épousseta ses pauvres manches-mahoîtres toutes grises de cendre, siffla un air, pirouetta une gambade, examina s'il ne restait pas quelque chose à prendre dans la cellule, grapilla çà et là sur le fourneau quelque amulette de verroterie, bonne à donner en guise de bijou à Isabeau-la-Thierrye, enfin ouvrit la porte que son frère avait laissée ouverté par une dernière indulgence, et qu'il laissa ouverte à son tour par une dernière malice, et descendit l'escalier circulaire en sautillant comme un oiseau.

Au milieu des ténèbres de la vis, il coudoya quelque chose qui se rangea en grognant; il présuma que c'était Quasimodo, et cela lui parut si drôle qu'il descendit le reste de l'escalier en se tenant les côtes de rire. En débouchant sur la place, il riait encore.

Il frappa du pied quand il se retrouva à terre. — Oh! dit-il, bon et honorable pavé de Paris! maudit escalier à essouffler les anges de l'échelle Jacob! A quoi pensais-je de m'aller fourrer dans cette vrille de pierre qui perce le ciel; le tout, pour manger du fromage barbu, et pour voir les clochers de Paris par une lucarne!

Il fit quelques pas, et aperçut les deux chats-huants, c'est-à-dire, dom Claude et maître Jacques Charmolue, en contemplation devant une sculpture du portail. Il s'approcha d'eux sur la pointe des pieds, et entendit l'archidiacre qui disait tout bas à Charmolue : — C'est Guillaume de Paris qui a fait graver un Job sur cette pierre couleur lapis-lazuli, dorée par les bords. Job figure la pierre philosophale, qui doit être éprouvée et martyrisée aussi pour devenir parfaite, comme dit Raymond Lulle : *Sub conservatione formæ specificæ salva anima.*

— Cela m'est bien égal, dit Jehan, c'est moi qui ai la bourse.

En ce moment il entendit une voix forte et sonore articuler derrière lui une série formidable de jurons. — Sang-Dieu! ventre-Dieu! bédieu! corps-de-Dieu! nombril de Belzébuth! nom d'un pape! corne et tonnerre!

— Sur mon âme, s'écria Jehan, ce ne peut être que mon ami le capitaine Phœbus!

Ce nom de Phœbus arriva aux oreilles de l'archidiacre au moment où il expliquait au

procureur du roi le dragon qui cache sa queue
dans un bain d'où sort de la fumée et une tête
de roi. Dom Claude tressaillit, s'interrompit,
à la grande stupeur de Charmolue, se retourna, et vit son frère Jehan qui abordait
un grand officier à la porte du logis Gondelaurier.

C'était en effet monsieur le capitaine Phœbus
de Châteaupers. Il était adossé à l'angle de la
maison de sa fiancée, et il jurait comme un
païen.

— Ma foi! capitaine Phœbus, dit Jehan en
lui prenant la main, vous sacrez avec une
verve admirable.

— Corne et tonnerre! répondit le capitaine.

— Corne et tonnerre vous-même! répliqua
l'écolier. Or ça, gentil capitaine, d'où vous
vient ce débordement de belles paroles?

— Pardon, bon camarade Jehan, s'écria
Phœbus en lui secouant la main, cheval lancé
ne s'arrête pas court. Or je jurais au grand
galop. Je viens de chez ces bégueules, et quand
j'en sors, j'ai toujours la gorge pleine de jure-
mens; il faut que je les crache, ou j'étoufferais,
ventre et tonnerre!

— Voulez-vous venir boire? demanda l'é-
colier.

Cette proposition calma le capitaine.

— Je veux bien, mais je n'ai pas d'argent.

— J'en ai, moi !

— Bah ! voyons ?

Jehan étala l'escarcelle aux yeux du capitaine, avec majesté et simplicité. Cependant l'archidiacre, qui avait laissé là Charmolue ébahi, était venu jusqu'à eux et s'était arrêté à quelques pas, les observant tous deux sans qu'ils prissent garde à lui, tant la contemplation de l'escarcelle les absorbait.

Phœbus s'écria : — Une bourse dans votre poche, Jehan ! c'est la lune dans un seau d'eau. On l'y voit, mais elle n'y est pas. Il n'y en a que l'ombre. Pardieu ! gageons que ce sont des cailloux !

Jehan répondit froidement : — Voilà les cailloux dont je cailloute mon gousset.

Et, sans ajouter une parole, il vida l'escarcelle sur une borne voisine, de l'air d'un romain sauvant la patrie.

—Vrai-Dieu ! grommela Phœbus, des targes, des grands-blancs, des petits-blancs, des mailles d'un tournois les deux, des deniers parisis, de vrais liards à l'aigle ! C'est éblouissant !

Jehan demeurait digne et impassible. Quel-

ques liards avaient roulé dans la boue; le capitaine, dans son enthousiasme, se baissa pour
les ramasser. Jehan le retint. — Fi, capitaine
Phœbus de Chateaupers!

Phœbus compta la monnaie, et se tournant
avec solennité vers Jehan : — Savez-vous,
Jehan, qu'il y a vingt-trois sous parisis? Qui
avez-vous donc dévalisé cette nuit, rue Coupe-
Gueule?

Jehan rejeta en arrière sa tête blonde et
bouclée, et dit en fermant à demi des yeux
dédaigneux : — On a un frère archidiacre et
imbécile.

— Corne-de-Dieu! s'écria Phœbus, le digne
homme!

— Allons boire, dit Jehan.

— Où irons-nous? dit Phœbus; *à la Pomme
d'Ève?*

— Non, capitaine, allons *à la Vieille-Science.*
Une vieille qui scie une anse, c'est un rébus,
j'aime cela.

— Foin des rébus, Jehan! le vin est meilleur
à la Pomme d'Ève, et puis, à côté de la porte
il y a une vigne au soleil qui m'égaie quand
je bois.

— Eh bien! va pour Ève et sa pomme, dit
l'écolier; et prenant le bras de Phœbus : —

À propos, mon cher capitaine, vous avez dit tout à l'heure la rue Coupe-Gueule. C'est fort mal parler; on n'est plus si barbare à présent. On dit la rue Coupe-Gorge.

Les deux amis se mirent en route vers la *Pomme d'Ève*. Il est inutile de dire qu'ils avaient d'abord ramassé l'argent et que l'archidiacre les suivait.

L'archidiacre les suivait, sombre et hagard. Était-ce là le Phœbus dont le nom maudit, depuis son entrevue avec Gringoire, se mêlait à toutes ses pensées? il ne le savait, mais enfin, c'était un Phœbus, et ce nom magique suffisait pour que l'archidiacre suivît à pas de loup les deux insoucians compagnons, écoutant leurs paroles et observant leurs moindres gestes avec une anxiété attentive. Du reste, rien de plus facile que d'entendre tout ce qu'ils disaient, tant ils parlaient haut, fort peu gênés de mettre les passans de moitié dans leurs confidences. Ils parlaient duels, filles, cruches, folies.

Au détour d'une rue, le bruit d'un tambour de basque leur vint d'un carrefour voisin. Dom Claude entendit l'officier qui disait à l'écolier:

— Tonnerre! doublons le pas.

— Pourquoi, Phœbus?

— J'ai peur que la bohémienne ne me voie.

— Quelle bohémienne?

— La petite qui a une chèvre.

— La Smeralda?

— Justement, Jehan. J'oublie toujours son diable de nom. Dépêchons, elle me reconnaîtrait. Je ne veux pas que cette fille m'accoste dans la rue.

— Est-ce que vous la connaissez, Phœbus?

Ici l'archidiacre vit Phœbus ricaner, se pencher à l'oreille de Jehan, et lui dire quelques mots tout bas; puis Phœbus éclata de rire et secoua la tête d'un air triomphant.

— En vérité? dit Jehan.

— Sur mon âme! dit Phœbus.

— Ce soir?

— Ce soir.

— Êtes-vous sûr qu'elle viendra?

— Mais êtes-vous fou, Jehan? est-ce qu'on doute de ces choses-là?

— Capitaine Phœbus, vous êtes un heureux gendarme!

L'archidiacre entendit toute cette conversation. Ses dents claquèrent; un frisson, visible aux yeux, parcourut tout son corps. Il s'arrêta un moment, s'appuya à une borne

comme un homme ivre, puis il reprit la piste
des deux joyeux drôles.

Au moment où il les rejoignit, ils avaient
changé de conversation. Il les entendit chanter à tue-tête le vieux refrain :

Les enfans des Petits-Carreaux
Se font pendre comme des veaux.

VII.

Le Moine-Bourru.

L'ILLUSTRE cabaret de la *Pomme d'Ève* était
situé dans l'Université, au coin de la rue de la
Rondelle et de la rue du Bâtonnier. C'était une
salle au rez-de-chaussée, assez vaste et fort
basse ; avec une voûte dont la retombée centrale s'appuyait sur un gros pilier de bois peint
en jaune, des tables partout, de luisans brocs

d'étain accrochés au mur, toujours force buveurs, des filles à foison, un vitrage sur la rue,
une vigne à la porte, et au dessus de cette
porte une criarde planche de tôle, enluminée
d'une pomme et d'une femme, rouillée par la
pluie et tournant au vent sur une broche de
fer. Cette façon de girouette qui regardait le
pavé était l'enseigne.

La nuit tombait; le carrefour était noir; le
cabaret plein de chandelles flamboyait de loin
comme une forge dans l'ombre; on entendait le bruit des verres, des ripailles, des ju-
remens, des querelles, qui s'échappait par
les carreaux cassés. A travers la brume que
la chaleur de la salle répandait sur la devanture vitrée, on voyait fourmiller cent figures
confuses, et de temps en temps un éclat de
rire sonore s'en détachait.. Les passans qui allaient à leurs affaires longeaient, sans y jeter
les yeux, cette vitre tumultueuse. Seulement,
par intervalles, quelque petit garçon en guenilles se haussait sur la pointe des pieds jusqu'à l'appui de la devanture, et jetait dans le
cabaret la vieille huée goguenarde dont on
poursuivait alors les ivrognes : Aux Houls,
saouls, saouls, saouls!

Un homme cependant se promenait imper-

turbablement devant la bruyante taverne, y
regardant sans cesse, et ne s'en écartant pas
plus qu'un piquier de sa guérite. Il avait un
manteau jusqu'au nez. Ce manteau, il venait
de l'acheter au fripier qui avoisinait *la Pomme
d'Ève*, sans doute pour se garantir du froid
des soirées de mars, peut-être pour cacher
son costume. De temps en temps il s'arrêtait
devant le vitrage trouble à mailles de plomb,
il écoutait, regardait, et frappait du pied.

Enfin la porte du cabaret s'ouvrit. C'est ce
qu'il paraissait attendre. Deux buveurs en sortirent. Le rayon de lumière qui s'échappait de
la porte empourpra un moment leurs joviales
figures. L'homme au manteau s'alla mettre en
observation sous un porche de l'autre côté de
la rue.

—Corne et tonnerre! dit l'un des deux buveurs. Sept heures vont toquer. C'est l'heure
de mon rendez-vous.

— Je vous dis, reprenait son compagnon
avec une langue épaisse, que je ne demeure
pas rue des Mauvaises-Paroles, *indignus qui
inter mala verba habitat*. J'ai logis rue Jean-
Pain-Mollet, *in vico Joannis-Pain-Mollet*. —
Vous êtes plus cornu qu'un unicorne, si vous
dites le contraire. — Chacun sait que qui

monte une fois sur un ours n'a jamais peur;
mais vous avez le nez tourné à la friandise,
comme Saint-Jacques-de-l'Hôpital.

— Jehan mon ami, vous êtes ivre, disait
l'autre.

L'autre répondait en chancelant : — Cela
vous plaît à dire, Phœbus; mais il est prouvé
que Platon avait le profil d'un chien de chasse.

Le lecteur a sans doute déjà reconnu nos
deux braves amis, le capitaine et l'écolier. Il
paraît que l'homme qui les guettait dans l'ombre les avait reconnus aussi, car il suivait à
pas lents tous les zigzags que l'écolier faisait
faire au capitaine, lequel, buveur plus aguerri,
avait conservé tout son sang-froid. En les
écoutant attentivement, l'homme au manteau
put saisir dans son entier l'intéressante conversation que voici :

— Corbacque! tâchez donc de marcher
droit, monsieur le bachelier; vous savez qu'il
faut que je vous quitte. Voilà sept heures. J'ai
rendez-vous avec une femme.

— Laissez-moi donc, vous! Je vois des
étoiles et des lances de feu. Vous êtes comme
le château de Dampmartin qui crève de rire.

— Par les verrues de ma grand'mère, Jehan, c'est déraisonner avec trop d'acharne-

ment. — A propos, Jehan, est-ce qu'il ne vous reste plus d'argent?

— Monsieur le recteur, il n'y a pas de faute, la petite boucherie, *parva boucheria*.

— Jehan, mon ami Jehan! vous savez que j'ai donné rendez-vous à cette petite au bout du pont Saint-Michel, que je ne puis la mener que chez la Falourdel, la vilotière du pont, et qu'il faudra payer la chambre. La vieille ribaude à moustaches blanches ne me fera pas crédit. Jehan! de grâce! est-ce que nous avons bu toute l'escarcelle du curé? est-ce qu'il ne vous reste plus un parisis?

— La conscience d'avoir bien dépensé les autres heures est un juste et savoureux condiment de table.

— Ventre et boyaux! trêve aux billevesées! Dites-moi, Jehan du diable! vous reste-t-il quelque monnaie? Donnez, bédieu! ou je vais vous fouiller, fussiez-vous lépreux comme Job et galeux comme César!

— Monsieur, la rue Galiache est une rue qui a un bout rue de la Verrerie, et l'autre rue de la Tixeranderie.

— Eh bien, oui! mon bon ami Jehan, mon pauvre camarade, la rue Galiache, c'est bien, c'est très bien. Mais, au nom du ciel, revenez à vous. Il ne me faut qu'un sou parisis, et c'est pour sept heures.

— Silence à la ronde, et attention au refrain :

Quand les rats mangeront les cas ,
Le roi sera seigneur d'Arras ;
Quand la mer qui est grande et léc ,
Sera à la Saint-Jean gelée ,
On verra , par dessus la glace , ,
Sortir ceux d'Arras de leur place.

—Eh bien, écolier de l'Ante-Christ, puisses-tu être étranglé avec les tripes de ta mère ! s'écria Phœbus, et il poussa rudement l'écolier ivre, lequel glissa contre le mur et tomba mollement sur le pavé de Philippe-Auguste. Par un reste de cette pitié fraternelle qui n'abandonne jamais le cœur d'un buveur, Phœbus roula Jehan avec le pied sur un de ces oreillers du pauvre que la providence tient prêts au coin de toutes les bornes de Paris, et que les riches flétrissent dédaigneusement du nom de *tas d'ordures*. Le capitaine arrangea la tête de Jehan sur un plan incliné de trognons de choux, et à l'instant même l'écolier se mit à ronfler avec une basse-taille magnifique. Cependant toute rancune n'était pas éteinte au cœur du capitaine. — Tant pis si la charrette

du diable te ramasse en passant! dit-il au
pauvre clerc endormi, et il s'éloigna.

L'homme au manteau, qui n'avait cessé de
le suivre, s'arrêta un moment devant l'écolier
gisant, comme si une indécision l'agitait; puis,
poussant un profond soupir, il s'éloigna aussi
à la suite du capitaine.

Nous laisserons, comme eux, Jehan dormir
sous le regard bienveillant de la belle étoile,
et nous les suivrons aussi, s'il plaît au lecteur.

En débouchant dans la rue Saint-André-des-
Arcs, le capitaine Phœbus s'aperçut que quelqu'un le suivait. Il vit, en détournant par hasard les yeux, une espèce d'ombre qui ram-
pait derrière lui le long des murs. Il s'arrêta,
elle s'arrêta; il se remit en marche, l'ombre se
remit en marche. Cela ne l'inquiéta que fort
médiocrement. — Ah bah! se dit-il en lui-
même, je n'ai pas le sou.

Devant la façade du collége d'Autun il fit
halte. C'est à ce collége qu'il avait ébauché ce
qu'il appelait ses études, et par une habitude
d'écolier taquin, qui lui était restée, il ne passait jamais devant la façade, sans faire subir
à la statue du cardinal Pierre Bertrand,
sculptée à droite du portail, l'espèce d'affront

dont se plaint si amèrement Priape dans la
satire d'Horace *Olim truncus eram ficulnus.*
Il y avait mis tant d'acharnement que l'incrip-
tion *Eduensis episcopus* en était presque
effacée. Il s'arrêta donc devant la statue comme
à son ordinaire. La rue était tout-à-fait déserte.
Au moment où il renouait nonchalamment ses
aiguillettes, le nez au vent, il vit l'ombre qui
s'approchait de lui à pas lents, si lents qu'il
eut tout le temps d'observer que cette ombre
avait un manteau et un chapeau. Arrivée près
de lui, elle s'arrêta et demeura plus immobile que la statue du cardinal Bertrand. Cependant elle attachait sur Phœbus deux yeux fixes
pleins de cette lumière vague qui sort la nuit
de la prunelle d'un chat.

Le capitaine était brave et se serait fort peu
soucié d'un larron l'estoc au poing. Mais cette
statue qui marchait, cet homme pétrifié, le
glacèrent. Il courait alors par le monde je ne
sais quelles histoires du moine-bourru, rôdeur
nocturne des rues de Paris, qui lui revinrent
confusément en mémoire. Il resta quelques
minutes stupéfait, et rompit enfin le silence,
en s'efforçant de rire. — Monsieur, si vous
êtes un voleur, comme je l'espère, vous me
faites l'effet d'un héron qui s'attaque à une

coquille de noix. Je suis un fils de famille ruiné,
mon cher. Adressez-vous à côté. Il y a dans la
chapelle de ce collège, du bois de la vraie
croix, qui est dans de l'argenterie.

La main de l'ombre sortit de dessous son
manteau, et s'abattit sur le bras de Phœbus,
avec la pesanteur d'une serre d'aigle. En même
temps l'ombre parla : — Capitaine Phœbus
de Chateaupers !

— Comment diable ! dit Phœbus, vous savez mon nom !

— Je ne sais pas seulement votre nom, reprit l'homme au manteau avec sa voix de sépulcre. Vous avez un rendez-vous ce soir.

— Oui, répondit Phœbus stupéfait.

— A sept heures.

— Dans un quart d'heure.

— Chez la Falourdel.

— Précisément.

— La vilotière du Pont-Saint-Michel.

— De Saint-Michel-Archange, comme dit
la pate-nôtre.

— Impie ! grommela le spectre. — Avec une
femme ?

— *Confiteor.*

— Qui s'appelle...

— La Smeralda, dit Phœbus alègrement.

Toute son insouciance lui était revenue par degrés.

A ce nom la serre de l'ombre secoua avec fureur le bras de Phœbus. — Capitaine Phœbus de Chateaupers, tu mens !

Qui eût pu voir en ce moment le visage enflammé du capitaine, le bond qu'il fit en arrière, si violent, qu'il se dégagea de la tenaille qui l'avait saisi, la fière mine dont il jeta sa main à la garde de son épée, et devant cette colère la morne immobilité de l'homme au manteau, qui eût vu cela eût été effrayé. C'était quelque chose du combat de don Juan et de la statue.

— Christ et satan ! cria le capitaine. Voilà une parole qui s'attaque rarement à l'oreille d'un Chateaupers ! Tu n'oserais pas la répéter ?

— Tu mens ! dit l'ombre froidement.

Le capitaine grinça des dents. Moine-bourru, fantôme, superstitions, il avait tout oublié en ce moment. Il ne voyait plus qu'un homme et qu'une insulte. — Ah ! voilà qui va bien ! balbutia-t-il d'une voix étouffée de rage. Il tira son épée, puis bégayant, car la colère fait trembler comme la peur : — Ici ! tout de suite !

sus! les épées! les épées! du sang sur ces pavés!

Cependant l'autre ne bougeait. Quand il vit son adversaire en garde et prêt à se fendre : — Capitaine Phœbus, dit-il, et son accent vibrait avec amertume, vous oubliez votre rendez-vous.

Les emportemens des hommes comme Phœbus sont des soupes au lait, dont une goutte d'eau froide affaisse l'ébullition. Cette simple parole fit baisser l'épée qui étincelait à la main du capitaine.

— Capitaine, poursuivit l'homme, demain, après-demain, dans un mois, dans dix ans, vous me retrouverez prêt à vous couper la gorge; mais allez d'abord à votre rendez-vous.

— En effet, dit Phœbus, comme s'il cherchait à capituler avec lui-même, ce sont deux choses charmantes à rencontrer en un rendez-vous qu'une épée et qu'une fille; mais je ne vois pas pourquoi je manquerais l'une pour l'autre, quand je puis avoir les deux.

Il remit l'épée au fourreau.

— Allez à votre rendez-vous, reprit l'inconnu,

— Monsieur, répondit Phœbus avec quel-

que embarras, grand merci de votre courtoi-
sie. Au fait, il sera toujours temps demain, de
nous découper à taillades et boutonnières le
pourpoint du père Adam. Je vous sais gré de
me permettre de passer encore un quart
d'heure agréable. J'espérais bien vous coucher
dans le ruisseau, et arriver encore à temps
pour la belle, d'autant mieux qu'il est de bon
air de faire attendre un peu les femmes en pareil cas. Mais vous m'avez l'air d'un gaillard,
et il est plus sûr de remettre la partie à demain. Je vais donc à mon rendez-vous; c'est
pour sept heures, comme vous savez. — Ici
Phœbus se gratta l'oreille. — Ah! corne-Dieu!
j'oubliais! je n'ai pas un sou pour acquitter le
truage du galetas, et la vieille matrulle voudra
être payée d'avance. Elle se défie de moi.

— Voici de quoi payer.

Phœbus sentit la main froide de l'inconnu
glisser dans la sienne une large pièce de
monnaie. Il ne put s'empêcher de prendre cet
argent et de serrer cette main.

— Vrai-Dieu! s'écria-t-il, vous êtes un bon
enfant!

— Une condition, dit l'homme. Prouvez-
moi que j'ai eu tort et que vous disiez vrai.
Cachez-moi dans quelque coin d'où je puisse

voir si cette femme est vraiment celle dont
vous avez dit le nom.

— Oh! répondit Phœbus, cela m'est bien
égal. Nous prendrons la chambre à Sainte-
Marthe; vous pourrez voir à votre aise du
chenil qui est à côté.

— Venez donc, reprit l'ombre.

— A votre service, dit le capitaine. Je ne
sais si vous n'êtes pas messer Diabolus en propre personne; mais soyons bons amis ce soir,
demain je vous paierai toutes mes dettes, de
la bourse et de l'épée.

Ils se remirent à marcher rapidement. Au
bout de quelques minutes, le bruit de la rivière leur annonça qu'ils étaient sur le pont
Saint-Michel alors chargé de maisons. — Je
vais d'abord vous introduire, dit Phœbus à
son compagnon, j'irai ensuite chercher la
belle qui doit m'attendre près du Petit-Châtelet. Le compagnon ne répondit rien; depuis
qu'ils marchaient côte à côte, il n'avait dit
mot. Phœbus s'arrêta devant une porte basse,
et heurta rudement; une lumière parut aux
fentes de la porte. Qui est-là? cria une voix
édentée. — Corps-Dieu! tête-Dieu! ventre-
Dieu! répondit le capitaine. La porte s'ouvrit
sur-le-champ, et laissa voir aux arrivans une

vieille femme et une vieille lampe qui tremblaient toutes deux. La vieille était pliée en deux,
vêtue de guenilles, branlante du chef, percée
à petits yeux, coiffée d'un torchon, ridée partout, aux mains, à la face, au cou; ses lèvres
rentraient sous ses gencives, et elle avait tout
autour de la bouche des pinceaux de poils
blancs qui lui donnaient la mine embabouinée
d'un chat. L'intérieur du bouge n'était pas
moins délabré qu'elle; c'étaient des murs de
craie, des solives noires au plafond, une cheminée démantelée, des toiles d'araignées à tous
les coins; au milieu, un troupeau chancelant
de tables et d'escabelles boiteuses, un enfant
sale dans les cendres, et dans le fond un escalier ou plutôt une échelle de bois, qui aboutissait à une trappe au plafond. En pénétrant
dans ce repaire, le mystérieux compagnon
de Phœbus haussa son manteau jusqu'à ses
yeux. Cependant le capitaine, tout en jurant
comme un sarrazin, se hâta de *faire dans un*
écu reluire le soleil, comme dit notre admirable Régnier. — La chambre à Sainte-Marthe,
dit-il.

La vieille le traita de monseigneur, et serra
l'écu dans un tiroir. C'était la pièce que
l'homme au manteau noir avait donnée à Phœ-

bus. Pendant qu'elle tournait le dos, le petit garçon chevelu et déguenillé qui jouait dans les cendres, s'approcha adroitement du tiroir, y prit l'écu, et mit à la place une feuille sèche, qu'il avait arrachée d'un fagot.

La vieille fit signe aux deux gentilshommes, comme elle les nommait, de la suivre, et monta l'échelle devant eux. Parvenue à l'étage supérieur, elle posa sa lampe sur un coffre, et Phœbus, en habitué de la maison, ouvrit une porte qui donnait sur un bouge obscur. — Entrez là, mon cher, dit-il à son compagnon. L'homme au manteau obéit sans répondre une parole; la porte retomba sur lui; il entendit Phœbus la refermer au verrou, et un moment après redescendre l'escalier avec la vieille. La lumière avait disparu.

VIII.

Utilité des fenêtres qui donnent sur la rivière.

CLAUDE FROLLO (car nous présumons que le lecteur, plus intelligent que Phœbus, n'a vu dans toute cette aventure d'autre moine bourru que l'archidiacre), Claude Frollo tâtonna quelques instans dans le réduit ténébreux où le capitaine l'avait verrouillé. C'était un de ces recoins comme les architectes en réser-

vent quelquefois au point de jonction du toit
et du mur d'appui. La coupe verticale de ce
chenil, comme l'avait si bien nommé Phœbus, c
eût donné un triangle. Du reste, il n'y avait ni
fenêtre ni lucarne, et le plan incliné du toit
empêchait qu'on s'y tînt debout. Claude s'accroupit donc dans la poussière et dans les plâ-
tras qui s'écrasaient sous lui ; sa tête était brû-
lante ; en furetant autour de lui avec ses mains
il trouva à terre un morceau de vitre cassée,
qu'il appuya sur son front et dont la fraîcheur
le soulagea un peu.

Que se passait-il en ce moment dans l'âme
obscure de l'archidiacre ? lui et Dieu seul l'ont
pu savoir.

Selon quel ordre fatal disposait-il dans sa
pensée la Esmeralda, Phœbus, Jacques Charmolue, son jeune frère si aimé, abandonné par
lui dans la boue, sa soutane d'archidiacre, sa
réputation peut-être, traînée chez la Falourdel, toutes ces images, toutes ces aventures ?
je ne pourrais le dire. Mais il est certain que
ces idées formaient dans son esprit un groupe
horrible.

Il attendait depuis un quart d'heure ; il lui
semblait avoir vieilli d'un siècle. Tout à coup
il entendit craquer les ais de l'escalier de bois ;

quelqu'un montait. La trappe se rouvrit ; une
lumière reparut. Il y avait à la porte vermou-
lue de son bouge une fente assez large : il y
colla son visage. De cette façon il pouvait voir
tout ce qui se passait dans la chambre voisine. La vieille à face de chat sortit d'abord
de la trappe, sa lampe à la main ; puis Phœbus retroussant sa moustache, puis une troisième personne, cette belle et gracieuse figure,
la Esmeralda. Le prêtre la vit sortir de terre
comme une éblouissante apparition. Claude
trembla, un nuage se répandit sur ses yeux,
ses artères battirent avec force, tout bruissait
et tournait autour de lui ; il ne vit et n'entendit plus rien.

Quand il revint à lui, Phœbus et la Esmeralda étaient seuls, assis sur le coffre de bois
à côté de la lampe qui faisait saillir aux yeux
de l'archidiacre ces deux jeunes figures, et un
misérable grabat au fond du galetas.

A côté du grabat il y avait une fenêtre dont
le vitrail, défoncé comme une toile d'araignée
sur laquelle la pluie a tombé, laissait voir, à
travers ses mailles rompues, un coin du ciel
et la lune couchée au loin sur un édredon de
molles nuées.

La jeune fille était rouge, interdite, palpitante. Ses longs cils baissés ombrageaient ses joues de pourpre. L'officier, sur lequel elle n'osait lever les yeux, rayonnait. Machinalement, et avec un geste charmant de gaucherie, elle traçait du bout du doigt, sur le banc, des lignes incohérentes, et elle regardait son doigt. On ne voyait pas son pied, la petite chèvre était accroupie dessus.

Le capitaine était mis fort galamment; il avait au col et aux poignets des touffes de doreloterie : grande élégance d'alors.

Dom Claude ne parvint pas sans peine à entendre ce qu'ils se disaient, à travers le bourdonnement de son sang qui bouillait dans ses tempes.

(Chose assez banale qu'une causerie d'amoureux. C'est un *je vous aime* perpétuel. Phrase musicale fort nue et fort insipide pour les indifférens qui écoutent, quand elle n'est pas ornée de quelques *fioriture*; mais Claude n'écoutait pas en indifférent.)

— Oh! disait la jeune fille sans lever les yeux, ne me méprisez pas, monseigneur Phœbus. Je sens que ce que je fais est mal.

— Vous mépriser, belle enfant! répondait l'officier d'un air de galanterie supérieure et

distinguée, vous mépriser, tête-Dieu! et pourquoi?

— Pour vous avoir suivi.

— Sur ce propos, ma belle, nous ne nous
entendons pas. Je ne devrais pas vous mépriser, mais vous haïr.

La jeune fille le regarda avec effroi : — Me
haïr! qu'ai-je donc fait?

— Pour vous être tant fait prier.

— Hélas! dit-elle,... c'est que je manque à
un vœu.... Je ne retrouverai pas mes parens...
l'amulette perdra sa vertu. — Mais qu'importe?
qu'ai-je besoin de père et de mère à présent?

En parlant ainsi, elle fixait sur le capitaine
ses grands yeux noirs humides de joie et de
tendresse.

— Du diable si je vous comprends! s'écria
Phœbus.

La Esmeralda resta un moment silencieuse,
puis une larme sortit de ses yeux, un soupir
de ses lèvres, et elle dit : — Oh! monseigneur,
je vous aime.

Il y avait autour de la jeune fille un tel par-
fum de chasteté, un tel charme de vertu que
Phœbus ne se sentait pas complètement à l'aise
auprès d'elle. Cependant cette parole l'enhardit. — Vous m'aimez! dit-il avec transport, et

il jeta son bras autour de la taille de l'égyptienne. Il n'attendait que cette occasion.

Le prêtre le vit, et essaya du bout du doigt la pointe d'un poignard qu'il tenait caché dans sa poitrine.

— Phœbus, poursuivit la bohémienne en détachant doucement de sa ceinture les mains tenaces du capitaine, vous êtes bon, vous êtes généreux, vous êtes beau; vous m'avez sauvée, moi qui ne suis qu'une pauvre enfant perdue en Bohême. Il y a long-temps que je rêve d'un officier qui me sauve la vie. C'était de vous que je rêvais avant de vous connaître, mon Phœbus; mon rêve avait une belle livrée comme vous, une grande mine, une épée; vous vous appelez Phœbus, c'est un beau nom, j'aime votre nom, j'aime votre épée. Tirez donc votre épée, Phœbus, que je la voie.

— Enfant! dit le capitaine, et il dégaîna sa rapière en souriant. L'égyptienne regarda la poignée, la lame, examina avec une curiosité adorable le chiffre de la garde, et baisa l'épée en lui disant : — Vous êtes l'épée d'un brave. J'aime mon capitaine.

Phœbus profita encore de l'occasion pour déposer sur son beau cou ployé un baiser qui fit redresser la jeune fille écarlate comme une cerise. Le prêtre en grinça des dents dans ses ténèbres.

— Phœbus, reprit l'égyptienne, laissez-moi vous parler. Marchez donc un peu, que je vous voie tout grand et que j'entende sonner vos éperons. Comme vous êtes beau !

Le capitaine se leva pour lui complaire, en la grondant avec un sourire de satisfaction :

— Mais êtes-vous enfant ! — A propos, charmante, m'avez-vous vu en hoqueton de cérémonie ?

— Hélas ! non, répondit-elle.

— C'est cela qui est beau !

Phœbus vint se rasseoir près d'elle, mais beaucoup plus près qu'auparavant.

— Écoutez, ma chère...

L'égyptienne lui donna quelques petits coups de sa jolie main sur la bouche, avec un enfantillage plein de folie, de grâce et de gaîté.

— Non, non, je ne vous écouterai pas. M'aimez-vous ? Je veux que vous me disiez si vous m'aimez.

— Si je t'aime, ange de ma vie ! s'écria le capitaine en s'agenouillant à demi. Mon corps, mon sang, mon âme, tout est à toi, tout est pour toi. Je t'aime, et n'ai jamais aimé que toi.

Le capitaine avait tant de fois répété cette phrase en mainte conjoncture pareille, qu'il la débita tout d'une haleine, sans faire une seule faute de mémoire. A cette déclaration passionnée, l'égyptienne leva au sale plafond qui tenait lieu de ciel un regard plein d'un bonheur angélique. — Oh! murmura-t-elle, voilà le moment où l'on devrait mourir! — Phœbus trouva « le moment » bon pour lui dérober un nouveau baiser qui alla torturer dans son coin le misérable archidiacre.

— Mourir! s'écria l'amoureux capitaine. Qu'est-ce que vous dites donc là, bel ange? c'est le cas de vivre, ou Jupiter n'est qu'un polisson! mourir au commencement d'une si douce chose! Corne-de-bœuf, quelle plaisanterie! — Ce n'est pas cela. — Écoutez, ma chère Similar... Esmenarda... Pardon! mais vous avez un nom si prodigieusement sarrazin que je ne puis m'en dépétrer. C'est une broussaille qui m'arrête tout court.

— Mon dieu, dit la pauvre fille, moi qui croyais ce nom joli pour sa singularité! Mais puisqu'il vous déplaît, je voudrais m'appeler Goton...

— Ah! ne pleurons pas pour si peu, ma gracieuse! c'est un nom auquel il faut s'accoutumer, voilà tout. Une fois que je le saurai par cœur, cela ira tout seul. — Écoutez donc, ma chère Similar : je vous adore à la passion. Je vous aime vraiment que c'est miraculeux. Je sais une petite qui en crève de rage...

La jalouse fille l'interrompit : Qui donc?

— Qu'est-ce que cela nous fait? dit Phœbus; m'aimez-vous?

— Oh!... dit-elle.

— Eh bien! c'est tout. Vous verrez comme je vous aime aussi. Je veux que le grand diable Neptunus m'enfourche si je ne vous rends pas la plus heureuse créature du monde. Nous aurons une jolie petite logette quelque part. Je ferai parader mes archers sous vos fenêtres. Ils sont tous à cheval et font la nargue à ceux du capitaine Mignon. Il y a des voulgiers, des cranequiniers et des coulevriniers à main. Je vous conduirai aux grandes monstres des Parisiens à la grange de Rully. C'est très-magnifique. Quatre-vingt mille têtes armées; trente mille harnois blancs, jaques ou brigandines; les soixante-sept bannières des métiers; les étendards du parlement, de la chambre des comptes, du trésor des généraux, des aides des monnaies; un arroi du diable enfin! Je vous mènerai voir les lions de l'Hôtel du

Roi qui sont des bêtes fauves. Toutes les femmes aiment cela.

Depuis quelques instans la jeune fille, absorbée dans ses charmantes pensées, rêvait au son de sa voix sans écouter le sens de ses paroles.

—Oh! vous serez heureuse! continua le capitaine, et en même temps il déboucla doucement la ceinture de l'égyptienne. — Que faites-vous donc? dit-elle vivement. Cette *voie de fait* l'avait arrachée à sa rêverie.

— Rien, répondit Phœbus; je disais seulement qu'il faudrait quitter toute cette toilette de folie et de coin de rue quand vous serez avec moi.

— Quand je serai avec toi, mon Phœbus! dit la jeune fille tendrement.

Elle redevint pensive et silencieuse.

Le capitaine, enhardi par sa douceur, lui prit la taille sans qu'elle résistât, puis se mit à délacer à petit bruit le corsage de la pauvre enfant, et dérangea si fort sa gorgerette que le prêtre haletant vit sortir de la gaze la belle épaule nue de la bohémienne, ronde et brune, comme la lune qui se lève dans la brume à l'horizon.

La jeune fille laissait faire Phœbus. Elle ne

paraissait pas s'en apercevoir. L'œil du hardi
capitaine étincelait.

Tout à coup elle se tourna vers lui : —
Phœbus, dit-elle avec une expression d'amour
infinie, instruis-moi dans ta religion.

— Ma religion ! s'écria le capitaine éclatant
de rire. Moi vous instruire dans ma religion !
Corne et tonnerre ! qu'est-ce que vous voulez
faire de ma religion ?

— C'est pour nous marier, répondit-elle.

La figure du capitaine prit une expression
mélangée de surprise, de dédain, d'insouciance
et de passion libertine. — Ah bah ! dit-il, est-
ce qu'on se marie ?

La bohémienne devint pâle , et laissa tristement retomber sa tête sur sa poitrine. —
Belle amoureuse, reprit tendrement Phœbus,
qu'est-ce que c'est que ces folies-là ? Grand'-
chose que le mariage ! est-on moins bien-ai-
mant pour n'avoir pas craché du latin dans la
boutique d'un prêtre ? En parlant ainsi de sa
voix la plus douce, il s'approchait extrêmement près de l'égyptienne, ses mains caress-
santes avaient repris leur poste autour de cette
taille si fine et si souple, son œil s'allumait de
plus en plus, et tout annonçait que monsieur
Phœbus touchait évidemment à l'un de ces

momens où Jupiter lui-même fait tant de sottises que le bon Homère est obligé d'appeler un nuage à son secours.

Dom Claude cependant voyait tout. La porte était faite de douves de poinçon toutes pouries qui laissaient entre elles de larges passages à son regard d'oiseau de proie. Ce prêtre à peau brune et à larges épaules, jusque là condamné à l'austère virginité du cloître, frissonnait et bouillait devant cette scène d'amour, de nuit et de volupté. La jeune et belle fille livrée en désordre à cet ardent jeune homme lui faisait couler du plomb fondu dans les veines. Il se passait en lui des mouvemens extraordinaires; son œil plongeait avec une jalousie lascive sous toutes ces épingles défaites. Qui eût pu voir en ce moment la figure du malheureux collée aux barreaux vermoulus, eût cru voir une face de tigre regardant du fond d'une cage quelque chacal qui dévore une gazelle. Sa prunelle éclatait comme une chandelle à travers les fentes de la porte.

Tout à coup Phœbus enleva d'un geste rapide la gorgerette de l'égyptienne. La pauvre enfant, qui était restée pâle et rêveuse, se réveilla comme en sursaut; elle s'éloigna brusquement de l'entreprenant officier, et, jetant

un regard sur sa gorge et ses épaules nues,
rouge et confuse, et muette de honte, elle
croisa ses deux beaux bras sur son sein pour
le cacher. Sans la flamme qui embrasait ses
joues, à la voir ainsi silencieuse et immobile,
on eût dit une statue de la pudeur. Ses yeux
restaient baissés.

Cependant le geste du capitaine avait mis à
découvert l'amulette mystérieuse qu'elle portait au cou. — Qu'est-ce que cela? dit-il en
saisissant ce prétexte pour se rapprocher de
la belle créature qu'il venait d'effaroucher.

— N'y touchez pas! répondit-elle vivement,
c'est ma gardienne. C'est elle qui me fera retrouver ma famille si j'en reste digne. Oh! laissez-moi, monsieur le capitaine! ma mère! ma
pauvre mère! ma mère! où es-tu? à mon secours! Grâce, monsieur Phœbus! rendez-moi
ma gorgerette!

Phœbus recula et dit d'un ton froid : — Oh!
mademoiselle! que je vois bien que vous ne
m'aimez pas!

— Je ne l'aime pas! s'écria la pauvre malheureuse enfant, et en même temps elle se pendit
au capitaine qu'elle fit asseoir près d'elle. Je
ne t'aime pas, mon Phœbus! Qu'est-ce que tu
dis là, méchant, pour me déchirer le cœur?

Oh! va! prends-moi, prends tout! fais ce que tu voudras de moi, je suis à toi. Que m'importe l'amulette! que m'importe ma mère! c'est toi qui es ma mère, puisque je t'aime! Phœbus, mon Phœbus bien-aimé, me vois-tu? c'est moi, regarde-moi; c'est cette petite que tu veux bien ne pas repousser, qui vient, qui vient elle-même te chercher. Mon âme, ma vie, mon corps, ma personne, tout cela est une chose qui est à vous, mon capitaine. Eh bien, non! ne nous marions pas, cela t'ennuie; et puis, qu'est-ce que je suis, moi? une misérable fille du ruisseau: tandis que toi, mon Phœbus, tu es gentilhomme. Belle chose vraiment! une danseuse épouser un officier! j'étais folle. Non, Phœbus, non; je serai ta maîtresse, ton amusement, ton plaisir, quand tu voudras, une fille qui sera à toi. Je ne suis faite que pour cela, souillée, méprisée, déshonorée, mais qu'importe! aimée. Je serai la plus fière et la plus joyeuse des femmes. Et quand je serai vieille ou laide, Phœbus, quand je ne serai plus bonne pour vous aimer, monseigneur, vous me souffrirez encore pour vous servir. D'autres vous broderont des écharpes; c'est moi, la servante, qui en aurai soin. Vous me laisserez fourbir vos éperons, brosser votre hoqueton,

épousseter vos bottes de cheval. N'est-ce pas,
mon Phœbus, que vous aurez cette pitié ? En
attendant, prends-moi! tiens, Phœbus, tout
cela t'appartient, aime-moi, seulement! Nous
autres égyptiennes, il ne nous faut que cela,
de l'air et de l'amour.

En parlant ainsi, elle jetait ses bras autour
du cou de l'officier; elle le regardait du bas en
haut, suppliante, et avec un beau sourire tout
en pleurs. Sa gorge délicate se frottait au pourpoint de drap et aux rudes broderies. Elle
tordait sur ses genoux son beau corps demi-
nu. Le capitaine enivré colla ses lèvres ar-
dentes à ces belles épaules africaines. La jeune
fille, les yeux perdus au plafond, renversée
en arrière, frémissait toute palpitante sous ce
baiser.

Tout à coup au dessus de la tête de Phœbus elle vit une autre tête; une figure livide,
verte, convulsive, avec un regard de damné;
près de cette figure il y avait une main qui tenait
un poignard. C'était la figure et la main du
prêtre; il avait brisé la porte, et il était là.
Phœbus ne pouvait le voir. La jeune fille resta
immobile, glacée, muette, sous l'épouvantable
apparition, comme une colombe qui lèverait

la tête au moment où l'orfraie regarde dans
son nid avec ses yeux ronds.

Elle ne put même pousser un cri. Elle vit
le poignard s'abaisser sur Phœbus et se relever fumant. — Malédiction! dit le capitaine, et
il tomba.

Elle s'évanouit.

Au moment où ses yeux se fermaient, où
tout sentiment se dispersait en elle, elle crut
sentir s'imprimer sur ses lèvres un attouchement de feu, un baiser plus brûlant que le fer
rouge du bourreau.

Quand elle reprit ses sens, elle était entourée de soldats du guet, on emportait le capitaine baigné dans son sang, le prêtre avait
disparu; la fenêtre du fond de la chambre,
qui donnait sur la rivière, était toute grande
ouverte; on ramassait un manteau qu'on sup-
posait appartenir à l'officier, et elle entendait
dire autour d'elle : — C'est une sorcière qui a
poignardé un capitaine.

LIVRE SIXIÈME.

I.

L'écu changé en feuille sèche.

GRINGOIRE et toute la Cour des Miracles étaient dans une mortelle inquiétude. On ne savait depuis un grand mois ce qu'était devenue la Esmeralda, ce qui contristait fort le duc d'Égypte et ses amis les truands, ni ce qu'était devenue sa chèvre, ce qui redoublait la douleur de Gringoire. Un soir l'égyptienne

avait disparu, et depuis lors n'avait plus
donné signe de vie. Toutes recherches avaient
été inutiles. Quelques sabouleux taquins disaient à Gringoire l'avoir rencontrée ce soir-
là aux environs du Pont-Saint-Michel, s'en
allant avec un officier; mais ce mari à la mode
de Bohême était un philosophe incrédule,
et d'ailleurs, il savait mieux que personne à
quel point sa femme était vierge. Il avait pu
juger quelle pudeur inexpugnable résultait
des deux vertus combinées de l'amulette et de
l'égyptienne, et il avait mathématiquement
calculé la résistance de cette chasteté à la seconde puissance. Il était donc tranquille de ce
côté.

Aussi ne pouvait-il s'expliquer cette disparition. C'était un chagrin profond. Il en eût
maigri, si la chose eût été possible. Il en avait
tout oublié, jusqu'à ses goûts littéraires, jusqu'à son grand ouvrage *De Figuris regularibus
et irregularibus*, qu'il comptait faire imprimer au premier argent qu'il aurait. (Car il
radotait d'imprimerie, depuis qu'il avait vu le
Didascalon de Hugues de Saint-Victor imprimé avec les célèbres caractères de Vinde-
lin de Spire.)

Un jour qu'il passait tristement devant la

Tournelle criminelle, il aperçut quelque foule à l'une des portes du Palais-de-Justice. — Qu'est cela? demanda-t-il à un jeune homme qui en sortait.

—Je ne sais pas, monsieur, répondit le jeune homme. On dit qu'on juge une femme qui a assassiné un gendarme. Comme il paraît qu'il y a de la sorcellerie là-dessous, l'évêque et l'official sont intervenus dans la cause, et mon frère, qui est archidiacre de Josas, y passe sa vie. Or je voulais lui parler, mais je n'ai pu arriver jusqu'à lui à cause de la foule, ce qui me contrarie fort, car j'ai besoin d'argent.

—Hélas, monsieur, dit Gringoire, je voudrais pouvoir vous en prêter; mais si mes grègues sont trouées, ce n'est pas par les écus.

Il n'osa pas dire au jeune homme qu'il connaissait son frère l'archidiacre, vers lequel il n'était pas retourné depuis la scène de l'église; négligence qui l'embarrassait.

L'écolier passa son chemin, et Gringoire se mit à suivre la foule qui montait l'escalier de la grand'chambre. Il estimait qu'il n'est rien de tel que le spectacle d'un procès criminel pour dissiper la mélancolie, tant les juges sont ordinairement d'une bêtise réjouissante. Le peuple auquel il s'était mêlé marchait et se coudoyait en silence. Après un lent et insipide piétinement sous un long couloir sombre, qui serpentait dans le palais comme le canal intestinal du vieil édifice, il parvint auprès d'une porte basse qui débouchait sur une salle que sa haute taille lui permit d'explorer du regard, par dessus les têtes ondoyantes de la cohue.

La salle était vaste et sombre, ce qui la faisait paraître plus vaste encore. Le jour tombait ; les longues fenêtres ogives ne laissaient plus pénétrer qu'un pâle rayon qui s'éteignait avant d'atteindre jusqu'à la voûte, énorme treillis de charpentes sculptées, dont les mille figures semblaient remuer confusément dans l'ombre. Il y avait déjà plusieurs chandelles allumées çà et là sur des tables, et rayonnant sur des têtes de greffiers affaissés dans des paperasses. La partie antérieure de la salle était occupée par la foule ; à droite et à gauche il y avait des hommes de robe à des tables ; au fond, sur une estrade, force juges dont les dernières rangées s'enfonçaient dans les ténèbres ; faces immobiles et sinistres. Les murs étaient semés de fleurs-de-lis sans nombre. On distinguait vaguement un grand christ au dessus des juges, et partout des piques et des hallebardes au bout desquelles la lumière des chandelles mettait des pointes de feu.

— Monsieur, demanda Gringoire à l'un de ses voisins, qu'est-ce que c'est donc que toutes ces personnes rangées là bas, comme prélats en concile?

— Monsieur, dit le voisin, ce sont les conseillers de la grand'chambre à droite, et les conseillers des enquêtes à gauche; les maîtres en robes noires, et les messires en robes rouges.

— Là, au dessus d'eux, reprit Gringoire, qu'est-ce que c'est que ce gros rouge qui sue?

— C'est monsieur le président.

— Et ces moutons derrière lui? poursuivit Gringoire, lequel, nous l'avons déjà dit, n'aimait pas la magistrature. Ce qui tenait peut-être à la rancune qu'il gardait au Palais-de-Justice depuis sa mésaventure dramatique.

— Ce sont messieurs les maîtres des requêtes de l'Hôtel du roi.

— Et devant lui, ce sanglier?

— C'est monsieur le greffier de la cour de parlement.

— Et à droite, ce crocodile?

— Maître Philippe Lheulier, avocat du roi extraordinaire.

— Et à gauche, ce gros chat noir?

— Maître Jacques Charmolue, procureur
du roi en cour d'église, avec messieurs de
l'officialité.

—Or çà, monsieur, dit Gringoire, que font
donc tous ces braves gens-là?

— Ils jugent.

— Ils jugent qui? je ne vois pas d'accusé.

— C'est une femme, monsieur. Vous ne pouvez la voir. Elle nous tourne le dos, et elle
nous est cachée par la foule. Tenez, elle est
là où vous voyez un groupe de pertuisanes.

— Qu'est-ce que cette femme? demanda
Gringoire. Savez-vous son nom?

—Non, monsieur; je ne fais que d'arriver.
Je présume seulement qu'il y a de la sorcellerie, parce que l'official assiste au procès.

—Allons! dit notre philosophe, nous allons
voir tout ces gens de robe manger de la chair
humaine. C'est un spectacle comme un autre.

—Monsieur, observa le voisin, est-ce que
vous ne trouvez pas que maître Jacques Charmolue a l'air très-doux?

—Hum! répondit Gringoire. Je me défie
d'une douceur qui a les narines pincées et
les lèvres minces.

Ici les voisins imposèrent silence aux deux

causeurs. On écoutait une déposition impor-
tante.

— Messeigneurs, disait, au milieu de la
salle, une vieille dont le visage disparaissait
tellement sous ses vêtemens qu'on eût dit un
monceau de guenilles qui marchait; messeigneurs, la chose est aussi vraie qu'il est vrai
que c'est moi qui suis la Falourdel établie depuis quarante ans au Pont Saint-Michel, et
payant exactement rentes, lods et censives, la
porte vis-à-vis la maison de Tassin-Caillart, le
teinturier, qui est du côté d'amont l'eau. —
Une pauvre vieille à présent, une jolie fille
autrefois, messeigneurs! — On me disait depuis quelques jours : La Falourdel, ne filez pas
trop votre rouet le soir; le diable aime peigner
avec ses cornes la quenouille des vieilles
femmes. Il est sûr que le moine-bourru, qui
était l'an passé du côté du Temple, rôde
maintenant dans la Cité. La Falourdel, prenez
garde qu'il ne cogne à votre porte. — Un soir,
je filais mon rouet; on cogne à ma porte. Je
demande qui. On jure. J'ouvre. Deux hommes
entrent. Un noir avec un bel officier. On ne
voyait que les yeux du noir, deux braises.
Tout le reste était manteau et chapeau. —
Voilà qu'ils me disent : La chambre à Sainte-

Marthe. — C'est ma chambre d'en haut, messeigneurs, ma plus propre. — Ils me donnent
un écu. Je serre l'écu dans mon tiroir, et je dis :
Ce sera pour acheter demain des tripes à l'é-
corcherie de la Gloriette. — Nous montons.
— Arrivés à la chambre d'en haut, pendant
que je tournais le dos, l'homme noir disparaît.
Cela m'ébahit un peu. L'officier, qui était beau
comme un grand seigneur, redescend avec
moi. Il sort. Le temps de filer un quart d'écheveau, il rentre avec une belle jeune fille, une
poupée qui eût brillé comme un soleil si elle
eût été coiffée. Elle avait avec elle un bouc,
un grand bouc, noir ou blanc, je ne sais plus.
Voilà qui me fait songer. La fille, cela ne me
regarde pas, mais le bouc !... Je n'aime pas ces
bêtes-là, elles ont une barbe et des cornes.
Cela ressemble à un homme. Et puis, cela sent
le samedi. Cependant, je ne dis rien. J'avais
l'écu. C'est juste ; n'est-ce pas, monsieur le
juge ? Je fais monter la fille et le capitaine à la
chambre d'en haut, et je les laisse seuls, c'est-
à-dire, avec le bouc. Je descends et je me re-
mets à filer. — Il faut vous dire que ma maison
a un rez-de-chaussée et un premier, elle donne
par derrière sur la rivière, comme les autres
maisons du pont, et la fenêtre du rez-de-

chaussée et la fenêtre du premier s'ouvrent sur
l'eau. — J'étais donc en train de filer. Je ne
sais pourquoi je pensais à ce moine-bourru que
le bouc m'avait remis en tête, et puis la belle
fille était un peu farouchement attifée. —
Tout à coup, j'entends un cri en haut, et
cheoir quelque chose sur le carreau, et que la
fenêtre s'ouvre. Je cours à la mienne qui est
au dessous, et je vois passer devant mes yeux
une masse noire qui tombe dans l'eau. C'était
un fantôme habillé en prêtre. Il faisait clair de
lune. Je l'ai très-bien vu. Il nageait du côté de
la Cité. Alors, toute tremblante, j'appelle le
guet. Ces messieurs de la douzaine entrent,
et même dans le premier moment, ne sachant
pas de quoi il s'agissait, comme ils étaient
en joie, ils m'ont battue. Je leur ai expliqué.
Nous montons, et qu'est-ce que nous trou-
vons? ma pauvre chambre tout en sang, le capitaine étendu de son long avec un poignard
dans le cou, la fille faisant la morte, et le bouc
tout effarouché. — Bon, dis-je, j'en aurai pour
plus de quinze jours à laver le plancher. Il
faudra gratter, ce sera terrible. — On a em-
porté l'officier, pauvre jeune homme! et la
fille toute débraillée. — Attendez. Le pire,
c'est que le lendemain, quand j'ai voulu pren-

dre l'écu pour acheter les tripes, j'ai trouvé une feuille sèche à la place.

La vieille se tut. Un murmure d'horreur circula dans l'auditoire. — Ce fantôme, ce bouc, tout cela sent la magie, dit un voisin de Gringoire. — Et cette feuille sèche! ajouta un autre. — Nul doute, reprit un troisième, c'est une sorcière qui a des commerces avec le moine-bourru pour dévaliser les officiers. — Gringoire lui-même n'était pas éloigné de trouver tout cet ensemble effrayant et vraisemblable.

— Femme Falourdel, dit monsieur le président avec majesté, n'avez-vous rien de plus à dire à justice?

— Non, monseigneur, répondit la vieille, sinon que dans le rapport on a traité ma maison de masure tortue et puante; ce qui est outrageusement parler. Les maisons du pont n'ont pas grande mine, parce qu'il y a foison de peuple, mais néanmoins les bouchers ne laissent pas d'y demeurer, qui sont gens riches et mariés à de belles femmes fort propres.

Le magistrat qui avait fait à Gringoire l'effet d'un crocodile se leva. — Paix! dit-il. Je prie messieurs de ne pas perdre de vue qu'on a trouvé un poignard sur l'accusée. — Femme

Falourdel, avez-vous apporté cette feuille en laquelle s'est transformé l'écu que le démon vous avait donné?

— Oui, monseigneur, répondit-elle; je l'ai retrouvée. La voici.

Un huissier transmit la feuille morte au crocodile qui fit un signe de tête lugubre, et la passa au président qui la renvoya au procureur du roi en cour d'église, de façon qu'elle fit le tour de la salle. — C'est une feuille de bouleau, dit maître Jacques Charmolue. Nouvelle preuve de la magie.

Un conseiller prit la parole. — Témoin, deux hommes sont montés en même temps chez vous. L'homme noir, que vous avez vu d'abord disparaître, puis nager en Seine avec des habits de prêtre, et l'officier. — Lequel des deux vous a remis l'écu?

La vieille réfléchit un moment et dit : — C'est l'officier.

Une rumeur parcourut la foule.

— Ah! pensa Gringoire, voilà qui fait hésiter ma conviction.

Cependant maître Philippe Lheulier, l'avocat extraordinaire du roi, intervint de nouveau. — Je rappelle à messieurs que, dans sa déposition écrite à son chevet, l'officier assassiné, en déclarant qu'il avait eu vaguement la pensée, au moment où l'homme noir l'avait accosté, que ce pourrait fort bien être le moine-bourru, ajoutait que le fantôme l'avait vivement pressé de s'aller accointer avec l'accusée; et sur l'observation de lui, capitaine, qu'il était sans argent, lui avait donné l'écu dont ledit officier a payé la Falourdel. Donc l'écu est une monnaie de l'enfer.

Cette observation concluante parut dissiper tous les doutes de Gringoire et des autres sceptiques de l'auditoire.

— Messieurs ont le dossier des pièces, ajouta l'avocat du roi en s'asseyant; ils peuvent consulter le dire de Phœbus de Chateaupers.

A ce nom l'accusée se leva; sa tête dépassa la foule. Gringoire épouvanté reconnut la Esmeralda.

Elle était pâle, ses cheveux autrefois si gracieusement nattés et pailletés de sequins, tombaient en désordre; ses lèvres étaient bleues, ses yeux creux effrayaient. Hélas !

— Phœbus ! dit-elle avec égarement, où est-il? O messeigneurs! avant de me tuer, par grâce, dites-moi s'il vit encore !

— Taisez-vous, femme, répondit le président; ce n'est pas là notre affaire.

— O par pitié, dites-moi s'il est vivant! reprit-elle en joignant ses belles mains amaigries; et l'on entendait ses chaînes frissonner le long de sa robe.

— Eh bien! dit sèchement l'avocat du roi, il se meurt. — Êtes-vous contente?

La malheureuse retomba sur sa sellette, sans voix, sans larmes, blanche comme une figure de cire.

Le président se baissa vers un homme placé à ses pieds, qui avait un bonnet d'or et une robe noire, une chaîne au cou et une verge à la main. — Huissier, introduisez la seconde accusée.

Tous les yeux se tournèrent vers une petite porte qui s'ouvrit, et, à la grande palpitation de Gringoire, donna passage à une jolie chèvre aux cornes et aux pieds d'or. L'élégante bête s'arrêta un moment sur le seuil, tendant le cou, comme si, dressée à la pointe d'une roche, elle eût eu sous les yeux un immense horizon. Tout à coup elle aperçut la bohémienne, et sautant par dessus la table et la tête d'un greffier, en deux bonds elle fut à ses genoux; puis elle se roula gracieusement sur les pieds de sa maîtresse, sollicitant un mot ou une caresse; mais l'accusée resta immobile, et la pauvre Djali elle-même n'eut pas un regard.

— Eh mais... c'est ma vilaine bête, dit la vieille Falourdel, et je les reconnais bellement toutes deux!

Jacques Charmolue intervint. — S'il plaît à messieurs, nous procéderons à l'interrogatoire de la chèvre.

C'était en effet la seconde accusée. Rien de plus simple alors qu'un procès de sorcellerie intenté à un animal. On trouve, entre autres, dans les Comptes de la prevôté pour 1466, un curieux détail des frais du procès de Gillet-Soulart et de sa truie, *exécutés pour leurs démérites à Corbeil.* Tout y est, le coût des fosses pour mettre la truie, les cinq cents bourrées de cotterets pris sur le port de Morsant, les trois pintes de vin et le pain, dernier repas du patient fraternellement partagé par le bourreau, jusqu'aux onze jours de garde et de nourriture de la truie à huit deniers parisis chaque. Quelquefois même on allait plus loin que les bêtes. Les capitulaires de Charlemagne et de Louis-le-Débonnaire infligent de graves peines aux fantômes enflammés qui se permettraient de paraître dans l'air.

Cependant le procureur en cour d'église

s'était écrié : — Si le démon qui possède cette chèvre et qui a résisté à tous les exorcismes persiste dans ses maléfices, s'il en épouvante la cour, nous le prévenons que nous serons forcés de requérir contre lui le gibet ou le bûcher.

Gringoire eut la sueur froide. Charmolue prit sur une table le tambour de basque de la bohémienne, et, le présentant d'une certaine façon à la chèvre, il lui demanda : — Quelle heure est-il ?

La chèvre le regarda d'un œil intelligent, leva son pied doré et frappa sept coups. Il était en effet sept heures. Un mouvement de terreur parcourut la foule. Gringoire n'y put tenir.

— Elle se perd! cria-t-il tout haut, vous voyez bien qu'elle ne sait ce qu'elle fait.

— Silence aux manans du bout de la salle! dit aigrement l'huissier.

Jacques Charmolue, à l'aide des mêmes manœuvres du tambourin, fit faire à la chèvre plusieurs autres momeries sur la date du jour, le mois de l'année, etc., dont le lecteur a déjà été témoin. Et, par une illusion d'optique propre aux débats judiciaires, ces mêmes spectateurs qui peut-être avaient plus d'une

fois applaudi dans le carrefour aux innocentes malices de Djali, en furent effrayés sous les
voûtes de Palais-de-Justice. La chèvre était décidément le diable.

Ce fut bien pis encore, quand, le procureur
du roi ayant vidé sur le carreau un certain sac
de cuir plein de lettres mobiles, que Djali avait
au cou, on vit la chèvre extraire avec sa
patte de l'alphabet épars le nom fatal : *Phœbus*. Les sortiléges dont le capitaine avait été
victime parurent irrésistiblement démontrés,
et, aux yeux de tous, la bohémienne, cette
ravissante danseuse qui avait tant de fois
ébloui les passans de sa grâce, ne fut plus
qu'une effroyable stryge.

Du reste, elle ne donnait aucun signe de
vie; ni les gracieuses évolutions de Djali, ni
les menaces du parquet, ni les sourdes imprécations de l'auditoire, rien n'arrivait plus à sa
pensée.

Il fallut, pour la réveiller, qu'un sergent la
secouât sans pitié et que le président élevât
solennellement la voix : — Fille, vous êtes de
race bohême, adonnée aux maléfices. Vous
avez, de complicité avec la chèvre ensorcelée,
impliquée au procès, dans la nuit du 29 mars
dernier, meurtri et poignardé, de concert

avec les puissances de ténèbres, à l'aide de charmes et de pratiques, un capitaine des archers de l'ordonnance du roi, Phœbus de Chateaupers. Persistez-vous à nier?

— Horreur! cria la jeune fille en cachant son visage de ses mains. Mon Phœbus! Oh! c'est l'enfer!

— Persistez-vous à nier? demanda froidement le président.

— Si je le nie! dit-elle d'un accent terrible, et elle s'était levée et son œil étincelait.

Le président continua carrément : — Alors comment expliquez-vous les faits à votre charge?

Elle répondit d'une voix entrecoupée: — Je l'ai déjà dit. Je ne sais pas. C'est un prêtre, un prêtre que je connais pas; un prêtre infernal qui me poursuit!

— C'est cela, reprit le juge : le moine-bourru.

— O messeigneurs! ayez pitié! je ne suis qu'une pauvre fille...

— D'Égypte, dit le juge.

Maître Jacques Charmolue prit la parole avec douceur : — Attendu l'obstination douloureuse de l'accusée, je requiers l'application de la question.

— Accordé, dit le président.

La malheureuse frémit de tout son corps.
Elle se leva pourtant à l'ordre des pertuisa-
niers, et marcha d'un pas assez ferme, précé-
dée de Charmolue et des prêtres de l'officialité,
entre deux rangs de hallebardes, vers une
porte bâtarde qui s'ouvrit subitement et se referma sur elle, ce qui fit au triste Gringoire
l'effet d'une gueule horrible qui venait de la
dévorer.

Quand elle disparut on entendit un bêlement plaintif. C'était la petite chèvre qui pleurait.

L'audience fut suspendue. Un conseiller
ayant fait observer que messieurs étaient fati-
gués, et que ce serait bien long d'attendre jusqu'à la fin de la torture, le président répondit qu'un magistrat doit savoir se sacrifier à
son devoir.

— La fâcheuse et déplaisante drôlesse, dit
un vieux juge, qui se fait donner la question
quand on n'a pas soupé !

II.

Suite de l'écu changé en feuille sèche.

———

Après quelques degrés montés et descen-
dus dans des couloirs si sombres qu'on les
éclairait de lampes en plein jour, la Esmeralda, toujours entourée de son lugubre cortége, fut poussée par les sergens du palais
dans une chambre sinistre. Cette chambre, de
forme ronde, occupait le rez-de-chaussée de

l'une de ces grosses tours qui percent encore, dans notre siècle, la couche d'édifices modernes dont le nouveau Paris a recouvert l'ancien. Pas de fenêtres à ce caveau; pas d'autre ouverture que l'entrée, basse, et battue d'une énorme porte de fer. La clarté cependant n'y manquait point; un four était pratiqué dans l'épaisseur du mur; un gros feu y était allumé, qui remplissait le caveau de ses rouges réverbérations, et dépouillait de tout rayonnement une misérable chandelle posée dans un coin. La herse de fer qui servait à fermer le four, levée en ce moment, ne laissait voir, à l'orifice du soupirail flamboyant sur le mur ténébreux, que l'extrémité inférieure de ses barreaux, comme une rangée de dents noires, aiguës et espacées; ce qui faisait ressembler la fournaise à l'une de ces bouches de dragons qui jettent des flammes dans les légendes. A la lumière qui s'en échappait, la prisonnière vit tout autour de la chambre des instrumens effroyables dont elle ne comprenait pas l'usage. Au milieu gisait un matelas de cuir presque posé à terre, sur lequel pendait une courroie à boucle, rattachée à un anneau de cuivre que mordait un monstre camard, sculpté dans la clef de la voûte. Des tenailles, des pin-

ces, de larges fers de charrue, encombraient
l'intérieur du four et rougissaient pêle-mêle
sur la braise. La sanglante lueur de la fournaise n'éclairait dans toute la chambre qu'un
fouillis de choses horribles.

Ce Tartare s'appelait simplement *la chambre de la question.*

Sur le lit était nonchalamment assis Pierrat Torterue, le tourmenteur-juré. Ses valets,
deux gnomes à face carrée, à tablier de cuir,
à brayes de toile, remuaient la ferraille sur les
charbons.

La pauvre fille avait eu beau recueillir son
courage; en pénétrant dans cette chambre, elle
eut horreur.

Les sergens du bailli du Palais se rangèrent
d'un côté, les prêtres de l'officialité de l'autre.
Un greffier, un écritoire et une table étaient
dans un coin. Maître Jacques Charmolue s'approcha de l'égyptienne avec un sourire très
doux. —Ma chère enfant, dit-il, vous persistez
donc à nier?

—Oui, répondit-elle d'une voix déjà éteinte.

—En ce cas, reprit Charmolue, il sera bien
douloureux pour nous de vous questionner
avec plus d'instance que nous ne le voudrions.
—Veuillez prendre la peine de vous asseoir

sur ce lit. — Maître Pierrat, faites place à madamoiselle, et fermez la porte.

Pierrat se leva avec un grognement. — Si je ferme la porte, murmura-t-il, mon feu va s'éteindre.

— Eh bien, mon cher, répartit Charmolue, laissez-la ouverte.

Cependant la Esmeralda restait debout. Ce lit de cuir, où s'étaient tordus tant de misérables, l'épouvantait. La terreur lui glaçait la moelle des os; elle était là, effarée et stupide. A un signe de Charmolue, les deux valets la prirent et la posèrent assise sur le lit. Ils ne lui firent aucun mal; mais quand ces hommes la touchèrent, quand ce cuir la toucha, elle sentit tout son sang refluer vers son cœur. Elle jeta un regard égaré autour de la chambre. Il lui sembla voir se mouvoir et marcher de toutes parts vers elle, pour lui grimper le long du corps et la mordre et la pincer, tous ces difformes outils de la torture, qui étaient, parmi les instrumens de tout genre qu'elle avait vus jusqu'alors, ce que sont les chauve-souris, les mille-pieds et et les araignées parmi les insectes et les oiseaux.

— Où est le médecin? demanda Charmolue.

— Ici, répondit une robe noire qu'elle n'avait pas encore aperçue.

Elle frissonna.

— Madamoiselle, reprit la voix caressante du procureur en cour d'église, pour la troisième fois persistez-vous à nier les faits dont vous êtes accusée?

Cette fois elle ne put que faire un signe de tête. La voix lui manqua.

— Vous persistez! dit Jacques Charmolue. Alors, j'en suis désespéré, mais il faut que je remplisse le devoir de mon office.

— Monsieur le procureur du roi, dit brusquement Pierrat, par où commencerons-nous?

Charmolue hésita un moment avec la grimace ambiguë d'un poëte qui cherche une rime. — Par le brodequin, dit-il enfin.

L'infortunée se sentit si profondément abandonnée de Dieu et des hommes que sa tête tomba sur sa poitrine comme une chose inerte qui n'a pas de force en soi.

Le tourmenteur et le médecin s'approchèrent d'elle à la fois. En même temps les deux valets se mirent à fouiller dans leur hideux arsenal. Au cliquetis de cette affreuse ferraille, la malheureuse enfant tressaillit comme une grenouille morte qu'on galvanise. — Oh! mur-

mura-t-elle, si bas que nul ne l'entendit, ô
mon Phœbus! — Puis elle se replongea dans
son immobilité et dans son silence de marbre.
Ce spectacle eût déchiré tout autre cœur que
des cœurs de juges. On eût dit une pauvre
âme pécheresse questionnée par Satan sous
l'écarlate guichet de l'enfer. Le misérable corps
auquel allait se cramponner cette effroyable
fourmilière de scies, de roues et de chevalets,
l'être qu'allaient manier ces âpres mains de
bourreaux et de tenailles, c'était donc cette
douce, blanche et fragile créature, pauvre
grain de mil que la justice humaine donnait à
moudre aux épouvantables meules de la torture!

Cependant les mains calleuses des valets de
Pierrat Torterue avaient brutalement mis à
nu cette jambe charmante, ce petit pied qui
avaient tant de fois émerveillé les passans de
leur gentillesse et de leur beauté dans les carrefours de Paris. — C'est dommage! grommela
le tourmenteur en considérant ces formes si
gracieuses et si délicates. Si l'archidiacre eût
été présent, certes, il se fût souvenu en ce
moment de son symbole de l'araignée et de la
mouche. Bientôt la malheureuse vit, à travers
un nuage qui se répandait sur ses yeux, ap-

procher le *brodequin*, bientôt elle vit son pied emboîté entre les ais ferrés disparaître sous l'effrayant appareil. Alors la terreur lui rendit de la force.—Otez-moi cela, cria-t-elle avec emportement; et se dressant tout échevelée : Grâce !

Elle s'élança hors du lit pour se jeter aux pieds du procureur du roi, mais sa jambe était prise dans le lourd bloc de chêne et de ferrures, et elle s'affaissa sur le brodequin, plus brisée qu'une abeille qui aurait un plomb sur l'aile.

A un signe de Charmolue, on la replaça sur le lit, et deux grosses mains assujettirent à sa fine ceinture la courroie qui pendait de la voûte.

— Une dernière fois, avouez-vous les faits de la cause? demanda Charmolue avec son imperturbable bénignité.

— Je suis innocente.

—Alors, madamoiselle, comment expliquez-vous les circonstances à votre charge?

— Hélas, monseigneur! je ne sais.

— Vous niez donc?

— Tout!

— Faites, dit Charmolue à Pierrat.

Pierrat tourna la poignée du cric, le brode-quin se resserra, et la malheureuse poussa un de ces horribles cris qui n'ont d'orthographe dans aucune langue humaine.

— Arrêtez, dit Charmolue à Pierrat. — Avouez-vous? dit-il à l'égyptienne.

— Tout! cria la misérable fille. J'avoue! j'avoue! grâce!

Elle n'avait pas calculé ses forces en affrontant la question. Pauvre enfant dont la vie jusqu'alors avait été si joyeuse, si suave, si douce, la première douleur l'avait vaincue.

— L'humanité m'oblige à vous dire, observa le procureur du roi, qu'en avouant c'est la mort que vous devez attendre.

— Je l'espère bien, dit-elle. Et elle retomba sur le lit de cuir, mourante, pliée en deux, se laissant pendre à la courroie bouclée sur sa poitrine.

— Sus, ma belle, soutenez-vous un peu, dit maître Pierrat en la relevant. Vous avez l'air du mouton d'or qui est au cou de monsieur de Bourgogne.

Jacques Charmolue éleva la voix.

— Greffier, écrivez. — Jeune fille bohême, vous avouez votre participation aux agapes, sabbats et maléfices de l'enfer, avec les larves, les masques et les stryges? Répondez.

— Oui, dit-elle, si bas que sa parole se perdait dans son souffle.

— Vous avouez avoir vu le bélier que Béelzébuth fait paraître dans les nuées pour rassembler le sabbat, et qui n'est vu que des sorciers ?

— Oui.

— Vous confessez avoir adoré les têtes de Bophomet, ces abominables idoles des templiers ?

— Oui.

— Avoir eu commerce habituel avec le diable sous la forme d'une chèvre familière, jointe au procès ?

— Oui.

— Enfin, vous avouez et confessez avoir, à l'aide du démon, et du fantôme vulgairement appelé le moine-bourru, dans la nuit du vingt-neuvième mars dernier, meurtri et assassiné un capitaine nommé Phœbus de Chateaupers ?

Elle leva sur le magistrat ses grands yeux fixes, et répondit comme machinalement, sans convulsion et sans secousse : — Oui. — Il était évident que tout était brisé en elle.

— Écrivez, greffier, dit Charmolue. Et s'adressant aux tortionnaires : — Qu'on détache la prisonnière, et qu'on la ramène à l'audience.

Quand la prisonnière fut *déchaussée*, le procureur en cour d'église examina son pied encore engourdi par la douleur. — Allons! dit-il, il n'y a pas grand mal. Vous avez crié à temps. Vous pourriez encore danser, la belle! — Puis il se tourna vers ses acolytes de l'officialité. — Voilà enfin la justice éclairée! Cela soulage, messieurs! madamoiselle nous rendra ce témoignage, que nous avons agi avec toute la douceur possible.

III.

Fin de l'écu changé en feuille sèche.

QUAND elle rentra, pâle et boitant, dans la
salle d'audience, un murmure général de plaisir l'accueillit. De la part de l'auditoire, c'était
ce sentiment d'impatience satisfaite qu'on
éprouve au théâtre, à l'expiration du dernier
entr'acte de la comédie, lorsque la toile se relève et que la fin va commencer. De la part

des juges, c'était espoir de bientôt souper.
La petite chèvre aussi bêla de joie. Elle voulut
courir vers sa maîtresse, mais on l'avait attachée au banc.

La nuit était tout-à-fait venue. Les chandelles, dont on n'avait pas augmenté le
nombre, jetaient si peu de lumière qu'on ne
voyait pas les murs de la salle. Les ténèbres y
enveloppaient tous les objets d'une sorte de
brume. Quelques faces apathiques de juges y
ressortaient à peine. Vis-à-vis d'eux, à l'extrémité de la longue salle, ils pouvaient voir un
point de blancheur vague se détacher sur le
fond sombre. C'était l'accusée.

Elle s'était traînée à sa place. Quand Charmolue se fut installé magistralement à la sienne,
il s'assit, puis se releva, et dit, sans laisser percer trop de vanité de son succès : — L'accusée
a tout avoué.

— Fille bohême, reprit le président, vous
avez avoué tous vos faits de magie, de prosti-
tution et d'assassinat sur Phœbus de Châteaupers?

Son cœur se serra. On l'entendit sangloter
dans l'ombre. — Tout ce que vous voudrez,
répondit-elle faiblement, mais tuez-moi vite!

— Monsieur le procureur du roi en cour

d'église, dit le président, la chambre est prête
à vous entendre en vos réquisitions.

Maître Charmolue exhiba un effrayant cahier,
et se mit à lire avec force gestes et l'accentua-
tion exagérée de la plaidoirie une oraison en
latin où toutes les preuves du procès s'écha-
faudaient sur des périphrases cicéroniennes,
flanquées de citations de Plaute, son comique
favori. Nous regrettons de ne pouvoir offrir
à nos lecteurs ce morceau remarquable. L'o-
rateur le débitait avec une action merveilleuse.
Il n'avait pas achevé l'exorde, que déjà la sueur
lui sortait du front et les yeux de la tête. Tout
à coup, au beau milieu d'une période, il s'interrompit, et son regard, d'ordinaire assez
doux et même assez bête, devint foudroyant.

— Messieurs, s'écria-t-il (cette fois en français,
car ce n'était pas dans le cahier), Satan est
tellement mêlé dans cette affaire que le voilà
qui assiste à nos débats, et fait singerie de
leur majesté. Voyez ! En parlant ainsi, il désignait de la main la petite chèvre qui, voyant
gesticuler Charmolue, avait cru en effet qu'il
était à propos d'en faire autant, et s'était assise sur le derrière, reproduisant de son mieux,
avec ses pattes de devant et sa tête barbue, la
pantomime pathétique du procureur du roi

en cour d'église. C'était, si l'on s'en souvient, un de ses plus gentils talens. Cet incident, cette dernière *preuve*, fit grand effet. On lia les pattes à la chèvre, et le procureur du roi reprit le fil de son éloquence. Cela fut très-long, mais la péroraison était admirable. En voici la dernière phrase; qu'on y ajoute la voix enrouée et le geste essoufflé de maître Charmolue. — *Ideò, Domni, coram stryga demonstrata, crimine patente, intentione criminis existente, in nomine sanctæ Ecclesiæ Nostræ-Dominæ parisiensis quæ est in saisina habendi omnimodam altam et bassam justitiam in illa hâc intemerata Civitatis insula, tenore præsentium declaramus nos requirere, primo, aliquamdam pecuniariam indemnitatem ; secundo, amendationem honorabilem ante portalium maximum Nostræ-Dominæ, ecclesiæ cathedralis ; tertio, sententiam in virtute cujus ista stryga cum sua capella, seu in trivio vulgariter dicto* la Grève, *seu in insula exeunte in fluvio Secanæ, juxtà pointam jardini regalis, executatæ sint!*

Il remit son bonnet, et se rassit.

— *Eheu!* soupira Gringoire navré, *bassa latinitas!*

Un autre homme en robe noire se leva près

de l'accusée; c'était son avocat. Les juges, à jeun, commencèrent à murmurer.

— Avocat, soyez bref, dit le président.

— Monsieur le président, répondit l'avocat, puisque la défenderesse a confessé le crime, je n'ai plus qu'un mot à dire à messieurs. Voici un texte de la loi salique : « Si une stryge a » mangé un homme, et qu'elle en soit con- » vaincue, elle paiera une amende de huit » mille deniers qui font deux cents sous d'or. » Plaise à la chambre de condamner ma cliente à l'amende.

— Texte abrogé, dit l'avocat du roi extraor- dinaire.

— *Nego*, répliqua l'avocat.

— Aux voix! dit un conseiller; le crime est patent, et il est tard.

On alla aux voix sans quitter la salle. Les juges *opinèrent du bonnet;* ils étaient pressés. On voyait leurs têtes chaperonnées se décou- vrir l'une après l'autre dans l'ombre, à la ques- tion lugubre que leur adressait tout bas le président. La pauvre accusée avait l'air de les regarder, mais son œil trouble ne voyait plus.

Puis le greffier se mit à écrire; puis il passa au président un long parchemin. Alors la malheureuse entendit le peuple se remuer, les

piques s'entrechoquer et une voix glaciale qui
disait :

— Fille bohême, le jour qu'il plaira au roi
notre sire, à l'heure de midi, vous serez menée dans un tombereau, en chemise, pieds
nus, la corde au cou, devant le grand portail
de Notre-Dame, et y ferez amende honorable
avec une torche de cire du poids de deux livres à la main, et de là serez menée en place
de Grève, où vous serez pendue et étranglée
au gibet de la Ville; et cette votre chèvre pareillement; et paierez à l'official trois lions
d'or; en réparation des crimes, par vous commis et par vous confessés, de sorcellerie, de
magie, de luxure et de meurtre sur la personne du sieur Phœbus de Châteaupers. Dieu
ait votre âme!

— Oh! c'est un rêve! murmura-t-elle, et
elle sentit de rudes mains qui l'emportaient.

IV.

Lasciate ogni speranza.

Au moyen âge, quand un édifice était complet, il y en avait presque autant dans la terre
que dehors. A moins d'être bâtis sur pilotis,
comme Notre-Dame, un palais, une forteresse,
une église avaient toujours un double fonds.
Dans les cathédrales, c'était en quelque sorte
une autre cathédrale souterraine, basse, obscure, mystérieuse; aveugle et muette, sous la
nef supérieure qui regorgeait de lumière et re-

tentissait d'orgues et de cloches jour et nuit;
quelquefois c'était un sépulcre. Dans les palais,
dans les bastilles, c'était une prison, quelquefois aussi un sépulcre, quelquefois les deux
ensemble. Ces puissantes bâtisses dont nous
avons expliqué ailleurs le mode de formation
et de *végétation*, n'avaient pas simplement des
fondations, mais, pour ainsi dire, des racines
qui s'allaient ramifiant dans le sol en cham-
bres, en galeries, en escaliers, comme la con-
struction d'en haut. Ainsi, églises, palais, bastilles avaient de la terre à mi-corps. Les caves
d'un édifice étaient un autre édifice où l'on
descendait au lieu de monter, et qui appli-
quait ses étages souterrains sous le monceau
d'étages extérieurs du monument, comme ces
forêts et ces montagnes qui se renversent
dans l'eau miroitante d'un lac au dessous des
forêts et des montagnes du bord.

A la Bastille Saint-Antoine, au Palais de Justice de Paris, au Louvre, ces édifices souterrains étaient des prisons. Les étages de ces
prisons, en s'enfonçant dans le sol, allaient se
rétrécissant et s'assombrissant. C'était autant
de zônes où s'échelonnaient les nuances de
l'horreur. Dante n'a rien pu trouver de mieux
pour son enfer. Ces entonnoirs de cachots

aboutissaient d'ordinaire à un cul de basse
fosse à fond de cuve où Dante a mis Satan,
où la société mettait le condamné à mort. Une
fois une misérable existence enterrée là, adieu
le jour, l'air, la vie, *ogni speranza;* elle n'en
sortait que pour le gibet ou le bûcher. Quelquefois elle y pourissait; la justice humaine
appelait cela *oublier.* Entre les hommes et lui,
le condamné sentait peser sur sa tête un entassement de pierres et de geôliers; et la prison toute entière, la massive bastille n'était
plus qu'une énorme serrure compliquée qui
le cadenassait hors du monde vivant.

C'est dans un fond de cuve de ce genre,
dans les oubliettes creusées par saint Louis,
dans l'*in pace* de la Tournelle, qu'on avait,
de peur d'évasion sans doute, déposé la Esmeralda condamnée au gibet, avec le colossal
Palais-de-Justice sur la tête. Pauvre mouche qui
n'eût pu remuer le moindre de ses moellons!

Certes, la providence et la société avaient
été également injustes, un tel luxe de malheur
et de torture n'était pas nécessaire pour briser une si frêle créature.

Elle était là, perdue dans les ténèbres, en-
sevelie, enfouie, murée. Qui l'eût pu voir en
cet état, après l'avoir vue rire et danser au

soleil, eût frémi. Froide comme la nuit, froide
comme la mort, plus un souffle d'air dans ses
cheveux, plus un bruit humain à son oreille,
plus une lueur de jour dans ses yeux; brisée
en deux, écrasée de chaînes, accroupie près
d'une cruche et d'un pain sur un peu de paille
dans la mare d'eau qui se formait sous elle des
suintemens du cachot, sans mouvement, presque sans haleine; elle n'en était même plus
à souffrir. Phœbus, le soleil, midi, le grand
air, les rues de Paris, les danses aux applaudissemens, les doux babillages d'amour avec
l'officier; puis le prêtre, la matrulle, le poignard, le sang, la torture, le gibet; tout cela
repassait bien encore dans son esprit, tantôt
comme une vision chantante et dorée, tantôt
comme un cauchemar difforme; mais ce n'é-
tait plus qu'une lutte horrible et vague qui se
perdait dans les ténèbres, ou qu'une musique
lointaine qui se jouait là haut sur la terre et
qu'on n'entendait plus à la profondeur où la
malheureuse était tombée. Depuis qu'elle était
là, elle ne veillait, ni ne dormait. Dans cette
infortune, dans ce cachot, elle ne pouvait pas
plus distinguer la veille du sommeil, le rêve
de la réalité que le jour de la nuit. Tout cela
était mêlé, brisé, flottant, répandu confusé-

ment dans sa pensée. Elle ne sentait plus, elle
ne savait plus, elle ne pensait plus; tout au
plus elle songeait. Jamais créature vivante n'a-
vait été engagée si avant dans le néant.

Ainsi engourdie, gelée, pétrifiée, à peine
avait-elle remarqué deux ou trois fois le bruit
d'une trappe qui s'était ouverte quelque part
au dessus d'elle, sans même laisser passer un
peu de lumière, et par laquelle une main lui
avait jeté une croûte de pain noir. C'était pourtant l'unique communication qui lui restât
avec les hommes, la visite périodique du geô-
lier. Une seule chose occupait encore machinalement son oreille: au dessus de sa tête l'humidité filtrait à travers les pierres moisies de
la voûte, et à intervalles égaux une goutte
d'eau s'en détachait. Elle écoutait stupidement
le bruit que faisait cette goutte d'eau en tombant dans la mare à côté d'elle.

Cette goutte d'eau tombant dans cette mare,
c'était là le seul mouvement qui remuât encore
autour d'elle, la seule horloge qui marquât le
temps, le seul bruit qui vînt jusqu'à elle de
tout le bruit qui se fait sur la surface de la terre.

Pour tout dire, elle sentait aussi de temps en
temps, dans ce cloaque de fange et de ténèbres,
quelque chose de froid qui lui passait çà et là

sur le pied ou sur le bras, et elle frissonnait.
Depuis combien de temps y était-elle ? elle
ne le savait. Elle avait souvenir d'un arrêt de
mort prononcé quelque part contre quelqu'un, puis qu'on l'avait emportée, elle, et
qu'elle s'était réveillée dans la nuit et dans le
silence, glacée. Elle s'était traînée sur les mains ;
alors des anneaux de fer lui avaient coupé la
cheville du pied, et des chaînes avaient sonné.
Elle avait reconnu que tout était muraille autour d'elle, qu'il y avait au dessous d'elle une
dalle couverte d'eau, et une botte de paille.
Mais ni lampe, ni soupirail. Alors, elle s'était
assise sur cette paille et quelquefois, pour
changer de posture, sur la dernière marche
d'un degré de pierre, qu'il y avait dans son
cachot. Un moment, elle avait essayé de compter les noires minutes que lui mesurait la goutte
d'eau, mais bientôt ce triste travail d'un cerveau malade s'était rompu de lui-même dans
sa tête, et l'avait laissée dans la stupeur.

Un jour enfin ou une nuit (car minuit et
midi avaient même couleur dans ce sépulcre),
elle entendit au-dessus d'elle un bruit plus fort
que celui que faisait d'ordinaire le guichetier
quand il lui apportait son pain et sa cruche.
Elle leva la tête, et vit un rayon rougeâtre

passer à travers les fentes de l'espèce de porte
ou de trappe pratiquée dans la voûte de l'*in
pace*. En même temps la lourde ferrure cria,
la trappe grinça sur ses gonds rouillés, tourna,
et elle vit une lanterne, une main et la partie
inférieure du corps de deux hommes, la porte
étant trop basse pour qu'elle pût apercevoir
leurs têtes. La lumière la blessa si vivement
qu'elle ferma les yeux.

Quand elle les rouvrit, la porte était refermée, le fallot était posé sur un degré de l'escalier, un homme, seul, était debout devant
elle. Une cagoule noire lui tombait jusqu'aux
pieds, un caffardum de même couleur lui ca-
chait le visage. On ne voyait rien de sa personne, ni sa face, ni ses mains. C'était un long
suaire noir qui se tenait debout, et sous lequel on sentait remuer quelque chose. Elle
regarda fixement quelques minutes cette espèce
de spectre. Cependant elle ni lui ne parlaient.
On eût dit deux statues qui se confrontaient.
Deux choses seulement semblaient vivre dans
le caveau : la mèche de la lanterne, qui pétillait à cause de l'humidité de l'atmosphère, et
la goutte d'eau de la voûte qui coupait cette
crépitation irrégulière de son clapotement
monotone, et faisait trembler la lumière de la

lanterne en moires concentriques sur l'eau huileuse de la mare.

Enfin la prisonnière rompit le silence : — Qui êtes-vous ?

— Un prêtre.

Le mot, l'accent, le son de voix, la firent tressaillir.

Le prêtre poursuivit en articulant sourdement. — Êtes-vous préparée ?

— A quoi ?

— A mourir.

— Oh! dit-elle, sera-ce bientôt ?

— Demain.

Sa tête, qui s'était levée avec joie, revint frapper sa poitrine. — C'est encore bien long ! murmura-t-elle; qu'est-ce que cela leur faisait, aujourd'hui ?

— Vous êtes donc très malheureuse ? demanda le prêtre après un silence.

— J'ai bien froid, répondit-elle.

Elle prit ses pieds avec ses mains, geste habituel aux malheureux qui ont froid, et que nous avons déjà vu faire à la recluse de la Tour-Roland, et ses dents claquaient.

Le prêtre parut promener, de dessous son capuchon, ses yeux dans le cachot. — Sans lumière! sans feu! dans l'eau! c'est horrible!

— Oui, répondit-elle avec l'air étonné que le malheur lui avait donné. Le jour est à tout le monde. Pourquoi ne me donne-t-on que la nuit?

—Savez-vous, reprit le prêtre après un nouveau silence, pourquoi vous êtes ici?

— Je crois que je l'ai su, dit-elle en passant ses doigts maigres sur ses sourcils comme pour aider sa mémoire, mais je ne le sais plus.

Tout à coup elle se mit à pleurer comme un enfant. — Je voudrais sortir d'ici, monsieur. J'ai froid, j'ai peur, et il y a des bêtes qui me montent le long du corps.

— Eh bien, suivez-moi.

En parlant ainsi, le prêtre lui prit le bras. La malheureuse était gelée jusque dans les entrailles. Cependant cette main lui fit une impression de froid.

— Oh! murmura-t-elle, c'est la main gla-cée de la mort. — Qui êtes-vous donc?

Le prêtre releva son capuchon; elle regarda. C'était ce visage sinistre qui la poursuivait de-puis si long-temps, cette tête de démon qui lui était apparue chez la Falourdel au dessus de la tête adorée de son Phœbus, cet œil qu'elle avait vu pour la dernière fois briller près d'un poignard.

Cette apparition, toujours si fatale pour elle, et qui l'avait ainsi poussée de malheur en malheur jusqu'au supplice, la tira de son engourdissement. Il lui sembla que l'espèce de voile qui s'était épaissi sur sa mémoire, se déchirait. Tous les détails de sa lugubre aventure depuis la scène nocturne chez la Falourdel jusqu'à sa condamnation à la Tournelle, lui revinrent à la fois dans l'esprit, non pas vagues et confus, comme jusqu'alors, mais distincts, crus, tranchés, palpitans, terribles. Ces souvenirs à demi effacés, et presque oblitérés par l'excès de la souffrance, la sombre figure qu'elle avait devant elle les raviva, comme l'approche du feu fait ressortir toutes fraîches sur le papier blanc les lettres invisibles qu'on y a tracées avec de l'encre sympathique. Il lui sembla que toutes les plaies de son cœur se rouvraient et saignaient à la fois.

—Hah! cria-t-elle, les mains sur ses yeux et avec un tremblement convulsif, c'est le prêtre!

Puis elle laissa tomber ses bras découragés, et resta assise, la tête baissée, l'œil fixé à terre, muette, et continuant de trembler.

Le prêtre la regardait de l'œil d'un milan qui a long-temps plané en rond du plus haut du ciel autour d'une pauvre alouette tapie dans les blés, qui a long-temps rétréci en silence les cercles formidables de son vol, et tout à coup s'est abattu sur sa proie comme la flèche de l'éclair, et la tient pantelante dans sa griffe.

Elle se mit à murmurer tout bas : — Achevez ! achevez ! le dernier coup ! Et elle enfonçait sa tête avec terreur entre ses épaules, comme la brebis qui attend le coup de massue du boucher.

— Je vous fais donc horreur ? dit-il enfin.

Elle ne répondit pas.

— Est-ce que je vous fais horreur ? répéta-t-il.

Ses lèvres se contractèrent comme si elle souriait. — Oui, dit-elle, le bourreau raille le condamné. Voilà des mois qu'il me poursuit, qu'il me menace, qu'il m'épouvante ! Sans lui, mon Dieu, que j'étais heureuse ! c'est lui qui m'a jetée dans cet abîme ! O ciel ! c'est lui qui a tué... c'est lui qui l'a tué ! mon Phœbus ! Ici, éclatant en sanglots et levant les yeux sur le prêtre : — Oh ! misérable ! qui êtes-vous ? que vous ai-je fait ? vous me haïssez donc bien ? Hélas ! qu'avez-vous contre moi ?

— Je t'aime ! cria le prêtre.

Ses larmes s'arrêtèrent subitement, elle le

regarda avec un regard d'idiot. Lui était tombé
à genoux et la couvait d'un œil de flamme.

— Entends-tu ? je t'aime ! cria-t-il encore.

— Quel amour ! dit la malheureuse en frémissant.

Il reprit : — L'amour d'un damné.

Tous deux restèrent quelques minutes silencieux, écrasés sous la pesanteur de leurs
émotions, lui insensé, elle stupide.

— Ecoute, dit enfin le prêtre, et un calme
singulier lui était revenu ; tu vas tout savoir.
Je vais te dire ce que jusqu'ici j'ai à peine osé
me dire à moi-même, lorsque j'interrogeais
furtivement ma conscience à ces heures profondes de la nuit où il y a tant de ténèbres
qu'il semble que Dieu ne nous voit plus.
Écoute. Avant de te rencontrer, jeune fille,
j'étais heureux.

— Et moi ! soupira-t-elle faiblement.

— Ne m'interromps pas. — Oui, j'étais heureux ; je croyais l'être, du moins. J'étais pur,
j'avais l'âme pleine d'une clarté limpide. Pas
de tête qui s'élevât plus fière et plus radieuse
que la mienne. Les prêtres me consultaient sur
la chasteté, les docteurs sur la doctrine. Oui,
la science était tout pour moi ; c'était une sœur,
et une sœur me suffisait. Ce n'est pas qu'avec

l'âge il ne me fût venu d'autres idées. Plus
d'une fois ma chair s'était émue au passage
d'une forme de femme. Cette force du sexe et
du sang de l'homme que, fol adolescent, j'a-
vais cru étouffer pour la vie, avait plus d'une
fois soulevé convulsivement la chaîne des vœux
de fer qui me scellent, misérable, aux froides
pierres de l'autel. Mais le jeûne, la prière, l'é-
tude, les macérations du cloître, avaient refait
l'âme maîtresse du corps. Et puis, j'évitais les
femmes. D'ailleurs, je n'avais qu'à ouvrir un
livre pour que toutes les impures fumées de
mon cerveau s'évanouissent devant la splen-
deur de la science. En peu de minutes, je sentais fuir au loin les choses épaisses de la terre,
et je me retrouvais calme, ébloui et serein en
présence du rayonnement tranquille de la vérité éternelle. Tant que le démon n'envoya
pour m'attaquer que de vagues ombres de
femmes qui passaient éparses sous mes yeux,
dans l'église, dans les rues, dans les prés, et qui
revenaient à peine dans mes songes, je le vain-
quis aisément. Hélas! si la victoire ne m'est pas
restée, la faute en est à Dieu, qui n'a pas fait
l'homme et le démon de force égale. — Écoute.
Un jour...

Ici le prêtre s'arrêta, et la prisonnière entendit sortir de sa poitrine des soupirs qui faisaient un bruit de râle et d'arrachement.

Il reprit :

— ... Un jour, j'étais appuyé à la fenêtre de ma cellule... — Quel livre lisais-je donc ? Oh ! tout cela est en tourbillon dans ma tête. — Je lisais. La fenêtre donnait sur une place. J'entends un bruit de tambour et de musique. Fâché d'être ainsi troublé dans ma rêverie, je regarde dans la place. Ce que je vis, il y en avait d'autres que moi qui le voyaient, et pourtant ce n'était pas un spectacle fait pour des yeux humains. Là, au milieu du pavé, — il était midi, — un grand soleil, — une créature dansait. Une créature si belle que Dieu l'eût préférée à la Vierge, et l'eût choisie pour sa mère, et eût voulu naître d'elle si elle eût existé. quand il se fit homme ! Ses yeux étaient noirs et splendides ; au milieu de sa chevelure noire quelques cheveux, que pénétrait le soleil, blondissaient comme des fils d'or. Ses pieds disparaissaient dans leur mouvement comme les rayons d'une roue qui tourne rapidement. Autour de sa tête, dans ses nattes noires, il y avait des plaques de métal qui pétillaient au soleil et faisaient à son front une couronne d'étoiles. Sa robe, semée de paillettes, scin-

tillait, bleue et piquée de mille étincelles comme
une nuit d'été. Ses bras souples et bruns se
nouaient et se dénouaient autour de sa taille
comme deux écharpes. La forme de son corps
était surprenante de beauté. Oh ! la resplen-
dissante figure qui se détachait comme quelque chose de lumineux dans la lumière même
du soleil!... — Hélas! jeune fille, c'était toi. —
Surpris, enivré, charmé, je me laissai aller à
te regarder. Je te regardai tant que tout à coup
je frissonnai d'épouvante : je sentis que le sort
me saisissait, . .

Le prêtre, oppressé, s'arrêta encore un moment. Puis il continua :

—Déjà à demi fasciné, j'essayai de me cramponner à quelque chose et de me retenir dans
ma chute. Je me rappelai les embûches que
Satan m'avait déjà tendues. La créature qui
était sous mes yeux avait cette beauté surhumaine qui ne peut venir que du ciel ou de
l'enfer. Ce n'était pas là une simple fille faite
avec un peu de notre terre, et pauvrement
éclairée à l'intérieur par le vacillant rayon
d'une âme de femme. C'était un ange! mais de
ténèbres. Mais de flamme, et non de lumière.
Au moment où je pensais cela, je vis près de
toi une chèvre, une bête du sabbat, qui me

regardait en riant. Le soleil de midi lui faisait
des cornes de feu. Alors j'entrevis le piége du
démon, et je ne doutai plus que tu ne vinsses
de l'enfer et que tu n'en vinsses pour ma perdition. Je le crus.

Ici le prêtre regarda en face la prisonnière,
et ajouta froidement :

— Je le crois encore. — Cependant le
charme opérait peu à peu; ta danse me tour-
noyait dans le cerveau; je sentais le mystérieux maléfice s'accomplir en moi. Tout ce
qui aurait dû veiller s'endormait dans mon
âme; et comme ceux qui meurent dans la
neige, je trouvais du plaisir à laisser venir
ce sommeil. Tout à coup tu te mis à chanter.
Que pouvais-je faire, misérable? Ton chant
était plus charmant encore que ta danse. Je
voulus fuir. Impossible. J'étais cloué, j'étais
enraciné dans le sol. Il me semblait que le
marbre de la dalle m'était monté jusqu'aux
genoux. Il fallut rester jusqu'au bout. Mes
pieds étaient de glace, ma tête bouillonnait.
Enfin, tu eus peut-être pitié de moi, tu cessas
de chanter, tu disparus. Le reflet de l'éblouissante vision, le retentissement de la musique
enchanteresse, s'évanouirent par degrés dans
mes yeux et dans mes oreilles. Alors je tombai

dans l'encoignure de la fenêtre plus roide et
plus faible qu'une statue descellée. La cloche de
vêpres me réveilla. Je me relevai ; je m'enfuis ;
mais, hélas ! il y avait en moi quelque chose de
tombé qui ne pouvait se relever, quelque
chose de survenu que je ne pouvais fuir.

Il fit encore une pause, et poursuivit : —
Oui, à dater de ce jour, il y eut en moi un
homme que je ne connaissais pas. Je voulus
user de tous mes remèdes : le cloître, l'autel,
le travail, les livres. Folies ! Oh ! que la science
sonne creux quand on y vient heurter avec
désespoir une tête pleine de passions ! Sais-tu,
jeune fille, ce que je voyais toujours désormais
entre le livre et moi ? Toi, ton ombre, l'image
de l'apparition lumineuse qui avait un jour
traversé l'espace devant moi. Mais cette image
n'avait plus la même couleur ; elle était sombre,
funèbre, ténébreuse, comme le cercle noir qui
poursuit long-temps la vue de l'imprudent qui
a regardé fixement le soleil.

Ne pouvant m'en débarrasser, entendant
toujours ta chanson bourdonner dans ma
tête, voyant toujours tes pieds danser sur mon
bréviaire, sentant toujours la nuit, en songe,
ta forme glisser sur ma chair, je voulus te revoir, te toucher, savoir qui tu étais, voir si je

te retrouverais bien pareille à l'image idéale
qui m'était restée de toi, briser peut-être
mon rêve avec la réalité. En tout cas, j'espérais qu'une impression nouvelle effacerait la
première, et la première m'était devenue in-
supportable. Je te cherchai. Je te revis. Malheur! Quand je t'eus vue deux fois, je voulus
te voir mille, je voulus te voir toujours. Alors,
— comment enrayer sur cette pente de l'enfer? — alors, je ne m'appartins plus. L'autre
bout du fil que le démon m'avait attaché aux
ailes, il l'avait noué à son pied. Je devins
vague et errant comme toi. Je t'attendais sous
les porches, je t'épiais au coin des rues, je te
guettais du haut de ma tour. Chaque soir, je
rentrais en moi-même plus charmé, plus désespéré, plus ensorcelé, plus perdu!

J'avais su qui tu étais; égyptienne, bohémienne, gitane, zingara. Comment douter de
la magie? Écoute. J'espérai qu'un procès me
débarrasserait du charme. Une sorcière avait
enchanté Bruno d'Ast; il la fit brûler, et fut
guéri. Je le savais. Je voulus essayer du remède. J'essayai d'abord de te faire interdire le
Parvis Notre-Dame, espérant t'oublier si tu
ne revenais plus. Tu n'en tins compte. Tu re-
vins. Puis il me vint l'idée de t'enlever. Une

nuit je le tentai. Nous étions deux. Nous te
tenions déjà, quand ce misérable officier survint. Il te délivra. Il commençait ainsi ton
malheur, le mien et le sien. Enfin, ne sachant
plus que faire et que devenir, je te denonçai à
l'official. Je pensais que je serais guéri, comme
Bruno d'Ast. Je pensais aussi, confusément,
qu'un procès te livrerait à moi; que dans une
prison je te tiendrais, je t'aurais; que, là, tu
ne pourrais m'échapper ; que tu me possédais
depuis assez long-temps pour que je te possé-
dasse aussi à mon tour. Quand on fait le mal,
il faut faire tout le mal. Démence de s'arrêter
à un milieu dans le monstrueux ! L'extrémité
du crime a des délires de joie. Un prêtre et
une sorcière peuvent s'y fondre en délices sur
la botte de paille d'un cachot !

Je te dénonçai donc. C'est alors que je t'é-
pouvantais dans mes rencontres. Le complot
que je tramais contre toi, l'orage que j'amon-
celais sur ta tête s'échappait de moi en menaces et en éclairs. Cependant j'hésitais encore.
Mon projet avait des côtés effroyables qui me
faisaient reculer.

Peut-être y aurais-je renoncé; peut-être ma
hideuse pensée se serait-elle desséchée dans
mon cerveau, sans porter son fruit. Je croyais

qu'il dépendrait toujours de moi de suivre ou
de rompre ce procès. Mais toute mauvaise
pensée est inexorable et veut devenir un fait ;
mais là où je me croyais tout-puissant, la fatalité était plus puissante que moi. Hélas ! hélas !
c'est elle qui t'a prise, et qui t'a livrée au
rouage terrible de la machine que j'avais téné-
breusement construite ! — Ecoute. Je touche
à la fin.

Un jour, — par un autre beau soleil, — je
vois passer devant moi un homme qui prononce ton nom et qui rit, et qui a la luxure
dans les yeux. Damnation ! je l'ai suivi. Tu
sais le reste.

Il se tut. La jeune fille ne put trouver qu'une
parole. — O mon Phœbus !

— Pas ce nom ! dit le prêtre en lui saisissant
le bras avec violence. Ne prononce pas ce
nom ! Oh ! misérables que nous sommes, c'est
ce nom qui nous a perdus ! — Ou plutôt, nous
nous sommes tous perdus les uns les autres,
par l'inexplicable jeu de la fatalité ! — Tu souf-
fres, n'est-ce pas ? tu as froid, la nuit te fait
aveugle, le cachot t'enveloppe ; mais peut-être
as-tu encore quelque lumière au fond de toi,
ne fût-ce que ton amour d'enfant pour cet
homme vide qui jouait avec ton cœur ! Tau-

dis que moi je porte le cachot au dedans de
moi; au dedans de moi est l'hiver, la glace,
le désespoir; j'ai la nuit dans l'âme. Sais-tu
tout ce que j'ai souffert? J'ai assisté à ton procès. J'étais assis sur le banc de l'official. Oui,
sous l'un de ces capuces de prêtre, il y avait les
contorsions d'un damné. Quand on t'a ame-
née, j'étais là; quand on t'a interrogée, j'étais
là. — Caverne de loups! — C'était mon crime,
c'était mon gibet que je voyais se dresser lentement sur ton front. A chaque témoin, à chaque preuve, à chaque plaidoirie, j'étais là; j'ai
pu compter chacun de tes pas dans la voie
douloureuse; j'étais là encore quand cette
bête féroce... — Oh! je n'avais pas prévu la
torture! — Écoute. Je t'ai suivie dans la chambre de douleur. Je t'ai vue déshabiller et
manier demi-nue par les mains infâmes du
tourmenteur. J'ai vu ton pied, ce pied où
j'eusse voulu pour un empire déposer un seul
baiser et mourir, ce pied sous lequel je senti-
rais avec tant de délices s'écraser ma tête, je
l'ai vu enserrer dans l'horrible brodequin qui
fait des membres d'un être vivant une boue
sanglante. Oh! misérable! pendant que je
voyais cela, j'avais sous mon suaire un poignard dont je me labourais la poitrine. Au cri

que tu as poussé, je l'ai enfoncé dans ma chair,
à un second cri, il m'entrait dans le cœur!
Regarde. Je crois que cela saigne encore.

Il ouvrit sa soutane. Sa poitrine en effet
était déchirée comme par une griffe de tigre,
et il avait au flanc une plaie assez large et mal
fermée.

La prisonnière recula d'horreur.

— Oh! dit le prêtre, jeune fille, aie pitié
de moi! Tu te crois malheureuse: hélas! hélas!
tu ne sais pas ce que c'est que le malheur. Oh!
aimer une femme! être prêtre! être haï! l'aimer de toutes les fureurs de son âme; sentir
qu'on donnerait pour le moindre de ses sourires son sang, ses entrailles, sa renommée,
son salut, l'immortalité et l'éternité, cette vie
et l'autre; regretter de ne pas être roi, génie,
empereur, archange, Dieu, pour lui mettre un
plus grand esclave sous les pieds; l'étreindre
nuit et jour de ses rêves et de ses pensées; et la
voir amoureuse d'une livrée de soldat! et n'avoir
à lui offrir qu'une sale soutane de prêtre dont
elle aura peur et dégoût! Être présent, avec
sa jalousie et sa rage, tandis qu'elle prodi-
gue à un misérable fanfaron imbécile des tré-
sors d'amour et de beauté! Voir ce corps dont
la forme vous brûle, ce sein qui a tant de dou-

ceur, cette chair palpiter et rougir sous les
baisers d'un autre! O ciel! aimer son pied,
son bras, son épaule, songer à ses veines
bleues, à sa peau brune, jusqu'à s'en tordre
des nuits entières sur le pavé de sa cellule, et
voir toutes les caresses qu'on a rêvées pour
elle aboutir à la torture! N'avoir reussi qu'à la
coucher sur le lit de cuir! Oh! ce sont là les
véritables tenailles rougies au feu de l'enfer!
Oh! bienheureux celui qu'on scie entre deux
planches, et qu'on écartelle à quatre chevaux!
— Sais-tu ce que c'est que ce supplice que
vous font subir, durant les longues nuits, vos
artères qui bouillonnent, votre cœur qui crève,
votre tête qui rompt, vos dents qui mordent
vos mains; tourmenteurs acharnés qui vous
retournent sans relâche, comme sur un gril
ardent, sur une pensée d'amour, de jalousie
et de désespoir! Jeune fille, grâce! trêve un
moment! Un peu de cendre sur cette braise!
Essuie, je t'en conjure, la sueur qui ruisselle à
grosses gouttes de mon front! Enfant! torture-
moi d'une main, mais caresse-moi de l'autre!
Aie pitié, jeune fille! aie pitié de moi!

Le prêtre se roulait dans l'eau de la dalle
et se martelait le crâne aux angles des marches
de pierre. La jeune fille l'écoutait, le regardait.

Quand il se tut, épuisé et haletant, elle répéta
à demi-voix : O mon Phœbus !

Le prêtre se traîna vers elle à deux genoux.

— Je t'en supplie, cria-t-il, si tu as des entrailles, ne me repousse pas ! Oh ! je t'aime !
je suis un misérable ! Quand tu dis ce nom,
malheureuse, c'est comme si tu broyais entre
tes dents toutes les fibres de mon cœur !
Grâce ! si tu viens de l'enfer, j'y vais avec toi.
J'ai tout fait pour cela. L'enfer où tu seras,
c'est mon paradis ; ta vue est plus charmante
que celle de Dieu ! Oh ! dis ! tu ne veux donc
pas de moi ? Le jour où une femme repousse-
rait un pareil amour, j'aurais cru que les montagnes remueraient. Oh ! si tu voulais !... Oh !
que nous pourrions être heureux ! Nous fui-
rions, — je te ferais fuir, — nous irions quelque
part, nous chercherions l'endroit sur la terre
où il y a le plus de soleil, le plus d'arbres, le plus
de ciel bleu. Nous nous aimerions, nous verse-
rions nos deux âmes l'une dans l'autre, et nous
aurions une soif inextinguible de nous-mêmes
que nous étancherions en commun et sans
cesse à cette coupe d'intarissable amour !

Elle l'interrompit avec un rire terrible et
éclatant. — Regardez donc, mon père ! vous
avez du sang après les ongles !

Le prêtre demeura quelques instans comme pétrifié, l'œil fixé sur sa main.

— Eh bien, oui ! reprit-il enfin avec une douceur étrange ; outrage-moi, raille-moi, accable-moi ! mais viens, viens. Hâtons-nous. C'est pour demain, te dis-je. Le gibet de la Grève, tu sais ? il est toujours prêt. C'est horrible ! te voir marcher dans ce tombereau ! Oh ! grâce ! — Je n'avais jamais senti comme à présent à quel point je t'aimais. — Oh ! suis-moi ! Tu prendras le temps de m'aimer après que je t'aurai sauvée. Tu me haïras aussi long-temps que tu voudras. Mais viens. Demain ! demain ! le gibet ! ton supplice ! Oh ! sauve-toi ! épargne-moi !

Il lui prit le bras, il était égaré, il voulut l'entraîner.

Elle attacha sur lui son œil fixe. — Qu'est devenu Phœbus ?

— Ah ! dit le prêtre en lui lâchant le bras, vous êtes sans pitié !

— Qu'est devenu Phœbus ? répéta-t-elle froidement.

— Il est mort ! cria le prêtre.

— Mort ! dit-elle toujours glaciale et immobile ; alors que me parlez-vous de vivre ?

Lui ne l'écoutait pas. — Oh, oui! disait-il comme se parlant à lui-même, il doit être bien mort. La lame est entrée très-avant. Je crois que j'ai touché le cœur avec la pointe. Oh! je vivais jusqu'au bout du poignard!

La jeune fille se jeta sur lui comme une tigresse furieuse, et le poussa sur les marches de l'escalier avec une force surnaturelle. — Va-t'en, monstre! va-t'en, assassin! laisse-moi mourir! Que notre sang à tous deux te fasse au front une tache éternelle! Etre à toi, prêtre! jamais! Jamais! rien ne nous réunira! pas même l'enfer! Va, maudit! jamais!

Le prêtre avait trébuché à l'escalier. Il dégagea, en silence, ses pieds des plis de sa robe, reprit sa lanterne, et se mit à monter lentement les marches qui menaient à la porte; il rouvrit cette porte, et sortit. Tout à coup la jeune fille vit reparaître sa tête; elle avait une expression épouvantable, et il lui cria, avec un râle de rage et de désespoir : — Je te dis qu'il est mort!

Elle tomba la face contre terre, et l'on n'entendit plus, dans le cachot, d'autre bruit que le soupir de la goutte d'eau qui faisait palpiter la mare dans les ténèbres.

V.

La Mère.

———

Je ne crois pas qu'il y ait rien au monde de plus riant que les idées qui s'éveillent dans le cœur d'une mère à la vue du petit soulier de son enfant; surtout si c'est le soulier de fête, des dimanches, du baptême; le soulier brodé jusque sous la semelle; un soulier avec lequel l'enfant n'a pas encore fait un pas. Ce soulier-

là a tant de grâce et de petitesse, il lui est
si impossible de marcher, que c'est pour la
mère comme si elle voyait son enfant. Elle lui
sourit, elle le baise, elle lui parle; elle se demande s'il se peut, en effet, qu'un pied soit si
petit; et, l'enfant fût-il absent, il suffit du joli
soulier pour lui remettre sous les yeux la douce
et fragile créature. Elle croit le voir, elle le
voit, tout entier, vivant, joyeux, avec ses mains
délicates, sa tête ronde, ses lèvres pures, ses
yeux sereins dont le blanc est bleu. Si c'est
l'hiver, il est là, il rampe sur le tapis, il escalade laborieusement un tabouret, et la mère
tremble qu'il n'approche du feu. Si c'est l'été,
il se traîne dans la cour, dans le jardin, arrache
l'herbe d'entre les pavés, regarde naïvement
les grands chiens, les grands chevaux, sans
peur, joue avec les coquillages, avec les fleurs,
et fait gronder le jardinier, qui trouve le sable
dans les plates-bandes et la terre dans les allées.
Tout rit, tout brille, tout joue autour de lui
comme lui, jusqu'au souffle d'air et au rayon
de soleil qui s'ébattent à l'envi dans les boucles
follettes de ses cheveux. Le soulier montre
tout cela à la mère, et lui fait fondre le cœur
comme le feu une cire.

Mais quand l'enfant est perdu, ces mille

images de joie, de charme, de tendresse, qui se pressent autour du petit soulier, deviennent autant de choses horribles. Le joli soulier brodé n'est plus qu'un instrument de torture qui broie éternellement le cœur de la mère. C'est toujours la même fibre qui vibre, la fibre la plus profonde et la plus sensible ; mais au lieu d'un ange qui la caresse, c'est un démon qui la pince.

Un matin, tandis que le soleil de mai se levait dans un de ces ciels bleu foncé où le Garofolo aime à placer ses descentes de croix, la recluse de la Tour-Rolland entendit un bruit de roues, de chevaux et de ferrailles dans la place de Grève. Elle s'en éveilla peu, noua ses cheveux sur ses oreilles pour s'assourdir, et se remit à contempler à genoux l'objet inanimé qu'elle adorait ainsi depuis quinze ans. Ce petit soulier, nous l'avons déjà dit, était pour elle l'univers. Sa pensée y était enfermée, et n'en devait plus sortir qu'à la mort. Ce qu'elle avait jeté vers le ciel d'imprécations amères, de plaintes touchantes, de prières et de sanglots, à propos de ce charmant hochet de satin rose, la sombre cave de la Tour-Rolland seule l'a su. Jamais plus de désespoir n'a été répandu sur une chose plus gentille et plus gracieuse.

Ce matin-là, il semblait que sa douleur s'échappait plus violente encore qu'à l'ordinaire; et on l'entendait du dehors se lamenter avec une voix haute et monotone qui navrait le cœur.

— O ma fille! disait-elle, ma fille! ma pauvre chère petite enfant, je ne te verrai donc plus! c'est donc fini! Il me semble toujours que cela s'est fait hier! Mon Dieu, mon Dieu, pour me la reprendre si vite, il valait mieux ne pas me la donner. Vous ne savez donc pas que nos enfans tiennent à notre ventre, et qu'une mère qui a perdu son enfant ne croit plus en Dieu? — Ah! misérable que je suis, d'être sortie ce jour-là! — Seigneur! Seigneur! pour me l'ôter ainsi, vous ne m'aviez donc jamais regardée avec elle, lorsque je la réchauffais toute joyeuse à mon feu, lorsqu'elle me riait en me tétant, lorsque je faisais monter ses petits pieds sur ma poitrine jusqu'à mes lèvres? Oh! si vous aviez regardé cela, mon Dieu, vous auriez eu pitié de ma joie; vous ne m'auriez pas ôté le seul amour qui me restât dans le cœur! Etais-je donc une si misérable créature, Seigneur, que vous ne pussiez me regarder avant de me condamner? — Hélas! hélas! voilà le soulier; le pied, où est-il? où est le reste? où est l'en-

fant? Ma fille! ma fille! qu'ont-ils fait de toi?
Seigneur, rendez-la-moi. Mes genoux se sont
écorchés quinze ans à vous prier, mon Dieu!
est-ce que ce n'est pas assez? Rendez-la-moi,
un jour, une heure, une minute; une minute,
Seigneur! et jetez-moi ensuite au démon pour
l'éternité! Oh! si je savais où traîne un pan de
votre robe, je m'y cramponnerais de mes deux
mains, et il faudrait bien que vous me ren-
dissiez mon enfant! Son joli petit soulier,
est-ce que vous n'en avez pas pitié, Seigneur?
Pouvez-vous condamner une pauvre mère à
ce supplice de quinze ans? Bonne Vierge!
bonne Vierge du ciel! mon enfant-Jésus à moi,
on me l'a pris, on me l'a volé, on l'a mangé sur
une bruyère, on a bu son sang, on a mâché ses
os! Bonne Vierge, ayez pitié de moi. Ma fille! il
me faut ma fille! Qu'est-ce que cela me fait, qu'elle
soit dans le paradis? je ne veux pas de votre
ange, je veux mon enfant! Je suis une lionne,
je veux mon lionceau. — Oh! je me tordrai sur
la terre, et je briserai la pierre avec mon front,
et je me damnerai, et je vous maudirai, Seigneur! si vous me gardez mon enfant! Vous
voyez bien que j'ai les bras tout mordus, Seigneur! est-ce que le bon Dieu n'a pas de pitié?
— Oh! ne me donnez que du sel et du pain

noir, pourvu que j'aie ma fille, et qu'elle me réchauffe comme un soleil! Hélas! Dieu mon Seigneur, je ne suis qu'une vile pécheresse; mais ma fille me rendait pieuse. J'étais pleine de religion pour l'amour d'elle; et je vous voyais à travers son sourire comme par une ouverture du ciel. — Oh! que je puisse seulement une fois, encore une fois, une seule fois, chausser ce soulier à son joli petit pied rose, et je meurs, bonne Vierge, en vous bénissant! — Ah! quinze ans! elle serait grande maintenant! — Malheureuse enfant! quoi! c'est donc bien vrai, je ne la reverrai plus, pas même dans le ciel! car, moi, je n'irai pas. O quelle misère! dire que voilà son soulier, et que c'est tout!

La malheureuse s'était jetée sur ce soulier, sa consolation et son désespoir depuis tant d'années, et ses entrailles se déchiraient en sanglots comme le premier jour. Car pour une mère qui a perdu son enfant, c'est toujours le premier jour. Cette douleur-là ne vieillit pas. Les habits de deuil ont beau s'user et blanchir : le cœur reste noir.

En ce moment, de fraîches et joyeuses voix d'enfans passèrent devant la cellule. Toutes les fois que des enfans frappaient sa vue ou son oreille, la pauvre mère se précipitait dans l'angle le plus sombre de son sépulcre, et l'on eût dit qu'elle cherchait à plonger sa tête dans la pierre pour ne pas les entendre. Cette fois, au contraire, elle se dressa comme en sursaut, et écouta avidement. Un des petits garçons venait de dire : — C'est qu'on va pendre une égyptienne aujourd'hui.

Avec le brusque soubresaut de cette araignée que nous avons vue se jeter sur une mouche au tremblement de sa toile, elle courut à sa lucarne, qui donnait, comme on sait, sur la place de Grève. En effet, une échelle était dressée près du gibet permanent, et le maître des basses-œuvres s'occupait d'en rajuster les chaînes rouillées par la pluie. Il y avait quelque peuple à l'entour.

Le groupe rieur des enfans était déjà loin. La sachette chercha des yeux un passant qu'elle pût interroger. Elle avisa, tout à côté de sa loge, un prêtre qui faisait semblant de lire dans le bréviaire public, mais qui était beaucoup moins occupé du *lettrain de fer treillissé* que du gibet, vers lequel il jetait de temps à autre un sombre et farouche coup d'œil. Elle reconnut monsieur l'archidiacre de Josas, un saint homme.

— Mon père, demanda-t-elle, qui va-t-on
pendre là ?

Le prêtre la regarda et ne répondit pas; elle
répéta sa question. Alors il dit :

— Je ne sais pas.

— Il y avait là des enfans qui disaient que
c'était une égyptienne, reprit la recluse.

— Je crois qu'oui, dit le prêtre.

Alors Paquette-la-Chantefleurie éclata d'un
rire d'hyène.

— Ma sœur, dit l'archidiacre, vous haïssez
donc bien les égyptiennes ?

— Si je les hais! s'écria la recluse; ce sont
des stryges, des voleuses d'enfans! Elles m'ont
dévoré ma petite fille, mon enfant, mon unique enfant! Je n'ai plus de cœur, elles me
l'ont mangé!

Elle était effrayante. Le prêtre la regardait
froidement.

— Il y en a une surtout que je hais, et que
j'ai maudite, reprit-elle; c'en est une jeune,
qui a l'âge que ma fille aurait, si sa mère ne
m'avait pas mangé ma fille. Chaque fois que
cette jeune vipère passe devant ma cellule,
elle me bouleverse le sang!

— Hé bien! ma sœur, réjouissez-vous, dit
le prêtre, glacial comme une statue de sépul-

cre; c'est celle-là que vous allez voir mourir.

Sa tête tomba sur sa poitrine, et il s'éloigna lentement.

La recluse se tordit les bras de joie. — Je le lui avais prédit, qu'elle y monterait! Merci, prêtre! cria-t-elle.

Et elle se mit à se promener à grands pas devant les barreaux de sa lucarne, échevelée, l'œil flamboyant, heurtant le mur de son épaule, avec l'air fauve d'une louve en cage qui a faim depuis long-temps et qui sent approcher l'heure du repas.

VI.

Trois coeurs d'homme faits différemment.

———

Phoebus, cependant, n'était pas mort. Les
hommes de cette espèce ont la vie dure. Quand
maître Philippe Lheulier, avocat extraordinaire
du roi, avait dit à la pauvre Esmeralda, *Il se
meurt*, c'était par erreur ou par plaisanterie.
Quand l'archidiacre avait répété à la condamnée, *Il est mort*, le fait est qu'il n'en savait

rien, mais qu'il le croyait, qu'il y comptait,
qu'il n'en doutait pas, qu'il l'espérait bien. Il
lui eût été par trop dur de donner à la femme
qu'il aimait de bonnes nouvelles de son rival.
Tout homme à sa place en eût fait autant.

Ce n'est pas que la blessure de Phœbus n'eût
été grave, mais elle l'avait été moins que l'archidiacre ne s'en flattait. Le maître-myrrhe,
chez lequel les soldats du guet l'avaient trans-
porté dans le premier moment, avait craint
huit jours pour sa vie, et le lui avait même dit
en latin. Toutefois, la jeunesse avait repris le
dessus; et, chose qui arrive souvent, nonob-
stant pronostics et diagnostics, la nature s'é-
tait amusée à sauver le malade à la barbe du
médecin. C'est tandis qu'il gisait encore sur le
grabat du maître-myrrhe qu'il avait subi les
premiers interrogatoires de Philippe Lheulier
et des enquêteurs de l'official, ce qui l'avait fort
ennuyé. Aussi, un beau matin, se sentant
mieux, il avait laissé ses éperons d'or en paie-
ment au pharmacopole, et s'était esquivé. Cela,
du reste, n'avait apporté aucun trouble à l'in-
struction de l'affaire. La justice d'alors se sou-
ciait fort peu de la netteté et de la propreté
d'un procès au criminel. Pourvu que l'accusé
fût pendu, c'est tout ce qu'il lui fallait. Or les

juges avaient assez de preuves contre la Esmeralda. Ils avaient cru Phœbus mort, et tout
avait été dit.

Phœbus, de son côté, n'avait pas fait une
grande fuite. Il était allé tout simplement rejoindre sa compagnie, en garnison à Queue-
en-Brie, dans l'Ile-de-France, à quelques re-
lais de Paris.

Après tout, il ne lui agréait nullement de
comparaître en personne dans ce procès. Il
sentait vaguement qu'il y ferait une mine ridi-
cule. Au fond, il ne savait trop que penser de
toute l'affaire. Indévot et superstitieux, comme
tout soldat qui n'est que soldat, quand il se
questionnait sur cette aventure, il n'était pas
rassuré sur la chèvre, sur la façon bizarre dont
il avait fait rencontre de la Esmeralda, sur la
manière non moins étrange dont elle lui avait
laissé deviner son amour, sur sa qualité d'é-
gyptienne, enfin sur le moine-bourru. Il entrevoyait dans cette histoire beaucoup plus de
magie que d'amour, probablement une sorcière, peut-être le diable; une comédie enfin,
ou, pour parler le langage d'alors, un mystère
très désagréable où il jouait un rôle fort gauche, le rôle des coups et des risées. Le capitaine en était tout penaud; il éprouvait cette

espèce de honte que notre Lafontaine a défi-
nie si admirablement :

Honteux comme un renard qu'une poule aurait pris.

Il espérait d'ailleurs que l'affaire ne s'ébrui-
terait pas, que son nom, lui absent, y serait
à peine prononcé, et, en tout cas, ne retenti-
rait pas au delà du plaid de la Tournelle. En
cela il ne se trompait point, il n'y avait pas
alors de *Gazette des Tribunaux*, et comme il
ne se passait guère de semaine qui n'eût son
faux monnoyeur bouilli, ou sa sorcière pendue, ou son hérétique brûlé, à l'une des innombrables *justices* de Paris, on était tellement habitué à voir dans tous les carrefours
la vieille thémis féodale, bras nus et manches
retroussées, faire sa besogne aux fourches,
aux échelles et aux piloris, qu'on n'y prenait
presque pas garde. Le beau monde de ce
temps-là savait à peine le nom du patient qui
passait au coin de la rue, et la populace tout
au plus se régalait de ce mets grossier. Une
exécution était un incident habituel de la voie
publique, comme la braisière du talmellier ou
la tuerie de l'écorcheur. Le bourreau n'était
qu'une espèce de boucher un peu plus foncé
qu'un autre.

Phœbus se mit donc assez promptement l'esprit en repos sur la charmeresse Esmeralda, ou Similar, comme il disait, sur le coup de poignard de la bohémienne ou du moine-bourru (peu lui importait), et sur l'issue du procès. Mais dès que son cœur fut vacant de ce côté, l'image de Fleur-de-Lys y revint. Le cœur du capitaine Phœbus, comme la physique d'alors, avait horreur du vide.

C'était d'ailleurs un séjour fort insipide que Queue-en-Brie, un village de maréchaux-ferrans et de vachères aux mains gercées, un long cordon de masures et de chaumières qui ourle la grande-route des deux côtés pendant une demi-lieue; une *queue* enfin.

Fleur-de-Lys était son avant-dernière passion, une jolie fille, une charmante dot; donc un beau matin, tout-à-fait guéri, et présumant bien qu'après deux mois l'affaire de la bohémienne devait être finie et oubliée, l'amoureux cavalier arriva en piaffant à la porte du logis Gondelaurier.

Il ne fit pas attention à une cohue assez nombreuse qui s'amassait dans la place du Parvis, devant le portail de Notre-Dame ; il se souvint qu'on était au mois de mai; il supposa quelque procession, quelque Pentecôte, quelque fête, attacha son cheval à l'anneau du porche, et monta joyeusement chez sa belle fiancée.

Elle était seule avec sa mère.

Fleur-de-Lys avait toujours sur le cœur la scène de la sorcière, sa chèvre, son alphabet maudit, et les longues absences de Phœbus. Cependant, quand elle vit entrer son capitaine, elle lui trouva si bonne mine, un hoqueton si neuf, un baudrier si luisant, et un air si passionné qu'elle rougit de plaisir. La noble damoiselle était elle-même plus charmante que jamais. Ses magnifiques cheveux blonds étaient nattés à ravir, elle était toute vêtue de ce bleu-ciel qui va si bien aux blanches, coquetterie que lui avait enseignée Colombe, et avait l'œil noyé dans cette langueur d'amour qui leur va mieux encore.

Phœbus, qui n'avait rien vu en fait de beauté depuis les margotons de Queue-en-Brie, fut enivré de Fleur-de-Lys, ce qui donna à notre officier une manière si empressée et si galante que sa paix fut tout de suite faite. Madame de Gondelaurier elle-même, toujours maternellement assise dans son grand fauteuil, n'eut pas la force de le bougonner. Quant aux reproches de Fleur-de-Lys, ils expirèrent en tendres roucoulemens.

La jeune fille était assise près de la fenêtre, brodant toujours sa grotte de Neptunus. Le capitaine se tenait appuyé au dossier de sa chaise, et elle lui adressait à demi-voix ses caressantes gronderies.

— Qu'est-ce que vous êtes donc devenu depuis deux grands mois, méchant?

— Je vous jure, répondait Phœbus, un peu gêné de la question, que vous êtes belle à faire rêver un archevêque.

Elle ne pouvait s'empêcher de sourire.

— C'est bon, c'est bon, monsieur. Laissez là ma beauté, et répondez-moi. Belle beauté, vraiment!

— Hé bien! chère cousine, j'ai été rappelé à tenir garnison.

— Et où cela, s'il vous plaît? et pourquoi n'êtes-vous pas venu me dire adieu?

— A Queue-en-Brie.

Phœbus était enchanté que la première question l'aidât à esquiver la seconde.

— Mais c'est tout près, monsieur. Comment n'être pas venu me voir une seule fois?

Ici Phœbus fut assez sérieusement embarrassé. — C'est que... le service... et puis, charmante cousine, j'ai été malade.

— Malade! reprit-elle effrayée.

— Oui..., blessé.

— Blessé!

La pauvre enfant était toute bouleversée.

— Oh! ne vous effarouchez pas de cela, dit négligemment Phœbus, ce n'est rien. Une querelle, un coup d'épée; qu'est-ce que cela vous fait?

— Qu'est-ce que cela me fait? s'écria Fleur-de-Lys en levant ses beaux yeux pleins de larmes. Oh! vous ne dites pas ce que vous pensez en disant cela. Qu'est-ce que ce coup d'épée? Je veux tout savoir.

— Eh bien! chère belle, j'ai eu noise avec Mahé Fédy, vous savez? le lieutenant de Saint-Germain-en-Laye; et nous nous sommes décousu, chacun quelques pouces de la peau. Voilà tout.

Le menteur capitaine savait fort bien qu'une affaire d'honneur fait toujours ressortir un homme aux yeux d'une femme. En effet, Fleur-de-Lys le regardait en face tout émue de peur, de plaisir et d'admiration. Elle n'était cependant pas complètement rassurée.

— Pourvu que vous soyez bien tout-à-fait

guéri, mon Phœbus! dit-elle. Je ne connais pas votre Mahé Fédy, mais c'est un vilain homme. Et d'où venait cette querelle?

Ici, Phœbus, dont l'imagination n'était que fort médiocrement créatrice, commença à ne savoir plus comment se tirer de sa prouesse.

— Oh! que sais-je?... un rien, un cheval, un propos! — Belle cousine, s'écria-t-il pour changer de conversation, qu'est-ce que c'est donc que ce bruit dans le Parvis?

Il s'approcha de la fenêtre. —Oh! mon Dieu, belle cousine, voilà bien du monde sur la place!

— Je ne sais pas, dit Fleur-de-Lys; il paraît qu'il y a une sorcière qui va faire amende honorable ce matin devant l'église pour être pendue après.

Le capitaine croyait si bien l'affaire de la Esmeralda terminée qu'il s'émut fort peu des paroles de Fleur-de-Lys. Il lui fit cependant une ou deux questions.

— Comment s'appelle cette sorcière?

— Je ne sais pas, répondit-elle.

— Et que dit-on qu'elle ait fait?

Elle haussa encore cette fois ses blanches épaules.

— Je ne sais pas.

— Oh ! mon dieu Jésus ! dit la mère, il y a tant de sorciers maintenant qu'on les brûle, je crois, sans savoir leurs noms. Autant vaudrait chercher à savoir le nom de chaque nuée du ciel. Après tout, on peut être tranquille. Le bon Dieu tient son registre. — Ici la vénérable dame se leva et vint à la fenêtre. — Seigneur ! dit-elle, vous avez raison, Phœbus. Voilà une grande cohue de populaire. Il y en a, béni-soit-Dieu ! jusque sur les toits. — Savez-vous, Phœbus ? cela me rappelle mon beau temps. L'entrée du roi Charles VII, où il y avait tant de monde aussi. — Je ne sais plus en quelle année. — Quand je vous parle de cela, n'est-ce pas ? cela vous fait l'effet de quelque chose de vieux, et à moi de quelque chose de jeune. — Oh ! c'était un bien plus beau peuple qu'à présent. Il y en avait jusque sur les machicoulis de la porte Saint-Antoine. Le roi avait la reine en croupe, et après leurs altesses venaient toutes les dames en croupe de tous les seigneurs. Je me rappelle qu'on riait fort, parce qu'à côté d'Amanyon de Garlande, qui était fort bref de taille, il y avait le sire Matefelon, un chevalier de stature gigantale, qui avait tué des Anglais à tas. C'était bien beau. Une procession de tous les gentilshommes de France avec leurs oriflammes qui rougeoyaient à l'œil. Il y avait ceux à pennon et ceux à bannière. Que sais-je, moi ? le sire de Calan, à pennon; Jean de Chateaumorant, à bannière; le sire de Coucy, à bannière, et plus étoffément que nul des autres, excepté le duc de Bourbon..... — Hélas! que c'est une chose triste de penser que tout cela a existé et qu'il n'en est plus rien !

Les deux amoureux n'écoutaient pas la respectable douairière. Phœbus était revenu s'accouder au dossier de la chaise de sa fiancée; poste charmant d'où son regard libertin s'enfonçait dans toutes les ouvertures de la collerette de Fleur-de-Lys. Cette gorgerette bâillait si à propos, et lui laissait voir tant de choses exquises et lui en laissait deviner tant d'autres, que Phœbus, ébloui de cette peau à reflet de satin, se disait en lui-même : Comment peut-on aimer autre chose qu'une blanche ? Tous deux gardaient le silence. La jeune fille levait de temps en temps sur lui des yeux ravis et doux, et leurs cheveux se mêlaient dans un rayon du soleil de printemps.

— Phœbus, dit tout à coup Fleur-de-Lys à voix basse, nous devons nous marier dans trois mois; jurez-moi que vous n'avez jamais aimé d'autre femme que moi.

— Je vous le jure, belange! répondit Phœbus, et son regard passionné se joignait, pour convaincre Fleur-de-Lys, à l'accent sincère de sa voix. Il se croyait peut-être lui-même en ce moment.

Cependant la bonne mère, charmée de voir les fiancés en si parfaite intelligence, venait de sortir de l'appartement pour vaquer à quelque détail domestique. Phœbus s'en aperçut, et cette solitude enhardit tellement l'aventureux capitaine qu'il lui monta au cerveau des idées fort étranges. Fleur-de-Lys l'aimait; il était son fiancé; elle était seule avec lui; son ancien goût pour elle s'était réveillé, non dans toute sa fraîcheur, mais dans toute son ardeur; après tout, ce n'est pas grand crime de manger un peu son blé en herbe; je ne sais si ces pensées lui passèrent dans l'esprit; mais ce qui est certain, c'est que Fleur-de-Lys fut tout à coup effrayée de l'expression de son regard. Elle regarda autour d'elle, et ne vit plus sa mère.

— Mon Dieu! dit-elle rouge et inquiète, j'ai bien chaud!

— Je crois en effet, répondit Phœbus, qu'il n'est pas loin de midi. Le soleil est gênant. Il n'y a qu'à fermer les rideaux.

— Non, non, cria la pauvre petite, j'ai
besoin d'air au contraire.

Et comme une biche qui sent le souffle de
la meute, elle se leva, courut à la fenêtre, l'ouvrit, et se précipita sur le balcon.

Phœbus, assez contrarié, l'y suivit.

La place du Parvis Notre-Dame, sur laquelle
le balcon donnait, comme on sait, présentait
en ce moment un spectacle sinistre et singulier qui fit brusquement changer de nature à
l'effroi de la timide Fleur-de-Lys.

Une foule immense, qui refluait dans toutes
les rues adjacentes, encombrait la place pro-
prement dite. La petite muraille à hauteur
d'appui qui entourait le Parvis n'eût pas suffi
à le maintenir libre si elle n'eût été doublée
d'une haie épaisse de sergents des onze-vingts
et de hacquebutiers, la coulevrine au poing.
Grâce à ce taillis de piques et d'arquebuses,
le parvis était vide. L'entrée en était gardée
par un gros de hallebardiers aux armes de
l'évêque. Les larges portes de l'église étaient
fermées, ce qui contrastait avec les innombrables fenêtres de la place, lesquelles, ouvertes
jusque sur les pignons, laissaient voir des
milliers de têtes entassées à peu près comme
les piles de boulets dans un parc d'artillerie.

La surface de cette cohue était grise, sale
et terreuse. Le spectacle qu'elle attendait était
évidemment de ceux qui ont le privilége
d'extraire et d'appeler ce qu'il y a de plus im-
monde dans la population. Rien de hideux
comme le bruit qui s'échappait de ce fourmil-
lement de coiffes jaunes et de chevelures
sordides. Dans cette foule, il y avait plus
de rires que de cris, plus de femmes que
d'hommes.

De temps en temps quelque voix aigre et
vibrante perçait la rumeur générale.

. . . .

— Ohé! Mabiet Baliffre! est-ce qu'on va la
pendre là?

— Imbécile! c'est ici l'amende honorable
en chemise! le bon Dieu va lui tousser du latin dans la figure! Cela se fait toujours ici, à
midi. Si c'est la potence que tu veux, va-t-en
à la Grève.

— J'irai après.

. . . .

— Dites donc, la Boucanbry? est-il vrai
qu'elle ait refusé un confesseur?

— Il paraît que oui, la Bechaigne.

— Voyez-vous, la païenne!

. . . .

— Monsieur, c'est l'usage. Le bailli du Palais est tenu de livrer le malfaiteur tout jugé, pour l'exécution, si c'est un laïc, au prevôt de Paris ; si c'est un clerc, à l'official de l'évêché.

— Je vous remercie, monsieur.

. . . .

— Oh! mon Dieu! disait Fleur-de-Lys, la pauvre créature!

Cette pensée remplissait de douleur le regard qu'elle promenait sur la populace. Le capitaine, beaucoup plus occupé d'elle que de cet amas de quenaille, chiffonnait amoureusement sa ceinture par derrière. Elle se retourna suppliante et souriant. — De grâce, laissez-moi, Phœbus ! si ma mère rentrait, elle verrait votre main !

En ce moment midi sonna lentement à l'horloge de Notre-Dame. Un murmure de satisfaction éclata dans la foule. La dernière vibration du douzième coup s'éteignait à peine que toutes les têtes moutonnèrent comme les vagues sous un coup de vent, et qu'une immense clameur s'éleva du pavé, des fenêtres et des toits : — La voilà !

Fleur-de-Lys mit ses mains sur ses yeux pour ne pas voir.

— Charmante, lui dit Phœbus, voulez-vous rentrer ?

— Non, répondit-elle ; et ces yeux qu'elle venait de fermer par crainte, elle les rouvrit par curiosité.

Un tombereau, traîné d'un fort limonier normand et tout enveloppé de cavalerie en livrée violette à croix blanches, venait de déboucher sur la place par la rue Saint-Pierre-aux-Bœufs. Les sergens du guet lui frayaient passage dans le peuple à grands coups de boullayes. A côté du tombereau chevauchaient quelques officiers de justice et de police, reconnaissables à leur costume noir et à leur gauche façon de se tenir en selle. Maître Jacques Charmolue paradait à leur tête. Dans la fatale voiture, une jeune fille était assise, les bras liés derrière le dos, sans prêtre à côté d'elle. Elle était en chemise, ses longs cheveux noirs (la mode alors était de ne les couper qu'au pied du gibet) tombaient épars sur sa gorge et sur ses épaules à demi découvertes.

A travers cette ondoyante chevelure, plus luisante qu'un plumage de corbeau, on voyait se tordre et se nouer une grosse corde grise et rugueuse qui écorchait ses fragiles clavicules et se roulait autour du cou charmant de

la pauvre fille comme un ver de terre sur une
fleur. Sous cette corde brillait une petite amulette ornée de verroteries vertes, qu'on lui avait
laissée sans doute parce qu'on ne refuse plus
rien à ceux qui vont mourir. Les spectateurs
placés aux fenêtres pouvaient apercevoir au
fond du tombereau ses jambes nues qu'elle
tâchait de dérober sous elle, comme par un
dernier instinct de femme. A ses pieds il y
avait une petite chèvre garrottée. La condamnée retenait avec ses dents sa chemise mal
attachée. On eût dit qu'elle souffrait encore
dans sa misère d'être ainsi livrée presque nue
à tous les yeux. Hélas! ce n'est pas pour
de pareils frémissemens que la pudeur est
faite.

— Jésus! dit vivement Fleur-de-Lys au capitaine. Regardez donc, beau cousin, c'est
cette vilaine bohémienne à la chèvre.

En parlant ainsi, elle se retourna vers Phœbus. Il avait les yeux fixés sur le tombereau. Il
était très pâle.

— Quelle bohémienne à la chèvre? dit-il en
balbutiant.

— Comment! reprit Fleur-de-Lys; est-ce que
vous ne vous souvenez pas?...

Phœbus l'interrompit. — Je ne sais pas ce que vous voulez dire.

Il fit un pas pour rentrer ; mais Fleur-de-Lys, dont la jalousie, naguère si vivement remuée par cette même égyptienne, venait dé se réveiller, Fleur-de-Lys lui jeta un coup d'œil plein de pénétration et de défiance. Elle se rappelait vaguement en ce moment avoir ouï parler d'un capitaine mêlé au procès de cette sorcière.

— Qu'avez-vous? dit-elle à Phœbus ; on dirait que cette femme vous a troublé.

Phœbus s'efforça de ricaner. — Moi ! pas le moins du monde ! Ah ! bien oui !

— Alors restez, reprit-elle impérieusement, et voyons jusqu'à la fin.

Force fut au malencontreux capitaine de demeurer. Ce qui le rassurait un peu, c'est que la condamnée ne détachait pas son regard du plancher de son tombereau. Ce n'était que trop véritablement la Esmeralda. Sur ce dernier échelon de l'opprobre et du malheur, elle était toujours belle ; ses grands yeux noirs paraissaient encore plus grands à cause de l'appauvrissement de ses joues ; son profil livide était pur et sublime. Elle ressemblait à ce qu'elle avait été comme une Vierge du Masaccio ressemble à une Vierge de Raphael : plus faible, plus mince, plus maigre.

Du reste, il n'y avait rien en elle qui ne ballottât en quelque sorte, et que, hormis sa pudeur, elle ne laissât aller au hasard, tant elle avait été profondément rompue par la stupeur et le désespoir. Son corps rebondissait à tous les cahots du tombereau comme une chose morte ou brisée ; son regard était morne et fou. On voyait encore une larme dans sa prunelle, mais immobile, et, pour ainsi dire, gelée.

Cependant la lugubre cavalcade avait traversé la foule au milieu des cris de joie et des attitudes curieuses. Nous devons dire toutefois, pour être fidèles historiens, qu'en la voyant si belle et si accablée, beaucoup s'étaient émus de pitié, et des plus durs. Le tombereau était entré dans le parvis.

Devant le portail central, il s'arrêta. L'escorte se rangea en bataille des deux côtés. La foule fit silence, et, au milieu de ce silence plein de solennité et d'anxiété, les deux battans de la grande porte tournèrent, comme d'eux-mêmes, sur leurs gonds qui grincèrent avec un bruit de fifre. Alors on vit dans toute sa longueur la profonde église, sombre, ten-

due de deuil, à peine éclairée de quelques
cierges scintillant au loin sur le maître-autel,
ouverte comme une gueule de caverne au
milieu de la place éblouissante de lumière.
Tout au fond, dans l'ombre de l'abside, on
entrevoyait une gigantesque croix d'argent, développée sur un drap noir qui tombait de la
voûte au pavé. Toute la nef était déserte. Cependant on voyait remuer confusément quelques têtes de prêtres dans les stalles lointai-
nes du chœur, et au moment où la grande
porte s'ouvrit, il s'échappa de l'église un chant
grave, éclatant et monotone qui jetait comme
par bouffées sur la tête de la condamnée des
fragmens de psaumes lugubres.

« ..... *Non timebo millia populi circumdan-*
» *tis me : exsurge, Domine; salvum me fac,*
» *Deus!*

» ..... *Salvum me fac, Deus, quoniam in-*
» *traverunt aquæ usque ad animam meam.*

» ..... *Infixus sum in limo profundi; et non*
» *est substantia.* »

En même temps une autre voix, isolée du
chœur, entonnait sur le degré du maître-autel
ce mélancolique offertoire :

« *Qui verbum meum audit, et credit ei qui*
» *misit me, habet vitam æternam et in judi-*

» *cium non venit; sed transit à morte in vi-*
» *tam.* »

Ce chant, que quelques vieillards perdus
dans leurs ténèbres chantaient de loin sur
cette belle créature, pleine de jeunesse et de
vie, caressée par l'air tiède du printemps,
inondée de soleil, c'était la messe des morts.

Le peuple écoutait avec recueillement.

La malheureuse, effarée, semblait perdre
sa vue et sa pensée dans les obscures entrailles de l'église. Ses lèvres blanches remuaient
comme si elles priaient, et quand le valet du
bourreau s'approcha d'elle pour l'aider à descendre du tombereau, il l'entendit qui répétait
à voix basse ce mot : *Phœbus.*

On lui délia les mains, on la fit descendre
accompagnée de sa chèvre qu'on avait déliée
aussi, et qui bêlait de joie de se sentir libre;
et on la fit marcher pieds nus sur le dur pavé
jusqu'aux bas des marches du portail. La corde
qu'elle avait au cou traînait derrière elle. On
eût dit un serpent qui la suivait.

Alors le chant s'interrompit dans l'église.
Une grande croix d'or et une file de cierges se
mirent en mouvement dans l'ombre. On entendit sonner la hallébarde des suisses bario-
lés; et quelques momens après, une longue

procession de prêtres en chasubles et de dia-
cres en dalmatiques, qui venait gravement et
en psalmodiant vers la condamnée, se déve-
loppa à sa vue et aux yeux de la foule. Mais
son regard s'arrêta à celui qui marchait en
tête, immédiatement après le porte-croix : —
Oh! dit-elle tout bas en frissonnant, c'est encore lui! le prêtre!

C'était en effet l'archidiacre. Il avait à sa
gauche le sous-chantre et à sa droite le chan-
tre armé du bâton de son office. Il avançait, la
tête renversée en arrière, les yeux fixes et ouverts, en chantant d'une voix forte :

« *De ventre inferi clamavi, et exaudisti*
» *vocem meam,*

» *Et projecisti me in profundum in corde*
» *maris, et flumen circumdedit me.* »

Au moment où il parut au grand jour sous
le haut portail en ogive, enveloppé d'une
vaste chappe d'argent barrée d'une croix
noire, il était si pâle que plus d'un pensa,
dans la foule, que c'était un des évêques de
marbre agenouillés sur les pierres sépulcrales
du chœur, qui s'était levé et qui venait recevoir au seuil de la tombe celle qui allait
mourir.

Elle, non moins pâle et non moins statue,

elle s'était à peine aperçue qu'on lui avait mis
en main un lourd cierge de cire jaune allumé;
elle n'avait pas écouté la voix glapissante du
greffier lisant la fatale teneur de l'amende honorable; quand on lui avait dit de répondre
Amen, elle avait répondu *Amen*. Il fallut,
pour lui rendre quelque vie et quelque force,
qu'elle vît le prêtre faire signe à ses gardiens
de s'éloigner et s'avancer seul vers elle.

Alors elle sentit son sang bouillonner dans
sa tête, et un reste d'indignation se ralluma
dans cette âme déjà engourdie et froide.

L'archidiacre s'approcha d'elle lentement;
même en cette extrémité, elle le vit promener sur sa nudité un œil étincelant de luxure,
de jalousie et de désir. Puis il lui dit à haute
voix:—Jeune fille, avez-vous demandé à Dieu
pardon de vos fautes et de vos manquemens?
—Il se pencha à son oreille, et ajouta (les
spectateurs croyaient qu'il recevait sa dernière
confession):— Veux-tu de moi? je puis encore te sauver!

Elle le regarda fixement : — Va-t-en, démon! ou je te dénonce.

Il se prit à sourire d'un sourire horrible.
—On ne te croira pas. — Tu ne feras qu'a-

jouter un scandale à un crime. — Réponds vite! veux-tu de moi?

— Qu'as-tu fait de mon Phœbus?

— Il est mort! dit le prêtre.

En ce moment le misérable archidiacre leva la tête machinalement, et vit à l'autre bout de la place, au balcon du logis Gondelaurier, le capitaine debout près de Fleur-de-Lys. Il chancela, passa la main sur ses yeux, regarda encore, murmura une malédiction, et tous ses traits se contractèrent violemment.

— Hé bien! meurs, toi! dit-il entre ses dents. Personne ne t'aura. Alors levant la main sur l'égyptienne, il s'écria d'une voix funèbre : — *I nunc, anima anceps, et sit tibi Deus misericors!*

C'était la redoutable formule dont on avait coutume de clore ces sombres cérémonies. C'était le signal convenu de prêtre au bourreau.

Le peuple s'agenouilla.

Kyrie Eleison, dirent les prêtres, restés sous l'ogive du portail.

Kyrie Eleison, répéta la foule avec ce murmure qui court sur toutes les têtes comme le clapotement d'une mer agitée.

— *Amen,* dit l'archidiacre.

11.   15

Il tourna le dos à la condamnée, sa tête retomba sur sa poitrine, ses mains se croisèrent, il rejoignit son cortége de prêtres, et un moment après on le vit disparaître, avec la croix, les cierges et les chapes, sous les arceaux brumeux de la cathédrale; et sa voix sonore s'éteignit par degrés dans le chœur, en chantant ce verset de désespoir :

« *Omnes gurgites tui et fluctus tui super me* » *transierunt!* »

En même temps le retentissement intermittent de la hampe ferrée des hallebardes des suisses, mourant peu à peu sous les entrecolonnemens de la nef, faisait l'effet d'un marteau d'horloge sonnant la dernière heure de la condamnée.

Cependant les portes de Notre-Dame étaient restées ouvertes, laissant voir l'église vide, désolée, en deuil, sans cierges et sans voix.

La condamnée demeurait immobile à sa place, attendant qu'on disposât d'elle. Il fallut qu'un des sergens à verge en avertît maître Charmolue, qui, pendant toute cette scène, s'était mis à étudier le bas-relief du grand portail qui représente, selon les uns, le sacrifice d'Abraham, selon les autres l'opération philosophale,

figurant le soleil par l'ange, le feu par le fagot, l'artisan par Abraham.

On eut assez de peine à l'arracher à cette
contemplation, mais enfin il se retourna; et à
un signe qu'il fit, deux hommes vêtus de
jaune, les valets du bourreau, s'approchèrent
de l'égyptienne pour lui rattacher les mains.

La malheureuse, au moment de remonter
dans le tombereau fatal et de s'acheminer vers
sa dernière station, fut prise peut-être de quelque déchirant regret de la vie. Elle leva ses yeux
rouges et secs vers le ciel, vers le soleil, vers les
nuages d'argent coupés çà et là de trapèzes et
de triangles bleus; puis elle les abaissa autour
d'elle, sur la terre, sur la foule, sur les maisons... Tout à coup, tandis que l'homme jaune
lui liait les coudes, elle poussa un cri terrible, un cri de joie. A ce balcon, là-bas, à l'angle de la place, elle venait de l'apercevoir, lui,
son ami, son seigneur, Phœbus, l'autre apparition de sa vie! Le juge avait menti! le prêtre
avait menti! c'était bien lui, elle n'en pouvait
douter; il était là, beau, vivant, revêtu de son
éclatante livrée, la plume en tête, l'épée au
côté!

— Phœbus! cria-t-elle, mon Phœbus!

Et elle voulut tendre vers lui ses bras tremblans d'amour et de ravissement, mais ils étaient attachés.

Alors elle vit le capitaine froncer le sourcil, une belle jeune fille qui s'appuyait sur lui le regarder avec une lèvre dédaigneuse et des yeux irrités; puis Phœbus prononça quelques mots qui ne vinrent pas jusqu'à elle, et tous deux s'éclipsèrent précipitamment derrière le vitrail du balcon qui se referma.

— Phœbus! cria-t-elle éperdue, est-ce que tu le crois?

Une pensée monstrueuse venait de lui apparaître. Elle se souvenait qu'elle avait été condamnée pour meurtre sur la personne de Phœbus de Châteaupers.

Elle avait tout supporté jusque là. Mais ce dernier coup était trop rude. Elle tomba sans mouvement sur le pavé.

— Allons! dit Charmolue, portez-la dans le tombereau, et finissons!

Personne n'avait encore remarqué dans la galerie des statues des rois, sculptée immédiatement au dessus des ogives du portail, un spectateur étrange qui avait tout examiné jusqu'alors avec une telle impassibilité, avec un cou si tendu, avec un visage si difforme que, sans son accoutrement mi-parti rouge et vio-

let, on eût pu le prendre pour un de ces monstres de pierre par la gueule desquels se dé-
gorgent depuis six cents ans les longues gouttières de la cathédrale. Ce spectateur n'avait
rien perdu de ce qui s'était passé depuis midi
devant le portail de Notre-Dame. Et dès les
premiers instans, sans que personne songeât
à l'observer, il avait fortement attaché à l'une
des colonnettes de la galerie une grosse corde
à nœuds, dont le bout allait traîner en bas sur
le perron. Cela fait, il s'était mis à regarder
tranquillement, et à siffler de temps en temps
quand un merle passait devant lui. Tout à
coup, au moment où les valets du maître des
œuvres se disposaient à exécuter l'ordre fleg-
matique de Charmolue, il enjamba la balustrade de la galerie, saisit la corde des pieds,
des genoux et des mains; puis on le vit couler sur la façade, comme une goutte de pluie
qui glisse le long d'une vitre, courir vers les
deux bourreaux avec la vitesse d'un chat tombé
d'un toit, les terrasser sous deux poings énormes, enlever l'égyptienne d'une main, comme
un enfant sa poupée, et d'un seul élan rebondir jusque dans l'église, en élevant la jeune
fille au dessus de sa tête, et en criant d'une
voix formidable: Asile!

Cela se fit avec une telle rapidité que, si c'eût

été la nuit, on eût pu tout voir à la lumière
d'un seul éclair.

— Asile! asile! répéta la foule, et dix mille
battemens de mains fit étinceler de joie et
de fierté l'œil unique de Quasimodo.

Cette secousse fit revenir à elle la condamnée.
Elle souleva sa paupière, regarda Quasimodo,
puis la referma subitement, comme épouvantée
de son sauveur.

Charmolue resta stupéfait, et les bourreaux,
et toute l'escorte. En effet, dans l'enceinte de
Notre-Dame, la condamnée était inviolable.
La cathédrale était un lieu de refuge. Toute
justice humaine expirait sur le seuil.

Quasimodo s'était arrêté sous le grand portail. Ses larges pieds semblaient aussi solides sur
le pavé de l'église que les lourds piliers romans.
Sa grosse tête chevelue s'enfonçait dans ses épaules comme celle des lions, qui, eux aussi, ont une
crinière et pas de cou. Il tenait la jeune fille
toute palpitante, suspendue à ses mains calleuses, comme une draperie blanche; mais il
la portait avec tant de précaution qu'il paraissait craindre de la briser ou de la faner. On
eût dit qu'il sentait que c'était une chose délicate, exquise et précieuse, faite pour d'autres
mains que les siennes. Par momens, il avait
l'air de n'oser la toucher, même du souffle.

Puis, tout à coup, il la serrait avec étreinte
dans ses bras, sur sa poitrine anguleuse, comme
son bien, comme son trésor, comme eût fait
la mère de cette enfant. Son œil de gnome,
abaissé sur elle, l'inondait de tendresse, de
douleur et de pitié, et se relevait subitement
plein d'éclairs. Alors les femmes riaient et pleu-
raient, la foule trépignait d'enthousiasme, car
en ce moment-là Quasimodo avait vraiment
sa beauté. Il était beau, lui, cet orphelin,
cet enfant-trouvé, ce rebut, il se sentait
auguste et fort, il regardait en face cette société dont il était banni, et dans laquelle il
intervenait si puissamment, cette justice humaine à laquelle il avait arraché sa proie, tous
ces tigres forcés de mâcher à vide, ces sbires,
ces juges, ces bourreaux, toute cette force du
roi qu'il venait de briser, lui infime, avec la
force de Dieu.

Et puis c'était une chose touchante que
cette protection tombée d'un être si difforme
sur un être si malheureux, qu'une condamnée
à mort sauvée par Quasimodo. C'étaient les
deux misères extrêmes de la nature et de la
société, qui se touchaient et qui s'entr'ai-
daient.

Cependant, après quelques minutes de triomphe, Quasimodo s'était brusquement enfoncé

dans l'église avec son fardeau. Le peuple,
amoureux de toute prouesse, le cherchait des
yeux sous la sombre nef, regrettant qu'il se
fût si vite dérobé à ses acclamations. Tout à
coup on le vit reparaître à l'une des extrémités de la galerie des rois de France; il la tra-
versa en courant comme un insensé, en élevant sa conquête dans ses bras et en criant :
Asile! La foule éclata de nouveau en applaudissemens. La galerie parcourue, il se replongea dans l'intérieur de l'église. Un moment après il reparut sur la plate-forme supérieure, toujours l'égyptienne dans ses bras,
toujours courant avec folie, toujours criant :
Asile! Et la foule applaudissait. Enfin, il fit
une troisième apparition sur le sommet de la
tour du bourdon; de là il sembla montrer
avec orgueil à toute la ville celle qu'il avait
sauvée, et sa voix tonnante, cette voix qu'on
entendait si rarement et qu'il n'entendait jamais, répéta trois fois avec frénésie jusque
dans les nuages : Asile! asile! asile!

—Noël! Noël! criait le peuple de son côté,
et cette immense acclamation allait étonner
sur l'autre rive la foule de la Grève et la recluse qui attendait toujours, l'œil fixé sur le
gibet.

LIVRE SEPTIÈME.

I.

Fièvre.

CLAUDE FROLLO n'était plus dans Notre-Dame, pendant que son fils adoptif tranchait si brusquement le nœud fatal où le malheureux archidiacre avait pris l'égyptienne et s'était pris lui-même. Rentré dans la sacristie, il avait arraché l'aube, la chape et l'étole, avait tout jeté aux mains du bedeau stupéfait, s'était échappé par la porte dérobée du cloître, avait ordonné

à un batelier du Terrain de le transporter
sur la rive gauche de la Seine, et s'était enfoncé dans les rues montueuses de l'Université, ne sachant où il allait, rencontrant à
chaque pas des bandes d'hommes et de femmes
mes qui se pressaient joyeusement vers le
pont Saint-Michel dans l'espoir *d'arriver encore à temps* pour voir pendre la sorcière,
pâle, égaré, plus troublé, plus aveugle et plus
farouche qu'un oiseau de nuit lâché et pour-
suivi par une troupe d'enfans en plein jour. Il
ne savait plus où il était, ce qu'il pensait, si
il rêvait. Il allait, il marchait, il courait, prenant toute rue au hasard, ne choisissant pas,
seulement toujours poussé en avant par la
Grève, par l'horrible Grève qu'il sentait confusément derrière lui.

Il longea ainsi la montagne Sainte-Geneviève, et sortit enfin de la ville par la porte
Saint-Victor. Il continua de s'enfuir, tant qu'il
put voir en se retournant l'enceinte de tours
de l'Université et les rares maisons du fau-
bourg; mais lorsque enfin un pli du terrain
lui eut dérobé en entier cet odieux Paris, quand
il put s'en croire à cent lieues, dans les champs,
dans un désert, il s'arrêta, et il lui sembla
qu'il respirait.

Alors des idées affreuses se pressèrent dans son esprit. Il revit clair dans son âme, et frissonna. Il songea à cette malheureuse fille qui l'avait perdu et qu'il avait perdue. Il promena un œil hagard sur la double voie tortueuse que la fatalité avait fait suivre à leurs deux destinées, jusqu'au point d'intersection où elle les avait impitoyablement brisées l'une contre l'autre. Il pensa à la folie des vœux éternels, à la vanité de la chasteté, de la science, de la religion, de la vertu, à l'inutilité de Dieu. Il s'enfonça à cœur-joie dans les mauvaises pensées, et à mesure qu'il y plongeait plus avant, il sentait éclater en lui-même un rire de Satan.

Et en creusant ainsi son âme, quand il vit quelle large place la nature y avait préparée aux passions, il ricana plus amèrement encore. Il remua au fond de son cœur toute sa haine, toute sa méchanceté; et il reconnut, avec le froid coup d'œil d'un médecin qui examine un malade, que cette haine, que cette méchanceté n'étaient que de l'amour vicié; que l'amour, cette source de toute vertu chez l'homme, tournait en choses horribles dans un cœur de prêtre, et qu'un homme constitué comme lui, en se faisant prêtre, se faisait démon. Alors il rit affreusement, et tout à coup il redevint pâle, en considérant le côté le plus sinistre de sa fatale passion, de cet amour corrosif, venimeux, haineux, implacable, qui n'avait abouti qu'au gibet pour l'une, à l'enfer pour l'autre : elle condamnée, lui damné.

Et puis le rire lui revint, en songeant que Phœbus était vivant; qu'après tout le capitaine vivait, était alègre et content, avait de plus beaux hoquetons que jamais, et une nouvelle maîtresse qu'il menait voir pendre l'ancienne. Son ricanement redoubla quand il réfléchit que, des êtres vivans dont il avait voulu la mort, l'égyptienne, la seule créature qu'il ne haït pas, était la seule qu'il n'eût pas manquée.

Alors du capitaine sa pensée passa au peuple, et il lui vint une jalousie d'une espèce inouie. Il songea que le peuple aussi, le peuple tout entier, avait eu sous les yeux la femme qu'il aimait, en chemise, presque nue. Il se tordit les bras en pensant que cette femme, dont la forme entrevue dans l'ombre par lui seul lui eût été le bonheur suprême, avait été livrée en plein jour, en plein midi, à tout un peuple, vêtue comme pour une nuit de volupté. Il pleura de rage sur tous ces mystères d'amour profanés, souillés, dénudés, flétris à jamais. Il pleura de rage en se figurant combien de regards immondes avaient trouvé leur compte à cette chemise mal nouée ; et que cette belle fille, ce lis vierge, cette coupe de pudeur et de délices dont il n'eût osé approcher ses lèvres qu'en tremblant, venait d'être transformée en une sorte de gamelle publique, où la plus vile populace de Paris, les voleurs, les mendians, les laquais, étaient venus boire en commun un plaisir effronté, impur et dépravé.

Et quand il cherchait à se faire une idée du bonheur qu'il eût pu trouver sur la terre si elle n'eût pas été bohémienne et s'il n'eût pas été prêtre, si Phœbus n'eût pas existé et si elle l'eût aimé ; quand il se figurait qu'une vie de sérénité et d'amour lui eût été possible aussi, à lui ; qu'il y avait en ce même moment çà et là sur la terre des couples heureux, perdus en longues causeries sous les orangers, au bord des ruisseaux, en présence d'un soleil couchant, d'une nuit étoilée ; et que si Dieu l'eût voulu, il eut pu faire avec elle un de ces couples de bénédictions, son cœur se fondait en tendresse et en désespoir.

Oh ! elle ! c'est elle ! C'est cette idée fixe qui revenait sans cesse, qui le torturait, qui lui mordait la cervelle et lui déchiquetait les entrailles. Il ne regrettait pas, il ne se repentait pas; tout ce qu'il avait fait, il était prêt à le faire encore; il aimait mieux la voir aux mains du bourreau qu'aux bras du capitaine. Mais il souffrait; il souffrait tant que par instans il s'arrachait des poignées de cheveux, pour voir s'ils ne blanchissaient pas.

Il y eut un moment entre autres où il lui vint à l'esprit que c'était là peut-être la minute où la hideuse chaîne qu'il avait vue le matin resserrait son nœud de fer autour de ce cou si frêle et si gracieux. Cette pensée lui fit jaillir la sueur de tous les pores.

Il y eut un autre moment où, tout en riant diaboliquement sur lui-même, il se représenta à la fois la Esmeralda comme il l'avait vue le premier jour, vive, insouciante, joyeuse, parée, dansante, ailée, harmonieuse, et la Esmeralda du dernier jour, en chemise, la corde au cou, montant lentement, avec ses pieds nus, l'échelle anguleuse du gibet; il se figura ce double tableau d'une telle façon qu'il poussa un cri terrible.

Tandis que cet ouragan de désespoir bouleversait, brisait, arrachait, courbait, déracinait tout dans son âme, il regarda la nature autour de lui. A ses pieds, quelques poules fouillaient les broussailles en becquetant, les scarabées d'émail couraient au soleil; au dessus de sa tête quelques croupes de nuées gris-pommelé fuyaient dans un ciel bleu; à l'horizon, la flèche de l'abbaye Saint-Victor perçait la courbe du coteau de son obélisque d'ardoise; et le meunier de la butte Copeaux regardait en sifflant tourner les ailes travailleuses de son moulin. Toute cette vie active, organisée, tranquille, reproduite autour de lui sous mille formes, lui fit mal. Il recommença à fuir.

Il courut ainsi à travers champs jusqu'au soir. Cette fuite de la nature, de la vie, de lui-même, de l'homme, de Dieu, de tout, dura tout le jour. Quelquefois il se jetait la face contre terre, et il arrachait avec ses ongles les jeunes blés. Quelquefois il s'arrêtait dans une rue de village déserte; et ses pensées étaient si insupportables qu'il prenait sa tête à deux mains et tâchait de l'arracher de ses épaules pour la briser sur le pavé.

Vers l'heure où le soleil déclinait, il s'examina de nouveau, et il se trouva presque fou. La tempête qui durait en lui depuis l'instant où il avait perdu l'espoir et la volonté de sauver l'égyptienne, cette tempête n'avait pas laissé dans sa conscience une seule idée saine,

une seule pensée debout. Sa raison y gisait,
à peu près entièrement détruite. Il n'avait plus
que deux images distinctes dans l'esprit, la
Esmeralda et la potence : tout le reste était
noir. Ces deux images rapprochées lui présen-
taient un groupe effroyable; et plus il y fixait
ce qui lui restait d'attention et de pensée,
plus il les voyait croître, selon une progres-
sion fantastique, l'une en grâce, en charme,
en beauté, en lumière, l'autre en horreur; de
sorte qu'à la fin la Esmeralda lui apparaissait
comme une étoile, le gibet comme un énorme
bras décharné.

Une chose remarquable, c'est que pendant
toute cette torture il ne lui vint pas l'idée sérieuse de mourir. Le misérable était ainsi fait.
Il tenait à la vie. Peut-être voyait-il réellement
l'enfer derrière.

Cependant le jour continuait de baisser.
L'être vivant qui existait encore en lui songea
confusément au retour. Il se croyait loin de
Paris; mais, en s'orientant, il s'aperçut qu'il
n'avait fait que tourner l'enceinte de l'Université. La flèche de Saint-Sulpice et les trois
hautes aiguilles de Saint-Germain-des-Prés dé-
passaient l'horizon à sa droite. Il se dirigea
de ce côté. Quand il entendit le qui vive des

hommes-d'armes de l'abbé autour de la circonvallation crénelée de Saint-Germain, il se détourna, prit un sentier qui s'offrit à lui entre le moulin de l'Abbaye et la Maladerie du bourg, et au bout de quelques instans se trouva sur la lisière du Pré-aux-Clercs. Ce pré était célèbre par les tumultes qui s'y faisaient nuit et jour ; c'était l'*hydre* des pauvres moines de Saint-Germain : *Quod monachis sancti Germani pratensis hydra fuit, clericis nova semper dissidiorum capita suscitantibus.* L'archidiacre craignit d'y rencontrer quelqu'un ; il avait peur de tout visage humain ; il venait d'éviter l'Université, le bourg Saint-Germain ; il voulait ne rentrer dans les rues que le plus tard possible. Il longea le Pré-aux-Clercs, prit le sentier désert qui le séparait du Dieu-Neuf, et arriva enfin au bord de l'eau. Là, dom Claude trouva un batelier qui, pour quelques deniers parisis, lui fit remonter la Seine jusqu'à la pointe de la Cité, et le déposa sur cette langue de terre abandonnée où le lecteur a déjà vu rêver Gringoire, et qui se prolongeait au delà des jardins du roi, parallèlement à l'île du Passeur-aux-Vaches.

Le bercement monotone du bateau et le bruissement de l'eau avaient en quelque sorte

engourdi le malheureux Claude. Quand le batelier se fut éloigné, il resta stupidement debout sur la grève, regardant devant lui et ne
percevant plus les objets qu'à travers des os-
cillations grossissantes qui lui faisaient de tout
une sorte de fantasmagorie. Il n'est pas rare
que la fatigue d'une grande douleur produise
cet effet sur l'esprit.

Le soleil était couché derrière la haute tour
de Nesle. C'était l'instant du crépuscule. Le
ciel était blanc, l'eau de la rivière était blanche.
Entre ces deux blancheurs, la rive gauche de
la Seine, sur laquelle il avait les yeux fixés,
projetait sa masse sombre, et, de plus en plus
amincie par la perspective, s'enfonçait dans
les brumes de l'horizon comme une flèche
noire. Elle était chargée de maisons, dont on
ne distinguait que la silhouette obscure, vivement relevée en ténèbres sur le fond clair du
ciel et de l'eau. Çà et là des fenêtres commençaient à y scintiller comme des trous de braise.
Cet immense obélisque noir ainsi isolé entre
les deux nappes blanches du ciel et de la rivière, fort large en cet endroit, fit à dom
Claude un effet singulier, comparable à ce
qu'éprouverait un homme qui, couché à terre
sur le dos au pied du clocher de Strasbourg,

regarderait l'énorme aiguille s'enfoncer au
dessus de sa tête dans les pénombres du crépuscule. Seulement ici c'était Claude qui
était debout et l'obélisque qui était couché;
mais comme la rivière, en reflétant le ciel,
prolongeait l'abîme au dessous de lui, l'immense promontoire semblait aussi hardiment
élancé dans le vide que toute flèche de cathédrale; et l'impression était la même. Cette impression avait même cela d'étrange et de plus
profond, que c'était bien le clocher de Strasbourg, mais le clocher de Strasbourg haut de
deux lieues; quelque chose d'inouï, de gigantesque, d'incommensurable; un édifice comme
nul œil humain n'en a vu; une tour de Babel.
Les cheminées des maisons, les créneaux des
murailles, les pignons taillés des toits, la flèche
des Augustins, la tour de Nesle, toutes ces
saillies qui ébréchaient le profil du colossal
obélisque, ajoutaient à l'illusion en jouant bizarrement à l'œil les découpures d'une sculpture touffue et fantastique. Claude, dans l'état
de hallucination où il se trouvait, crut voir,
voir de ses yeux vivans, le clocher de l'enfer;
les mille lumières répandues sur toute la hauteur de l'épouvantable tour lui parurent autant de porches de l'immense fournaise inté-

rieure; les voix et les rumeurs qui s'en échappaient, autant de cris, autant de râles. Alors il eut peur, il mit ses mains sur ses oreilles pour ne plus entendre, tourna le dos pour ne plus voir, et s'éloigna à grands pas de l'effroyable vision.

Mais la vision était en lui.

Quand il rentra dans les rues, les passans, qui se coudoyaient aux lueurs des devantures de boutiques, lui faisaient l'effet d'une éternelle allée et venue de spectres autour de lui. Il avait des fracas étranges dans l'oreille; des fantaisies extraordinaires lui troublaient l'esprit. Il ne voyait ni les maisons, ni le pavé, ni les chariots, ni les hommes et les femmes; mais un chaos d'objets indéterminés qui se fondaient par les bords les uns dans les autres. Au coin de la rue de la Barillerie, il y avait une boutique d'épicerie, dont l'auvent était, selon l'usage immémorial, garni dans son pourtour de ces cerceaux de fer-blanc auxquels pend un cercle de chandelles de bois, qui s'entrechoquent au vent en claquant comme des castagnettes. Il crut entendre s'entreheurter dans l'ombre le trousseau de squelettes de Montfaucon.

— Oh! murmura-t-il, le vent de la nuit les

chasse les uns contre les autres, et mêle le
bruit de leurs chaînes au bruit de leurs os !
Elle est peut-être là, parmi eux !

Eperdu, il ne sut où il allait. Au bout de
quelques pas, il se trouva sur le pont Saint-
Michel. Il y avait une lumière à une fenêtre
d'un rez-de-chaussée : il s'approcha. A travers
un vitrage fêlé, il vit une salle sordide, qui réveilla un souvenir confus dans son esprit. Dans
cette salle, mal éclairée d'une lampe maigre,
il y avait un jeune homme blond et frais, à figure joyeuse, qui embrassait, avec de grands
éclats de rire, une jeune fille fort effrontément
parée ; et, près de la lampe, il y avait une vieille
femme qui filait et qui chantait d'une voix
chevrotante. Comme le jeune homme ne riait
pas toujours, la chanson de la vieille arrivait
par lambeaux jusqu'au prêtre ; c'était quelque
chose d'inintelligible et d'affreux.

> Grève, aboye, Grève, grouille !
> File, file, ma quenouille,
> File sa corde au bourreau
> Qui siffle dans le préau.
> Grève, aboye, Grève, grouille !

> La belle corde de chanvre !
> Semez d'Issy jusqu'à Vanvre
> Du chanvre et non pas de blé.

> Le voleur n'a pas volé
> La belle corde de chanvre.
>
> Grève, grouille, Grève, aboye !
> Pour voir la fille de joie
> Pendre au gibet chassieux,
> Les fenêtres sont des yeux.
> Grève, grouille, Grève, aboye !

Là dessus le jeune homme riait et caressait la fille. La vieille, c'était la Falourdel; la fille, c'était une fille publique; le jeune homme, c'était son frère Jehan.

Il continua de regarder. Autant ce spectacle qu'un autre.

Il vit Jehan aller à une fenêtre qui était au fond de la salle, l'ouvrir, jeter un coup d'œil sur le quai, où brillaient au loin mille croisées éclairées ; et il l'entendit dire en refermant la fenêtre : — Sur mon âme! voilà qu'il se fait nuit. Les bourgeois allument leurs chandelles et le bon Dieu ses étoiles.

Puis, Jehan revint vers la ribaude, et cassa une bouteille qui était sur une table, en s'é- criant : — Déjà vide, corbœuf! et je n'ai plus d'argent! Isabeau, ma mie, je ne serai content de Jupiter que lorsqu'il aura changé vos deux tétins blancs en deux noires bouteilles, où je téterai du vin de Beaune jour et nuit.

Cette belle plaisanterie fit rire la fille de joie, et Jehan sortit.

Dom Claude n'eut que le temps de se jeter à terre pour ne pas être rencontré, regardé en face et reconnu par son frère. Heureusement la rue était sombre, et l'écolier était ivre. Il avisa cependant l'archidiacre couché sur le pavé dans la boue. — Oh! oh! dit-il; en voilà un qui a mené joyeuse vie aujourd'hui.

Il remua du pied dom Claude, qui retenait son souffle.

— Ivre-mort, reprit Jehan. Allons, il est plein. Une vraie sangsue détachée d'un tonneau. Il est chauve, ajouta-t-il en se baissant; c'est un vieillard! *Fortunate senex!*

Puis, dom Claude l'entendit s'éloigner, en disant : — C'est égal : la raison est une belle chose, et mon frère l'archidiacre est bien heureux d'être sage et d'avoir de l'argent.

L'archidiacre alors se releva, et courut, tout d'une haleine, vers Notre-Dame, dont il voyait les tours énormes surgir dans l'ombre au dessus des maisons.

A l'instant où il arriva tout haletant sur la place du Parvis, il recula, et n'osa lever les yeux sur le funeste édifice. Oh! dit-il à voix basse, est-il donc bien vrai qu'une telle chose se soit passée ici, aujourd'hui, ce matin même?

Cependant il se hasarda à regarder l'église.
La façade était sombre; le ciel derrière étincelait d'étoiles. Le croissant de la lune, qui venait de s'envoler de l'horizon, était arrêté en
ce moment au sommet de la tour de droite,
et semblait s'être perché, comme un oiseau
lumineux, au bord de la balustrade décou-
pée en trèfles noirs.

La porte du cloître était fermée; mais l'archidiacre avait toujours sur lui la clef de la
tour où était son laboratoire. Il s'en servit pour
pénétrer dans l'église.

Il trouva dans l'église une obscurité et un
silence de caverne. Aux grandes ombres qui
tombaient de toutes parts à larges pans, il
reconnut que les tentures de la cérémonie du
matin n'avaient pas encore été enlevées. La
grande croix d'argent scintillait au fond des
ténèbres, saupoudrée de quelques points étin-
celans, comme la voie lactée de cette nuit de
sépulcre. Les longues fenêtres du chœur montraient au dessus de la draperie noire l'extrémité supérieure de leurs ogives, dont les vitraux, traversés d'un rayon de lune, n'avaient
plus que les couleurs douteuses de la nuit,
une espèce de violet, de blanc et de bleu, dont

on ne retrouve la teinte que sur la face des
morts. L'archidiacre, en apercevant tout autour
du chœur ces blêmes pointes d'ogives, crut
voir des mitres d'évêques damnés. Il ferma les
yeux, et quand il les rouvrit, il crut que c'é-
tait un cercle de visages pâles qui le regardaient.

Il se mit à fuir à travers l'église. Alors il lui
sembla que l'église aussi s'ébranlait, remuait,
s'animait, vivait; que chaque grosse colonne
devenait une pate énorme qui battait le sol
de sa large spatule de pierre, et que la gigantesque cathédrale n'était plus qu'une sorte
d'éléphant prodigieux, qui soufflait et marchait avec ses piliers pour pieds, ses deux tours
pour trompes et l'immense drap noir pour
caparaçon.

Ainsi, la fièvre ou la folie était arrivée à un
tel degré d'intensité que le monde extérieur
n'était plus pour l'infortuné qu'une sorte
d'Apocalypse, visible, palpable, effrayante.

Il fut un moment soulagé. En s'enfonçant
sous les bas-côtés, il aperçut, derrière un
massif de piliers, une lueur rougeâtre. Il y
courut comme à une étoile. C'était la pauvre
lampe qui éclairait jour et nuit le bréviaire
public de Notre-Dame, sous son treillis de fer.

Il se jeta avidement sur le saint livre, dans
l'espoir d'y trouver quelque consolation ou
quelque encouragement. Le livre était ouvert
à ce passage de Job, sur lequel son œil fixe se
promena : — « Et un esprit passa devant ma
» face, et j'entendis un petit souffle, et le poil
» de ma chair se hérissa. »

A cette lecture lugubre, il éprouva ce qu'é-
prouve l'aveugle qui se sent piquer par le
bâton qu'il a ramassé. Ses genoux se dérobè-
rent sous lui, et il s'affaissa sur le pavé, songeant à celle qui était morte dans le jour. Il
sentait passer et se dégorger dans son cerveau tant de fumées monstrueuses qu'il lui
semblait que sa tête était devenue une des
cheminées de l'enfer.

Il paraît qu'il resta long-temps dans cette
attitude, ne pensant plus, abîmé et passif sous
la main du démon. Enfin, quelque force lui
revint ; il songea à s'aller réfugier dans la tour,
près de son fidèle Quasimodo. Il se leva ; et
comme il avait peur, il prit, pour s'éclairer,
la lampe du bréviaire. C'était un sacrilége ;
mais il n'en était plus à regarder à si peu de
chose.

Il gravit lentement l'escalier des tours, plein
d'un secret effroi que devait propager jus-

qu'aux rares passans du Parvis la mystérieuse
lumière de sa lampe montant si tard de
meurtrière en meurtrière au haut du clocher.

Tout à coup il sentit quelque fraîcheur sur
son visage, et se trouva sous la porte de la plus
haute galerie. L'air était froid; le ciel charriait
des nuages, dont les larges lames blanches débordaient
les unes sur les autres en s'écrasant
par les angles, et figuraient une débâcle de
fleuve en hiver. Le croissant de la lune, échoué
au milieu des nuées, semblait un navire céleste
pris dans ces glaçons de l'air.

Il baissa la vue, et contempla un instant,
entre la grille de colonnettes qui unit les deux
tours, au loin, à travers une gaze de brumes
et de fumées, la foule silencieuse des toits de
Paris, aigus, innombrables, pressés et petits
comme les flots d'une mer tranquille dans une
nuit d'été.

La lune jetait un faible rayon, qui donnait
au ciel et à la terre une teinte de cendre.

En ce moment l'horloge éleva sa voix grêle
et fêlée. Minuit sonna. Le prêtre pensa à midi;
c'étaient les douze heures qui revenaient. —
Oh! se dit-il tout bas, elle doit être froide à
présent!

Tout à coup un coup de vent éteignit sa

lampe, et presque en même temps il vit paraître, à l'angle opposé de la tour, une ombre, une blancheur, une forme, une femme. Il tressaillit. A côté de cette femme, il y avait une petite chèvre, qui mêlait son bêlement au dernier bêlement de l'horloge.

Il eut la force de regarder. C'était elle.

Elle était pâle, elle était sombre. Ses cheveux tombaient sur ses épaules comme le matin; mais plus de corde au cou, plus de mains attachées : elle était libre, elle était morte.

Elle était vêtue de blanc et avait un voile blanc sur la tête.

Elle venait vers lui, lentement, en regardant le ciel. La chèvre surnaturelle la suivait. Il se sentait de pierre et trop lourd pour fuir. A chaque pas qu'elle faisait en avant, il en faisait un en arrière, et c'était tout. Il rentra ainsi sous la voûte obscure de l'escalier. Il était glacé de l'idée qu'elle allait peut-être y entrer aussi; si elle l'eût fait, il serait mort de terreur.

Elle arriva en effet devant la porte de l'escalier, s'y arrêta quelques instants, regarda fixement dans l'ombre, mais sans paraître y voir le prêtre, et passa. Elle lui parut plus grande que lorsqu'elle vivait; il vit la lune à travers sa robe blanche; il entendit son souffle.

Quand elle fut passée, il se mit à redescendre l'escalier, avec la lenteur qu'il avait vue au spectre, se croyant spectre lui-même, hagard, les cheveux tout droits, sa lampe éteinte toujours à la main ; et tout en descendant les degrés en spirale, il entendait distinctement dans son oreille une voix qui riait et qui répétait : « ... Un esprit passa devant ma face, et j'en- » tendis un petit souffle, et le poil de ma » chair se hérissa. »

II.

Bossu, Borgne, Boiteux.

———

Toute ville au moyen-âge, et jusqu'à Louis XII, toute ville en France avait ses lieux d'asile. Ces lieux d'asile, au milieu du déluge de lois pénales et de juridictions barbares qui inondaient la Cité, étaient des espèces d'îles qui s'élevaient au dessus du niveau de la justice humaine. Tout criminel qui y abordait était sauvé. Il y avait dans une banlieue presque autant de lieux d'asile que de lieux patibulaires. C'était l'abus de l'impunité à côté de l'abus des supplices, deux choses mauvaises qui tâchaient de se corriger l'une par l'autre. Les palais du roi, les hôtels des princes, les églises surtout avaient droit d'asile. Quelquefois d'une ville toute entière qu'on avait besoin de repeupler on faisait temporairement un lieu de refuge. Louis XI fit Paris asile en 1467.

Une fois le pied dans l'asile, le criminel était sacré; mais il fallait qu'il se gardât d'en sortir: un pas hors du sanctuaire, il retombait dans le flot. La roue, le gibet, l'estrapade faisaient bonne garde à l'entour du lieu de refuge, et guettaient sans cesse leur proie comme les requins autour du vaisseau. On a vu dès condamnés qui blanchissaient ainsi dans un cloître, sur l'escalier d'un palais, dans la culture d'une abbaye, sous un porche d'église; de cette façon l'asile était une prison comme une autre. Il arrivait quelquefois qu'un arrêt solennel du parlement violait le refuge et restituait le condamné au bourreau; mais la chose était rare. Les parlemens s'effarouchaient des évêques, et quand ces deux robes-là en venaient à se froisser, la simarre n'avait pas

beau jeu avec la soutane. Parfois, cependant,
comme dans l'affaire des assassins de Petit-
Jean, bourreau de Paris, et dans celle d'Emery
Rousseau, meurtrier de Jean Valleret, la justice sautait par dessus l'église et passait outre
à l'exécution de ces sentences ; mais, à moins
d'un arrêt du parlement, malheur à qui violait à main armée un lieu d'asile ! On sait quelle
fut la mort de Robert de Clermont, maréchal
de France, et de Jean de Châlons, maréchal de
Champagne ; et pourtant il ne s'agissait que
d'un certain Perrin Marc, garçon d'un changeur,
un misérable assassin ; mais les deux maréchaux avaient brisé les portes de Saint-Méry.
Là était l'énormité.

Il y avait autour des refuges un tel respect,
qu'au dire de la tradition, il prenait parfois
jusqu'aux animaux. Aymoin conte qu'un cerf,
chassé par Dagobert, s'étant refugié près du
tombeau de saint Denis, la meute s'arrêta tout
court en aboyant.

Les églises avaient d'ordinaire une logette
préparée pour recevoir les supplians. En 1407,
Nicolas Flamel leur fit bâtir, sur les voûtes de
Saint-Jacques-de-la-Boucherie, une chambre
qui lui coûta quatre livres six sols seize deniers
parisis.

À Notre-Dame, c'était une cellule établie
sur les combles des bas-côtés sous les arcs-
boutans, en regard du cloître , précisément à
l'endroit où la femme du concierge actuel des
tours s'est pratiqué un jardin, qui est aux jardins suspendus de Babylone ce qu'une laitue
est à un palmier, ce qu'une portière est à Sé-
miramis.

C'est là qu'après   course effrénée et triom-
phale sur les tours et les galeries, Quasimodo
avait déposé la Esmeralda. Tant que cette
course avait duré, la jeune fille n'avait pu reprendre ses sens, à demi assoupie, à demi éveillée, ne sentant plus rien sinon qu'elle montait
dans l'air, qu'elle y flottait, qu'elle y volait,
que quelque chose l'enlevait au dessus de la
terre. De temps en temps, elle entendait le rire
éclatant, la voix bruyante de Quasimodo à son
oreille ; elle entr'ouvrait ses yeux ; alors au
dessous d'elle elle voyait confusément Paris
marqueté de ses mille toits d'ardoises et de
tuiles comme une mosaïque rouge et bleue ,
au dessus de sa tête la face effrayante et joyeuse
de Quasimodo. Alors sa paupière retombait ;
elle croyait que tout était fini, qu'on l'avait
exécutée pendant son évanouissement, et que
le difforme esprit qui avait présidé à sa des-

tinée l'avait reprise et l'emportait. Elle n'osait
le regarder et se laissait aller.

Mais quand le sonneur de cloches échevelé
et haletant l'eut déposée dans la cellule du refuge, quand elle sentit ses grosses mains détacher doucement la corde qui lui meurtris-
sait les bras, elle éprouva cette espèce de
secousse qui réveille en sursaut les passagers
d'un navire qui touche au milieu d'une nuit
obscure. Ses pensées se réveillèrent aussi, et
lui revinrent une à une. Elle vit qu'elle était
dans Notre-Dame; elle se souvint d'avoir été arrachée des mains du bourreau; que Phœbus
était vivant, que Phœbus ne l'aimait plus; et
ces deux idées, dont l'une répandait tant d'a-
mertume sur l'autre, se présentant ensemble à la pauvre condamnée, elle se tourna
vers Quasimodo qui se tenait debout devant
elle, et qui lui faisait peur; elle lui dit : —
Pourquoi m'avez-vous sauvée ?

Il la regarda avec anxiété, comme cherchant
à deviner ce qu'elle lui disait. Elle répéta sa
question. Alors il lui jeta un coup d'œil profondément triste, et s'enfuit.

Elle resta étonnée.

Quelques momens après il revint, appor-
tant un paquet qu'il jeta à ses pieds. C'étaient

des vêtemens que des femmes charitables avaient déposés pour elle au seuil de l'église. Alors elle abaissa ses yeux sur elle-même, se vit presque nue, et rougit. La vie revenait.

Quasimodo parut éprouver quelque chose de cette pudeur. Il voila son regard de sa large main, et s'éloigna encore une fois, mais à pas lents.

Elle se hâta de se vêtir. C'était une robe blanche avec un voile blanc. Un habit de novice de l'Hôtel-Dieu.

Elle achevait à peine qu'elle vit revenir Quasimodo. Il portait un panier sous un bras et un matelas sous l'autre. Il y avait dans le panier une bouteille, du pain, et quelques provisions. Il posa le panier à terre, et dit : — Mangez. Il étendit le matelas sur la dalle, et dit : — Dormez. C'était son propre repas, c'était son propre lit que le sonneur de cloches avait été chercher.

L'égyptienne leva les yeux sur lui pour le remercier; mais elle ne put articuler un mot. Le pauvre diable était vraiment horrible. Elle baissa la tête avec un tressaillement d'effroi.

Alors il lui dit : — Je vous fait peur. Je suis bien laid, n'est-ce pas? ne me regardez point;

écoutez-moi seulement. — Le jour, vous resterez ici; la nuit, vous pouvez vous promener
par toute l'église. Mais ne sortez de l'église ni
jour ni nuit. Vous seriez perdue. On vous tue-
rait, et je mourrais.

Émue, elle leva la tête pour lui répondre.
Il avait disparu. Elle se retrouva seule, rêvant aux paroles singulières de cet être presque monstrueux, et frappée du son de sa
voix qui était si rauque et pourtant si douce.

Puis, elle examina sa cellule. C'était une
chambre de quelque six pieds carrés, avec une
petite lucarne et une porte sur le plan légère-
ment incliné du toit en pierres plates. Plusieurs gouttières à figures d'animaux semblaient se pencher autour d'elle et tendre le
cou pour la voir par la lucarne. Au bord de
son toit, elle apercevait le haut de mille cheminées qui faisaient monter sous ses yeux les
fumées de tous les feux de Paris. Triste spectacle pour la pauvre égyptienne, enfant
trouvé, condamnée à mort, malheureuse
créature, sans patrie, sans famille, sans foyer.

Au moment où la pensée de son isolement
lui apparaissait ainsi, plus poignante que jamais, elle sentit une tête velue et barbue se
glisser dans ses mains, sur ses genoux. Elle

tressaillit (tout l'effrayait maintenant), et regarda. C'était la pauvre chèvre, l'agile Djali, qui s'était échappée à sa suite, au moment où Quasimodo avait dispersé la brigade de Charmolue, et qui se répandait en caresses à ses pieds depuis près d'une heure, sans pouvoir obtenir un regard. L'égyptienne la couvrit de baisers. — Oh! Djali, disait-elle, comme je t'ai oubliée! tu songes donc toujours à moi! Oh! tu n'es pas ingrate, toi! — En même temps, comme si une main invisible eût soulevé le poids qui comprimait ses larmes dans son cœur depuis si long-temps, elle se mit à pleurer, et à mesure que ses larmes coulaient, elle sentait s'en aller avec elles ce qu'il y avait de plus âcre et de plus amer dans sa douleur.

Le soir venu, elle trouva la nuit si belle, la lune si douce, qu'elle fit le tour de la galerie élevée qui enveloppe l'église. Elle en éprouva quelque soulagement, tant la terre lui parut calme, vue de cette hauteur.

III.

Sourd.

Le lendemain matin, elle s'aperçut en s'é-
veillant qu'elle avait dormi. Cette chose singulière l'étonna. Il y avait si long-temps qu'elle
était déshabituée du sommeil. Un joyeux rayon
du soleil levant entrait par sa lucarne et lui
venait frapper le visage. En même temps que
le soleil, elle vit à cette lucarne un objet qui

l'effraya, la malheureuse figure de Quasimodo.
Involontairement elle referma les yeux, mais
en vain; elle croyait toujours voir à travers
sa paupière rose ce masque de gnome, borgne
et brèchedent. Alors, tenant toujours ses yeux
fermés, elle entendit une rude voix qui disait
très doucement : — N'ayez pas peur. Je suis
votre ami. J'étais venu vous voir dormir. Cela
ne vous fait pas de mal, n'est-ce pas, que je
vienne vous voir dormir ? Qu'est-ce que cela
vous fait que je sois là quand vous avez les
yeux fermés? Maintenant je vais m'en aller.
Tenez, je me suis mis derrière le mur. Vous
pouvez rouvrir les yeux.

Il y avait quelque chose de plus plaintif encore que ces paroles, c'était l'accent dont elles
étaient prononcées. L'égyptienne touchée ouvrit les yeux. Il n'était plus en effet à la lucarne. Elle alla à cette lucarne, et vit le pauvre
bossu blotti dans un angle de mur, dans une
attitude douloureuse et résignée. Elle fit un
effort pour surmonter la répugnance qu'il lui
inspirait. — Venez, lui dit-elle doucement.
Au mouvement des lèvres de l'égyptienne,
Quasimodo crut qu'elle le chassait; alors il se
leva et se retira en boitant, lentement, la tête
baissée, sans même oser lever sur la jeune

fille son regard plein de désespoir. — Venez
donc, cria-t-elle. Mais il continuait de s'éloigner. Alors elle se jeta hors de la cellule, courut à lui, et lui prit le bras. En se sentant touché par elle, Quasimodo trembla de tous ses
membres. Il releva son œil suppliant, et voyant
qu'elle le ramenait près d'elle, toute sa face
rayonna de joie et de tendresse. Elle voulut le
faire entrer dans sa cellule; mais il s'obstina
à rester sur le seuil. — Non, non, dit-il; le
hibou n'entre pas dans le nid de l'alouette.

Alors elle s'accroupit gracieusement sur sa
couchette avec sa chèvre endormie à ses pieds.
Tous deux restèrent quelques instans immobiles, considérant en silence, lui tant de grâce,
elle tant de laideur. A chaque moment, elle
découvrait en Quasimodo quelque difformité
de plus. Son regard se promenait des genoux
cagneux au dos bossu, du dos bossu à l'œil
unique. Elle ne pouvait comprendre qu'un
être si gauchement ébauché existât. Cependant
il y avait sur tout cela tant de tristesse et de
douceur répandue qu'elle commençait à s'y
faire.

Il rompit le premier ce silence. — Vous me
disiez donc de revenir?

Elle fit un signe de tête affirmatif en disant :
— Oui.

Il comprit le signe de tête. — Hélas ! dit-il
comme hésitant à achever, c'est que... je suis
sourd.

— Pauvre homme ! s'écria la bohémienne
avec une expression de bienveillante pitié.

Il se mit à sourire douloureusement. — Vous
trouvez qu'il ne me manquait que cela, n'est-
ce pas ? Oui, je suis sourd. C'est comme cela
que je suis fait. C'est horrible, n'est-il pas vrai ?
Vous êtes si belle, vous !

Il y avait dans l'accent du misérable un sentiment si profond de sa misère qu'elle n'eut
pas la force de dire une parole. D'ailleurs il ne
l'aurait pas entendue. Il poursuivit :

— Jamais je n'ai vu ma laideur comme à
présent. Quand je me compare à vous, j'ai
bien pitié de moi, pauvre malheureux monstre que je suis ! Je dois vous faire l'effet d'une
bête, dites. — Vous, vous êtes un rayon de
soleil, une goutte de rosée, un chant d'oiseau !
— Moi, je suis quelque chose d'affreux, ni
homme, ni animal, un je ne sais quoi plus
dur, plus foulé aux pieds et plus difforme
qu'un caillou !

Alors il se mit à rire, et ce rire était ce qu'il

y a de plus déchirant au monde. Il continua :

— Oui, je suis sourd; mais vous me parle-
rez par gestes, par signes. J'ai un maître qui
cause avec moi de cette façon. Et puis, je sau-
rai·bien vite votre volonté au mouvement de
vos lèvres, à votre regard.

— Hé bien! reprit-elle en souriant, dites-
moi pourquoi vous m'avez sauvée?

Il la regarda attentivement tandis qu'elle
parlait.

— J'ai compris, répondit-il. Vous me demandez pourquoi je vous ai sauvée. Vous avez
oublié un misérable qui a tenté de vous enlever une nuit, un misérable à qui le lendemain
même vous avez porté secours sur leur infâme
pilori. Une goutte d'eau et un peu de pitié,
voilà plus que je n'en paierai avec ma vie.
Vous avez oublié ce misérable; lui, il s'est
souvenu.

Elle l'écoutait avec un attendrissement profond. Une larme roulait dans l'œil du sonneur, mais elle n'en tomba pas. Il parut mettre une sorte de point d'honneur à la dévorer.

— Écoutez, reprit-il quand il ne craignit
plus que cette larme s'échappât : nous avons
là des tours bien hautes; un homme qui en
tomberait serait mort avant de toucher le

pavé; quand il vous plaira que j'en tombe, vous n'aurez pas même un mot à dire, un coup d'œil suffira.

Alors il se leva. Cet être bizarre, si malheureuse que fût la bohémienne, éveillait encore quelque compassion en elle. Elle lui fit signe de rester.

— Non, non, dit-il, je ne dois pas rester trop long-temps. Je ne suis pas à mon aise. C'est par pitié que vous ne détournez pas les yeux. Je vais quelque part d'où je vous verrai sans que vous me voyiez : ce sera mieux.

Il tira de sa poche un petit sifflet de métal. — Tenez, dit-il : quand vous aurez besoin de moi, quand vous voudrez que je vienne, quand vous n'aurez pas trop d'horreur à me voir, vous sifflerez avec ceci. J'entends ce bruit-là.

Il déposa le sifflet à terre, et s'enfuit.

IV.

Grès et Cristal.

———

Les jours se succédèrent.

Le calme revenait peu à peu dans l'âme de
la Esmeralda. L'excès de la douleur, comme
l'excès de la joie, est une chose violente qui
dure peu. Le cœur de l'homme ne peut rester
long-temps dans une extrémité. La bohémienne
avait tant souffert qu'il ne lui en restait plus
que l'étonnement.

Avec la sécurité, l'espérance lui était revenue. Elle était hors de la société, hors de la vie, mais elle sentait vaguement qu'il ne serait peut-être pas impossible d'y rentrer. Elle était comme une morte qui tiendrait en réserve une clef de son tombeau.

Elle sentait s'éloigner d'elle peu à peu les images terribles qui l'avaient si long-temps obsédée. Tous les fantômes hideux, Pierrat Torterue, Jacques Charmolue, s'effaçaient dans son esprit, tous, le prêtre lui-même.

Et puis, Phœbus vivait; elle en était sûre, elle l'avait vu. La vie de Phœbus, c'était tout. Après la série de secousses fatales qui avaient tout fait écrouler en elle, elle n'avait retrouvé debout dans son âme qu'une chose, qu'un sentiment, son amour pour le capitaine. C'est que l'amour est comme un arbre: il pousse de lui-même, jette profondément ses racines dans tout notre être, et continue souvent de verdoyer sur un cœur en ruines.

Et ce qu'il y a d'inexplicable, c'est que plus cette passion est aveugle, plus elle est tenace. Elle n'est jamais plus solide que lorsqu'elle n'a pas de raison en elle.

Sans doute la Esmeralda ne songeait pas au capitaine sans amertume. Sans doute il était

affreux qu'il eût été trompé aussi lui, qu'il
eût cru cette chose impossible, qu'il eût pu
comprendre un coup de poignard venu de
celle qui eût donné mille vies pour lui. Mais
enfin il ne fallait pas trop lui en vouloir : n'a-
vait-elle pas avoué *son crime?* n'avait-elle pas
cédé, faible femme, à la torture? Toute la
faute était à elle. Elle aurait dû se laisser
arracher les ongles plutôt qu'une telle parole. Enfin, qu'elle revît Phœbus une seule
fois, une seule minute, il ne faudrait qu'un
mot, qu'un regard, pour le détromper, pour
le ramener. Elle n'en doutait pas. Elle s'étourdissait aussi sur beaucoup de choses singulières, sur le hasard de la présence de Phœbus
le jour de l'amende honorable, sur la jeune
fille avec laquelle il était. C'était sa sœur sans
doute. Explication déraisonnable, mais dont
elle se contentait, parce qu'elle avait besoin
de croire que Phœbus l'aimait toujours et n'aimait qu'elle. Ne le lui avait-il pas juré? Que
lui fallait-il de plus, naïve et crédule qu'elle
était? Et puis, dans cette affaire, les appa-
rences n'étaient-elles pas bien plutôt contre
elle que contre lui? Elle attendait donc. Elle
espérait.

Ajoutons que l'église, cette vaste église,

qui l'enveloppait de toutes parts, qui la gardait, qui la sauvait, était elle-même un souverain calmant. Les lignes solennelles de cette architecture, l'attitude religieuse de tous les objets qui entouraient la jeune fille, les pensées pieuses et sereines qui se dégageaient, pour ainsi dire, de tous les pores de cette pierre, agissaient sur elle à son insu. L'édifice avait aussi des bruits d'une telle bénédiction et d'une telle majesté qu'ils assoupissaient cette âme malade. Le chant monotone des officians, les réponses du peuple aux prêtres, quelquefois inarticulées, quelquefois tonnantes, l'harmonieux tressaillement des vitraux, l'orgue éclatant comme cent trompettes, les trois clochers bourdonnant comme des ruches de grosses abeilles, tout cet orchestre sur lequel bondissait une gamme gigantesque montant et descendant sans cesse d'une foule à un clocher, assourdissaient sa mémoire, son imagination, sa douleur. Les cloches surtout la berçaient. C'était comme un magnétisme puissant que ces vastes appareils répandaient sur elle à larges flots.

Aussi chaque soleil levant la trouvait plus apaisée, respirant mieux, moins pâle. A mesure que ses plaies intérieures se fermaient, sa

grâce et sa beauté refleurissaient sur son
visage, mais plus recueillies et plus reposées.
Son ancien caractère lui revenait aussi, quelque chose même de sa gaîté, sa jolie moue,
son amour de sa chèvre, son goût de chanter,
sa pudeur. Elle avait soin de s'habiller le matin dans l'angle de sa logette, de peur que
quelque habitant des greniers voisins ne la vît
par la lucarne.

Quand la pensée de Phœbus lui en laissait
le temps, l'égyptienne songeait quelquefois à
Quasimodo. C'était le seul lien, le seul rapport, la seule communication qui lui restât
avec les hommes, avec les vivans. La malheureuse ! elle était plus hors du monde que Quasimodo. Elle ne comprenait rien à l'étrange
ami que le hasard lui avait donné. Souvent
elle se reprochait de ne pas avoir une reconnaissance qui fermât les yeux, mais décidément elle ne pouvait s'accoutumer au pauvre
sonneur. Il était trop laid.

Elle avait laissé à terre le sifflet qu'il lui
avait donné. Cela n'empêcha pas Quasimodo
de reparaître de temps en temps les premiers
jours. Elle faisait son possible pour ne pas se
détourner avec trop de répugnance quand il
venait lui apporter le panier de provisions ou

la cruche d'eau, mais il s'apercevait toujours du moindre mouvement de ce genre, et alors il s'en allait tristement.

Une fois, il survint au moment où elle caressait Djali. Il resta quelques momens pensif devant ce groupe gracieux de la chèvre et de l'égyptienne, enfin il dit en secouant sa tête lourde et mal faite : — Mon malheur c'est que je ressemble encore trop à l'homme. Je voudrais être tout-à-fait une bête, comme cette chèvre.

Elle leva sur lui un regard étonné.

Il répondit à ce regard : —Oh! je sais bien pourquoi. — Et il s'en alla.

Une autre fois, il se présenta à la porte de la cellule (où il n'entrait jamais) au moment où la Esmeralda chantait une vieille ballade espagnole, dont elle ne comprenait pas les paroles, mais qui était restée dans son oreille parce que les bohémiennes l'en avaient bercée tout enfant. A la vue de cette vilaine figure, qui survenait brusquement au milieu de sa chanson , la jeune fille s'interrompit avec un geste d'effroi involontaire. Le malheureux sonneur tomba à genoux sur le seuil de la porte, et joignit, d'un air suppliant, ses grosses mains informes.— Oh! dit-il douloureusement, je vous

en conjure, continuez, et ne me chassez pas.
— Elle ne voulut pas l'affliger, et, toute tremblante, reprit sa romance. Par degrés cependant son effroi se dissipa, et elle se laissa aller
tout entière à l'impression de l'air mélancolique et traînant qu'elle chantait. Lui, était
resté à genoux, les mains jointes, comme en
prières, attentif, respirant à peine, son regard
fixé sur les prunelles brillantes de la bohémienne. On eût dit qu'il entendait sa chanson
dans ses yeux.

Une autre fois encore, il vint à elle d'un air
gauche et timide. — Écoutez-moi, dit-il avec
effort; j'ai quelque chose à vous dire. — Elle
lui fit signe qu'elle l'écoutait. Alors il se mit à
soupirer, entr'ouvrit ses lèvres, parut un moment prêt à parler, puis il la regarda, fit un
mouvement de tête négatif, et se retira lentement, son front dans la main, laissant l'égyptienne stupéfaite.

Parmi les personnages grotesques sculptés
dans le mur, il y en avait un qu'il affectionnait
particulièrement, et avec lequel il semblait
souvent échanger des regards fraternels. Une
fois l'égyptienne l'entendit qui lui disait : —
Oh! que ne suis-je de pierre comme toi!

Un jour, enfin, un matin, la Esmeralda s'élait avancée jusqu'au bord du toit, et regardait dans la place par dessus la toiture aiguë de Saint-Jean-le-Rond. Quasimodo était là, derrière elle. Il se plaçait ainsi de lui-même, afin d'épargner le plus possible à la jeune fille le déplaisir de le voir. Tout à coup la bohémienne tressaillit, une larme et un éclair de joie brillèrent à la fois dans ses yeux, elle s'agenouilla au bord du toit et tendit ses bras avec angoisse vers la place en criant : Phœbus! viens! viens! un mot, un seul mot, au nom du ciel! Phœbus! Phœbus! — Sa voix, son visage, son geste, toute sa personne avaient l'expression déchirante d'un naufragé qui fait le signal de détresse au joyeux navire qui passe au loin dans un rayon de soleil à l'horizon.

Quasimodo se pencha sur la place, et vit que l'objet de cette tendre et délirante prière était un jeune homme, un capitaine, un beau cavalier tout reluisant d'armes et de parures, qui passait en caracolant au fond de la place, et saluait du panache une belle dame souriant à son balcon. Du reste, l'officier n'entendait pas la malheureuse qui l'appelait; il était trop loin.

Mais le pauvre sourd entendait, lui. Un sou-

pir profond souleva sa poitrine; il se retourna;
son cœur était gonflé de toutes les larmes qu'il
dévorait; ses deux poings convulsifs se heur-
tèrent sur sa tête, et quand il les retira, il
avait à chaque main une poignée de cheveux
roux.

L'égyptienne ne faisait aucune attention à
lui. Il disait à voix basse en grinçant des dents :
— Damnation ! Voilà donc comme il faut être !
il n'est besoin que d'être beau en dessus !

Cependant elle était restée à genoux, et
criait avec une agitation extraordinaire : —
Oh ! le voilà qui descend de cheval ! — Il va
entrer dans cette maison ! — Phœbus ! — Il ne
m'entend pas ! — Phœbus ! — Que cette femme
est méchante de lui parler en même temps que
moi ! — Phœbus ! Phœbus !

Le sourd la regardait. Il comprenait cette
pantomime. L'œil du pauvre sonneur se remplissait de larmes, mais il n'en laissait couler
aucune. Tout à coup il la tira doucement par
le bord de sa manche. Elle se retourna. Il avait
pris un air tranquille; il lui dit : — Voulez-
vous que je vous l'aille chercher?

Elle poussa un cri de joie. — Oh ! va ! allez !
cours ! vite ! ce capitaine ! ce capitaine ! ame-
nez-le-moi ! je t'aimerai ! Elle embrassait ses

genoux. Il ne put s'empêcher de secouer la
tête douloureusement. — Je vais vous l'ame-
ner, dit-il d'une voix faible. Puis il tourna la
tête, et se précipita à grands pas sous l'escalier, étouffé de sanglots.

Quand il arriva sur la place, il ne vit plus
rien que le beau cheval attaché à la porte du
logis Gondelaurier ; le capitaine venait d'y
entrer.

Il leva son regard vers le toit de l'église. La
Esmeralda y était toujours à la même place,
dans la même posture. Il lui fit un triste signe
de tête ; puis il s'adossa à l'une des bornes du
porche Gondelaurier, déterminé à attendre
que le capitaine sortît.

C'était, dans le logis Gondelaurier, un de
ces jours de gala qui précèdent les noces. Quasimodo vit entrer beaucoup de monde et ne
vit sortir personne. De temps en temps il regardait vers le toit : l'égyptienne ne bougeait
pas plus que lui. Un palefrenier vint détacher le cheval, et le fit entrer à l'écurie du
logis.

La journée entière se passa ainsi, Quasimodo sur la borne, la Esmeralda sur le toit,
Phœbus sans doute aux pieds de Fleur-de-Lys.

Enfin la nuit vint ; une nuit sans lune, une

nuit obscure. Quasimodo eut beau fixer son regard sur la Esmeralda; bientôt ce ne fut plus qu'une blancheur dans le crépuscule; puis rien. Tout s'effaça; tout était noir.

Quasimodo vit s'illuminer, du haut en bas de la façade, les fenêtres du logis Gondelaurier; il vit s'allumer, l'une après l'autre, les autres croisées de la place; il les vit aussi s'éteindre jusqu'à la dernière, car il resta toute la soirée à son poste. L'officier ne sortait pas. Quand les derniers passans furent rentrés chez eux, quand toutes les croisées des autres maisons furent éteintes, Quasimodo demeura tout-à-fait seul, tout-à-fait dans l'ombre. Il n'y avait pas alors de luminaire dans le parvis de Notre-Dame.

Cependant les fenêtres du logis Gondelaurier étaient restées éclairées, même après minuit. Quasimodo, immobile et attentif, voyait passer sur les vitraux de mille couleurs une foule d'ombres vives et dansantes. S'il n'eût pas été sourd, à mesure que la rumeur de Paris endormi s'éteignait, il eût entendu de plus en plus distinctement, dans l'intérieur du logis Gondelaurier, un bruit de fête, de rires et de musique.

Vers une heure du matin les conviés com-

mencèrent à se retirer. Quasimodo. enveloppé
de ténèbres, les regardait tous passer sous le
porche éclairé de flambeaux. Aucun n'était le
capitaine.

Il était plein de pensées tristes; par momens il regardait en l'air, comme ceux qui s'en-
nuient. De grands nuages noirs, lourds., dé-
chirés, crevassés, pendaient comme des hamacs
de crêpe sous le cintre étoilé de la nuit. On eût
dit les toiles d'araignées de la voûte du ciel.

Dans un de ces momens il vit tout à coup
s'ouvrir mystérieusement la porte-fenêtre du
balcon dont la balustrade de pierre se décou-
pait au dessus de sa tête. La frêle porte de vitre donna passage à deux personnes derrière
lesquelles elle se referma sans bruit : c'était
un homme et une femme. Ce ne fut pas sans
peine que Quasimodo parvint à reconnaître
dans l'homme le beau capitaine, dans la femme
la jeune dame qu'il avait vue le matin souhai-
ter la bienvenue à l'officier, du haut de ce
même balcon. La place était parfaitement obscure, et un double rideau cramoisi, qui était
retombé derrière la porte au moment où elle
s'était refermée, ne laissait guère arriver sur
le balcon la lumière de l'appartement.

Le jeune homme et la jeune fille, autant

qu'en pouvait juger notre sourd qui n'entendait pas une de leurs paroles, paraissaient s'a-
bandonner à un fort tendre tête-à-tête. La
jeune fille semblait avoir permis à l'officier
de lui faire une ceinture de son bras, et ré-
sistait doucement à un baiser.

Quasimodo assistait d'en bas à cette scène
d'autant plus gracieuse à voir qu'elle n'était
pas faite pour être vue. Il contemplait ce
bonheur, cette beauté, avec amertume. Après
tout, la nature n'était pas muette chez le pauvre diable, et sa colonne vertébrale, toute mé-
chamment tordue qu'elle était, n'était pas
moins frémissante qu'une autre. Il songeait à
la misérable part que la providence lui avait
faite ; que la femme, l'amour, la volupté lui
passeraient éternellement sous les yeux, et
qu'il ne ferait jamais que voir la félicité des
autres. Mais ce qui le déchirait le plus dans
ce spectacle, ce qui mêlait de l'indignation à
son dépit, c'était de penser à ce que devait
souffrir l'égyptienne si elle voyait. — Il est vrai
que la nuit était bien noire, que la Esmeralda,
si elle était restée à sa place (et il n'en doutait
pas), était fort loin, et que c'était tout au plus
s'il pouvait distinguer lui-même les amoureux
du balcon. Cela le consolait.

Cependant leur entretien devenait de plus
en plus animé. La jeune dame paraissait sup-
plier l'officier de ne rien lui demander de plus.
Quasimodo ne distinguait de tout cela que les
belles mains jointes, les sourires mêlés de
larmes, les regards levés aux étoiles de la
jeune fille, les yeux du capitaine ardemment
abaissés sur elle.

Heureusement, car la jeune fille commençait à ne plus lutter que faiblement, la porte
du balcon se rouvrit subitement, une vieille
dame parut: la belle sembla confuse, l'officier
prit un air dépité, et tous trois rentrèrent.

Un moment après un cheval piaffa sous le
porche, et le brillant officier, enveloppé de
son manteau de nuit, passa rapidement devant
Quasimodo.

Le sonneur lui laissa doubler l'angle de la
rue, puis il se mit à courir après lui avec son
agilité de singe, en criant: —Hé! le capitaine!

Le capitaine s'arrêta.

—Que me veut ce maraud? dit-il en avi-
sant dans l'ombre cette espèce de figure déhan-
chée qui accourait vers lui en cahotant.

Quasimodo cependant était arrivé à lui, et
avait pris hardiment la bride de son cheval :

— Suivez-moi, capitaine; il y a ici quelqu'un qui veut vous parler.

— Cornemahom! grommela Phœbus, voilà un vilain oiseau ébouriffé qu'il me semble avoir vu quelque part. — Holà! maître, veux-tu bien laisser la bride de mon cheval?

— Capitaine, répondit le sourd, ne me demandez-vous pas qui?

— Je te dis de lâcher mon cheval! repartit Phœbus impatienté. Que veut ce drôle qui se pend au chanfrein de mon destrier? Est-ce que tu prends mon cheval pour une potence?

Quasimodo, loin de quitter la bride du cheval, se disposait à lui faire rebrousser chemin. Ne pouvant s'expliquer la résistance du capitaine, il se hâta de lui dire: — Venez, capitaine; c'est une femme qui vous attend. Il ajouta avec effort : Une femme qui vous aime.

— Rare faquin! dit le capitaine, qui me croit obligé d'aller chez toutes les femmes qui m'aiment! ou qui le disent. — Et si par hasard elle te ressemble, face de chat-huant? — Dis à celle qui t'envoie que je vais me marier, et qu'elle aille au diable!

— Écoutez, s'écria Quasimodo croyant vaincre d'un mot son hésitation, venez, monseigneur! C'est l'égyptienne que vous savez!

Ce mot fit en effet une grande impression sur Phœbus, mais non celle que le sourd en attendait. On se rappelle que notre galant officier s'était retiré avec Fleur-de-Lys quelques momens avant que Quasimodo ne sauvât la condamnée des mains de Charmolue. Depuis, dans toutes ses visites au logis Gondelaurier, il s'était bien gardé de reparler de cette femme dont le souvenir, après tout, lui était pénible; et de son côté Fleur-de-Lys n'avait pas jugé politique de lui dire que l'égyptienne vivait. Phœbus croyait donc la pauvre *Similar* morte, et qu'il y avait déjà un ou deux mois de cela. Ajoutons que depuis quelques instans le capitaine songeait à l'obscurité profonde de la nuit, à la laideur surnaturelle, à la voix sépulcrale de l'étrange messager, que minuit était passé, que la rue était déserte comme le soir où le moine-bourru l'avait accosté, et que son cheval soufflait en regardant Quasimodo.

—L'égyptienne! s'écria-t-il presque effrayé, Or çà, viens-tu de l'autre monde?

Et il mit la main sur la poignée de sa dague.

—Vite, vite, dit le sourd cherchant à entraîner le cheval; par ici !

Phœbus lui asséna un vigoureux coup de botte dans la poitrine.

L'œil de Quasimodo étincela. Il fit un mouvement pour se jeter sur le capitaine. Puis il dit en se roidissant : — Oh ! que vous êtes heureux qu'il y ait quelqu'un qui vous aime !

Il appuya sur le mot *quelqu'un*, et lâchant la bride du cheval : — Allez-vous-en !

Phœbus piqua des deux en jurant. Quasimodo le regarda s'enfoncer dans le brouillard de la rue. — Oh ! disait tout bas le pauvre sourd, refuser cela !

Il rentra dans Notre-Dame, alluma sa lampe, et remonta dans la tour. Comme il l'avait pensé, la bohémienne était toujours à la même place. Du plus loin qu'elle l'aperçut, elle courut à lui. — Seul ! s'écria-t-elle en joignant douloureusement ses belles mains.

— Je n'ai pu le retrouver, dit froidement Quasimodo.

— Il fallait l'attendre toute la nuit, reprit-elle avec emportement.

Il vit son geste de colère, et comprit le reproche. — Je le guetterai mieux une autre fois, dit-il en baissant la tête.

— Va-t-en ! lui dit-elle.

Il la quitta. Elle était mécontente de lui. Il avait mieux aimé être maltraité par elle que de l'affliger. Il avait gardé toute la douleur pour lui.

A dater de ce jour, l'égyptienne ne le vit plus. Il cessa de venir à sa cellule. Tout au plus entrevoyait-elle quelquefois au sommet d'une tour la figure du sonneur mélancoliquement fixée sur elle. Mais dès qu'elle l'apercevait, il disparaissait.

Nous devons dire qu'elle était peu affligée de cette absence volontaire du pauvre bossu. Au fond du cœur, elle lui en savait gré. Au reste, Quasimodo ne se faisait pas illusion à cet égard.

Elle ne le voyait plus, mais elle sentait la présence d'un bon génie autour d'elle. Ses provisions étaient renouvelées par une main invisible pendant son sommeil. Un matin elle trouva sur sa fenêtre une cage d'oiseaux. Il y avait au dessus de sa cellule une sculpture qui lui faisait peur. Elle l'avait témoigné plus d'une fois devant Quasimodo. Un matin (car toutes ces choses-là se faisaient la nuit), elle ne la vit plus, on l'avait brisée. Celui qui avait grimpé jusqu'à cette sculpture avait dû risquer sa vie.

Quelquefois, le soir, elle entendait une voix, cachée sous les abat-vent du clocher, chan-

ter comme pour l'endormir une chanson triste
et bizarre. C'était des vers sans rime, comme
un sourd en peut faire.

Ne regarde pas la figure,
Jeune fille, regarde le cœur.
Le cœur d'un beau jeune homme est souvent difforme.
Il y a des cœurs où l'amour ne se conserve pas.

Jeune fille, le sapin n'est pas beau,
N'est pas beau comme le peuplier,
Mais il garde son feuillage l'hiver.

Hélas ! à quoi bon dire cela ?
Ce qui n'est pas beau a tort d'être ;
La beauté n'aime que la beauté,
Avril tourne le dos à janvier.

La beauté est parfaite,
La beauté peut tout,
La beauté est la seule chose qui n'existe pas à demi.

Le corbeau ne vole que le jour,
Le hibou ne vole que la nuit,
Le cygne vole la nuit et le jour.

Un matin, elle vit, en s'éveillant, sur sa fenêtre deux vases pleins de fleurs. L'un était un
vase de cristal fort beau et fort brillant,
mais fêlé. Il avait laissé fuir l'eau dont on l'a-
vait rempli, et les fleurs qu'il contenait étaient
fanées. L'autre était un pot de grès, grossier
et commun, mais qui avait conservé toute son

eau, et dont les fleurs étaient restées fraîches et vermeilles.

Je ne sais pas si ce fut avec intention, mais la Esmeralda prit le bouquet fané, et le porta tout le jour sur son sein.

Ce jour-là, elle n'entendit pas la voix de la tour chanter.

Elle s'en soucia médiocrement. Elle passait ses journées à caresser Djali, à épier la porte du logis Gondelaurier, à s'entretenir tout bas de Phœbus, et à émietter son pain aux hirondelles.

Elle avait du reste tout-à-fait cessé de voir, cessé d'entendre Quasimodo. Le pauvre sonneur semblait avoir disparu de l'église. Une nuit pourtant, comme elle ne dormait pas et songeait à son beau capitaine, elle entendit soupirer près de sa cellule. Effrayée, elle se leva, et vit à la lumière de la lune une masse informe couchée en travers devant sa porte. C'était Quasimodo qui dormait là sur la pierre.

V.

La clef de la Porte-Rouge.

Cependant la voix publique avait fait connaître à l'archidiacre de quelle manière miraculeuse l'égyptienne avait été sauvée. Quand
il apprit cela, il ne sut ce qu'il en éprouvait.
Il s'était arrangé de la mort de la Esmeralda.
De cette façon il était tranquille : il avait touché le fond de la douleur possible. Le cœur
humain (dom Claude avait médité sur ces

matières) ne peut contenir qu'une certaine quantité de désespoir. Quand l'éponge est imbibée, la mer peut passer dessus sans y faire entrer une larme de plus.

Or, la Esmeralda morte, l'éponge était imbibée, tout était dit pour dom Claude sur cette terre. Mais la sentir vivante, et Phœbus aussi, c'étaient les tortures qui recommençaient, les secousses, les alternatives, la vie. Et Claude était las de tout cela.

Quand il sut cette nouvelle, il s'enferma dans sa cellule du cloître. Il ne parut ni aux conférences capitulaires, ni aux offices. Il ferma sa porte à tous, même à l'évêque. Il resta muré de cette sorte plusieurs semaines. On le crut malade. Il l'était en effet.

Que faisait-il ainsi enfermé? Sous quelles pensées l'infortuné se débattait-il? Livrait-il une dernière lutte à sa redoutable passion? Combinait-il un dernier plan de mort pour elle et de perdition pour lui?

Son Jehan, son frère chéri, son enfant gâté, vint une fois à sa porte, frappa, jura, supplia, se nomma dix fois. Claude n'ouvrit pas.

Il passait des journées entières la face collée aux vitres de sa fenêtre. De cette fenêtre, située dans le cloître, il voyait la logette de la Esmeralda; il la voyait souvent elle-même avec sa chèvre, quelquefois avec Quasimodo. Il remarquait les petits soins du vilain sourd, ses obéissances, ses façons délicates et soumises avec l'égyptienne. Il se rappelait, car il avait bonne mémoire, lui, et la mémoire est la tourmenteuse des jaloux; il se rappelait le regard singulier du sonneur sur la danseuse un certain soir. Il se demandait quel motif avait pu pousser Quasimodo à la sauver. Il fut témoin de mille petites scènes entre la bohémienne et le sourd, dont la pantomime, vue de loin et commentée par sa passion, lui parut fort tendre. Il se défiait de la singularité des femmes. Alors il sentit confusément s'éveiller en lui une jalousie à laquelle il ne se fût jamais attendu, une jalousie qui le faisait rougir de honte et d'indignation. — Passe encore pour le capitaine, mais celui-ci! — Cette pensée le bouleversait.

Ses nuits étaient affreuses. Depuis qu'il savait l'égyptienne vivante, les froides idées de spectre et de tombe qui l'avaient obsédé un jour entier s'étaient évanouies, et la chair revenait l'aiguillonner. Il se tordait sur son lit de sentir la brune jeune fille si près de lui.

Chaque nuit, son imagination délirante lui
représentait la Esméralda dans toutes les attitudes qui avaient le plus fait bouillir ses veines. Il la voyait étendue sur le capitaine poignardé, les yeux fermés, sa belle gorge nue
couverte du sang de Phœbus, à ce moment de
délice où l'archidiacre avait imprimé sur ses
lèvres pâles ce baiser dont la malheureuse,
quoique à demi morte, avait senti la brûlure.
Il la revoyait déshabillée par les mains sauva-
ges des tortionnaires, laissant mettre à nu et
emboîter dans le brodequin aux vis de fer son
petit pied, sa jambe fine et ronde, son genou
souple et blanc. Il revoyait encore ce genou
d'ivoire resté seul en dehors de l'horrible appareil de Torterue. Il se figurait enfin la
jeune fille, en chemise, la corde au cou, épaules nues, pieds nus, presque nue, comme il
l'avait vue le dernier jour. Ces images de volupté faisaient crisper ses poings et courir un
frisson le long de ses vertèbres.

Un nuit entre autres, elles échauffèrent si
cruellement dans ses artères son sang de vierge
et de prêtre qu'il mordit son oreiller, sauta
hors de son lit, jeta un surplis sur sa chemise,
et sortit de sa cellule, sa lampe à la main, à
demi nu, effaré, l'œil en feu.

Il savait où trouver la clef de la Porte-Rouge qui communiquait du cloître à l'église, et il avait toujours sur lui, comme on sait, une clef de l'escalier des tours.

VI.

Suite de la clef de la Porte-Rouge.

CETTE nuit-là, la Esmeralda s'était endormie dans sa logette, pleine d'oubli, d'espérance et de douces pensées. Elle dormait depuis quelque temps, rêvant, comme toujours, de Phœbus, lorsqu'il lui sembla entendre du bruit autour d'elle. Elle avait un sommeil léger et inquiet, un sommeil d'oiseau; un rien la réveillait. Elle ouvrit les yeux. La nuit était très noire. Cependant elle vit à la lucarne une figure qui la regardait; il y avait une lampe qui éclairait cette apparition. Au moment où elle se vit aperçue de la Esmeralda, cette figure souffla la lampe. Néanmoins la jeune fille avait eu le temps de l'entrevoir; ses paupières se refermèrent de terreur. — Oh! dit-elle d'une voix éteinte, le prêtre!

Tout son malheur passé lui revint comme dans un éclair. Elle retomba sur son lit, glacée.

Un moment après, elle sentit le long de son corps un contact qui la fit tellement frémir qu'elle se dressa réveillée et furieuse sur son séant.

Le prêtre venait de se glisser près d'elle. Il l'entourait de ses deux bras.

Elle voulut crier, et ne put.

— Va-t'en, monstre! va-t'en, assassin! dit-elle d'une voix tremblante et basse à force de colère et d'épouvante.

— Grâce! grâce! murmura le prêtre en lui imprimant ses lèvres sur ses épaules.

Elle lui prit sa tête chauve à deux mains par son reste de cheveux, et s'efforça d'éloigner ses baisers comme si c'eût été des morsures.

— Grâce! répétait l'infortuné. Si tu savais ce que c'est que mon amour pour toi! c'est du feu, du plomb fondu, mille couteaux dans mon cœur!

Et il arrêta ses deux bras avec une force surhumaine. Eperdue : — Lâche moi, lui dit-elle, ou je te crache au visage!

Il la lâcha. — Avilis-moi, frappe-moi, sois méchante! fais ce que tu voudras! Mais grâce! aime-moi!

Alors elle le frappa avec une fureur d'enfant. Elle roidissait ses belles mains pour lui meurtrir la face. — Va-t'en, démon!

— Aime-moi! aime-moi! pitié! criait le pauvre prêtre en se roulant sur elle et en répondant à ses coups par des caresses.

Tout à coup, elle le sentit plus fort qu'elle. — Il faut en finir! dit-il en grinçant des dents.

Elle était subjuguée, palpitante, brisée, entre ses bras, à sa discrétion. Elle sentait une main lascive s'égarer sur elle. Elle fit un dernier effort, et se mit crier : — Au secours! à moi! un vampire! un vampire!

Rien ne venait. Djali seule était éveillée, et bêlait avec angoisse.

— Tais-toi! disait le prêtre haletant.

Tout à coup, en se débattant, en rampant
sur le sol, la main de l'égyptienne rencontra
quelque chose de froid et de métallique. C'é-
tait le sifflet de Quasimodo. Elle le saisit avec
une convulsion d'espérance, le porta à ses lèvres, et y siffla de tout ce qui lui restait de
force. Le sifflet rendit un son clair, aigu,
perçant.

— Qu'est-ce que cela? dit le prêtre.

Presque au même instant il se sentit enlever par un bras vigoureux; la cellule était
sombre. Il ne put distinguer nettement qui le
tenait ainsi; mais il entendit des dents claquer
de rage, et il y avait juste assez de lumière
éparse dans l'ombre pour qu'il vît briller au
dessus de sa tête une large lame de coutelas.

Le prêtre crut apercevoir la forme de Quasimodo. Il supposa que ce ne pouvait être que
lui. Il se souvint avoir trébuché en entrant
contre un paquet qui était étendu en travers
de la porte en dehors. Cependant, comme le
nouveau-venu ne proférait pas une parole,
il ne savait que croire. Il se jeta sur le bras qui
tenait le coutelas en criant : — *Quasimodo!*
Il oubliait, en ce moment de détresse, que
Quasimodo était sourd.

En un clin d'œil le prêtre fut terrassé, et

sentit un genou de plomb s'appuyer sur sa poitrine. A l'empreinte anguleuse de ce genou, il reconnut Quasimodo; mais que faire? comment de son côté être reconnu de lui? la nuit faisait le sourd aveugle.

Il était perdu. La jeune fille, sans pitié comme une tigresse irritée, n'intervenait pas pour le sauver. Le coutelas se rapprochait de sa tête; le moment était critique. Tout à coup son adversaire parut pris d'une hésitation. — Pas de sang sur elle! dit-il d'une voix sourde.

C'était en effet la voix de Quasimodo.

Alors le prêtre sentit la grosse main qui le traînait par le pied hors de la cellule; c'est là qu'il devait mourir. Heureusement pour lui, la lune venait de se lever depuis quelques instans.

Quand ils eurent franchi la porte de la logette, son pâle rayon tomba sur la figure du prêtre. Quasimodo le regarda en face, un tremblement le prit, il lâcha le prêtre, et recula.

L'égyptienne, qui s'était avancée sur le seuil de la cellule, vit avec surprise les rôles changer brusquement. C'était maintenant le prêtre qui menaçait, Quasimodo qui suppliait.

Le prêtre, qui accablait le sourd de gestes

de colère et de reproche, lui fit violemment signe de se retirer.

Le sourd baissa la tête, puis il vint se mettre à genoux devant la porte de l'égyptienne. — Monseigneur, dit-il d'une voix grave et résignée, vous ferez après ce qu'il vous plaira; mais tuez-moi d'abord.

En parlant ainsi, il présentait au prêtre son coutelas. Le prêtre hors de lui se jeta dessus. Mais la jeune fille fut plus prompte que lui; elle arracha le couteau des mains de Quasimodo, et éclata de rire avec fureur. — Approche! dit-elle au prêtre.

Elle tenait la lame haute. Le prêtre demeura indécis. Elle eût certainement frappé. — Tu n'oserais plus approcher, lâche! lui cria-t-elle. Puis elle ajouta avec une expression impitoyable, et sachant bien qu'elle allait percer de mille fers rouges le cœur du prêtre: — Ah! je sais que Phœbus n'est pas mort!

Le prêtre renversa Quasimodo à terre d'un coup de pied, et se replongea en frémissant de rage sous la voûte de l'escalier.

Quand il fut parti, Quasimodo ramassa le sifflet qui venait de sauver l'égyptienne. — Il se rouillait, dit-il en le lui rendant; puis il la laissa seule.

La jeune fille, bouleversée par cette scène violente, tomba épuisée sur son lit, et se mit à pleurer à sanglots. Son horizon redevenait sinistre.

De son côté, le prêtre était rentré à tâtons dans sa cellule.

C'en était fait. Dom Claude était jaloux de Quasimodo!

Il répéta d'un air pensif sa fatale parole : Personne ne l'aura!

LIVRE HUITIÈME.

I.

Gringoire a plusieurs bonnes idées de suite rue des Bernardins.

————

Depuis que Pierre Gringoire avait vu comment toute cette affaire tournait, et que décidément il y aurait corde, pendaison et autres désagrémens pour les personnages principaux de cette comédie, il ne s'était plus soucié de s'en mêler. Les truands, parmi lesquels il était resté, considérant qu'en dernier résultat

c'était la meilleure compagnie de Paris, les
truands avaient continué de s'intéresser à l'é-
gyptienne. Il avait trouvé cela fort simple de
la part de gens qui n'avaient, comme elle, d'autre perspective que Charmolue et Torterue, et
qui ne chevauchaient pas comme lui dans les
régions imaginaires entre les deux ailes de
Pégasus. Il avait appris par leurs propos que
son épousée au pot cassé s'était réfugiée dans
Notre-Dame, et il en était bien aise. Mais il n'a-
vait pas même la tentation d'y aller voir. Il
songeait quelquefois à la petite chèvre, et c'é-
tait tout. Du reste, le jour il faisait des tours
de force pour vivre, et la nuit il élucubrait
un mémoire contre l'évêque de Paris, car il
se souvenait d'avoir été inondé par les roues
de ses moulins, et il lui en gardait rancune. Il
s'occupait aussi de commenter le bel ouvrage
de Baudry-le-Rouge, évêque de Noyon et de
Tournay, *De cupa petrarum*, ce qui lui avait
donné un goût violent pour l'architecture;
penchant qui avait remplacé dans son cœur sa
passion pour l'hermétisme, dont il n'était d'ailleurs qu'un corollaire naturel, puisqu'il y a
un lien intime entre l'hermétique et la maçonnerie. Gringoire avait passé de l'amour d'une
idée à l'amour de la forme de cette idée.

Un jour, il s'était arrêté près de Saint-Germain-l'Auxerrois à l'angle d'un logis qu'on appelait *le For-l'évêque*, lequel faisait face à un autre qu'on appelait *le For-le-roi*. Il y avait à ce For-l'Évêque une charmante chapelle du quatorzième siècle dont le chevet donnait sur la rue. Gringoire en examinait dévotement les sculptures extérieures. Il était dans un de ces momens de jouissance égoïste, exclusive, suprême, où l'artiste ne voit dans le monde que l'art et voit le monde dans l'art. Tout à coup, il sent une main se poser gravement sur son épaule. Il se retourne. C'était son ancien ami, son ancien maître, monsieur l'archidiacre.

Il resta stupéfait. Il y avait long-temps qu'il n'avait vu l'archidiacre, et dom Claude était un de ces hommes solennels et passionnés dont la rencontre dérange toujours l'équilibre d'un philosophe sceptique.

L'archidiacre garda quelques instans un silence pendant lequel Gringoire eut le loisir de l'observer. Il trouva dom Claude bien changé : pâle comme un matin d'hiver, les yeux caves, les cheveux presque blancs. Ce fut le prêtre qui rompit enfin ce silence en disant, d'un ton tranquille, mais glacial : — Comment vous portez-vous, maître Pierre ?

— Ma santé? répondit Gringoire. Eh! eh!
on en peut dire ceci et cela. Toutefois l'ensemble est bon. Je ne prends trop de rien. Vous
savez, maître? le secret de se bien porter,
selon Hippocrates, *id est : cibi, potus, somni,
venus, omnia moderata sint.*

— Vous n'avez donc aucun souci, maître
Pierre? reprit l'archidiacre en regardant fixement Gringoire.

—Ma foi! non.

— Et que faites-vous maintenant?

— Vous le voyez, mon maître. J'examine la
coupe de ces pierres, et la façon dont est
fouillé ce bas-relief.

Le prêtre se mit à sourire, de ce sourire
amer qui ne relève qu'une des extrémités de
la bouche. — Et cela vous amuse?

— C'est le paradis! s'écria Gringoire. Et se
penchant sur les sculptures avec la mine éblouie
d'un démonstrateur de phénomènes vivans :
est-ce donc que vous ne trouvez pas, par
exemple, cette métamorphose de basse-taille
exécutée avec beaucoup d'adresse, de mignar-
dise et de patience? Regardez cette colonnette.
Autour de quel chapiteau avez-vous vu feuilles
plus tendres et mieux caressées du ciseau?
Voici trois rondes-bosses de Jean Maillevin. Ce

né sont pas les plus belles œuvres de ce grand
génie. Néanmoins, la naïveté, la douceur des
visages, la gaîté des attitudes et des draperies,
et cet agrément inexplicable qui se mêle dans
tous les défauts, rendent les figurines bien
égayées et bien délicates, peut-être même
trop. — Vous trouvez que ce n'est pas diver-
tissant?

— Si fait! dit le prêtre.

— Et si vous voyiez l'intérieur de la chapelle! reprit le poëte avec son enthousiasme
bavard. Partout des sculptures. C'est touffu
comme un cœur de chou! L'abside est d'une
façon fort dévote et si particulière que je n'ai
rien vu de même ailleurs!

Dom Claude l'interrompit : — Vous êtes
donc heureux?

Gringoire répondit avec feu :

— En honneur, oui! J'ai d'abord aimé des
femmes, puis des bêtes. Maintenant j'aime des
pierres. C'est tout aussi amusant que les bêtes
et les femmes, et c'est moins perfide.

Le prêtre mit sa main sur son front. C'était
son geste habituel. — En vérité!

— Tenez! dit Gringoire, on a des jouissan-
ces! Il prit le bras du prêtre qui se laissait
aller, et le fit entrer sous la tourelle de l'esca-

lier du For-l'Évêque. — Voilà un escalier !
chaque fois que je le vois, je suis heureux.
C'est le degré de la manière la plus simple et
la plus rare de Paris. Toutes les marches sont
par dessous delardées. Sa beauté et sa simplicité consistent dans les girons de l'une et de
l'autre, portant un pied ou environ, qui sont
entrelacés, enclavés, emboîtés, enchaînés,
enchâssés, entretaillés l'un dans l'autre, et
s'entremordent d'une façon vraiment ferme
et gentille !

— Et vous ne désirez rien ?

— Non.

— Et vous ne regrettez rien ?

— Ni regret, ni désir. J'ai arrangé ma vie.

— Ce qu'arrangent les hommes, dit Claude,
les choses le dérangent.

— Je suis un philosophe pyrrhonien, répondit Gringoire, et je tiens tout en équilibre.

— Et comment la gagnez-vous, votre vie ?

— Je fais encore cà et là des épopées et
des tragédies ; mais ce qui me rapporte le plus,
c'est l'industrie que vous me connaissez, mon
maître : porter des pyramides de chaises sur
mes dents.

— Le métier est grossier pour un philosophe.

— C'est encore de l'équilibre, dit Gringoire. Quand on a une pensée, on la retrouve en tout.

— Je le sais, répondit l'archidiacre.

Après un silence, le prêtre reprit : — Vous êtes néanmoins assez misérable?

—Misérable, oui; malheureux, non.

En ce moment un bruit de chevaux se fit entendre, et nos deux interlocuteurs virent défiler au bout de la rue une compagnie des archers de l'ordonnance du roi, les lances hautes, l'officier en tête. La cavalcade était brillante, et résonnait sur le pavé.

— Comme vous regardez cet officier! dit Gringoire à l'archidiacre.

— C'est que je crois le reconnaître.

— Comment le nommez-vous?

— Je crois, dit Claude, qu'il s'appelle Phœbus de Chateaupers.

— Phœbus! un nom de curiosité! Il y a aussi Phœbus, comte de Foix. J'ai souvenir d'avoir connu une fille qui ne jurait que par Phœbus.

—Venez-vous-en, dit le prêtre. J'ai quelque chose à vous dire.

Depuis le passage de cette troupe, quelque agitation perçait sous l'enveloppppe glaciale de l'archidiacre. Il se mit à marcher. Gringoire le suivait, habitué à lui obéir, comme tout ce qui avait approché une fois cet homme plein d'ascendant. Il arrivèrent en silence jusqu'à la rue des Bernardins qui était assez déserte. Dom Claude s'y arrêta.

— Qu'avez-vous à me dire, mon maître ? lui demanda Gringoire.

— Est-ce que vous ne trouvez pas, répondit l'archidiacre d'un air de profonde réflexion, que l'habit de ces cavaliers que nous venons de voir est plus beau que le vôtre et que le mien ?

Gringoire hocha la tête. — Ma foi ! j'aime mieux ma gonelle jaune et rouge que ces écailles de fer et d'acier. Beau plaisir, de faire en marchant le même bruit que le quai de la Ferraille par un tremblement de terre !

— Donc, Gringoire, vous n'avez jamais porté envie à ces beaux fils en hoquetons de guerre ?

— Envie de quoi, monsieur l'archidiacre ? de leur force, de leur armure, de leur discipline ? Mieux valent la philosophie et l'indépendance en guenilles. J'aime mieux être tête de mouche que queue de lion.

— Cela est singulier, dit le prêtre rêveur. Une belle livrée est pourtant belle.

Gringoire, le voyant pensif, le quitta pour aller admirer le porche d'une maison voisine. Il revint en frappant des mains. — Si vous étiez moins occupé des beaux habits des gens de guerre, monsieur l'archidiacre, je vous prierais d'aller voir cette porte. Je l'ai toujours dit, la maison du sieur Aubry a une entrée la plus superbe du monde.

— Pierre Gringoire, dit l'archidiacre, qu'avez-vous fait de cette petite danseuse égyptienne ?

— La Esmeralda ? Vous changez bien brusquement de conversation.

— N'était-elle pas votre femme ?

— Oui, au moyen d'un cruche cassée. Nous en avions pour quatre ans. — A propos, ajouta Gringoire en regardant l'archidiacre d'un air à demi goguenard, vous y pensez donc toujours ?

— Et vous, vous n'y pensez plus ?

— Peu. — J'ai tant de choses !... Mon Dieu, que la petite chèvre était jolie !

— Cette bóhémienne ne vous avait-elle pas sauvé la vie ?

— C'est, pardieu, vrai.

— Eh bien ! qu'est-elle devenue ? qu'en avez-vous fait ?

— Je ne vous dirai pas. Je crois qu'ils l'ont pendue.

— Vous croyez ?

— Je ne suis pas sûr. Quand j'ai vu qu'ils voulaient pendre les gens, je me suis retiré du jeu.

— C'est là tout ce que vous en savez ?

— Attendez donc. On m'a dit qu'elle s'était réfugiée dans Notre-Dame, et qu'elle y était en sûreté, et j'en suis ravi, et je n'ai pu découvrir si la chèvre s'était sauvée avec elle, et c'est tout ce que j'en sais.

— Je vais vous en apprendre davantage, cria dom Claude, et sa voix, jusqu'alors basse, lente et presque sourde, était devenue tonnante. Elle est en effet réfugiée dans Notre-Dame. Mais dans trois jours la justice l'y reprendra, et elle sera pendue en Grève. Il y a arrêt du parlement.

— Voilà qui est fâcheux, dit Gringoire.

Le prêtre, en un clin d'œil, était redevenu froid et calme.

— Et qui diable, reprit le poëte, s'est donc amusé à solliciter un arrêt de réintégration ? Est-ce qu'on ne pouvait pas laisser le parlement tranquille ? Qu'est-ce que cela fait qu'une pauvre fille s'abrite sous les arcs-boutans de Notre-Dame à côté des nids d'hirondelle ?

— Il y a des satans dans le monde, répondit l'archidiacre.

— Cela est diablement mal emmanché, observa Gringoire.

L'archidiacre reprit après un silence : — Donc elle vous a sauvé la vie ?

— Chez mes bons amis les truandriers. Un peu plus, un peu moins, j'étais pendu. Ils en seraient fâchés aujourd'hui.

— Est-ce que vous ne voulez rien faire pour elle ?

— Je ne demande pas mieux, dom Claude ; mais si je vais m'entortiller une vilaine affaire autour du corps !

— Qu'importe !

— Bah ! qu'importe ! Vous êtes bon, vous, mon maître ! J'ai deux grands ouvrages commencés.

Le prêtre se frappa le front. Malgré le calme qu'il affectait, de temps en temps un geste violent révélait ses convulsions intérieures. — Comment la sauver ?

Gringoire lui dit : — Mon maître, je vous

répondrai : *Il padelt*, ce qui veut dire en turc : *Dieu est notre espérance.*

— Comment la sauver ? répéta Claude rêveur.

Gringoire, à son tour, se frappa le front.

— Écoutez, mon maître, j'ai de l'imagination ; je vais vous trouver des expédiens. — Si on demandait la grâce au roi ?

— A Louis XI ! une grâce !

— Pourquoi pas ?

— Va prendre son os au tigre !

Gringoire se mit à chercher de nouvelles solutions.

— Eh bien ! tenez ! — Voulez-vous que j'adresse aux matrones une requête avec déclaration que la fille est enceinte ?

Cela fit étinceler la creuse prunelle du prêtre.

— Enceinte ! drôle ! est-ce que tu en sais quelque chose ?

Gringoire fut effrayé de son air. Il se hâta de dire : — Oh ! non pas moi ! Notre mariage était un vrai *forismaritagium.* Je suis resté dehors. Mais enfin on obtiendrait un sursis.

— Folie ! infamie ! tais-toi !

— Vous avez tort de vous fâcher, grommela Gringoire. On obtient un sursis ; cela ne fait de mal à personne, et cela fait gagner quarante deniers parisis aux matrones, qui sont de pauvres femmes.

Le prêtre ne l'écoutait pas. — Il faut pourtant qu'elle sorte de là, murmura-t-il. L'arrêt est exécutoire sous trois jours ! D'ailleurs, il n'y aurait pas d'arrêt ; ce Quasimodo ! Les femmes ont des goûts bien dépravés ! Il haussa la voix : — Maître Pierre, j'y ai bien réfléchi ; il n'y a qu'un moyen de salut pour elle.

— Lequel? moi, je n'en vois plus.

— Écoutez, maître Pierre, souvenez-vous que vous lui devez la vie. Je vais vous dire franchement mon idée. L'église est guettée jour et nuit; on n'en laisse sortir que ceux qu'on y a vus entrer. Vous pourrez donc entrer. Vous viendrez. Je vous introduirai près d'elle. Vous changerez d'habits avec elle. Elle prendra votre pourpoint; vous prendrez sa jupe.

— Cela va bien jusqu'à présent, observa le philosophe. Et puis?

— Et puis? Elle sortira avec vos habits ; vous resterez avec les siens. On vous pendra peut-être; mais elle sera sauvée.

Gringoire se gratta l'oreille avec un air très-sérieux.

— Tiens! dit-il, voilà une idée qui ne me serait jamais venue toute seule.

A la proposition inattendue de dom Claude, la figure ouverte et bénigne du poëte s'était brusquement rembrunie, comme un riant paysage d'Italie quand il survient un coup de vent malencontreux qui écrase un nuage sur le soleil.

— Hé bien! Gringoire, que dites-vous du moyen?

— Je dis, mon maître, qu'on ne me pendra pas peut-être, mais qu'on me pendra indubitablement.

— Cela ne nous regarde pas.

— La peste! dit Gringoire.

— Elle vous a sauvé la vie. C'est une dette que vous payez.

— Il y en a bien d'autres que je ne paie pas!

— Maître Pierre, il le faut absolument.

L'archidiacre parlait avec empire.

— Écoutez, dom Claude, répondit le poëte tout consterné. Vous tenez à cette idée, et vous avez tort. Je ne vois pas pourquoi je me ferais pendre à la place d'un autre.

— Qu'avez-vous donc tant qui vous attache à la vie?

— Ah! mille raisons.

— Lesquelles, s'il vous plaît?

— Lesquelles? L'air, le ciel, le matin, le soir, le clair de lune, mes bons amis les truands, nos gorges-chaudes avec les vilotières, les belles architectures de Paris à étudier, trois gros livres à faire, dont un contre l'évêque et ses moulins; que sais-je, moi? Anaxagoras disait qu'il était au monde pour admirer le soleil. Et puis, j'ai le bonheur de passer toutes mes journées, du matin au soir, avec un homme de génie, qui est moi, et c'est fort agréable.

— Tête à faire un grelot! grommela l'archidiacre. — Eh! parle, cette vie que tu te fais si charmante, qui te l'a conservée? A qui dois-tu de respirer cet air, de voir ce ciel, et de pouvoir encore amuser ton esprit d'alouette de billevesées et de folies? Sans elle, où serais-tu? Tu veux donc qu'elle meure, elle par qui tu es vivant? qu'elle meure, cette créature, belle, douce, adorable, nécessaire à la lumière du monde, plus divine que Dieu; tandis que toi, demi-sage et demi-fou, vaine ébauche de quelque chose, espèce de végétal qui crois marcher et qui crois penser, tu continueras à vivre avec la vie que tu lui as volée, aussi inutile qu'une chandelle en plein midi? Allons, un peu de pitié, Gringoire; sois généreux à ton tour ; c'est elle qui a commencé.

Le prêtre était véhément. Gringoire l'écouta d'abord avec un air indéterminé, puis il s'attendrit, et finit par faire une grimace tragique qui fit ressembler sa blême figure à celle d'un nouveau-né qui a la colique.

— Vous êtes pathétique ! dit-il en essuyant une larme. — Hé bien ! j'y réfléchirai. — C'est une drôle d'idée que vous avez eue là. —Après tout, poursuivit-il après un silence, qui sait? peut-être ne me pendront-ils pas. N'épouse pas toujours qui fiance. Quand ils me trouveront dans cette logette, si grotesquement affublé, en jupe et en coiffe, peut-être éclateront-ils de rire. — Et puis, s'ils me pendent, eh bien ! la corde, c'est une mort comme une autre, ou, pour mieux dire, ce n'est pas une mort comme une autre. C'est une mort digne du sage qui a oscillé toute sa vie, une mort qui n'est ni chair ni poisson, comme l'esprit du véritable sceptique, une mort tout empreinte de pyrrhonisme et d'hésitation, qui tient le milieu entre le ciel et la terre, qui vous laisse en suspens. C'est une mort de philosophe, et j'y étais prédestiné peut-être. Il est magnifique de mourir comme on a vécu.

Le prêtre l'interrompit : — Est-ce convenu?

— Qu'est-ce que la mort, à tout prendre ? poursuivit Gringoire avec exaltation. Un mauvais moment, un péage, le passage de peu de chose à rien. Quelqu'un ayant demandé à Cercidas, mégalopolitain, s'il mourrait volontiers : Pourquoi non? répondit-il; car après ma mort je verrai ces grands hommes, Pythagoras entre les philosophes, Hecatæus entre les historiens, Homère entre les poètes, Olympe entre les musiciens.

L'archidiacre lui présenta la main. — Donc c'est dit? vous viendrez demain.

Ce geste ramena Gringoire au positif.

— Ah! ma foi, non! dit-il du ton d'un homme qui se réveille. Etre pendu! c'est trop absurde. Je ne veux pas.

— Adieu alors! Et l'archidiacre ajouta entre ses dents : Je te retrouverai !

— Je ne veux pas que ce diable d'homme me retrouve, pensa Gringoire, et il courut après dom Claude.

— Tenez, monsieur l'archidiacre, pas d'humeur entre vieux amis! Vous vous intéressez à cette fille, à ma femme, veux-je dire, c'est bien. Vous avez imaginé un stratagème pour la faire sortir sauve de Notre-Dame, mais

votre moyen est extrêmement désagréable
pour moi Gringoire. — Si j'en avais un autre,
moi! — Je vous préviens qu'il vient de me
survenir à l'instant une inspiration très-lumi-
neuse. — Si j'avais une idée expédiente pour
la tirer du mauvais pas sans compromettre
mon cou avec le moindre nœud coulant,
qu'est-ce que vous diriez? cela ne vous suffi-
rait-il point? Est-il absolument nécessaire que
je sois pendu pour que vous soyez content?

Le prêtre arrachait d'impatience les boutons
de sa soutane. — Ruisseau de paroles! — Quel
est ton moyen?

— Oui, reprit Gringoire se parlant à lui-
même et touchant son nez avec son index
en signe de méditation, — c'est cela! — Les
truands sont de braves fils. — La tribu d'É-
gypte l'aime! — Ils se lèveront au premier
mot! — Rien de plus facile! — Un coup de
main. — A la faveur du désordre, on l'enlèvera
aisément! — Dès demain soir... — Ils ne de-
manderont pas mieux.

— Le moyen! parle, dit le prêtre en le secouant.

Gringoire se tourna majestueusement vers
lui : — Laissez-moi donc! vous voyez bien que
je compose. Il réfléchit encore quelques in-

stans, puis il se mit à battre des mains à sa
pensée en criant : — Admirable ! réussite sûre !

— Le moyen ! reprit Claude en colère. Gringoire était radieux.

— Venez, que je vous dise cela tout bas.
C'est une contre-mine vraiment gaillarde et
qui nous tire tous d'affaire. Pardieu ! il faut
convenir que je ne suis pas un imbécile !

Il s'interrompit : — Ah çà ! la petite chèvre
est-elle avec la fille ?

— Oui. Que le diable t'emporte !

— C'est qu'ils l'auraient pendue aussi ; n'est-
ce pas ?

— Qu'est-ce que cela me fait ?

— Oui, ils l'auraient pendue. Ils ont bien
pendu une truie le mois passé. Le bourrel
aime cela ; il mange la bête après. Pendre ma
jolie Djali ! Pauvre petit agneau !

—Malédiction ! s'écria dom Claude. Le bourreau, c'est toi. Quel moyen de salut as-tu donc
trouvé, drôle ? faudra-t-il t'accoucher ton idée
avec le forceps ?

— Tout beau, maître ! voici.

Gringoire se pencha à l'oreille de l'archidiacre, et lui parla très-bas, en jetant un regard
inquiet d'un bout à l'autre de la rue, où il ne
passait pourtant personne. Quand il eut fini,

dom Claude lui prit la main et lui dit froide-
meut : — C'est bon. A demain.

    — A demain, répéta Gringoire. Et tandis
que l'archidiacre s'éloignait d'un côté, il s'en
alla de l'autre en se disant à demi-voix : —
Voilà une fière affaire, monsieur Pierre Gringoire. N'importe; il n'est pas dit, parce qu'on
est petit, qu'on s'effraiera d'une grande entreprise. Biton porta un grand taureau sur ses
épaules; les hochequeues, les fauvettes et les
traquets traversent l'Océan.

II.

Faites-vous Truand.

———

L'ARCHIDIACRE, en rentrant au cloître, trouva
à la porte de sa cellule son frère Jehan du
Moulin qui l'attendait et qui avait charmé les
ennuis de l'attente en dessinant avec un charbon sur le mur un profil de son frère aîné,
enrichi d'un nez démesuré.

Dom Claude regarda à peine son frère ; il

avait d'autres songes. Ce joyeux visage de vau-
rien dont le rayonnement avait tant de fois
rasséréné la sombre physionomie du prêtre,
était maintenant impuissant à fondre la brume
qui s'épaississait chaque jour davantage sur
cette âme corrompue, méphitique et stag-
nante.

— Mon frère, dit timidement Jehan, je viens
vous voir.

L'archidiacre ne leva seulement pas les yeux
sur lui. — Après?

— Mon frère, reprit l'hypocrite, vous êtes
si bon pour moi, et vous me donnez de si
bons conseils que je reviens toujours à vous.

— Ensuite?

— Hélas! mon frère, c'est que vous aviez
bien raison quand vous me disiez : — Jehan!
Jehan! *cessat doctorum doctrina, discipulo-
rum disciplina.* Jehan, soyez sage, Jehan,
soyez docte. Jehan, ne pernoctez pas hors le
collège sans occasion légitime et congé du
maître. Ne battez pas les Picards: *noli, Joan-
nes, verberare Picardos.* Ne pourrissez pas
comme un âne illétré, *quasi asinus illiteratus,*
sur le feurre de l'école. Jehan, laissez-vous punir à la discrétion du maître. Jehan, allez tous
les soirs à la chapelle, et chantez-y une an-

tienne avec verset et oraison à madame la glorieuse Vierge-Marie. Hélas ! que c'étaient là de très excellens avis !

— Et puis ?

— Mon frère, vous voyez un coupable, un criminel, un misérable, un libertin, un homme énorme ! Mon cher frère, Jehan a fait de vos gracieux conseils paille et fumier à fouler aux pieds. J'en suis bien châtié, et le bon Dieu est extraordinairement juste. Tant que j'ai eu de l'argent, j'ai fait ripaille, folie et vie joyeuse. Oh ! que la débauche, si charmante de face, est laide et rechignée par derrière ! Maintenant je n'ai plus un blanc ; j'ai vendu ma nappe, ma chemise et ma touaille ; plus de joyeuse vie ! la belle chandelle est éteinte, et je n'ai plus que la vilaine mèche de suif qui me fume dans le nez. Les filles se moquent de moi. Je bois de l'eau. Je suis bourrelé de remords et de créanciers.

— Le reste ? dit l'archidiacre.

— Hélas ! très cher frère, je voudrais bien me ranger à une meilleure vie. Je viens à vous, plein de contrition. Je suis pénitent. Je me confesse. Je me frappe la poitrine à grands coups de poing. Vous avez bien raison de vouloir que je devienne un jour licencié et

sous-moniteur du collége de Torchi. Voici
que je me sens à présent une vocation magnifique pour cet état. Mais je n'ai plus d'encre,
il faut que j'en rachète ; je n'ai plus de plumes, il faut que j'en rachète ; je n'ai plus de
papier, je n'ai plus de livres, il faut que j'en
rachète. J'ai grand besoin pour cela d'un peu
de finance, et je viens à vous, mon frère, le
cœur plein de contrition.

— Est-ce tout ?

— Oui, dit l'écolier. Un peu d'argent.

— Je n'en ai pas.

L'écolier dit alors d'un air grave et résolu
en même temps : — Eh bien! mon frère, je
suis fâché d'avoir à vous dire qu'on me fait
d'autre part de très-belles offres et proposi-
tions. Vous ne voulez pas me donner d'argent ? — Non ? — En ce cas, je vais me faire
truand.

En prononçant ce mot monstrueux, il prit
une mine d'Ajax, s'attendant à voir tomber la
foudre sur sa tête.

L'archidiacre lui dit froidement : — Faites-
vous truand.

Jehan le salua profondément et redescendit
l'escalier du cloître en sifflant.

Au moment où il passait dans la cour du

cloître, sous la fenêtre de la cellule de son
frère, il entendit cette fenêtre s'ouvrir, leva
le nez et vit passer par l'ouverture la tête sévère de l'archidiacre. — Va-t-en au diable !
disait dom Claude; voici le dernier argent que
tu auras de moi.

En même temps, le prêtre jeta à Jehan une
bourse qui fit à l'écolier une grosse bosse au
front, et dont Jehan s'en alla à la fois fâché
et content, comme un chien qu'on lapiderait
avec des os à moelle.

III.

Vive la joie !

———

Le lecteur n'a peut-être pas oublié qu'une partie de la Cour des Miracles était enclose par l'ancien mur d'enceinte de la Ville, dont bon nombre de tours commençaient, dès cette époque, à tomber en ruines. L'une de ces tours avait été convertie en lieu de plaisir par les truands. Il y avait cabaret dans la salle basse, et le reste dans les étages supérieurs. Cette tour était le point le plus vivant et par conséquent le plus hideux de la truanderie. C'était une sorte de ruche monstrueuse qui y bourdonnait nuit et jour. La nuit, quand tout le surplus de la gueuserie dormait, quand il n'y avait plus une fenêtre allumée sur les façades terreuses de la place, quand on n'entendait plus sortir un cri de ces innombrables maisonnées, de ces fourmillières de voleurs, de filles et d'enfans volés ou bâtards, on reconnaissait toujours la joyeuse tour au bruit qu'elle faisait, à la lumière écarlate qui, rayonnant à la fois aux soupiraux, aux fenêtres, aux fissures des murs lézardés, s'échappait pour ainsi dire de tous ses pores.

La cave était donc le cabaret. On y descendait par une porte basse et par un escalier aussi roide qu'un alexandrin classique. Sur la porte, il y avait en guise d'enseigne un merveilleux barbouillage représentant des sols neufs et des poulets tués, avec ce calembour au dessous : *Aux sonneurs pour les trépassés.*

Un soir, au moment où le couvre-feu sonnait à tous les beffrois de Paris, les sergens du guet, s'il leur eût été donné d'entrer dans la redoutable Cour des Miracles, auraient pu

remarquer qu'il se faisait dans la taverne des
truands plus de tumulte encore qu'à l'ordinaire, qu'on y buvait plus et qu'on y jurait
mieux. Au dehors, il y avait dans la place
force groupes qui s'entretenaient à voix basse,
comme lorsqu'il se trame un grand dessein,
et çà et là un drôle accroupi qui aiguisait
une méchante lame de fer sur un pavé.

Cependant dans la taverne même, le vin et
le jeu étaient une si puissante diversion aux
idées qui occupaient ce soir-là la truanderie
qu'il eût été difficile de deviner aux propos des
buveurs de quoi il s'agissait. Seulement ils
avaient l'air plus gais que de coutume, et on
leur voyait à tous reluire quelque arme entre
les jambes, une serpe, une cognée, un gros
estramaçon ou le croc d'une vieille hacque-
bute.

La salle, de forme ronde, était très vaste;
mais les tables étaient si pressées et les buveurs si nombreux, que tout ce que contenait la taverne, hommes, femmes, bancs, cruches à bière, ce qui buvait, ce qui dormait,
ce qui jouait, les bien-portans, les éclopés,
semblaient entassés pêle-mêle avec autant
d'ordre et d'harmonie qu'un tas d'écailles
d'huîtres. Il y avait quelques suifs allumés sur

les tables ; mais le véritable luminaire de la taverne, ce qui remplissait dans le cabaret le rôle du lustre dans une salle d'opéra, c'était le feu. Cette cave était si humide qu'on n'y laissait jamais éteindre la cheminée, même en plein été ; une cheminée immense à manteau sculpté, toute hérissée de lourds chenets de fer et d'appareils de cuisine, avec un de ces gros feux mêlés de bois et de tourbe qui, la nuit, dans les rues de village, font saillir si rouge sur les murs d'en face le spectre des fenêtres de forge. Un grand chien, gravement assis dans la cendre, tournait devant la braise une broche chargée de viandes.

Quelle que fût la confusion, après le premier coup d'œil, on pouvait distinguer dans cette multitude trois groupes principaux, qui se pressaient autour de trois personnages que le lecteur connaît déjà. L'un de ces personnages, bizarrement accoutré de maint oripeau oriental, était Mathias Hungadi Spicali, duc d'Égypte et de Bohême. Le maraud était assis sur une table, les jambes croisées, le doigt en l'air, et faisait d'une voix haute distribution de sa science en magie blanche et noire à mainte face béante qui l'entourait. Une autre cohue s'épaississait autour de notre ancien

ami, le vaillant roi de Thunes, armé jusqu'aux
dents. Clopin Trouillefou, d'un air très-sérieux et à voix basse, réglait le pillage d'une
énorme futaille pleine d'armes, largement défoncée devant lui, d'où se dégorgeaient en
foule, haches, épées, bassinets, cottes de mailles, platers, fers de lance et d'archegayes, sagettes et viretons, comme pommes et raisins
d'une corne d'abondance. Chacun prenait au
tas, qui le morion, qui l'estoc, qui la miséricorde à poignée en croix. Les enfans eux-
mêmes s'armaient, et il y avait jusqu'à des
culs-de-jattes qui, bardés et cuirassés, passaient entre les jambes des buveurs comme
de gros scarabées.

Enfin un troisième auditoire, le plus bruyant,
le plus jovial et le plus nombreux, encombrait les bancs et les tables au milieu desquelles pérorait et jurait une voix en flûte qui
s'échappait de dessous une pesante armure
complète du casque aux éperons. L'individu
qui s'était ainsi vissé une panoplie sur le corps
disparaissait tellement sous l'habit de guerre
qu'on ne voyait plus de sa personne qu'un
nez effronté, rouge, retroussé, une boucle
de cheveux blonds, une bouche rose et des
yeux hardis. Il avait la ceinture pleine de da-

gues et de poignards, une grande épée au flanc, une arbalète rouillée à sa gauche, et un vaste broc de vin devant lui, sans compter à sa droite une épaisse fille débraillée. Toutes les bouches à l'entour de lui riaient, sacraient et buvaient.

Qu'on ajoute vingt groupes secondaires, les filles et les garçons de service courant avec des brocs en tête, les joueurs accroupis sur les billes, sur les merelles, sur les dés, sur les vachettes, sur le jeu passionné du tringlet, les querelles dans un coin, les baisers dans l'autre, et l'on aura quelque idée de cet ensemble, sur lequel vacillait la clarté d'un grand feu flambant, qui faisait danser sur les murs du cabaret mille ombres démesurées et grotesques.

Quant au bruit, c'était l'intérieur d'une cloche en grande volée.

La lèchefrite, où pétillait une pluie de graisse, emplissait de son glapissement continu les intervalles de ces mille dialogues, qui se croisaient d'un bout à l'autre de la salle.

Il y avait parmi ce vacarme, au fond de la taverne, sur le banc intérieur de la cheminée, un philosophe qui méditait, les pieds dans la cendre et l'œil sur les tisons. C'était Pierre Gringoire.

— Allons, vite! dépêchons, armez-vous! on se met en marche dans une heure! disait Clopin Trouillefou à ses argotiers.

Une fille fredonnait :

> Bonsoir, mon père et ma mère,
> Les derniers couvrent le feu.

Deux joueurs de cartes se disputaient. — Valet! criait le plus empourpré des deux, en montrant le poing à l'autre, je vais te marquer au trèfle. Tu pourras remplacer Mistigri dans le jeu de cartes de monseigneur le roi!

— Ouf! hurlait un Normand, reconnaissable à son accent nasillard; on est ici tassé comme les saints de Caillouville!

— Fils, disait à son auditoire le duc d'Egypte, parlant en fausset, les sorcières de France vont au sabbat sans balai, ni graisse, ni monture, seulement avec quelques paroles magiques. Les sorcières d'Italie ont toujours un bouc qui les attend à leur porte. Toutes sont tenues de sortir par la cheminée.

La voix du jeune drôle armé de pied en cap dominait le brouhaha. — Noël! Noël! criait-il. Mes premières armes aujourd'hui! truand! je suis truand, ventre de Christ! versez-moi à boire! — Mes amis, je m'appelle Jehan Frollo du Moulin, et je suis gentilhomme. Je suis d'avis que, si Dieu était gendarme, il se ferait pillard. Frères, nous allons faire une belle expédition. Nous sommes des vaillans. Assiéger l'église, enfoncer les portes, en tirer la belle fille, la sauver des juges, la sauver des prêtres, démanteler le cloître, brûler l'évêque dans l'évêché, nous ferons cela en moins de temps qu'il n'en faut à un bourgmestre pour manger une cuillerée de soupe. Notre cause est juste, nous pillerons Notre-Dame, et tout sera dit. Nous pendrons Quasimodo. Connaissez-vous Quasimodo, mesdamoiselles? L'avez-vous vu s'essouffler sur le bourdon un jour de grande Pentecôte? Corne-du-Père! c'est très-beau! on dirait un diable à cheval sur une gueule. — Mes amis, écoutez-moi, je suis truand au fond du cœur, je suis argotier dans l'âme, je suis né cagou. J'ai été très-riche, et j'ai mangé mon bien. Ma mère voulait me faire officier, mon père sous-diacre, ma tante conseiller aux enquêtes, ma grand'mère protonotaire du roi, ma grand'tante trésorier de robe courte; moi, je me suis fait truand. J'ai dit cela à mon père, qui m'a craché sa malé-

diction au visage, à ma mère, qui s'est mise,
la vieille dame, à pleurer et à baver comme
cette bûche sur ce chenet. Vive la joie! je suis
un vrai Bicêtre! Tavernière ma mie, d'autre
vin! j'ai encore de quoi payer. Je ne veux plus
de vin de Surène. Il me chagrine le gosier.
J'aimerais autant, corbœuf! me gargariser
d'un panier!

Cependant la cohue applaudissait avec des
éclats de rire; et voyant que le tumulte redoublait autour de lui, l'écolier s'écria : — Oh! le
beau bruit! *Populi debacchantis populosa
debacchatio!* Alors il se mit à chanter, l'œil
comme noyé dans l'extase, du ton d'un cha-
noine qui entonne vêpres : — *Quæ cantica!
quæ organa! quæ cantilenæ! quæ melodiæ
hic sine fine decantantur! sonant melliflua
hymnorum organa, suavissima angelorum
melodia, cantica canticorum mira!....* Il s'interrompit : — Buvetière du diable, donne-moi
à souper.

Il y eut un moment de quasi-silence pendant lequel s'éleva à son tour la voix aigre du
duc d'Égypte, enseignant ses bohémiens : —
La belette s'appelle Aduine, le renard Pied-
bleu, ou le Coureur-des-bois, le loup Pied-gris
ou Pied-doré, l'ours le Vieux ou le Grand-père.

— Le bonnet d'un gnome rend invisible, et fait voir les choses invisibles. — Tout crapaud qu'on baptise doit être vêtu de velours rouge ou noir, une sonnette au cou, une sonnette aux pieds. Le parrain tient la tête, la marraine le derrière. — C'est le démon Sidragasum qui a le pouvoir de faire danser les filles toutes nues.

— Par la messe ! interrompit Jehan, je voudrais être le démon Sidragasum.

Cependant les truands continuaient de s'armer en chuchotant à l'autre bout du cabaret.

— Cette pauvre Esmeralda ! disait un bohémien. — C'est notre sœur. — Il faut la retirer de là.

— Est-elle donc toujours à Notre-Dame ? reprenait un marcandier à mine de juif.

— Oui, pardieu !

— Hé bien, camarades ! s'écriait le marcandier, à Notre-Dame ! D'autant mieux qu'il y a à la chapelle des saints Féréol et Ferrution deux statues, l'une de saint Jean-Baptiste, l'autre de saint Antoine, toutes d'or, pesant ensemble dix-sept marcs d'or et quinze estellins, et les sous-pieds d'argent doré dix-sept marcs cinq onces. Je sais cela ; je suis orfévre.

Ici on servit à Jehan son souper. Il s'écria,

en s'étalant sur la gorge de la fille sa voisine :
— Par Saint-Voult-de-Lucques, que le peuple
appelle Saint-Goguelu, je suis parfaitement
heureux. J'ai là devant moi, un imbécile qui
me regarde avec la mine glabre d'un archiduc.
En voici un à ma gauche qui a les dents si
longues qu'elles lui cachent le menton. Et
puis, je suis comme le maréchal de Gié au
siége de Pontoise, j'ai ma droite appuyée à un
mamelon. — Ventre-Mahom! camarade! tu as
l'air d'un marchand d'esteufs, et tu viens t'asseoir auprès de moi! Je suis noble, l'ami. La
marchandise est incompatible avec la noblesse.
Va-t-en de là. — Holahée! vous autres! ne vous
battez pas! Comment, Baptiste Croque-Oison,
toi qui as un si beau nez, tu vas le risquer
contre les gros poings de ce butor! Imbécile!
Non cuiquam datum est habere nasum. —
Tu es vraiment divine, Jacqueline Ronge-
Oreille! c'est dommage que tu n'aies pas de
cheveux. — Holà! je m'appelle Jehan Frollo,
et mon frère est archidiacre. Que le diable
l'emporte! Tout ce que je vous dis est la vérité. En me faisant truand, j'ai renoncé de
gaîté de cœur à la moitié d'une maison située
dans le paradis, que mon frère m'avait pro-
mise. *Dimidiam domum in paradiso.* Je cite

le texte. J'ai un fief rue Tirechappe, et toutes
les femmes sont amoureuses de moi, aussi vrai
qu'il est vrai que saint Éloy était un excellent
orfévre, et que les cinq métiers de la bonne
ville de Paris sont les tanneurs, les mégissiers,
les baudroyeurs, les boursiers et les sueurs,
et que saint Laurent a été brûlé avec des coquilles d'œufs. Je vous jure, camarades,

> Que je ne beuvrai de piment
> Devant un an, si je cy ment !

— Ma charmante, il fait clair de lune ; regarde donc là-bas, par le soupirail, comme
le vent chiffonne les nuages ! Ainsi je fais ta
gorgerette. — Les filles ! mouchez les enfans
et les chandelles. — Christ et Mahom ! qu'est-ce
que je mange là, Jupiter ! Ohé ! la matrulle !
les cheveux qu'on ne trouve pas sur la tête
de tes ribaudes, on les retrouve dans tes omelettes. La vieille ! j'aime les omelettes chauves.
Que le diable te fasse camue ! — Belle hôtel-
lerie de Belzébuth, où les ribaudes se peignent
avec les fourchettes !

Cela dit, il brisa son assiette sur le pavé et
se mit à chanter à tue-tête :

> Et je n'ai, moi,
> Par la sang-Dieu !

Ni foi, ni loi,
Ni feu, ni lieu,
Ni roi,
Ni Dieu !

Cependant Clopin Trouillefou avait fini sa distribution d'armes. Il s'approcha de Gringoire, qui paraissait plongé dans une profonde rêverie, les pieds sur un chenet. — L'ami Pierre, dit le roi de Thunes, à quoi diable penses-tu ?

Gringoire se retourna vers lui avec un sourire mélancolique : — J'aime le feu, mon cher seigneur. Non par la raison triviale que le feu réchauffe nos pieds ou cuit notre soupe, mais parce qu'il a des étincelles. Quelquefois je passe des heures à regarder les étincelles. Je découvre mille choses dans ces étoiles qui saupoudrent le fond noir de l'âtre. Ces étoiles-là aussi sont des mondes.

— Tonnerre si je te comprends ! dit le truand. Sais-tu quelle heure il est ?

— Je ne sais pas, répondit Gringoire.

Clopin s'approcha alors du duc d'Égypte. — Camarade Mathias, le quart d'heure n'est pas bon. On dit le roi Louis onzième à Paris.

— Raison de plus pour lui tirer notre sœur des griffes, répondit le vieux bohémien.

— Tu parles en homme, Mathias, dit le roi
de Thunes. D'ailleurs nous ferons lestement.
Pas de résistance à craindre dans l'église. Les
chanoines sont des lièvres, et nous sommes
en force. Les gens du parlement seront bien
attrappés demain quand ils viendront la chercher ! Boyaux du pape ! je ne veux pas qu'on
pende la jolie fille !

Clopin sortit du cabaret.

Pendant ce temps-là, Jehan s'écriait d'une
voix enrouée : — Je bois, je mange, je suis
ivre, je suis Jupiter ! — Eh ! Pierre-l'Assommeur, si tu me regardes encore comme cela, je
vais t'épousseter le nez avec des chique-
naudes.

De son côté, Gringoire, arraché de ses méditations, s'était mis à considérer la scène
fougueuse et criarde qui l'environnait en mur-
murant entre ses dents : *Luxuriosa res vinum
et tumultuosa ebrietas.* Hélas ! que j'ai bien
raison de ne pas boire, et que saint Benoît
dit excellemment : *Vinum apostatare facit
etiam sapientes.*

En ce moment Clopin rentra et cria d'une
voix de tonnerre : Minuit !

A ce mot, qui fit l'effet du boute-selle sur
un régiment en halte, tous les truands, hom-

mes, femmes, enfans, se précipitèrent en
foule hors de la taverne avec un grand bruit
d'armes et de ferrailles.

La lune s'était voilée.

La Cour des Miracles était tout-à-fait obscure.
Il n'y avait pas une lumière. Elle était pourtant
loin d'être déserte. On y distinguait une foule
d'hommes et de femmes qui se parlaient bas.
On les entendait bourdonner, et l'on voyait
reluire toutes sortes d'armes dans les ténèbres.
Clopin monta sur une grosse pierre. — A vos
rangs, l'Argot! cria-t-il. A vos rangs, l'Égypte!
A vos rangs, Galilée! Un mouvement se fit
dans l'ombre. L'immense multitude parut se
former en colonne. Après quelques minutes le
roi de Thunes éleva encore la voix : Maintenant silence pour traverser Paris! Le mot de
passe est : *Petite flambe en baguenaud!* On
n'allumera les torches qu'à Notre-Dame! En
marche!

Dix minutes après, les cavaliers du guet
s'enfuyaient épouvantés devant une longue
procession d'hommes noirs et silencieux qui
descendait vers le Pont-au-Change, à travers
les rues tortueuses qui percent en tous sens le
massif quartier des halles.

IV.

Un maladroit ami.

CETTE même nuit, Quasimodo ne dormait pas. Il venait de faire sa dernière ronde dans l'église. Il n'avait pas remarqué, au moment où il en fermait les portes, que l'archidiacre était passé près de lui et avait témoigné quelque humeur en le voyant verrouiller et cadenasser avec soin l'énorme armature de fer qui donnait à leurs larges battans la solidité d'une muraille. Dom Claude avait l'air encore plus préoccupé qu'à l'ordinaire. Du reste, depuis l'aventure nocturne de la cellule, il maltraitait constamment Quasimodo; mais il avait beau le rudoyer, le frapper même quelquefois, rien n'ébranlait la soumission, la patience, la résignation dévouée du fidèle sonneur. De la part de l'archidiacre il souffrait tout, injures, menaces, coups, sans murmurer un reproche, sans pousser une plainte. Tout au plus le suivait-il des yeux avec inquiétude quand dom Claude montait l'escalier de la tour, mais l'archidiacre s'était de lui-même abstenu de reparaître aux yeux de l'égyptienne.

Cette nuit-là donc, Quasimodo, après avoir donné un coup d'œil à ses pauvres cloches si délaissées, à Jacqueline, à Marie, à Thibauld, était monté jusque sur le sommet de la tour septentrionale, et là, posant sur les plombs sa lanterne sourde bien fermée, il s'était mis à regarder Paris. La nuit, nous l'avons déjà dit, était fort obscure. Paris, qui n'était, pour ainsi dire, pas éclairé à cette époque, présentait à l'œil un amas confus de masses noires, coupé çà et là par la courbe blanchâtre de la Seine. Quasimodo n'y voyait plus de lumière qu'à une fenêtre d'un édifice éloigné dont le vague et sombre profil se dessinait bien au dessus des toits, du côté de la Porte Saint-Antoine. Là aussi il y avait quelqu'un qui veillait.

Tout en laissant flotter dans cet horizon de brume et de nuit son unique regard, le sonneur sentait au dedans de lui-même une inexprimable inquiétude. Depuis plusieurs jours il était sur ses gardes. Il voyait sans cesse rôder autour de l'église des hommes à mine sinistre qui ne quittaient pas des yeux l'asile de la jeune fille. Il songeait qu'il se tramait peut-être quelque complot contre la malheureuse réfugiée. Il se figurait qu'il y avait une haine populaire sur elle comme il y en avait une sur lui, et qu'il se pourrait bien qu'il arrivât bientôt quelque chose. Aussi se tenait-il sur son clocher, aux aguets, *révant dans son rêvoir,* comme dit Rabelais, l'œil tour à tour sur la cellule et sur Paris, faisant sûre garde, comme un bon chien, avec mille défiances dans l'esprit.

Tout à coup, tandis qu'il scrutait la grande ville de cet œil que la nature, par une sorte de compensation, avait fait si perçant qu'il pouvait presque suppléer aux autres organes qui manquaient à Quasimodo, il lui parut que

la silhouette du quai de la Vieille-Pelleterie
avait quelque chose de singulier, qu'il y avait
un mouvement sur ce point, que la ligne du
parapet détachée en noir sur la blancheur de
l'eau n'était pas droite et tranquille sembla-
blement à celle des autres quais, mais qu'elle
ondulait au regard comme les vagues d'un
fleuve ou comme les têtes d'une foule en
marche.

Cela lui parut étrange. Il redoubla d'attention. Le mouvement semblait venir vers la
Cité. Aucune lumière d'ailleurs. Il dura quelque temps sur le quai; puis il s'écoula peu à
peu, comme si ce qui passait entrait dans
l'intérieur de l'île; puis il cessa tout-à-fait, et
la ligne du quai redevint droite et immobile.

Au moment où Quasimodo s'épuisait en
conjectures, il lui sembla que le mouvement
reparaissait dans la rue du parvis qui se prolonge dans la Cité perpendiculairement à la
façade de Notre-Dame. Enfin, si épaisse que
fût l'obscurité, il vit une tête de colonne déboucher par cette rue, et en un instant se ré-
pandre dans la place une foule dont on ne pouvait rien distinguer, dans les ténèbres, sinon
que c'était une foule.

Ce spectacle avait sa terreur. Il est proba-

ble que cette procession singulière, qui semblait si intéressée à se dérober sous une profonde obscurité, ne gardait pas un silence
moins profond. Cependant un bruit quelconque devait s'en échapper, ne fût-ce qu'un piétinement. Mais ce bruit n'arrivait même pas à
notre sourd, et cette grande multitude, dont
il voyait à peine quelque chose, et dont il
n'entendait rien, s'agitant et marchant néanmoins si près de lui, lui faisait l'effet d'une
cohue de morts, muette, impalpable, perdue
dans une fumée. Il lui semblait voir s'avancer
vers lui un brouillard plein d'hommes, voir
remuer des ombres dans l'ombre.

Alors ses craintes lui revinrent, l'idée d'une
tentative contre l'égyptienne se représenta à
son esprit. Il sentit confusément qu'il approchait d'une situation violente. En ce moment
critique, il tint conseil en lui-même avec un
raisonnement meilleur et plus prompt qu'on
ne l'eût attendu d'un cerveau si mal organisé.
Devait-il éveiller l'égyptienne ? la faire évader ?
Par où ? les rues étaient investies, l'église était
acculée à la rivière. Pas de bateau ! pas d'issue !
—Il n'y avait qu'un parti : se faire tuer au
seuil de Notre-Dame, résister du moins jusqu'à ce qu'il vînt un secours, s'il en devait

venir, et ne pas troubler le sommeil de la Esmeralda. La malheureuse serait toujours éveillée assez tôt pour mourir. Cette résolution
une fois arrêtée, il se mit à examiner l'*ennemi*
avec plus de tranquillité.

La foule semblait grossir à chaque instant
dans le Parvis. Seulement il présuma qu'elle ne
devait faire que fort peu de bruit, puisque les
fenêtres des rues et de la place restaient fermées. Tout à coup une lumière brilla, et en
un instant sept ou huit torches allumées se
promenèrent sur les têtes, en secouant dans
l'ombre leurs touffes de flammes. Quasimodo
vit alors distinctement moutonner dans le parvis un effrayant troupeau d'hommes et de
femmes en haillons, armés de faux, de piques,
de serpes, de pertuisanes dont les mille pointes étincelaient. Çà et là, des fourches noires
faisaient des cornes à ces faces hideuses. Il se
ressouvint vaguement de cette populace, et
crut reconnaître toutes les têtes qui l'avaient,
quelques mois auparavant, salué pape des fous.
Un homme, qui tenait une torche d'une main
et une boullaye de l'autre, monta sur une
borne et parut haranguer. En même temps
l'étrange armée fit quelques évolutions, comme
si elle prenait poste autour de l'église. Quasi-

modo ramassa sa lanterne et descendit sur la plate-forme d'entre les tours pour voir de plus près, et aviser aux moyens de défense.

Clopin Trouillefou, arrivé devant le haut portail de Notre-Dame, avait en effet rangé sa troupe en bataille. Quoiqu'il ne s'attendît à aucune résistance, il voulait, en général prudent, conserver un ordre qui lui permît de faire front, au besoin, contre une attaque subite du guet ou des onze-vingts. Il avait donc échelonné sa brigade de telle façon que, vue de haut et de loin, vous eussiez dit le triangle romain de la bataille d'Ecnome, la tête-de-porc d'Alexandre, ou le fameux coin de Gustave-Adolphe. La base de ce triangle s'appuyait au fond de la place, de manière à barrer la rue du Parvis ; un des côtés regardait l'Hôtel-Dieu, l'autre la rue Saint-Pierre-aux-Bœufs. Clopin Trouillefou s'était placé au sommet, avec le duc d'Égypte, notre ami Jehan, et les sabouleux les plus hardis.

Ce n'était point chose très rare dans les villes du moyen âge qu'une entreprise comme celle que les truands tentaient en ce moment sur Notre-Dame. Ce que nous nommons aujourd'hui *police* n'existait pas alors. Dans les cités populeuses, dans les capitales surtout,

pas de pouvoir central, un , régulateur. La
féodalité avait construit ces grandes communes d'une façon bizarre. Une cité était un
assemblage de mille seigneuries, qui la divi-
saient en compartimens de toutes formes et de
toutes grandeurs. De là, mille polices contra-
dictoires, c'est-à-dire pas de police. A Paris, par
exemple, indépendamment des cent quarante-
un seigneurs prétendant censive; il y en avait
vingt-cinq prétendant justice et censive, depuis
l'évêque de Paris, qui avait cent cinq rues,
jusqu'au prieur de Notre-Dame-des-Champs,
qui en avait quatre. Tout ces justiciers féodaux
ne reconnaissaient que nominalement l'auto-
rité suzeraine du roi. Tous avaient droit de
voirie. Tous étaient chez eux. Louis XI, cet
infatigable ouvrier qui a si largement commencé la démolition de l'édifice féodal, con-
tinuée par Richelieu et Louis XIV au profit de
la royauté, et achevée par Mirabeau au profit
du peuple; Louis XI avait bien essayé de cre-
ver ce réseau de seigneuries qui recouvrait
Paris en jetant violemment tout au travers
deux ou trois ordonnances de police générale.
Ainsi, en 1465 , ordre aux habitans, la nuit
venue, d'illuminer de chandelles leurs croisées,
et d'enfermer leurs chiens, sous peine de la

hart; même année, ordre de fermer le soir
les rues avec des chaînes de fer, et défense de
porter dagues ou armes offensives la nuit
dans les rues. Mais en peu de temps, tous ces
essais de législation communale tombèrent en
désuétude. Les bourgeois laissèrent le vent
éteindre leurs chandelles à leurs fenêtres, et
leurs chiens errer; les chaînes de fer ne se
tendirent qu'en état de siége; la défense de
porter dagues n'amena d'autres changemens
que le nom de la *rue Coupe-gueule* au nom de
rue Coupe-gorge, ce qui est un progrès évident.
Le vieil échafaudage des juridictions féodales
resta debout; immense entassement de bailla-
ges et de seigneuries, se croisant sur la ville,
se gênant, s'enchevêtrant, s'emmaillant de
travers, s'échancrant les uns les autres; inutile taillis de guets, de sous-guets et de contre-
guets, à travers lequel passaient à main armée
le brigandage, la rapine et la sédition. Ce
n'était donc pas, dans ce désordre, un événe-
ment inoui, que ces coups de main d'une partie de la populace sur un palais, sur un hôtel,
sur une maison, dans les quartiers les plus
peuplés. Dans la plupart des cas, les voisins
ne se mêlaient de l'affaire que si le pillage arrivait jusque chez eux. Il se bouchaient les oreil-

les à la mousquetade, fermaient leurs volets,
barricadaient leurs portes, laissaient le débat
se vider avec ou sans le guet, et le lendemain
on se disait dans Paris : — Cette nuit, Étienne
Barbette a été forcé; — le maréchal de Clermont a été pris au corps, etc. Aussi, non seulement les habitations royales, le Louvre, le
Palais, la Bastille, les Tournelles, mais les ré-
sidences simplement seigneuriales, le Petit-
Bourbon, l'Hôtel de Sens, l'Hôtel d'Angou-
lême, etc., avaient leurs créneaux aux murs
et leurs machicoulis au dessus des portes. Les
églises se gardaient par leur sainteté. Quel-
ques-unes pourtant, du nombre desquelles
n'était pas Notre-Dame, étaient fortifiées.
L'abbé de Saint-Germain-des-Prés était crénelé
comme un baron, et il y avait chez lui encore
plus de cuivre dépensé en bombardes qu'en
cloches. On voyait encore sa forteresse en
1610. Aujourd'hui, il reste à peine son église.
Revenons à Notre-Dame.

Quand les premières dispositions furent
terminées (et nous devons dire, à l'honneur
de la discipline truande, que les ordres de
Clopin furent exécutés en silence et avec une
admirable précision), le digne chef de la bande
monta sur le parapet du Parvis, et éleva sa

voix rauque et bourrue, se tenant tourné
vers Notre-Dame, et agitant sa torche dont la
lumière, tourmentée par le vent et voilée à
tout moment de sa propre fumée, faisait paraître et disparaître aux yeux la rougeâtre
façade de l'église.

— A toi, Louis de Beaumont, évêque de
Paris, conseiller en la cour de parlement,
moi Clopin Trouillefou, roi de Thunes, grand-
coësre, prince de l'argot, évêque des fous,
je dis : — Notre sœur, faussement condamnée
pour magie, s'est réfugiée dans ton église.
Tu lui dois asile et sauvegarde. Or la cour de
parlement l'y veut reprendre, et tu y consens;
si bien qu'on la pendrait demain en Grève si
Dieu et les truands n'étaient pas là. Donc
nous venons à toi, évêque. Si ton église est
sacrée, notre sœur l'est aussi; si notre sœur
n'est pas sacrée, ton église ne l'est pas non
plus. C'est pourquoi nous te sommons de nous
rendre la fille si tu veux sauver ton église,
ou que nous reprendrons la fille, et que nous
pillerons l'église. Ce qui sera bien. En foi de
quoi je plante cy ma bannière. Et Dieu te soit
en garde, évêque de Paris !

Quasimodo malheureusement ne put entendre ces paroles prononcées avec une sorte de

majesté sombre et sauvage. Un truand présenta
sa bannière à Clopin qui la planta solennellement entre deux pavés. C'était une fourche
aux dents de laquelle pendait, saignant, un
quartier de charogne.

Cela fait, le roi de Thunes se retourna et
promena ses yeux sur son armée, farouche
multitude où les regards brillaient presque autant que les piques. Après une pause d'un instant : —En avant, fils! cria-t-il. A la besogne
les hutins.

Trente hommes robustes, à membres carrés,
à faces de serruriers, sortirent des rangs,
avec des marteaux, des pinces et des barres de
fer sur leurs épaules. Ils se dirigèrent vers la
principale porte de l'église, montèrent le degré,
et bientôt on les vit tous accroupis sous l'o-
give, travaillant la porte de pinces et de leviers. Une foule de truands les suivit pour les
aider ou les regarder. Les onze marches du
portail en étaient encombrées.

Cependant la porte tenait bon. — Diable !
elle est dure et têtue! disait l'un. — Elle est
vieille, et elle a les cartilages racornis, disait
l'autre. — Courage, camarades! reprenait
Clopin. Je gage ma tête contre une pantouffle,
que vous aurez ouvert la porte, pris la fille,

et déshabillé le maître-autel avant qu'il y ait un
bedeau de réveillé. Tenez! je crois que la serrure se détraque.

Clopin fut interrompu par un fracas effroyable, qui retentit en ce moment derrière lui.
Il se retourna. Une énorme poutre venait de
tomber du ciel, elle avait écrasé une douzaine
de truands sur le degré de l'église, et rebondissait sur le pavé avec le bruit d'une pièce
de canon, en cassant encore çà et là des jambes dans la foule des gueux qui s'écartaient
avec des cris d'épouvante. En un clin d'œil,
l'enceinte reserrée du parvis fut vide. Les
hutins, quoique protégés par les profondes
voussures du portail, abandonnèrent la porte,
et Clopin lui-même se replia à distance res-
pectueuse de l'église.

— Je l'ai échappé belle, criait Jehan. J'en
ai senti le vent, têtebœuf! mais Pierre-l'Assommeur est assommé!

Il est impossible de dire quel étonnement
mêlé d'effroi tomba avec cette poutre sur les
bandits. Ils restèrent quelques minutes les
yeux fixés en l'air, plus consternés de ce
morceau de bois que de vingt mille archers
du roi. — Satan! grommela le duc d'Égypte,
voilà qui flaire magie! — C'est la lune qui

nous jette cette bûche , dit Andry-le-Rouge.
— Avec cela , reprit François Chanteprune,
qu'on dit la lune amie de la Vierge! — Mille
papes! s'écria Clopin, vous êtes tous des imbéciles! Mais il ne savait comment expliquer
la chute du madrier.

Cependant on ne distinguait rien sur la façade, au sommet de laquelle la clarté des torches n'arrivait pas. Le pesant madrier gisait
au milieu du parvis, et l'on entendait les gémissemens des misérables qui avaient reçu son
premier choc, et qui avaient eu le ventre
coupé en deux sur l'angle des marches de
pierre.

Le roi de Thunes, le premier étonnement
passé, trouva enfin une explication, qui sembla plausible à ses compagnons. — Gueule-
Dieu! est-ce que les chanoines se défendent?
Alors à sac! à sac!

— A sac! répéta la cohue avec un hourra
furieux. Et il se fit une décharge d'arbalètes
et de haquebutes sur la façade de l'église.

A cette détonation, les paisibles habitans
des maisons circonvoisines se réveillèrent; on
vit plusieurs fenêtres s'ouvrir, et des bonnets
de nuit et des mains tenant des chandelles
apparurent aux croisées. — Tirez aux fenêtres,

cria Clopin. — Les fenêtres se refermèrent
sur-le-champ, et les pauvres bourgeois, qui
avaient à peine eu le temps de jeter un regard
effaré sur cette scène de lueurs et de tumultes, s'en revinrent suer de peur près de
leurs femmes, se demandant si le sabbat se
tenait maintenant dans le parvis Notre-Dame,
ou s'il y avait assaut de Bourguignons, comme
en 64. Alors les maris songeaient au vol, les
femmes au viol, et tous tremblaient.

— A sac! répétaient les argotiers; mais ils
n'osaient approcher. Ils regardaient l'église;
ils regardaient le madrier. Le madrier ne bougeait pas, l'édifice conservait son air calme
et désert; mais quelque chose glaçait les
truands.

— A l'œuvre donc les hutins! cria Trouillefou. Qu'on force la porte.

Personne ne fit un pas.

— Barbe et ventre! dit Clopin. Voilà des
hommes qui ont peur d'une solive.

Un vieux hutin lui adressa la parole.

— Capitaine, ce n'est pas la solive qui nous
ennuie, c'est la porte qui est toute cousue
de barres de fer. Les pinces n'y peuvent rien.

— Que vous faudrait-il donc pour l'enfoncer? demanda Clopin.

— Ah! il nous faudrait un bélier.

Le roi de Thunes courut bravement au formidable madrier et mit le pied dessus. — En voilà un, cria-t-il; ce sont les chanoines qui vous l'envoient. — Et faisant un salut dérisoire du côté de l'église : — Merci, chanoines !

Cette bravade fit bon effet, le charme du madrier était rompu. Les truands reprirent courage; bientôt la lourde poutre, enlevée comme une plume par deux cents bras vigoureux, vint se jeter avec furie sur la grande porte qu'on avait déjà essayé d'ébranler. A voir ainsi, dans le demi-jour que les rares torches des truands répandaient sur la place, ce long madrier porté par cette foule d'hommes qui le précipitaient en courant sur l'église, on eût cru voir une monstrueuse bête à mille pieds attaquant tête baissée la géante de pierre.

Au choc de la poutre, la porte à demi métallique résonna comme un immense tambour; elle ne se creva point, mais la cathédrale toute entière tressaillit, et l'on entendit gronder les profondes cavités de l'édifice. Au même instant, une pluie de grosses pierres commença à tomber du haut de la façade sur les assaillans. — Diable! cria Jehan, est-ce que les tours nous secouent leurs balustrades sur la tête? — Mais l'élan était donné, le roi de Thunes payait d'exemple. C'était décidément l'évêque qui se défendait, et l'on n'en battit la porte qu'avec plus de rage, malgré les pierres qui faisaient éclater les crânes à droite et à gauche.

Il est remarquable que ces pierres tombaient toutes une à une; mais elles se suivaient de près. Les argotiers en sentaient toujours deux à la fois, une dans leurs jambes, une sur leurs têtes. Il y en avait peu qui ne portassent coup, et déjà une large couche de morts et de blessés saignait et palpitait sous les pieds des assaillans qui, maintenant furieux, se renouvelaient sans cesse. La longue poutre continuait de battre la porte à temps réguliers, comme le mouton d'une cloche, les pierres de pleuvoir, la porte de mugir.

Le lecteur n'en est sans doute point à deviner que cette résistance inattendue qui avait exaspéré les truands venait de Quasimodo.

Le hasard avait par malheur servi le brave sourd.

Quand il était descendu sur la plate-forme d'entre les tours, ses idées étaient en confusion dans sa tête. Il avait couru quelques minutes

le long de la galerie, allant et venant, comme
fou, voyant d'en haut la masse compacte des
truands prête à se ruer sur l'église, demandant au diable ou à Dieu de sauver l'égyptienne. La pensée lui était venue de monter
au beffroi méridional et de sonner le tocsin;
mais avant qu'il eût pu mettre la cloche en
branle, avant que la grosse voix de Marie eût
pu jeter une seule clameur, la porte de l'é-
glise n'avait-elle pas dix fois le temps d'être
enfoncée? C'était précisément l'instant où les
hutins s'avançaient vers elle avec leur serru-
rerie. Que faire?

Tout d'un coup, il se souvint que des maçons avaient travaillé tout le jour à réparer le
mur, la charpente et la toiture de la tour mé-
ridionale. Ce fut un trait de lumière. Le mur
était en pierre, la toiture en plomb, la charpente en bois. (Cette charpente prodigieuse,
si touffue qu'on l'appelait *la forêt*.)

Quasimodo courut à cette tour. Les cham-
bres inférieures étaient en effet pleines de
matériaux. Il y avait des piles de moellons,
des feuilles de plomb en rouleaux, des fais-
ceaux de lattes, de fortes solives déjà entail-
lées par la scie, des tas de gravois. Un arsenal
complet.

L'instant pressait. Les pieux et les marteaux travaillaient en bas. Avec une force que décuplait le sentiment du danger, il souleva une des poutres, la plus lourde, la plus longue ; il la fit sortir par une lucarne, puis la ressaisissant du dehors de la tour, il la fit glisser sur l'angle de la balustrade qui entoure la plate-forme, et la lâcha sur l'abîme. L'énorme charpente, dans cette chute de cent soixante pieds, râclant la muraille, cassant les sculptures, tourna plusieurs fois sur elle-même comme une aile de moulin qui s'en irait toute seule à travers l'espace. Enfin elle toucha le sol, l'horrible cri s'éleva, et la noire poutre, en rebondissant sur le pavé, ressemblait à un serpent qui saute.

Quasimodo vit les truands s'éparpiller à la chute du madrier, comme la cendre au souffle d'un enfant. Il profita de leur épouvante, et tandis qu'ils fixaient un regard superstitieux sur la massue tombée du ciel, et qu'ils éborgnaient les saints de pierre du portail avec une décharge de sagettes et de chevrotines, Quasimodo entassait silencieusement des gravois, des pierres, des moellons, jusqu'aux sacs d'outils des maçons, sur le rebord de cette balustrade, d'où la poutre s'était déjà élancée.

Aussi, dès qu'ils se mirent à battre la grande porte, la grêle de moellons commença à tomber, et il leur sembla que l'église se démolissait d'elle-même sur leur tête.

Qui eût pu voir Quasimodo en ce moment eût été effrayé. Indépendamment de ce qu'il avait empilé de projectiles sur la balustrade, il avait amoncelé un tas de pierres sur la plate-forme même. Dès que les moellons amassés sur le rebord extérieur furent épuisés, il prit au tas. Alors il se baissait, se relevait, se baissait et se relevait encore, avec une activité incroyable. Sa grosse tête de gnome se penchait par dessus la balustrade, puis une pierre énorme tombait, puis une autre, puis une autre. De temps en temps il suivait une belle pierre de l'œil, et quand elle tuait bien, il disait : Hun!

Cependant les gueux ne se décourageaient pas. Déjà plus de vingt fois l'épaisse porte sur laquelle ils s'acharnaient avait tremblé sous la pesanteur de leur bélier de chêne multiplié par la force de cent hommes. Les panneaux craquaient, les ciselures volaient en éclats, les gonds, à chaque secousse, sautaient en sursaut sur leurs pitons, les ais se détraquaient, le bois tombait en poudre broyé entre les nervures de fer. Heureusement pour

Quasimodo, il y avait plus de fer que de bois.

Il sentait pourtant que la grande porte chancelait. Quoiqu'il n'entendît pas, chaque coup de bélier se répercutait à la fois dans les cavernes de l'église et dans ses entrailles. Il voyait d'en haut les truands, pleins de triomphe et de rage, montrer le poing à la ténébreuse façade; et il enviait, pour l'égyptienne et pour lui, les ailes des hiboux qui s'enfuyaient au dessus de sa tête par volées.

Sa pluie de moellons ne suffisait pas à repousser les assaillans.

En ce moment d'angoisse, il remarqua, un peu plus bas que la balustrade d'où il écrasait les argotiers, deux longues gouttières de pierre qui se dégorgeaient immédiatement au dessus de la grande porte. L'orifice interne de ces gouttières aboutissait au pavé de la plate-forme. Une idée lui vint; il courut chercher un fagot dans son bouge de sonneur, posa sur ce fagot force bottes de lattes et force rouleaux de plomb, munitions dont il n'avait pas encore usé, et ayant bien disposé ce bûcher devant le trou des deux gouttières, il y mit le feu avec sa lanterne.

Pendant ce temps-là, les pierres ne tombant plus, les truands avaient cessé de regarder

en l'air. Les bandits, haletans comme une
meute qui force le sanglier dans sa bauge, se
pressaient en tumulte autour de la grande
porte, toute déformée par le bélier, mais debout encore. Ils attendaient avec un frémissement le grand coup; le coup qui allait l'éven-
trer. C'était à qui se tiendrait le plus près pour
pouvoir s'élancer des premiers quand elle s'ou-
vrirait, dans cette opulente cathédrale, vaste
réservoir où étaient venues s'amonceler les richesses de trois siècles. Ils se rappelaient les
uns aux autres, avec des rugissemens de joie
et d'appétit, les belles croix d'argent, les belles
chapes de brocart, les belles tombes de vermeil, les grandes magnificences du chœur, les
fêtes éblouissantes, les Noëls étincelantes de
flambeaux, les Pâques éclatantes de soleil,
toutes ces solennités splendides où châsses,
chandeliers, ciboires, tabernacles, reliquaires,
bosselaient les autels d'une croûte d'or et de
diamans. Certes, en ce beau moment, cagoux
et malingreux, archisuppôts et rifodés, songeaient beaucoup moins à la délivrance de
l'égyptienne qu'au pillage de Notre-Dame.
Nous croirions même volontiers que pour bon
nombre d'entre eux la Esmeralda n'était qu'un
prétexte, si des voleurs avaient besoin de pré-
textes.

Tout à coup, au moment où ils se groupaient pour un dernier effort autour du bélier, chacun retenant son haleine et roidissant ses muscles afin de donner toute sa force au coup décisif, un hurlement, plus épouvantable encore que celui qui avait éclaté et expiré sous le madrier, s'éleva au milieu d'eux. Ceux qui ne criaient pas, ceux qui vivaient encore, regardèrent. — Deux jets de plomb fondu tombaient du haut de l'édifice au plus épais de la cohue. Cette mer d'hommes venait de s'affaisser sous le métal bouillant qui avait fait, aux deux points où il tombait, deux trous noirs et fumans dans la foule, comme ferait de l'eau chaude dans la neige. On y voyait remuer des mourants à demi calcinés et mugissant de douleur. Autour de ces deux jets principaux, il y avait des gouttes de cette pluie horrible qui s'éparpillaient sur les assaillans, et entraient dans les crânes comme des vrilles de flamme. C'était un feu pesant qui criblait ces misérables de mille grêlons.

La clameur fut déchirante. Ils s'enfuirent pêle-mêle, jetant le madrier sur les cadavres, les plus hardis comme les plus timides, et le parvis fut vide une seconde fois.

Tous les yeux s'étaient levés vers le haut de

l'église. Ce qu'ils voyaient était extraordinaire.
Sur le sommet de la galerie la plus élevée, plus
haut que la rosace centrale, il y avait une
grande flamme qui montait entre les deux clochers avec des tourbillons d'étincelles, une
grande flamme désordonnée et furieuse dont
le vent emportait par momens un lambeau
dans la fumée. Au dessous de cette flamme,
au dessous de la sombre balustrade à trèfles de
braise, deux gouttières en gueules de monstres vomissaient sans relâche cette pluie ar-
dente qui détachait son ruissellement argenté
sur les ténèbres de la façade inférieure. A mesure qu'ils approchaient du sol, les deux jets
de plomb liquide s'élargissaient en gerbes
comme l'eau qui jaillit des mille trous de l'ar-
rosoir. Au dessus de la flamme, les énormes
tours, de chacune desquelles on voyait deux
faces crues et tranchées, l'une toute noire,
l'autre toute rouge, semblaient plus grandes
encore de toute l'immensité de l'ombre qu'elles projetaient jusque dans le ciel. Leurs innombrables sculptures de diables et de dragons prenaient un aspect lugubre. La clarté
inquiète de la flamme les faisait remuer à l'œil.
Il y avait des guivres qui avaient l'air de rire,
des gargouilles qu'on croyait entendre japper;

des salamandres qui soufflaient dans le feu,
des tarasques qui éternuaient dans la fumée.
Et parmi ces monstres ainsi réveillés de leur
sommeil de pierre par cette flamme, par ce
bruit, il y en avait un qui marchait et qu'on
voyait de temps en temps passer sur le front
ardent du bûcher comme une chauve-souris
devant une chandelle.

Sans doute ce phare étrange allait éveiller
au loin le bûcheron des collines de Bicêtre,
épouvanté de voir chanceler sur ses bruyères
l'ombre gigantesque des tours de Notre-Dame.

Il se fit un silence de terreur parmi les
truands, pendant lequel on n'entendit que les
cris d'alarmes des chanoines enfermés dans
leur cloître et plus inquiets que des chevaux
dans une écurie qui brûle, le bruit furtif des
fenêtres vite ouvertes et plus vite fermées,
le remue-ménage intérieur des maisons et de
l'Hôtel-Dieu, le vent dans la flamme, le dernier râle des mourans, et le pétillement continu de la pluie de plomb sur le pavé.

Cependant les principaux truands s'étaient
retirés sous le porche du logis Gondelaurier,
et tenaient conseil. Le duc d'Égypte, assis sur
une borne, contemplait avec une crainte religieuse le bûcher fantasmagorique resplen-

dissant à deux cents pieds en l'air. Clopin
Trouillefou se mordait ses gros poings avec
rage. — Impossible d'entrer ! murmurait-il
dans ses dents.

— Une vieille église fée ! grommelait le
vieux bohémien Mathias Hungadi Spicali.

— Par les moustaches du pape! reprenait
un narquois grisonnant qui avait servi, voilà
des gouttières d'église qui vous crachent du
plomb fondu mieux que les machicoulis de
Lectoure.

— Voyez-vous ce démon qui passe et re-
passe devant le feu? s'écriait le duc d'Égypte.

— Pardieu, dit Clopin, c'est le damné sonneur, c'est Quasimodo.

Le bohémien hochait la tête. — Je vous dis,
moi, que c'est l'esprit Sabnac, le grand marquis, le démon des fortifications. Il a forme
d'un soldat armé, une tête de lion. Quelquefois il monte un cheval hideux. Il change les
hommes en pierres, dont il bâtit des tours. Il
commande à cinquante légions. C'est bien lui;
je le reconnais. Quelquefois il est habillé d'une
belle robe d'or figurée à la façon des turcs.

— Où est Bellevigne-de-l'Etoile? demanda
Clopin.

— Il est mort, répondit une truande.

Andry-le-Rouge riait d'un rire idiot : — Notre-Dame donne de la besogne à l'Hôtel-Dieu, disait-il.

—Il n'y a donc pas moyen de forcer cette porte? s'écria le roi de Thunes en frappant du pied.

Le duc d'Égypte lui montra tristement les deux ruisseaux de plomb bouillant qui ne cessaient de rayer la noire façade, comme deux longues quenouilles de phosphore. — On a vu des églises qui se défendaient ainsi d'elles-mêmes, observa-t-il en soupirant. Sainte-Sophie, de Constantinople, il y a quarante ans de cela, a trois fois de suite jeté à terre le croissant de Mahom en secouant ses dômes, qui sont ses têtes. Guillaume de Paris, qui a bâti celle-ci, était un magicien.

—Faut-il donc s'en aller piteusement comme des laquais de grand'route? dit Clopin. Laisser là notre sœur, que ces loups chaperonnés pendront demain!

— Et la sacristie, où il y a des charretées d'or? ajouta un truand dont nous regrettons de ne pas savoir le nom.

— Barbe-Mahom! cria Trouillefou.

— Essayons encore une fois, reprit le truand.

Mathias Hungadi hocha la tête. — Nous n'entrerons pas par la porte. Il faut trouver le défaut de l'armure de la vieille fée. Un trou, une fausse poterne, une jointure quelconque.

— Qui en est? dit Clopin. J'y retourne. — A propos, où est donc le petit écolier Jehan, qui était si enferraillé?

— Il est sans doute mort, répondit quelqu'un. On ne l'entend plus rire.

Le roi de Thunes fronça le sourcil.

— Tant pis. Il y avait un brave cœur sous cette ferraille. — Et maître Pierre Gringoire?

— Capitaine Clopin, dit Andry-le-Rouge, il s'est esquivé que nous n'étions encore qu'au Pont-aux-Changeurs.

Clopin frappa du pied. — Gueule-Dieu! c'est lui qui nous pousse céans, et il nous plante là au beau milieu de la besogne! — Lâche bavard casqué d'une pantoufle!

— Capitaine Clopin, cria Andry-le-Rouge, qui regardait dans la rue du Parvis, voilà le petit écolier.

— Loué soit Pluto! dit Clopin. Mais que diable tire-t-il après lui?

C'était Jehan, en effet, qui accourait aussi vite que le lui permettaient ses lourds habits de paladin et une longue échelle qu'il traînait bravement sur le pavé, plus essoufflé qu'une fourmi attelée à un brin d'herbe vingt fois plus long qu'elle.

— Victoire! *te Deum!* criait l'écolier. Voilà l'échelle des déchargeurs du port Saint-Landry.

Clopin s'approcha de lui : — Enfant, que veux-tu faire, cornedieu! de cette échelle?

— Je l'ai, répondit Jehan haletant. Je savais où elle était. — Sous le hangard de la maison du lieutenant. — Il y a là une fille que je connais, qui me trouve beau comme un Cupido. — Je m'en suis servi pour avoir l'échelle, et j'ai l'échelle, Pasque-Mahom! — La pauvre fille est venue m'ouvrir toute en chemise.

— Oui, dit Clopin; mais que veux-tu faire de cette échelle?

Jehan le regarda d'un air malin et capable, et fit claquer ses doigts comme des castagnettes. Il était sublime en ce moment. Il avait sur la tête un de ces casques surchargés du quinzième siècle qui épouvantaient l'ennemi de leurs cimiers chimériques. Le sien était hérissé de dix becs de fer, de sorte que Jehan eût pu disputer la redoutable épithète de δεκεμβολος au navire homérique de Nestor.

— Ce que j'en veux faire, auguste roi de

Thunes? Voyez-vous cette rangée de statues qui ont des mines d'imbéciles, là-bas, au dessus des trois portails?

— Oui. Hé bien?

— C'est la galerie des rois de France.

— Qu'est-ce que cela me fait? dit Clopin.

— Attendez donc! il y a au bout de cette galerie une porte qui n'est jamais fermée qu'au loquet, avec cette échelle j'y monte, et je suis dans l'église.

— Enfant, laisse-moi monter le premier.

— Non pas, camarade, c'est à moi l'échelle. Venez, vous serez le second.

— Que Belzébuth t'étrangle! dit le bourru Clopin, je ne veux être après personne.

— Alors, Clopin, cherche une échelle!

Jehan se mit à courir par la place tirant son échelle et criant: — A moi les fils!

En un instant l'échelle fut dressée et appuyée à la balustrade de la galerie inférieure au dessus d'un des portails latéraux. La foule des truands poussant de grandes acclamations se pressa au bas pour y monter. Mais Jehan maintint son droit et posa le premier le pied sur les échelons. Le trajet était assez long. La galerie des rois de France est élevée aujourd'hui d'environ soixante pieds au dessus du pavé. Les onze marches du perron l'exhaussaient encore. Jehan montait lentement, assez empêché de sa lourde armure, d'une main tenant l'échelon, de l'autre son arbalète. Quand il fut au milieu de l'échelle, il jeta un coup d'œil mélancolique sur les pauvres argotiers morts, dont le degré était jonché. — Hélas ! dit-il, voilà un monceau de cadavres digne du cinquième chant de l'Iliade ! — Puis il continua de monter. Les truands le suivaient. Il y en avait un sur chaque échelon. A voir s'élever en ondulant dans l'ombre cette ligne de dos cuirassés, on eût dit un serpent à écailles d'acier qui se dressait contre l'église. Jehan qui faisait la tête et qui sifflait complétait l'illusion.

L'écolier toucha enfin au balcon de la galerie, et l'enjamba assez lestement aux applaudissemens de toute la truanderie. Ainsi maître de la citadelle, il poussa un cri de joie, et tout à coup s'arrêta pétrifié. Il venait d'apercevoir, derrière une statue de roi, Quasimodo caché dans les ténèbres, l'œil étincelant.

Avant qu'un second assiégeant eût pu prendre pied sur la galerie, le formidable bossu sauta à la tête de l'échelle, saisit, sans dire une parole, le bout des deux montans de ses deux mains puissantes, les souleva, les éloigna du mur, balança un moment, au milieu des clameurs d'angoisse, la longue et pliante échelle encombrée de truands du haut en bas, et subitement, avec une force surhumaine, rejeta cette grappe d'hommes dans la place. Il y eut un instant où les plus déterminés palpitèrent. L'échelle lancée en arrière resta un moment droite et debout et parut hésiter, puis oscilla, puis tout à coup, décrivant un effrayant arc de cercle de quatre-vingts pieds de rayon, s'abattit sur le pavé avec sa charge de bandits plus rapidement qu'un pont-levis dont les chaînes se cassent. Il y eut une immense imprécation, puis tout s'éteignit, et quelques malheureux mutilés se retirèrent en rampant de dessous le monceau de morts.

Une rumeur de douleur et de colère succéda parmi les assiégeans aux premiers cris de triomphe. Quasimodo impassible, les deux coudes appuyés sur la balustrade, regardait. Il avait l'air d'un vieux roi chevelu à sa fenêtre.

Jehan Frollo était, lui, dans une situation critique. Il se trouvait dans la galerie avec le redoutable sonneur, seul, séparé de ses compagnons par un mur vertical de quatre-vingts pieds. Pendant que Quasimodo jouait avec l'échelle, l'écolier avait couru à la poterne qu'il croyait ouverte. Point. Le sourd en entrant dans la galerie l'avait fermée derrière lui. Jehan alors s'était caché derrière un roi de pierre, n'osant souffler, et fixant sur le monstrueux bossu une mine effarée, comme cet homme qui, faisant la cour à la femme du gardien d'une ménagerie, alla un soir à un rendez-vous d'amour, se trompa de mur dans son escalade, et se trouva brusquement tête à tête avec un ours blanc.

Dans les premiers momens le sourd ne prit pas garde à lui; mais enfin il tourna la tête et se redressa tout d'un coup. Il venait d'apercevoir l'écolier.

Jehan se prépara à un rude choc, mais le sourd resta immobile; seulement il était tourné vers l'écolier qu'il regardait.

— Ho! ho! dit Jehan, qu'as-tu à me regarder de cet œil borgne et mélancolique?

Et en parlant ainsi, le jeune drôle apprêtait sournoisement son arbalète.

— Quasimodo! cria-t-il, je vais changer ton surnom; on t'appellera l'aveugle.

Le coup partit. Le vireton empenné siffla et vint se ficher dans le bras gauche du bossu.

Quasimodo ne s'en émut pas plus que d'une
égratignure au roi Pharamond. Il porta la
main à la sagette, l'arracha de son bras et la
brisa tranquillement sur son gros genou ;
puis il laissa tomber, plutôt qu'il ne jeta à
terre, les deux morceaux. Mais Jehan n'eut pas
le temps de tirer une seconde fois. La flèche
brisée, Quasimodo souffla brusquement, bon-
dit comme une sauterelle et retomba sur l'é-
colier, dont l'armure s'applatit du coup contre la muraille.

Alors dans cette pénombre où flottait la
lumière des torches, on entrevit une chose
terrible.

Quasimodo avait pris de la main gauche les
deux bras de Jehan qui ne se débattait pas, tant
il se sentait perdu. De la droite le sourd lui
détachait l'une après l'autre, en silence, avec
une lenteur sinistre, toutes les pièces de son
armure, l'épée, les poignards, le casque, la cui-
rasse, les brassards. On eût dit un singe qui
épluche une noix. Quasimodo jetait à ses pieds,
morceau à morceau, la coquille de fer de l'é-
colier.

Quand l'écolier se vit désarmé, déshabillé,
faible et nu dans ces redoutables mains, il
n'essaya pas de parler à ce sourd, mais il se

mit à lui rire effrontément au visage, et à chanter, avec son intrépide insouciance d'enfant de seize ans, la chanson alors populaire :

> Elle est bien habillée,
> La ville de Cambrai.
> Marafin l'a pillée...

Il n'acheva pas. On vit Qnasimodo debout sur le parapet de la galerie, qui d'une seule main tenait l'écolier par les pieds, en le faisant tourner sur l'abîme comme une fronde ; puis on entendit un bruit comme celui d'une boîte osseuse qui éclate contre un mur, et l'on vit tomber quelque chose qui s'arrêta au tiers de la chute à une saillie de l'architecture. C'était un corps mort qui resta accroché là, plié en deux, les reins brisés, le crâne vide.

Un cri d'horreur s'éleva parmi les truands. — Vengeance ! cria Clopin. — A sac ! répondit la multitude. — Assaut ! assaut ! — Alors ce fut un hurlement prodigieux, où se mêlaient toutes les langues, tous les patois, tous les accens. La mort du pauvre écolier jeta une ardeur furieuse dans cette foule. La honte la prit, et la colère d'avoir été si long-temps tenue en échec devant une église par un bossu. La rage trouva des échelles, multiplia les torches, et

au bout de quelques minutes, Quasimodo,
éperdu, vit cette épouvantable fourmilière
monter de toutes parts à l'assaut de Notre-
Dame. Ceux qui n'avaient pas d'échelles
avaient des cordes à nœuds ; ceux qui n'avaient
pas de cordes grimpaient aux reliefs des sculptures. Ils se pendaient aux guenilles les uns des
autres. Aucun moyen de résister à cette marée
ascendante de faces épouvantables ; la fureur
faisait rutiler ces figures farouches ; leurs fronts
terreux ruisselaient de sueur ; leurs yeux éclai-
raient ; toutes ces grimaces, toutes ces laideurs
investissaient Quasimodo. On eût dit que quelque autre église avait envoyé à l'assaut de
Notre-Dame ses gorgones, ses dogues, ses
drées, ses démons, ses sculptures les plus fan-
tastiques. C'était comme une couche de monstres vivans sur les monstres de pierre de la
façade.

Cependant, la place s'était étoilée de mille
torches. Cette scène désordonnée, jusqu'alors
enfouie dans l'obscurité, s'était subitement
embrasée de lumière. Le Parvis resplendissait
et jetait un rayonnement dans le ciel ; le bûcher allumé sur la haute plate-forme brûlait
toujours, et illuminait au loin la ville. L'énorme
silhouette des deux tours, développée au loin

sur les toits de Paris, faisait dans cette clarté une large échancrure d'ombre. La ville semblait s'être émue. Des tocsins éloignés se plaignaient. Les truands hurlaient, haletaient, juraient, montaient; et Quasimodo, impuissant contre tant d'ennemis, frissonnant pour l'égyptienne, voyant les faces furieuses se rapprocher de plus en plus de sa galerie, demandait un miracle au ciel, et se tordait les bras de désespoir.

V.

Le retrait où dit ses heures monsieur Louis de France.

Le lecteur n'a peut-être pas oublié qu'un
moment avant d'apercevoir la bande nocturne
des truands, Quasimodo, inspectant Paris du
haut de son clocher, n'y voyait plus briller
qu'une lumière, laquelle étoilait une vitre à
l'étage le plus élevé d'un haut et sombre édifice, à côté de la porte Saint-Antoine. Cet édi-

fice, c'était la Bastille. Cette étoile, c'était la chandelle de Louis XI.

Le roi Louis XI était en effet à Paris depuis deux jours. Il devait répartir le surlendemain pour sa citadelle de Montilz-lez-Tours. Il ne faisait jamais que de rares et courtes apparitions dans sa bonne ville de Paris, n'y sentant pas autour de lui assez de trappes, de gibets et d'archers écossais.

Il-était venu, ce jour-là, coucher à la Bastille. La grande chambre de cinq toises carrées qu'il avait au Louvre, avec sa grande cheminée chargée de douze grosses bêtes et des treize grands prophètes, et son grand lit de onze pieds sur douze, lui agréaient peu. Il se perdait dans toutes ses grandeurs. Ce roi bon bourgeois aimait mieux la Bastille avec une chambrette et une couchette. Et puis, la Bastille était plus forte que le Louvre.

Cette *chambrette*, que le roi s'était réservée dans la fameuse prison d'état, était encore assez vaste et occupait l'étage le plus élevé d'une tourelle engagée dans le donjon. C'était un réduit de forme ronde, tapissé de nattes en paille luisante, plafonné à poutres rehaussées de fleurs-de-lis d'étain doré, avec les entrevoues de couleur; lambrissé à riches boise-

ries¦ semées de rosettes d'étain blanc et peintes de beau vert-gai, fait d'orpin et de florée
fine.

Il n'y avait qu'une fenêtre, une longue ogive
treillissée de fil d'archal et de barreaux de fer,
d'ailleurs obscurcie de belles vitres coloriées
aux armes du roi et de la reine, dont le pan-
neau revenait à vingt-deux sols.

Il n'y avait qu'une entrée, une porte mo-
derne, à cintre surbaissé, garnie d'une tapisserie en dedans, et en dehors d'un de ces porches de bois d'Irlande, frêles édifices de me-
nuiserie curieusement ouvrée, qu'on voyait
encore en quantité de vieux logis il y a cent
cinquante ans. « Quoiqu'ils défigurent et em-
» barrassent les lieux, dit Sauval avec désespoir,
» nos vieillards pourtant ne s'en veulent point
» défaire et les conservent en dépit d'un cha-
» cun. »

On ne trouvait dans cette chambre rien de
ce qui meublait les appartemens ordinaires,
ni bancs, ni tréteaux, ni formes, ni escabelles
communes en forme de caisse, ni belles escabelles soutenues de piliers et de contre-piliers,
à quatre sols la pièce. On n'y voyait qu'une
chaise pliante à bras, fort magnifique : le bois
en était peint de roses sur fond rouge, le siége

de cordouan vermeil, garni de longues franges de soie et piqué de mille clous d'or. La
solitude de cette chaise faisait voir qu'une
seule personne avait droit de s'asseoir dans la
chambre. A côté de la chaise et tout près de
la fenêtre, il y avait une table recouverte d'un
tapis à figures d'oiseaux. Sur cette table un
gallemard taché d'encre, quelques parchemins, quelques plumes, et un hanap d'argent
ciselé. Un peu plus loin, un chauffe-doux; un
prie-Dieu de velours cramoisi, relevé de bos-
settes d'or. Enfin au fond, un simple lit
de damas jaune et incarnat, sans clinquant
ni passement : les franges sans façon. C'est ce
lit, fameux pour avoir porté le sommeil ou l'in-
somnie de Louis XI, qu'on pouvait encore
contempler, il y a deux cents ans, chez un conseiller d'état, où il a été vu par la vieille madame
Pilou, célèbre dans le Cyrus sous le nom d'*Ar-
ricidie* et de *la Morale vivante*.

Telle était la chambre qu'on appelait « le
» retrait où dit ses heures monsieur Louis
» de France. »

Au moment où nous y avons introduit le
lecteur, ce retrait était fort obscur. Le couvre-
feu était sonné depuis une heure, il faisait
nuit, et il n'y avait qu'une vacillante chandelle

de cire posée sur la table pour éclairer cinq
personnages diversement groupés dans la
chambre.

Le premier sur lequel tombait la lumière
était un seigneur superbement vêtu d'un haut-
de-chausses et d'un justaucorps écarlate rayé
d'argent, et d'une casaque à mahoîtres de drap
d'or à dessins noirs. Ce splendide costume, où
se jouait la lumière, semblait glacé de flamme
à tous ses plis. L'homme qui le portait avait
sur la poitrine ses armoiries brodées de vives
couleurs : un chevron accompagné en pointe
d'un daim passant. L'écusson était accosté à
droite d'un rameau d'olivier, à gauche d'une
corne de daim. Cet homme portait à sa ceinture une riche dague dont la poignée, de vermeil, était ciselée en forme de cimier et sur-
montée d'une couronne comtale. Il avait l'air
mauvais, la mine fière et la tête haute. Au
premier coup d'œil on voyait sur son visage
l'arrogance, au second la ruse.

Il se tenait tête nue, une longue pancarte
à la main, debout derrière la chaise à bras sur
laquelle était assis, le corps disgracieusement
plié en deux, les genoux chevauchant l'un sur
l'autre, le coude sur la table, un personnage
fort mal accoutré. Qu'on se figure, en effet,

sur l'opulent siége de cuir de Cordoue, deux
rotules cagneuses, deux cuisses maigres pauvrement habillées d'un tricot de laine noire,
un torse enveloppé d'un surtout de futaine
avec une fourrure dont on voyait moins de
poil que de cuir; enfin, pour couronner, un
vieux chapeau gras du plus méchant drap
noir, bordé d'un cordon circulaire de figurines de plomb. Voilà, avec une sale calotte
qui laissait à peine passer un cheveu, tout ce
qu'on distinguait du personnage assis. Il tenait sa tête tellement courbée sur sa poitrine
qu'on n'apercevait rien de son visage recouvert d'ombre, si ce n'est le bout de son nez,
sur lequel tombait un rayon de lumière, et
qui devait être long. A la maigreur de sa
main ridée on devinait un vieillard. C'était
Louis XI.

A quelque distance derrière eux causaient
à voix basse deux hommes vêtus à la coupe
flamande, qui n'étaient pas assez perdus dans
l'ombre pour que quelqu'un de ceux qui
avaient assisté à la représentation du mystère
de Gringoire n'eût pu reconnaître en eux deux
des principaux envoyés flamands, Guillaume
Rym, le sagace pensionnaire de Gand, et Jacques Coppenole, le populaire chaussetier. On

se souvient que ces deux hommes étaient mêlés à la politique secrète de Louis XI.

Enfin, tout au fond, près de la porte, se tenait debout dans l'obscurité, immobile comme
une statue, un vigoureux homme à membres
trapus, à harnois militaire, à casaque armoriée, dont la face carrée, percée d'yeux à
fleur de tête, fendue d'une immense bouche,
dérobant ses oreilles sous deux larges abat-
vent de cheveux plats, sans front, tenait à la
fois du chien et du tigre.

Tous étaient découverts, excepté le roi.

Le seigneur qui était auprès du roi lui faisait lecture d'une espèce de long mémoire que
sa majesté semblait écouter avec attention.
Les deux Flamands chuchotaient.

— Croix-Dieu! grommelait Coppenole, je
suis las d'être debout; est-ce qu'il n'y a pas
de chaise ici?

Rym répondait par un geste négatif, accompagné d'un sourire discret.

— Croix-Dieu! reprenait Coppenole tout
malheureux d'être obligé de baisser ainsi la
voix, l'envie me démange de m'asseoir à terre,
jambes croisées, en chaussetier, comme je fais
dans ma boutique.

— Gardez-vous-en bien! maître Jacques.

— Ouais! maître Guillaume! ici l'on ne peut donc être que sur les pieds!

— Ou sur les genoux, dit Rym.

En ce moment la voix du roi s'éleva. Ils se turent.

— Cinquante sols les robes de nos valets, et douze livres les manteaux des clercs de notre couronne! C'est cela! versez l'or à tonnes! Êtes-vous fou, Olivier?

En parlant ainsi, le vieillard avait levé la tête. On voyait reluire à son cou les coquilles d'or du collier de saint Michel. La chandelle éclairait en plein son profil décharné et morose. Il arracha le papier des mains de l'autre.

— Vous nous ruinez! cria-t-il en promenant ses yeux creux sur le cahier. Qu'est-ce que tout cela? qu'avons-nous besoin d'une si prodigieuse maison? Deux chapelains à raison de dix livres par mois chacun, et un clerc de chapelle à cent sols! Un valet de chambre à quatre-vingt-dix livres par an! Quatre écuyers de cuisine à six-vingts livres par an chacun! Un hasteur, un potager, un saussier, un queux, un sommelier d'armures, deux valets de sommiers, à raison de dix livres par mois chaque! Deux galopins de cuisine à huit livres! Un palefrenier et ses deux aides à vingt-quatre livres par mois! Un porteur, un pâtissier, un boulanger, deux charretiers, chacun soixante livres par an! Et le maréchal des forges, six-vingts livres! Et le maître de la chambre de nos deniers, douze cents livres! Et le contre-rôleur, cinq cents! — Que sais-je, moi! C'est une furie! Les gages de nos domestiques mettent la France au pillage! Tous les mugots du Louvre fondront à un tel feu de dépense! Nous y vendrons nos vaisselles! Et l'an prochain, si Dieu et Notre-Dame (ici il souleva son chapeau) nous prêtent vie, nous boirons nos tisanes dans un pot d'étain!

En disant cela, il jetait un coup d'œil sur le hanap d'argent qui étincelait sur la table. Il toussa, et poursuivit:

— Maître Olivier, les princes qui règnent aux grandes seigneuries, comme rois et empereurs, ne doivent pas laisser engendrer la somptuosité en leurs maisons; car de là ce feu court par la province. — Donc, maître Olivier, tiens-toi ceci pour dit. Notre dépense augmente tous les ans. La chose nous déplaît. Comment, pasque-Dieu! jusqu'en 79 elle n'a point passé trente-six mille livres, en 80, elle a atteint quarante-trois mille six cents dix-neuf livres. — J'ai le chiffre en tête, — en

81 , soixante-six mille six cent quatre-vingts
livres; et cette année, par la foi de mon corps!
elle atteindra quatre-vingt mille livres! Doublée en quatre ans! monstrueux!

Il s'arrêta essoufflé, puis il reprit avec emportement ? — Je ne vois autour de moi que
gens qui s'engraissent de ma maigreur! Vous
me sucez des écus par tous les pores!

Tous gardaient le silence. C'était une de ces
colères qu'on laisse aller. Il continua :

· — C'est comme cette requête en latin de la
seigneurie de France, pour que nous ayons à
rétablir ce qu'ils appellent les grandes charges
de la couronne! Charges en effet! charges qui
écrasent! Ah! messieurs! vous dites que nous
ne sommes pas un roi, pour régner *dapifero
nullo, buticulario nullo!* Nous vous le ferons
voir, pasque-Dieu! si nous ne sommes pas un
roi! —

Ici il sourit dans le sentiment de sa puissance; sa mauvaise humeur s'en adoucit, et il
se tourna vers les Flamands :

— Voyez-vous, compère Guillaume? le
grand-pannetier, le grand-bouteillier, le
grand-chambellan, le grand sénéchal ne valent pas le moindre valet. — Retenez ceci, compère Coppénole. — Ils ne servent à rien. A se

ténir ainsi inutiles autour du roi, ils me font l'effet des quatre évangélistes qui environnent le cadran de la grande horloge du Palais, et que Philippe Brille vient de remettre à neuf. Ils sont dorés, mais ils ne marquent pas l'heure; et l'aiguille peut se passer d'eux.

Il demeura un moment pensif, et ajouta en hochant sa vieille tête : — Ho ho! par Notre-Dame, je ne suis pas Philippe Brille, et je ne redorerai pas les grands vassaux. — Continue, Olivier.

Le personnage qu'il désignait par ce nom reprit le cahier de ses mains, et se remit à lire à haute voix :

— « ... A Adam Tenon, commis à la garde
» des sceaux de la prevôté de Paris : pour l'ar-
» gent, façon et gravure desdits sceaux qui
» ont été faits neufs pour ce que les autres
» précédens, pour leur antiquité et caduqueté,
» ne pouvaient plus bonnement servir. —
» Douze livres parisis.

» A Guillaume Frère, la somme de quatre
» livres quatre sols parisis, pour ses peines et
» salaires d'avoir nourri et alimenté les co-
» lombes des deux colombiers de l'hôtel des
» Tournelles, durant les mois de janvier,

» février, et mars de cette année; et pour ce a
» donné sept sextiers d'orge.

» A un cordelier, pour confession d'un cri-
» minel, quatre sols parisis. »

Le roi écoutait en silence. De temps en
temps il toussait; alors il portait le hanap à ses
lèvres, et buvait une gorgée en faisant une
grimace.

— « En cette année ont été faits par ordon-
» nance de justice à son de trompe, par les
» carrefours de Paris, cinquante-six cris. —
» Compte à régler.

» Pour avoir fouillé et cherché en certains
» endroits, tant dans Paris qu'ailleurs, de la
» finance qu'on disait y avoir été cachée; mais
» rien n'y a été trouvé: — quarante-cinq li-
» vres parisis. »

— Enterrer un écu pour déterrer un sou!
dit le roi.

— « ... Pour avoir mis à point, à l'hôtel des
» Tournelles, six panneaux de verre blanc à
» l'endroit où est la cage de fer, treize sols. —
» Pour avoir fait et livré, par le commande-
» ment du roi, le jour des monstres, quatre
» écussons aux armes dudit seigneur, encha-
» pessés de chapeaux de roses tout à l'en-
» tour, six livres. — Pour deux manches neuves

» au vieil pourpoint du roi, vingt sols. — Pour
» une boîte de graisse à graisser les bottes du
» roi, quinze deniers. — Une étable faite de
» neuf pour loger les pourceaux noirs du roi,
» trente livres parisis. — Plusieurs cloisons,
» planches et trappes faites pour enfermer les
» lions d'emprès Saint-Paul, vingt-deux livres. »

— Voilà des bêtes qui sont chères, dit
Louis XI. N'importe; c'est une belle magnifi-
cence de roi. Il y a un grand lion roux que
j'aime pour ses gentillesses. — L'avez-vous vu,
maître Guillaume? — Il faut que les princes
aient de ces animaux mirifiques. A nous autres
rois, nos chiens doivent être des lions, et nos
chats des tigres. Le grand va aux couronnes.
Du temps des païens de Jupiter, quand le peuple offrait aux églises cent bœufs et cent brebis, les empereurs donnaient cent lions et cent
aigles. Cela était farouche et fort beau. Les
rois de France ont toujours eu de ces rugisse-
méns autour de leur trône. Néanmoins on me
rendra cette justice, que j'y dépense encore
moins d'argent qu'eux, et que j'ai une plus
grande modestie de lions, d'ours, d'éléphans
et de léopards. — Allez, maître Olivier. Nous
voulions dire cela à nos amis les Flamands.

Guillaume Rym s'inclina profondément,

tandis que Coppenole, avec sa mine bourrue,
avait l'air d'un de ces ours dont parlait sa majesté. Le roi n'y prit pas garde. Il venait de
tremper ses lèvres dans le hanap, et recrachait
le breuvage en disant : — Pouah ! la fâcheuse
tisane ! — Celui qui lisait continua :

— « Pour nourriture d'un maraud piéton
» enverrouillé depuis six mois dans la logette
» de l'écorcherie, en attendant qu'on sache
» qu'en faire. — Six livres quatre sols. »

— Qu'est-ce cela ? interrompit le roi, nour-
rir ce qu'il faut pendre ! Pasque-Dieu ! je ne
donnerai plus un sol pour cette nourriture.
— Olivier, entendez-vous de la chose avec
monsieur d'Estouteville ; et dès ce soir faites-
moi le préparatif des noces du galant avec une
potence. — Reprenez.

Olivier fit une marque avec le pouce à l'ar-
ticle du *maraud piéton*, et passa outre.

— « A Henriet Cousin, maître exécuteur
» des hautes-œuvres de la justice de Paris, la
» somme de soixante sols parisis, à lui taxée et
» ordonnée par monseigneur le prévôt de Pa-
» ris, pour avoir acheté, de l'ordonnance de
» mondit sieur le prevôt, une grande épée à
» feuille servant à exécuter et décapiter les
» personnes qui par justice sont condamnées

» pour leurs démérites, et icelle fait garnir de
» fourreau et de tout ce qui y appartient; et
» pareillement a fait remettre à point et rha-
» biller la vieille épée, qui s'était éclatée et
» ébréchée en faisant la justice de messire
» Louis de Luxembourg, comme plus à plein
» peut apparoir.... »

Le roi interrompit : — Il suffit; j'ordonnance
la somme de grand cœur. Voilà des dépenses
où je ne regarde pas. Je n'ai jamais regretté
cet argent-là. — Suivez.

— « Pour avoir fait de neuf une grande
» cage..... »

— Ah! dit le roi, en prenant de ses deux
mains les bras de sa chaise, je savais bien que
j'étais venu en cette Bastille pour quelque
chose. — Attendez, maître Olivier. Je veux
voir moi-même la cage. Vous m'en lirez le
coût pendant que je l'examinerai. — Messieurs
les Flamands, venez voir cela; c'est curieux.

Alors il se leva, s'appuya sur le bras de son
interlocuteur, fit signe à l'espèce de muet qui
se tenait debout devant la porte de le précé-
der, aux deux Flamands de le suivre, et sortit
de la chambre.

La royale compagnie se recruta, à la porte
du retrait, d'hommes d'armes tout alourdis de

fer, et de minces pages qui portaient des flambeaux. Elle chemina quelque temps dans l'intérieur du sombre donjon, percé d'escaliers et de corridors jusque dans l'épaisseur des murailles. Le capitaine de la Bastille marchait en tête, et faisait ouvrir les guichets devant le vieux roi malade et voûté, qui toussait en marchant.

A chaque guichet, toutes les têtes étaient obligées de se baisser, excepté celle du vieillard plié par l'âge. — Hum! disait-il entre ses gencives, car il n'avait plus de dents, nous sommes déjà tout prêt pour la porte du sépulcre. A porte basse, passant courbé.

Enfin, après avoir franchi un dernier guichet si embarrassé de serrures qu'on mit un quart d'heure à l'ouvrir, ils entrèrent dans une haute et vaste salle en ogive, au centre de laquelle on distinguait, à la lueur des torches, un gros cube massif de maçonnerie, de fer et de bois. L'intérieur était creux. C'était une de ces fameuses cages à prisonniers d'état qu'on appelait *les fillettes du roi*. Il y avait aux parois deux ou trois petites fenêtres si étoffément treillissées d'épais barreaux de fer qu'on n'en voyait pas la vitre. La porte était une grande dalle de pierre plate, comme aux tombeaux ; de ces portes qui ne servent jamais que pour entrer. Seulement, ici, le mort était un vivant.

Le roi se mit à marcher lentement autour du petit édifice en l'examinant avec soin, tandis que maître Olivier, qui le suivait, lisait tout haut le mémoire :

— « Pour avoir fait de neuf une grande
» cage de bois de grosses solives, membrures
» et sablières, contenant neuf pieds de long
» sur huit de lé, et de hauteur sept pieds
» entre deux planchers, lissée et boujonnée à
» gros boujons de fer, laquelle a été assise en
» une chambre étant à l'une des tours de la
» Bastide Saint-Antoine, en laquelle cage est
» mis et détenu, par commandement du roi
» notre seigneur, un prisonnier qui habitait
» précédemment une vieille cage caduque et
» décrépite. — Ont été employées à cette dite
» cage neuve quatre-vingt-seize solives de cou-
» che et cinquante-deux solives debout, dix
» sablières de trois toises de long ; et ont été
» occupés dix-neuf charpentiers pour équar-
» rir, ouvrer et tailler tout ledit bois en la cour
» de la Bastide pendant vingt jours.... »

— D'assez beaux cœurs de chêne, dit le roi en cognant du poing la charpente.

— « .... Il est entré dans cette cage, pour-
» suivit l'autre, deux cent vingt gros boujons
» de fer, de neuf pieds et de huit, le surplus
» de moyenne longueur, avec les rouelles,
» pommelles et contrebandes servant auxdits
» boujons; pesant, tout ledit fer, trois mille
» sept cent trente - cinq livres; outre huit
» grosses équières de fer servant à attacher la-
» dite cage, avec les crampons et clous, pesant
» ensemble deux cent dix-huit livres de fer,
» sans compter le fer des treillis des fenêtres
» de la chambre où la cage a été posée, les
» barres de fer de la porte de la chambre, et
» autres choses..... »

— Voilà bien du fer, dit le roi, pour contenir la légèreté d'un esprit !

— « ... Le tout revient à trois cent dix-sept
» livres cinq sols sept deniers. »

— Pasque-Dieu ! s'écria le roi.

A ce juron, qui était le favori de Louis XI,
il parut que quelqu'un se réveillait dans l'intérieur de la cage; on entendit des chaînes qui
en écorchaient le plancher avec bruit, et il s'é-
leva une voix faible qui semblait sortir de la
tombe : — Sire ! sire ! grâce ! — On ne pouvait
voir celui qui parlait ainsi.

— Trois cent dix-sept livres cinq sols sept deniers! reprit Louis XI.

La voix lamentable qui était sortie de la cage avait glacé tous les assistans, maître Olivier lui-même. Le roi seul avait l'air de ne pas l'avoir entendue. Sur son ordre, maître Olivier reprit sa lecture, et sa majesté continua froidement l'inspection de la cage.

— « ... Outre cela, il a été payé à un maçon » qui a fait les trous pour poser les grilles des » fenêtres, et le plancher de la chambre où est » la cage, parce que le plancher n'eût pu por- » ter cette cage, à cause de sa pesanteur, » vingt-sept livres quatorze sols parisis... »

La voix recommença à gémir.

— Grâce! sire! Je vous jure que c'est mon- sieur le cardinal d'Angers qui a fait la trahison, et non pas moi.

— Le maçon est rude! dit le roi. Continue, Olivier.

Olivier continua :

— « ... A un menuisier, pour fenêtres, » couches, selle percée et autres choses, vingt » livres deux sols parisis... »

La voix continuait aussi.

— Hélas! sire! ne m'écouterez-vous pas? Je vous proteste que ce n'est pas moi qui ai écrit la chose à monseigneur de Guyenne, mais monsieur le cardinal Balue !

— Le menuisier est cher, observa le roi. — Est-ce tout ?

— Non, Sire. — « ... A un vitrier, pour les vitres de ladite chambre, quarante-six sols huit deniers parisis. »

— Faites grâce, sire ! N'est-ce donc pas assez qu'on ait donné tous mes biens à mes juges, ma vaisselle à M. de Torcy, ma librairie à maître Pierre Doriolle, ma tapisserie au gouverneur du Roussillon ? Je suis innocent. Voilà quatorze ans que je grelotte dans une cage de fer. Faites grâce, sire ! Vous retrouverez cela dans le ciel.

— Maître Olivier, dit le roi, le total ?

— Trois cent soixante-sept livres huit sols trois deniers parisis.

— Notre-Dame ! cria le roi. Voilà une cage outrageuse !

Il arracha le cahier des mains de maître Olivier, et se mit à compter lui-même sur ses doigts, en examinant tour à tour le papier et la cage. Cependant on entendait sangloter le prisonnier. Cela était lugubre dans l'ombre, et les visages se regardaient en pâlissant.

— Quatorze ans, sire ! Voilà quatorze ans !

depuis le mois d'avril 1469. Au nom de la
sainte-mère de Dieu, Sire, écoutez-moi! Vous
avez joui tout ce temps de la chaleur du soleil.
Moi, chétif, ne verrai-je plus jamais le jour?
Grâce, sire! Soyez miséricordieux. La clémence est une belle vertu royale, qui rompt
les courantes de la colère. Croit-elle, vôtre
majesté, que ce soit à l'heure de la mort un
grand contentement pour un roi, de n'avoir
laissé aucune offense impunie? D'ailleurs, sire,
je n'ai point trahi votre majesté; c'est monsieur
d'Angers. Et j'ai au pied une bien lourde chaîne,
et une grosse boule de fer au bout, beaucoup
plus pesante qu'il n'est de raison. Eh! Sire!
ayez pitié de moi!

— Olivier, dit le roi en hochant la tête, je
remarque qu'on me compte le muid de plâtre
à vingt sols, qui n'en vaut que douze. Vous re-
ferez ce mémoire.

Il tourna le dos à la cage, et se mit en devoir de sortir de la chambre. Le misérable prisonnier, à l'éloignement des flambeaux et du
bruit, jugea que le roi s'en allait. — Sire!
Sire! cria-t-il avec désespoir. La porte se referma. Il ne vit plus rien, et n'entendit plus
que la voix rauque du guichetier, qui lui
chantait aux oreilles la chanson :

Maître Jean Balue
A perdu la vue
De ses évêchés.
Monsieur de Verdun
N'en a plus pas un ;
Tous sont dépêchés.

Le roi remontait en silence à son retrait, et son cortége le suivait, terrifié des derniers gémissemens du condamné. Tout à coup sa majesté se tourna vers le gouverneur de la Bastille. — A propos, dit-elle, n'y avait-il pas quelqu'un dans cette cage ?

— Pardieu, Sire! répondit le gouverneur stupéfait de la question.

— Et qui donc?

— Monsieur l'évêque de Verdun.

Le roi savait cela mieux que personne. Mais c'était une manie.

— Ah! dit-il avec l'air naïf d'y songer pour la première fois, Guillaume de Harancourt, l'ami de monsieur le cardinal Balue. Un bon diable d'évêque!

Au bout de quelques instans, la porte du retrait s'était rouverte, puis reclose sur les cinq personnages que le lecteur y a vus au commencement de ce chapitre, et qui y avaient repris leurs places, leurs causeries à demi-voix, et leurs attitudes.

Pendant l'absence du roi, on avait déposé sur sa table quelques dépêches, dont il rompit lui-même le cachet. Puis il se mit à les lire promptement l'une après l'autre, fit signe à *maître Olivier*, qui paraissait avoir près de lui office de ministre, de prendre une plume, et, sans lui faire part du contenu des dépêches, commença à lui en dicter à voix basse les réponses, que celui-ci écrivait assez incommodément agenouillé devant la table.

Guillaume Rym observait.

Le roi parlait si bas, que les flamands n'entendaient rien de sa dictée, si ce n'est çà et là quelques lambeaux isolés et peu intelligibles comme : — ... Maintenir les lieux fertiles par le commerce, les stériles par les manufactures... —Faire voir aux seigneurs anglais nos quatre bombardes, la Londres, la Brabant, la Bourg-en-Bresse, la Saint-Omer... — L'artillerie est cause que la guerre se fait maintenant plus judicieusement... — A monsieur de Bressuire notre ami... — Les armées ne s'entretiennent sans les tributs... — Etc.

Une fois il haussa la voix : — Pasque-Dieu ! monsieur le roi de Sicile scelle ses lettres sur

cire jaune, comme un roi de France. Nous
avons peut-être tort de le lui permettre. Mon
beau cousin de Bourgogne ne donnait pas
d'armoiries à champ de gueules. La grandeur
des maisons s'assure en l'intégrité des préro-
gatives. Note ceci, compère Olivier.

Une autre fois : — Oh! oh! dit-il, le gros
message! Que nous réclame notre frère l'empereur? — Et parcourant des yeux la missive
en coupant sa lecture d'interjections : — Certes! les Allemagnes sont si grandes et puissantes qu'il est à peine croyable. — Mais
nous n'oublions pas le vieux proverbe : La plus
belle comté, est Flandre; la plus belle duché,
Milan; le plus beau royaume, France. — N'est-
ce pas, messieurs les Flamands?

Cette fois, Coppenole s'inclina avec Guillaume Rym. Le patriotisme du chaussetier
était chatouillé.

Une dernière dépêche fit froncer le sourcil
à Louis XI. — Qu'est cela? s'écria-t-il. Des
plaintes et quérimonies contre nos garnisons
de Picardie! Olivier, écrivez en diligence à
monsieur le maréchal de Rouault. — Que les
disciplines se relâchent. — Que les gendarmes
des ordonnances, les nobles de ban, les francs-
archers, les suisses, font des maux infinis aux

manans. — Que l'homme de guerre, ne se contentant pas des biens qu'il trouve en la maison des laboureurs, les contraint, à grands coups de bâton ou de voulge, à aller querir du vin à la ville, du poisson, des épiceries, et autres choses excessives. — Que monsieur le roi sait cela. — Que nous entendons garder notre peuple des inconvéniens, larcins et pilleries. — Que c'est notre volonté, par Notre-Dame ! — Qu'en outre il ne nous agrée pas qu'aucun ménétrier, barbier, ou valet de guerre, soit vêtu comme prince, de velours, de drap de soie et d'anneaux d'or. — Que ces vanités sont haineuses à Dieu. — Que nous nous contentons, nous qui sommes gentilhomme, d'un pourpoint de drap à seize sols l'aune de Paris. — Que messieurs les goujats peuvent bien se rabaisser jusque là, eux aussi. — Mandez et ordonnez. — A monsieur de Rouault, notre ami. — Bien.

Il dicta cette lettre à haute voix, d'un ton ferme et par saccades. Au moment où il achevait, la porte s'ouvrit et donna passage à un nouveau personnage, qui se précipita tout effaré dans la chambre en criant : — Sire ! sire ! il y a une sédition de populaire dans Paris !

La grave figure de Louis XI se contracta ;

mais ce qu'il y eut de visible dans son émotion passa comme un éclair. Il se contint, et dit avec une sévérité tranquille : — Compère Jacques, vous entrez bien brusquement !

— Sire ! sire ! il y a une révolte ! reprit le compère Jacques essoufflé.

Le roi, qui s'était levé, lui prit rudement le bras et lui dit à l'oreille, de façon à être entendu de lui seul, avec une colère concentrée et un regard oblique sur les Flamands : — Tais-toi ! ou parle bas.

Le nouveau-venu comprit, et se mit à lui faire tout bas une narration très effarouchée que le roi écoutait avec calme, tandis que Guillaume Rym faisait remarquer à Coppenole le visage et l'habit du nouveau-venu, sa capuce fourrée, *caputia fourrata*, son épitoge courte, *epitogia curta*, sa robe de velours noir, qui annonçait un président de la Cour des comptes.

A peine ce personnage eut-il donné au roi quelques explications, que Louis XI s'écria en éclatant de rire : — En vérité ! parlez tout haut, compère Coictier ! Qu'avez-vous à parler bas ainsi ? Notre-Dame sait que nous n'avons rien de caché pour nos bons amis flamands.

— Mais, sire...

— Parlez tout haut !

Le « compère Coictier » demeurait muet de surprise.

— Donc, reprit le roi, — parlez, monsieur, — il y a une émotion de manans dans notre bonne ville de Paris ?

— Oui, sire.

— Et qui se dirige, dites-vous, contre monsieur le bailli du Palais-de-Justice ?

— Il y a apparence, dit *le compère* qui balbutiait encore, tout étourdi du brusque et inexplicable changement qui venait de s'opérer dans les pensées du roi.

Louis XI reprit : — Où le guet a-t-il rencontré la cohue ?

— Cheminant de la grande Truanderie vers le Pont-aux-Changeurs. Je l'ai rencontrée moi-même, comme je venais ici, pour obéir aux ordres de votre majesté. J'en ai entendu quelques-uns qui criaient : A bas le bailli du Palais !

— Et quels griefs ont-ils contre le bailli ?

— Ah ! dit le compère Jacques, qu'il est leur seigneur.

— Vraiment !

— Oui, sire. Ce sont des marauds de la Cour des Miracles. Voilà long-temps déjà qu'ils se plaignent du bailli, dont ils sont vassaux. Ils ne veulent le reconnaître ni comme justicier ni comme voyer.

— Oui dà! repartit le roi avec un sourire de satisfaction qu'il s'efforçait en vain de déguiser.

— Dans toute leurs requêtes au Parlement, reprit le compère Jacques, ils prétendent n'avoir que deux maîtres: votre majesté et leur Dieu, qui est, je crois, le diable.

— Eh! eh! dit le roi.

Il se frottait les mains, il riait de ce rire intérieur qui fait rayonner le visage; il ne pouvait dissimuler sa joie, quoiqu'il essayât par instans de se composer. Personne n'y comprenait rien, pas même «maître Olivier.» Il resta un moment silencieux, avec un air pensif, mais content.

— Sont-ils en force? demanda-t-il tout à coup.

— Oui certes, sire, répondit le compère Jacques.

— Combien?

— Au moins six mille.

Le roi ne put s'empêcher de dire : Bon! Il reprit : Sont-ils armés?

—Des faulx, des piques, des hacquebutes,

des pioches. Toutes sortes d'armes fort violentes.

Le roi ne parut nullement inquiet de cet étalage. Le compère Jacques crut devoir ajouter : Si votre majesté n'envoie pas promptement au secours du bailli, il est perdu.

— Nous enverrons, dit le roi avec un faux air sérieux. C'est bon. Certainement nous enverrons. Monsieur le bailli est notre ami. Six mille ! Ce sont de déterminés drôles. La hardiesse est merveilleuse, et nous en sommes fort courroucé. Mais nous avons peu de monde cette nuit autour de nous. — Il sera temps demain matin.

Le compère Jacques s'écria : — Tout de suite, sire ! Le bailliage aura vingt fois le temps d'être saccagé, la seigneurie violée, le bailli pendu. Pour Dieu ! sire, envoyez avant demain matin.

Le roi le regarda en face. — Je vous ai dit demain matin.

C'était un de ces regards auxquels on ne réplique pas.

Après un silence, Louis XI éleva de nouveau la voix : — Mon compère Jacques, vous devez savoir cela. Quelle était... Il se reprit : —Quelle est la juridiction féodale du bailli ?

— Sire, le bailli du Palais a la rue de la

Calandre jusqu'à la rue de l'Herberie, la place Saint-Michel, et les lieux vulgairement nommés les Mureaux, assis près de l'église Notre-Dame-des-Champs (ici Louis XI souleva le bord de son chapeau), lesquels hôtels sont au nombre de treize, plus la Cour des Miracles, plus la Maladerie appelée la Banlieue, plus toute la chaussée qui commence à cette Maladerie et finit à la porte Saint-Jacques. De ces divers endroits il est voyer, haut, moyen et bas justicier, plein seigneur.

— Ouais! dit le roi en se grattant l'oreille gauche avec la main droite, cela fait un bon bout de ma ville! Ah! monsieur le bailli était roi de tout cela!

Cette fois il ne se reprit point. Il continua rêveur et comme se parlant à lui-même : — Tout beau, monsieur le bailli! vous aviez là entre les dents un gentil morceau de notre Paris.

Tout à coup il fit explosion : — Pasque-Dieu! qu'est-ce que c'est que ces gens qui se prétendent voyers, justiciers, seigneurs et maîtres chez nous? qui ont leur péage à tout bout de champ? leur justice et leur bourreau à tout carrefour parmi notre peuple? de façon que, comme le Grec se croyait autant de dieux qu'il

avait de fontaines et le Persan autant qu'il
voyait d'étoiles, le Français se compte autant
de rois qu'il voit de gibets. Pardieu! cette chose
est mauvaise, et la confusion m'en déplaît. Je
voudrais bien savoir si c'est la grâce de Dieu
qu'il y ait à Paris un autre voyer que le roi,
une autre justice que notre Parlement, un autre empereur que nous dans cet empire! Par
la foi de mon âme! il faudra bien que le jour
vienne où il n'y aura en France qu'un roi,
qu'un seigneur, qu'un juge, qu'un coupe-tête,
comme il n'y au paradis qu'un Dieu!

Il souleva encore son bonnet, et continua,
rêvant toujours, avec l'air et l'accent d'un
chasseur qui agace et lance sa meute. — Bon!
mon peuple! bravement! brise ces faux seigneurs! fais ta besogne. Sus! sus! pille-les,
pends-les, saccage-les!... Ah! vous voulez être
rois, messeigneurs? Va! peuple! va!

Ici il s'interrompit brusquement, se mordit
les lèvres, comme pour rattraper sa pensée à
demi échappée, appuya tour à tour son œil
perçant sur chacun des cinq personnages qui
l'entouraient, et tout à coup saisissant son
chapeau à deux mains et le regardant en face,
il lui dit : — Oh! je te brûlerais si tu savais ce
qu'il y a dans ma tête.

Puis, promenant de nouveau autour de lui le regard attentif et inquiet du renard qui rentre sournoisement à son terrier : — Il n'importe ! nous secourrons monsieur le bailli. Par malheur, nous n'avons que peu de troupe ici, en ce moment, contre tant de populaire. Il faut attendre jusqu'à demain. On remettra l'ordre en la Cité, et l'on pendra vertement tout ce qui sera pris.

— A propos ! sire, dit le compère Coictier, j'ai oublié cela dans le premier trouble, le guet a saisi deux traînards de la bande. Si votre majesté veut voir ces hommes, ils sont là.

— Si je veux les voir ! cria le roi. Comment ! Pasque-Dieu ! tu oublies chose pareille ! — Cours vite, toi, Olivier ! va les chercher.

Maître Olivier sortit et rentra un moment après avec les deux prisonniers, environnés d'archers de l'ordonnance. Le premier avait une grosse face idiote, ivre et étonnée. Il était vêtu de guenilles et marchait en pliant le genou et en traînant le pied. Le second était une figure blême et souriante, que le lecteur connaît déjà.

Le roi les examina un instant sans mot dire, puis s'adressant brusquement au premier : — Comment t'appelles-tu ?

— Gieffroy Pincebourde.

— Ton métier?

— Truand.

— Qu'allais-tu faire dans cette damnable sédition ?

Le truand regarda le roi, en balançant ses
bras d'un air hébété. C'était une de ces têtes
mal conformées, où l'intelligence est à peu
près aussi à l'aise que la lumière sous l'étei-
gnoir.

— Je ne sais pas, dit-il. On allait, j'allais.

— N'alliez-vous pas attaquer outrageusement et piller votre seigneur le bailli du Palais ?

— Je sais qu'on allait prendre quelque
chose chez quelqu'un. Voilà tout.

Un soldat montra au roi une serpe qu'on
avait saisie sur le truand. — Reconnais-tu cette
arme? demanda le roi.

— Oui, c'est ma serpe ; je suis vigneron.

— Et reconnais-tu cet homme pour ton compagnon? ajouta Louis XI, en désignant l'autre
prisonnier.

— Non. Je ne le connais pas.

— Il suffit, dit le roi. Et faisant un signe du
doigt au personnage silencieux, immobile
près de la porte, que nous avons déjà fait re-

marquer au lecteur : — Compère Tristan, voilà un homme pour vous.

Tristan l'Hermite s'inclina. Il donna un ordre à voix basse à deux archers qui emmenèrent le pauvre truand.

Cependant le roi s'était approché du second prisonnier qui suait à grosses gouttes. — Ton nom ?

— Sire, Pierre Gringoire.

— Ton métier ?

— Philosophe, sire.

— Comment te permets-tu, drôle, d'aller investir notre ami monsieur le bailli du Palais, et qu'as-tu à dire de cette émotion populaire ?

— Sire, je n'en étais pas.

— Or çà! paillard, n'as-tu pas été appréhendé par le guet dans cette mauvaise compagnie ?

— Non, sire; il y a méprise. C'est une fatalité. Je fais des tragédies. Sire, je supplie votre majesté de m'entendre. Je suis poëte. C'est la mélancolie des gens de ma profession d'aller la nuit par les rues. Je passais par là ce soir. C'est grand hasard. On m'a arrêté à tort; je suis innocent de cette tempête civile. Votre majesté voit que le truand ne m'a pas reconnu. Je conjure votre majesté...

— Tais-toi! dit le roi entre deux gorgées de tisane. Tu nous romps la tête.

Tristan l'Hermite s'avança et désignant Gringoire du doigt : — Sire, peut-on pendre aussi celui-là?

C'était la première parole qu'il proférait.

— Peuh! répondit négligemment le roi. Je n'y vois pas d'inconvéniens.

— J'en vois beaucoup, moi! dit Gringoire.

Notre philosophe était en ce moment plus vert qu'une olive. Il vit à la mine froide et indifférente du roi qu'il n'y avait plus de ressource que dans quelque chose de très-pathétique, et se précipita aux pieds de Louis XI en s'écriant, avec une gesticulation désespérée :

— Sire! votre majesté daignera m'entendre. Sire! n'éclatez en tonnerre sur si peu de chose que moi. La grande foudre de Dieu ne bombarde pas une laitue. Sire, vous êtes un auguste monarque très-puissant: ayez pitié d'un pauvre homme honnête, et qui serait plus empêché d'attiser une révolte qu'un glaçon de donner une étincelle! Très-gracieux sire, la

débonnaireté est vertu de lion et de roi.
Hélas! la rigueur ne fait qu'effaroucher les es-
prits; les bouffées impétueuses de la bise ne
sauraient faire quitter le manteau au passant:
le soleil donnant de ses rayons peu à peu,
l'échauffe de telle sorte qu'il le fera mettre en
chemise. Sire, vous êtes le soleil. Je vous le
proteste, mon souverain maître et seigneur,
je ne suis pas un compagnon truand, voleur et
désordonné. La révolte et les brigandéries ne
sont pas de l'équipage d'Apollo. Ce n'est pas
moi qui m'irai précipiter dans ces nuées qui
éclatent en des bruits de séditions. Je suis un
fidèle vassal de votre majesté. La même jalousie qu'a le mari pour l'honneur de sa
femme, le ressentiment qu'a le fils pour l'a-
mour de son père, un bon vassal les doit
avoir pour la gloire de son roi; il doit sécher
pour le zèle de sa maison, pour l'accroissement de son service. Toute autre passion qui
le transporterait ne serait que fureur. Voilà,
Sire, mes maximes d'état. Donc ne me jugez
pas séditieux et pillard, à mon habit usé aux
coudes. Si vous me faites grâce, sire, je l'u-
serai aux genoux à prier Dieu soir et matin
pour vous! Hélas! je ne suis pas extrêmement
riche, c'est vrai. Je suis même un peu pauvre.

Mais non vicieux pour cela. Ce n'est pas ma
faute. Chacun sait que les grandes richesses
ne se tirent pas des belles-lettres, et que les
plus consommés aux bons livres n'ont pas
toujours gros feu l'hiver. La seule avocasserie
prend tout le grain et ne laisse que la paille
aux autres professions scientifiques. Il y a
quarante très-excellens proverbes sur le manteau troué des philosophes. Oh! sire! la clémence est la seule lumière qui puisse éclairer
l'intérieur d'une grande âme. La clémence
porte le flambeau devant toutes les autres
vertus. Sans elle, ce sont des aveugles qui
cherchent Dieu à tâtons. La miséricorde, qui
est la même chose que la clémence, fait l'a-
mour des sujets qui est le plus puissant corps-
de-garde à la personne du prince. Qu'est-ce
que cela vous fait, à vous majesté dont les
faces sont éblouies, qu'il y ait un pauvre
homme de plus sur la terre? un pauvre innocent philosophe, barbotant dans les ténèbres
de la calamité, avec son gousset vide qui ré-
sonne sur son ventre creux? D'ailleurs, sire,
je suis un lettré. Les grands rois se font une
perle à leur couronne de protéger les lettres.
Hercules ne dédaignait pas le titre de Musa-
gètes. Mathias Corvin favorisait Jean de Mon-

royal, l'ornement des mathématiques. Or
c'est une mauvaise manière de protéger les
lettres que de pendre les lettrés. Quelle tache à
Alexandre s'il avait fait pendre Aristoteles ! Ce
trait ne serait pas un petit moucheron sur le
visage de sa réputation pour l'embellir, mais
bien un malin ulcère pour le défigurer. Sire !
j'ai fait un très-expédient épithalame pour
mademoiselle de Flandre et monseigneur le
très-auguste dauphin. Cela n'est pas d'un
boute-feu de rébellion. Votre Majesté voit que
je ne suis pas un grimaud, que j'ai étudié
excellemment, et que j'ai beaucoup d'éloquence naturelle. Faites-moi grâce, sire. Cela
faisant, vous ferez une action galante à Notre-
Dame, et je vous jure que je suis très-effrayé
de l'idée d'être pendu !

En parlant ainsi, le désolé Gringoire baisait
les pantoufles du roi, et Guillaume Rym disait tout bas à Coppenole : — Il fait bien de
se traîner à terre. Les rois sont comme le Jupiter de Crète ; ils n'ont des oreilles qu'aux
pieds. — Et, sans s'occuper du Jupiter de
Crète, le chaussetier répondait avec un lourd
sourire, l'œil fixé sur Gringoire : — Oh ! que
c'est bien cela ! je crois entendre le chancelier
Hugonet me demander grâce.

Quand Gringoire s'arrêta enfin tout essoufflé, il leva la tête en tremblant vers le roi
qui grattait avec son ongle une tache que ses
chausses avaient au genou; puis sa majesté se
mit à boire au hanap de tisane. Du reste, elle
ne soufflait mot, et ce silence torturait Gringoire. Le roi le regarda enfin. — Voilà un terrible braillard! dit-il. Puis se tournant vers
Tristan-l'Hermite : — Bah ! lâchez-le !

Gringoire tomba sur le derrière, tout épouvanté de joie.

— En liberté! grogna Tristan. Votre Majesté ne veut-elle pas qu'on le retienne un peu
en cage?

— Compère, repartit Louis XI, crois-tu
que ce soit pour de pareils oiseaux que nous
faisons faire des cages de trois cent soixante-
sept livres huit sous trois deniers ? — Lâchez-
moi incontinent le paillard (Louis XI affectionnait ce mot, qui faisait avec *Pasque-Dieu*
le fond de sa jovialité), et mettez-le hors avec
une bourrade.

— Ouf! s'écria Gringoire, que voilà un
grand roi !

Et de peur d'un contre-ordre, il se précipita
vers la porte que Tristan lui rouvrit d'assez
mauvaise grâce. Les soldats sortirent avec lui

en le poussant devant eux à grands coups de poing, ce que Gringoire supporta en vrai philosophe stoïcien.

La bonne humeur du roi, depuis que la révolte contre le bailli lui avait été annoncée, perçait dans tout. Cette clémence inusitée n'en était pas un médiocre signe. Tristan-l'Hermite dans son coin avait la mine renfrognée d'un dogue qui a vu et qui n'a pas eu.

Le roi cependant battait gaîment avec les doigts sur le bras de sa chaise la marche de Pont-Audemer. C'était un prince dissimulé, mais qui savait beaucoup mieux cacher ses peines que ses joies. Ces manifestations extérieures de joie à toute bonne nouvelle allaient quelquefois très loin : ainsi, à la mort de Charles-le-Téméraire, jusqu'à vouer des balustrades d'argent à saint Martin de Tours ; à son avénement au trône, jusqu'à oublier d'ordonner les obsèques de son père.

— Hé ! sire ! s'écria tout à coup Jacques Coictier, qu'est devenue la pointe aiguë de maladie pour laquelle votre majesté m'avait fait mander ?

— Oh ! dit le roi, vraiment je souffre beaucoup, mon compère. J'ai l'oreille sibilante, et des râteaux de feu qui me râclent la poitrine.

Coictier prit la main du roi, et se mit à lui tâter le pouls avec une mine capable.

— Regardez, Coppenole, disait Rym à voix basse. Le voilà entre Coictier et Tristan. C'est là toute sa cour. Un médecin pour lui, un bourreau pour les autres.

En tâtant le pouls du roi, Coictier prenait un air de plus en plus alarmé. Louis XI le regardait avec quelque anxiété. Coictier se rembrunissait à vue d'œil. Le brave homme n'avait d'autre métairie que la mauvaise santé du roi. Il l'exploitait de son mieux.

— Oh! oh! murmura-t-il enfin; ceci est grave, en effet.

— N'est-ce pas? dit le roi inquiet.

— *Pulsus creber, anhelans, crepitans, irregularis*, continua le médecin.

— Pasque-Dieu!

— Avant trois jours, ceci peut emporter son homme.

— Notre-Dame! s'écria le roi. Et le remède, compère?

— J'y songe, sire.

Il fit tirer la langue à Louis XI, hocha la tête, fit la grimace, et tout au milieu de ces simagrées : — Pardieu, sire, dit-il tout à coup,

il faut que je vous conte qu'il y a une recette
des régales vacante, et que j'ai un neveu.

— Je donne ma recette à ton neveu, compère Jacques, répondit le roi; mais tire-moi ce
feu de la poitrine.

— Puisque votre majesté est si clémente,
reprit le médecin, elle ne refusera pas de m'aider un peu en la bâtisse de ma maison rue
Saint-André-des-Arcs.

— Heuh! dit le roi.

— Je suis au bout de ma finance, poursuivit le docteur, et il serait vraiment dommage
que la maison n'eût pas de toit : non pour la
maison, qui est simple et toute bourgeoise;
mais pour les peintures de Jehan Fourbault,
qui en égaient le lambris. Il y a une Diane en
l'air qui vole, mais si excellente, si tendre, si
délicate, d'une action si ingénue, la tête si bien
coiffée et couronnée d'un croissant, la chair
si blanche, qu'elle donne de la tentation à
ceux qui la regardent trop curieusement. Il y
a aussi une Cérès. C'est encore une très-belle
divinité. Elle est assise sur des gerbes de blé,
et coiffée d'une guirlande galante d'épis entrelacés de salsifis et autres fleurs. Il ne se peut
rien voir de plus amoureux que ses yeux, de
plus rond que ses jambes, de plus noble que

son air, de mieux drapé que sa jupe. C'est une des beautés les plus innocentes et les plus parfaites qu'ait produites le pinceau.

— Bourreau! grommela Louis XI, où en veux-tu venir?

— Il me faut un toit sur ces peintures, sire, et quoique ce soit peu de chose, je n'ai plus d'argent.

— Combien est-ce, ton toit?

— Mais.... un toit de cuivre historié et doré, deux mille livres au plus.

— Ah! l'assassin! cria le roi. Il ne m'arrache pas une dent qui ne soit un diamant.

— Ai-je mon toit? dit Coictier.

— Oui! et va au diable, mais guéris-moi.

Jacques Coictier s'inclina profondément et dit : — Sire, c'est un répercussif qui vous sauvera. Nous vous appliquerons sur les reins le grand défensif, composé avec le cérat, le bol d'Arménie, le blanc d'œuf, l'huile et le vinaigre. Vous continuerez votre tisane, et nous répondons de votre majesté.

Une chandelle qui brille n'attire pas qu'un moucheron. Maître Olivier, voyant le roi en libéralité, et croyant le moment bon, s'approcha à son tour : — Sire....

— Qu'est-ce encore? dit Louis XI.

— Sire, votre majesté sait que maître Simon Radin est mort.

— Hé bien?

— C'est qu'il était conseiller du roi sur le fait de la justice du trésor.

— Hé bien?

— Sire, sa place est vacante.

En parlant ainsi, la figure hautaine de maître Olivier avait quitté l'expression arrogante pour l'expression basse. C'est le seul rechange qu'ait une figure de courtisan. Le roi le regarda très en face, et dit d'un ton sec : — Je comprends.

Il reprit :

— Maître Olivier, le maréchal de Boucicaut disait : Il n'est don que de roi, il n'est peschier que en la mer. Je vois que vous êtes de l'avis de monsieur de Boucicaut. Maintenant, oyez ceci. Nous avons bonne mémoire. En 68, nous vous avons fait varlet de notre chambre ; en 69, garde du châtel du pont de Saint-Cloud, à cent livres tournois de gages (vous les vouliez parisis). — En novembre 73, par lettres données à Gergeaule, nous vous avons institué concierge du bois de Vincennes, au lieu de Gilbert Acle, écuyer ; en 75, gruyer de la forêt de Rouvray-lez-Saint-Cloud, en place de

Jacques Le Maire; en 78, nous vous avons gracieusement assis, par lettres-patentes scellées
sur double queue de cire verte, une rente de
dix livres parisis, pour vous et votre femme,
sur la Place aux Marchands, sise à l'école
Saint-Germain; en 79, nous vous avons fait
gruyer de la forêt de Senart, au lieu de ce
pauvre Jehan Daiz; puis capitaine du château
de Loches; puis gouverneur de Saint-Quen-
tin; puis capitaine du pont de Meulan, dont
vous vous faites appeler comte. Sur les cinq
sols d'amende que paie tout barbier qui rase
un jour de fête, il y a trois sols pour vous, et
nous avons votre reste. Nous avons bien voulu
changer votre nom de *le Mauvais*, qui ressemblait trop à votre mine. En 74, nous vous
avons octroyé, au grand déplaisir de notre
noblesse, des armoiries de mille couleurs qui
vous font une poitrine de paon. Pasque-Dieu!
n'êtes-vous pas saoul? La pescherie n'est-elle
point assez belle et miraculeuse? Et ne crai-
gnez-vous pas qu'un saumon de plus ne fasse
chavirer votre bateau? L'orgueil vous perdra,
mon compère. L'orgueil est toujours talonné
de la ruine et de la honte. Considérez ceci, et
taisez-vous.

Ces paroles, prononcées avec sévérité, firent

revenir à l'insolence la physionomie dépitée
de maître Olivier. — Bon, murmura-t-il presque tout haut, on voit bien que le roi est malade aujourd'hui. Il donne tout au médecin.

Louis XI, loin de s'irriter de cette incartade, reprit avec quelque douceur : — Tenez,
j'oubliais encore que je vous ai fait mon ambassadeur à Gand près de madame Marie. —
Oui, Messieurs, ajouta le roi en se tournant
vers les Flamands, celui-ci a été ambassadeur.
— Là, mon compère, poursuivit-il en s'adressant à maître Olivier, ne nous fâchons pas;
nous sommes vieux amis. Voilà qu'il est très-
tard. Nous avons terminé notre travail. Ra-
sez-moi.

Nos lecteurs n'ont sans doute pas attendu
jusqu'à présent pour reconnaître dans *maître
Olivier* ce Figaro terrible que la providence,
cette grande faiseuse de drames, a mêlé si ar-
tistement à la longue et sanglante comédie de
Louis XI. Ce n'est pas ici que nous entrepren-
drons de développer cette figure singulière.
Ce barbier du roi avait trois noms. A la cour,
on l'appelait poliment Olivier-le-Daim ; parmi
le peuple, Olivier-le-Diable. Il s'appelait, de
son vrai nom, Olivier-le-Mauvais.

Olivier-le-Mauvais donc resta immobile,

boudant le roi, et regardant Jacques Coictier de travers. — Oui, oui! le médecin! disait-il entre ses dents.

—Eh! oui, le médecin! reprit Louis XI avec une bonhomie singulière, le médecin a plus de crédit encore que toi. C'est tout simple. Il a prise sur nous par tout le corps, et tu ne nous tiens que par le menton. Va, mon pauvre barbier, cela se retrouvera. Que dirais-tu donc, et que deviendrait ta charge, si j'étais un roi comme le roi Chilpéric, qui avait pour geste de tenir sa barbe d'une main? — Allons, mon compère, vaque à ton office, rase-moi. Va chercher ce qu'il te faut.

Olivier, voyant que le roi avait pris le parti de rire et qu'il n'y avait pas même moyen de le fâcher, sortit en grondant pour exécuter ses ordres.

Le roi se leva, s'approcha de la fenêtre, et tout à coup l'ouvrant avec une agitation extraordinaire : — Oh! oui! s'écria-t-il en battant des mains, voilà une rougeur dans le ciel sur la cité. C'est le bailli qui brûle. Ce ne peut être que cela. Ah! mon bon peuple! voilà donc que tu m'aides enfin à l'écroulement des seigneuries!

Alors, se tournant vers les Flamands : —

Messieurs, venez voir ceci. N'est-ce pas un feu
qui rougeoie?

Les deux Gantois s'approchèrent.

— Un grand feu, dit Guillaume Rym.

— Ho! ajouta Coppenole, dont les yeux
tincelèrent tout à coup; cela me rappelle le
brûlement de la maison du seigneur d'Hym-
ercourt. Il doit y avoir une grosse révolte
à-bas.

— Vous croyez, maître Coppenole? Et le
regard de Louis XI était presque aussi joyeux
que celui du chaussetier. N'est-ce pas, qu'il sera
difficile d'y résister?

— Croix-Dieu! sire! Votre majesté ébré-
chera là-dessus bien des compagnies de gens
de guerre.

— Ah! moi! c'est différent, repartit le roi.
Si je voulais....

Le chaussetier répondit hardiment :

— Si cette révolte est ce que je suppose,
vous auriez beau vouloir, sire.

— Compère, dit Louis XI, avec deux compagnies de mon ordonnance et une volée de
serpentine, on a bon marché d'une populace
de manans.

Le chaussetier, malgré les signes que lui faisait Guillaume Rym, paraissait déterminé à

tenir tête au roi : — Sire, les Suisses aussi
étaient des manans. Monsieur le duc de Bourgogne était un grand gentilhomme, et il faisait fi de cette canaille. A la bataille de Grand-
son, sire, il criait : Gens de canons, feu sur
ces vilains ! et il jurait par saint Georges. Mais
l'avoyer Scharnachtal se rua sur le beau duc
avec sa massue et son peuple, et de la rencontre des paysans à peaux de buffle la luisante armée bourguignonne s'éclata comme
une vitre au choc d'un caillou. Il y eut là bien
des chevaliers de tués par des marauds; et
l'on trouva monsieur de Château-Guyon, le
plus grand seigneur de la Bourgogne, mort
avec son grand cheval grison dans un petit
pré de marais.

— L'ami, repartit le roi, vous parlez d'une
bataille. Il s'agit d'une mutinerie. Et j'en vien-
drai à bout quand il me plaira de froncer le
sourcil.

L'autre répliqua avec indifférence :

— Cela se peut, sire. En ce cas, c'est que
l'heure du peuple n'est pas venue.

Guillaume Rym crut devoir intervenir : —
Maître Coppenole, vous parlez à un puissant roi.

— Je le sais, répondit gravement le chaussetier.

— Laissez-le dire, monsieur Rym mon ami,
dit le roi ; j'aime ce franc-parler. Mon père
Charles septième disait que la vérité était malade. Je croyais, moi, qu'elle était morte, et
qu'elle n'avait point trouvé de confesseur.
Maître Coppenole me détrompe.

Alors, posant familièrement sa main sur l'é-
paule de Coppenole : — Vous disiez donc,
maître Jacques....

—Je dis, sire, que vous avez peut-être raison, que l'heure du peuple n'est pas venue
chez vous.

Louis XI le regarda avec son œil pénétrant.
— Et quand viendra cette heure, maître ?

— Vous l'entendrez sonner.

— A quelle horloge, s'il vous plaît ?

Coppenole, avec sa contenance tranquille et
rustique, fit approcher le roi de la fenêtre.—
Écoutez, sire ! Il y a ici un donjon, un beffroi,
des canons, des bourgeois, des soldats. Quand
le beffroi bourdonnera, quand les canons
gronderont, quand le donjon croulera à
grand bruit, quand bourgeois et soldats hur-
leront et s'entretueront, c'est l'heure qui
sonnera.

Le visage de Louis XI devint sombre et rêveur. Il resta un moment silencieux, puis il

frappa doucement de la main, comme on flatte une croupe de destrier, l'épaisse muraille du donjon. — Oh! que non! dit-il. N'est-ce pas que tu ne crouleras pas si aisément, ma bonne bastille?

Et se tournant d'un geste brusque vers le hardi Flamand : — Avez-vous jamais vu une révolte, maître Jacques?

— J'en ai fait, dit le chaussetier.

— Comment faites-vous, dit le roi, pour faire une révolte?

— Ah! répondit Coppenole; ce n'est pas bien difficile. Il y a cent façons. D'abord il faut qu'on soit mécontent dans la ville. La chose n'est pas rare. Et puis le caractère des habitans. Ceux de Gand sont commodes à la révolte. Ils aiment toujours le fils du prince, le prince jamais. Eh bien! un matin, je suppose, on entre dans ma boutique, on me dit : Père Coppenole, il y a ceci, il y a cela, la demoiselle de Flandre veut sauver ses ministres, le grand-bailli double le tru de l'esgrin, ou autre chose. Ce qu'on veut. Moi, je laisse là l'ouvrage, je sors de ma chaussetterie, et je vais dans la rue, et je crie : A sac! Il y a bien toujours là quelque futaille défoncée. Je monte dessus, et je dis tout haut les premières paro-

les venues, ce que j'ai sur le cœur; et quand
on est du peuple, sire, on a toujours quelque
chose sur le cœur. Alors on s'attroupe, on
crie, on sonne le tocsin, on arme les manans
du désarmement des soldats, les gens du marché s'y joignent, et l'on va. Et ce sera toujours
ainsi, tant qu'il y aura des seigneurs dans les
seigneuries, des bourgeois dans les bourgs, et
des paysans dans les pays.

— Et contre qui vous rebellez-vous ainsi?
demanda le roi. Contre vos baillis? contre vos
seigneurs?

— Quelquefois, c'est selon. Contre le duc
aussi, quelquefois.

Louis XI alla se rasseoir, et dit avec un sourire : — Ah! ici, ils n'en sont encore qu'aux
baillis!

En cet instant Olivier-le-Daim rentra. Il
était suivi de deux pages qui portaient les toi-
lettes du roi; mais ce qui frappa Louis XI,
c'est qu'il était en outre accompagné du prevôt
de Paris et du chevalier du guet, lesquels
paraissaient consternés. Le rancuneux barbier
avait aussi l'air consterné, mais content en
dessous. C'est lui qui prit la parole : — Sire,
je demande pardon à votre majesté de la cala-
miteuse nouvelle que je lui apporte.

Le roi, en se tournant vivement, écorcha la natte du plancher avec les pieds de sa chaise : — Qu'est-ce à dire?

— Sire, reprit Olivier-le-Daim avec la mine méchante d'un homme qui se réjouit d'avoir à porter un coup violent, ce n'est pas sur le bailli du Palais que se rue cette sédition populaire.

— Et sur qui donc?

— Sur vous, Sire.

Le vieux roi se dressa debout et droit comme un jeune homme : — Explique-toi, Olivier! explique-toi! Et tiens bien ta tête, mon compère; car je te jure, par la croix de Saint-Lô, que, si tu nous mens à cette heure, l'épée qui a coupé le cou de monsieur de Luxembourg n'est pas si ébréchée qu'elle ne scie encore le tien!

Le serment était formidable; Louis XI n'avait juré que deux fois dans sa vie par la croix de Saint-Lô. Olivier ouvrit la bouche pour répondre : — Sire...

— Mets-toi à genoux! interrompit violemment le roi. Tristan, veillez sur cet homme!

Olivier se mit à genoux, et dit froidement : —Sire, une sorcière a été condamnée à mort par votre cour de Parlement. Elle s'est réfugiée

dans Notre-Dame. Le peuple l'y veut reprendre
de vive force. Monsieur le prevôt et monsieur
le chevalier du guet, qui viennent de l'émeute,
sont là pour me démentir si ce n'est pas la
vérité. C'est Notre-Dame que le peuple assiége.

— Oui dà! dit le roi à voix basse, tout pâle
et tout tremblant de colère. Notre-Dame! Ils
assiégent dans sa cathédrale Notre-Dame, ma
bonne maîtresse! — Relève-toi, Olivier. Tu as
raison. Je te donne la charge de Simon Radin.
Tu as raison. — C'est à moi qu'on s'attaque.
La sorcière est sous la sauvegarde de l'église,
l'église est sous ma sauvegarde. Et moi qui
croyais qu'il s'agissait du bailli! C'est contre
moi!

Alors, rajeuni par la fureur, il se mit à marcher à grands pas. Il ne riait plus, il était terrible, il allait et venait; le renard s'était changé
en hyène. Il semblait suffoqué à ne pouvoir
parler; ses lèvres remuaient, et ses poings dé-
charnés se crispaient. Tout à coup il releva
la tête, son œil cave parut plein de lumière,
et sa voix éclata comme un clairon. — Main
basse, Tristan! main basse sur ces coquins!
Va, Tristan mon ami! tue! tue!

Cette éruption passée, il vint se rasseoir, et
dit avec une rage froide et concentrée :

— Ici, Tristan! — Il y a près de nous dans cette Bastille les cinquante lances du vicomte de Gif, ce qui fait trois cents chevaux : vous les prendrez. Il y a aussi la compagnie des archers de notre ordonnance de monsieur de Château-pers : vous la prendrez. Vous êtes prevôt des maréchaux, vous avez les gens de votre prevôté : vous les prendrez. A l'Hôtel Saint-Pol, vous trouverez quarante archers de la nouvelle garde de monsieur le Dauphin : vous les pren-drez. Et avec tout cela, vous allez courir à Notre-Dame. — Ah! messieurs les manans de Paris, vous vous jetez ainsi tout au travers de la couronne de France, de la sainteté de Notre-Dame et de la paix de cette république ! — Extermine! Tristan! extermine! et que pas un n'en réchappe que pour Montfaucon.

Tristan s'inclina. — C'est bon, sire.

Il ajouta après un silence. — Et que ferai-je de la sorcière?

Cette question fit songer le roi.

— Ah! dit-il, la sorcière! — Monsieur d'Estouteville, qu'est-ce que le peuple en vou-lait faire?

— Sire, répondit le prevôt de Paris, j'ima-gine que, puisque le peuple la vient arracher de son asile de Notre-Dame, c'est que cette impunité le blesse et qu'il la veut pendre.

Le roi parut réfléchir profondément; puis, s'adressant à Tristan l'Hermite : — Eh bien ! mon compère, extermine le peuple et pends la sorcière.

— C'est cela, dit tout bas Rym à Coppenole : punir le peuple de vouloir, et faire ce qu'il veut.

— Il suffit, sire, répondit Tristan. Si la sorcière est encore dans Notre-Dame, faudra-t-il l'y prendre malgré l'asile ?

— Pasque-Dieu, l'asile ! dit le roi en se grattant l'oreille. Il faut pourtant que cette femme soit pendue.

Ici, comme pris d'une idée subite, il se rua à genoux devant sa chaise, ôta son chapeau, le posa sur le siége, et regardant dévotement l'une des amulettes de plomb qui le chargeaient. — Oh ! dit-il les mains jointes, Notre-Dame de Paris, ma gracieuse patrone, pardonnez-moi. Je ne le ferai que cette fois. Il faut punir cette criminelle. Je vous assure, madame la Vierge ma bonne maîtresse, que c'est une sorcière qui n'est pas digne de votre aimable protection. Vous savez, madame, que bien des princes très pieux ont outre-passé le privilége des églises pour la gloire de Dieu et

la nécessité de l'état. Saint Hugues, évêque
d'Angleterre, a permis au roi Édouard de
prendre un magicien dans son église. Saint
Louis de France, mon maître, a trangressé
pour le même objet l'église de monsieur Saint-
Paul; et monsieur Alphonse, fils du roi de Jé-
rusalem, l'église même du Saint-Sépulcre.
Pardonnez-moi donc pour cette fois, Notre-
Dame de Paris. Je ne le ferai plus, et je vous
donnerai une belle statue d'argent, pareille à
celle que j'ai donnée l'an passé à Notre-Dame
d'Ecouys. Ainsi-soit-il.

Il fit un signe de croix, se releva, se recoiffa,
et dit à Tristan. — Faites diligence, mon compère. Prenez monsieur de Châteaupers avec
vous. Vous ferez sonner le tocsin. Vous écra-
serez le populaire. Vous pendrez la sorcière.
C'est dit. Et j'entends que le pourchas de
l'exécution soit fait par vous. Vous m'en ren-
drez compte. — Allons, Olivier, je ne me coucherai pas cette nuit. Rase-moi.

Tristan l'Hermite s'inclina et sortit. Alors le
roi, congédiant du geste Rym et Coppenole :
— Dieu vous garde, messieurs mes bons amis
les Flamands. Allez prendre un peu de repos.
La nuit s'avance, et nous sommes plus près du
matin que du soir.

Tous deux se retirèrent, et en gagnant leurs appartemens sous la conduite du capitaine de la Bastille, Coppenole disait à Guillaume Rym : — Hum! j'en ai assez de ce roi qui tousse! J'ai vu Charles de Bourgogne ivre; il était moins méchant que Louis Onze malade.

— Maître Jacques, répondit Rym, c'est que les rois ont le vin moins cruel que la tisane.

VI.

Petite flambe en baguenaud.

En sortant de la Bastille, Gringoire descendit la rue Saint-Antoine de la vitesse d'un cheval échappé. Arrivé à la porte Baudoyer, il marcha droit à la croix de pierre qui se dressait au milieu de cette place, comme s'il eût pu distinguer dans l'obscurité la figure d'un homme vêtu et encapuchonné de noir, qui était assis sur les marches de la croix. — Est-ce vous, maître? dit Gringoire.

Le personnage noir se leva. — Mort et passion ! Vous mé faites bouillir, Gringoire. L'homme qui est sur la tour de Saint-Gervais vient de crier une heure et demie du matin.

— Oh! repartit Gringoire, ce n'est pas ma faute; mais celle du guet et du roi. Je viens de l'échapper belle! Je manque toujours d'être pendu. C'est ma prédestination.

— Tu manques tout, dit l'autre. Mais allons vite. As-tu le mot de passe?

— Figurez-vous, maître, que j'ai vu le roi. J'en viens. Il a une cu otte de futaine. C'est une aventure.

— Oh! quenouille de paroles! que me fait ton aventure? As-tu le mot de passe des truands?

— Je l'ai. Soyez tranquille. *Petite Flambe en baguenaud.*

— Bien. Autrement nous ne pourrions pénétrer jusqu'à l'église. Les truands barrent les rues. Heureusement il paraît qu'ils ont trouvé de la résistance. Nous arriverons peut-être encore à temps.

— Oui, maître. Mais comment entrerons-nous dans Notre-Dame?

— J'ai la clef des tours.

— Et comment en sortirons-nous?

— Il y a derrière le cloître une petite porte qui donne sur le Terrain et de là sur l'eau. J'en ai pris la clef, et j'y ai amarré un bateau ce matin.

— J'ai joliment manqué d'être pendu! reprit Gringoire.

— Eh vite! allons! dit l'autre.

Tous deux descendirent à grands pas vers la Cité.

VII.

Chateaupers à la rescousse !

———

Le lecteur se souvient peut-être de la situation critique où nous avons laissé Quasimodo. Le brave sourd, assailli de toutes parts, avait perdu, sinon tout courage, du moins tout espoir de sauver, non pas lui (il ne songeait pas à lui), mais l'égyptienne. Il courait éperdu sur la galerie. Notre-Dame allait être enlevée par les truands. Tout à coup un grand galop de chevaux emplit les rues voisines, et avec une longue file de torches et une épaisse co-

lonne de cavaliers abattant lances et brides,
ces bruits furieux débouchèrent sur la place
comme un ouragan : France! France! Taillez les
manans! Châteaupers à la rescousse! Prévôté!
prevôté!

Les truands effarés firent volte face.

Quasimodo, qui n'entendait pas, vit les épées
nues, les flambeaux, les fers de piques, toute
cette cavalerie en tête de laquelle il reconnut
le capitaine Phœbus; il vit la confusion des
truands, l'épouvante chez les uns, le trouble
chez les meilleurs, et il reprit de ce secours
inespéré tant de force qu'il rejeta hors de
l'église les premiers assaillans qui enjambaient
déjà la galerie.

C'était en effet les troupes du roi qui sur-
venaient.

Les truands firent bravement. Ils se défendi-
rent en désespérés. Pris en flanc par la rue
Saint-Pierre-aux-Bœufs et en queue par la rue
du Parvis, acculés à Notre-Dame qu'ils assail-
laient encore et que défendait Quasimodo,
tout à la fois assiégeans et assiégés, ils étaient
dans la situation singulière où se retrouva depuis, au fameux siège de Turin, en 1640, entre le prince Thomas de Savoie qu'il assiégeait
et le marquis de Leganez qui le bloquait, le

comte Henri d'Harcourt, *Taurinum obsessor idem et obsessus*, comme dit son épitaphe.

La mêlée fut affreuse. A chair de loup dent de chien, comme dit P. Mathieu. Les cavaliers du roi, au milieu desquels Phœbus de Châteaupers se comportait vaillamment, ne faisaient aucun quartier, et la taille reprenait ce qui échappait à l'estoc. Les truands, mal armés, écumaient et mordaient. Hommes, femmes, enfans, se jetaient aux croupes et aux poitrails des chevaux, et s'y accrochaient comme des chats avec les dents et les ongles des quatre membres. D'autres tamponnaient à coups de torches le visage des archers. D'autres piquaient des crocs de fer au cou des cavaliers et tiraient à eux. Ils déchiquetaient ceux qui tombaient. On en remarqua un qui avait une large faux luisante, et qui faucha long-temps les jambes des chevaux. Il était effrayant. Il chantait une chanson nazillarde, il lançait sans relâche et ramenait sa faux. A chaque coup, il traçait autour de lui un grand cercle de membres coupés. Il avançait ainsi au plus fourré de la cavalerie, avec la lenteur tranquille, le balancement de tête et l'essoufflement régulier d'un moissonneur qui entame un champ de blé. C'était Clopin Trouillefou. Une arquebusade l'abattit.

Cependant les croisées s'étaient rouvertes. Les voisins, entendant les cris de guerre des gens du roi, s'étaient mêlés à l'affaire, et de tous les étages les balles pleuvaient sur les truands. Le Parvis était plein d'une fumée épaisse que la mousqueterie rayait de feu. On y distinguait confusément la façade de Notre-Dame, et l'Hôtel-Dieu décrépit, avec quelques haves malades qui regardaient du haut de son toit écaillé de lucarnes.

Enfin les truands cédèrent. La lassitude, le défaut de bonnes armes, l'effroi de cette surprise, la mousqueterie de fenêtres, le brave choc des gens du roi, tout les abattit. Ils forcèrent la ligne des assaillans, et se mirent à fuir dans toutes les directions, laissant dans le Parvis un encombrement de morts.

Quand Quasimodo, qui n'avait pas cessé un moment de combattre, vit cette déroute, il tomba à deux genoux, et leva les mains au ciel, puis, ivre de joie, il courut, il monta avec la vitesse d'un oiseau à cette cellule dont il avait si intrépidement défendu les approches. Il n'avait plus qu'une pensée maintenant, c'était de s'agenouiller devant celle qu'il venait de sauver une seconde fois.

Lorsqu'il entra dans la cellule, il la trouva vide.

LIVRE NEUVIÈME.

I.

Le petit soulier.

———

Au moment où les truands avaient assailli l'église, la Esmeralda dormait.

Bientôt la rumeur toujours croissante autour de l'édifice et le bêlement inquiet de sa chèvre éveillée avant elle l'avaient tirée de ce sommeil. Elle s'était levée sur son séant, elle avait écouté, elle avait regardé; puis, effrayée de la lueur et du bruit, elle s'était jetée hors de la cellule et avait été voir. L'aspect de la place, la vision qui s'y agitait, le désordre de cet assaut nocturne, cette foule hideuse, sautelante comme une nuée de grenouilles, à demi entrevue dans les ténèbres, le coassement de cette rauque multitude, ces quelques torches rouges courant et se croisant sur cette ombre comme les feux de nuit qui rayent la surface brumeuse des marais, toute cette scène lui fit l'effet d'une mystérieuse bataille engagée entre les fantômes du sabbat et les monstres de pierre de l'église. Imbue dès l'enfance des superstitions de la tribu bohémienne, sa première pensée fut qu'elle avait surpris en maléfices les étranges êtres propres à la nuit. Alors elle courut épouvantée se tapir dans sa cellule, demandant à son grabat un moins horrible cauchemar.

Peu à peu les premières fumées de la peur s'étaient pourtant dissipées; au bruit sans cesse grandissant, et à plusieurs autres signes de réalité, elle s'était sentie investie, non de spectres, mais d'êtres humains. Alors sa frayeur, sans s'accroître, s'était transformée. Elle avait songé à la possibilité d'une mutinerie populaire pour l'arracher de son asile. L'idée de reperdre encore une fois la vie, l'espérance,

Phœbus, qu'elle entrevoyait toujours dans son
avenir, le profond néant de sa faiblesse, toute
fuite fermée, aucun appui, son abandon, son
isolement, ces pensées et mille autres l'avaient
accablée. Elle était tombée à genoux, la tête
sur son lit, les mains jointes sur sa tête, pleine
d'anxiété et de frémissement, et quoique égyptienne, idolâtre et païenne, elle s'était mise à
demander avec sanglots grâce au bon Dieu
chrétien et à prier Notre-Dame son hôtesse.
Car, ne crût-on à rien, il y a des momens dans
la vie où l'on est toujours de la religion du
temple qu'on a sous la main.

Elle resta ainsi prosternée fort long-temps,
tremblant, à la vérité, plus qu'elle ne priait,
glacée au souffle de plus en plus rapproché
de cette multitude furieuse, ne comprenant
rien à ce déchaînement, ignorant ce qui se
tramait, ce qu'on faisait, ce qu'on voulait,
mais pressentant une issue terrible.

Voilà qu'au milieu de cette angoisse elle
entend marcher près d'elle. Elle se détourne.
Deux hommes, dont l'un portait une lanterne,
venaient d'entrer dans sa cellule. Elle poussa
un faible cri.

— Ne craignez rien, dit une voix qui ne lui
était pas inconnue, c'est moi.

— Qui? vous? demanda-t-elle.

— Pierre Gringoire.

Ce nom la rassura. Elle releva les yeux, et reconnut en effet le poëte. Mais il y avait auprès de lui une figure noire et voilée de la tête aux pieds qui la frappa de silence.

— Ah! reprit Gringoire d'un ton de reproche, Djali m'avait reconnu avant vous!

La petite chèvre en effet n'avait pas attendu que Gringoire se nommât. A peine était-il entré qu'elle s'était tendrement frottée à ses genoux, couvrant le poëte de caresses et de poils blancs, car elle était en mue. Gringoire lui rendait les caresses.

— Qui est là avec vous? dit l'égyptienne à voix basse.

— Soyez tranquille, répondit Gringoire. C'est un de mes amis.

Alors le philosophe, posant sa lanterne à terre, s'accroupit sur la dalle, et s'écria avec enthousiasme en serrant Djali dans ses bras : — Oh! c'est une gracieuse bête, sans doute plus considérable pour sa propreté que pour sa grandeur, mais ingénieuse, subtile, et lettrée comme un grammairien ! Voyons, ma Djali, n'as-tu rien oublié de tes jolis

tours? comment fait maître Jacques Charmolue?...

L'homme noir ne le laissa pas achever. Il
s'approcha de Gringoire et le poussa rudement par l'épaule. Gringoire se leva. — C'est
vrai, dit-il: j'oubliais que nous sommes pressés. — Ce n'est pourtant point une raison,
mon maître, pour forcener les gens de la sorte.
— Ma chère belle enfant, votre vie est en danger, et celle de Djali. On veut vous rependre.
Nous sommes vos amis, et nous venons nous
sauver. Suivez-nous.

— Est-il vrai? s'écria-t-elle bouleversée.

— Oui, très-vrai. Venez vite!

— Je le veux bien, balbutia-t-elle. Mais
pourquoi votre ami ne parle-t-il pas?

— Ah! dit Gringoire, c'est que son père et
sa mère étaient des gens fantasques qui l'ont
fait de tempérament taciturne.

Il fallut qu'elle se contentât de cette explication. Gringoire la prit par la main; son compagnon ramassa la lanterne, et marcha devant. La
peur étourdissait la jeune fille. Elle se laissa em-
mener. La chèvre les suivait en sautant, si
joyeuse de revoir Gringoire qu'elle le faisait
trébucher à tout moment pour lui fourrer ses
cornes dans les jambes. — Voilà la vie, disait

le philosophe chaque fois qu'il manquait de
tomber ; ce sont souvent nos meilleurs amis
qui nous font cheoir !

Ils descendirent rapidement l'escalier des
tours, traversèrent l'église, pleine de ténèbres
et de solitude et toute résonnante de vacarme,
ce qui faisait un affreux contraste, et sortirent
dans la cour du cloître par la porte-rouge. Le
cloître était abandonné, les chanoines s'étaient
enfuis dans l'évêché pour y prier en commun ;
la cour était vide, quelques laquais effarouchés
s'y blottissaient dans les coins obscurs. Ils se
dirigèrent vers la petite porte qui donnait de
cette cour sur le Terrain. L'homme noir l'ouvrit avec une clef qu'il avait. Nos lecteurs savent que le Terrain était une langue de terre
enclose de murs du côté de la Cité et appar-
tenant au chapitre de Notre - Dame, qui ter-
minait l'île à l'orient derrière l'église. Ils trou-
vèrent cet enclos parfaitement désert. Là, il y
avait déjà moins de tumulte dans l'air. La
rumeur de l'assaut des truands leur arrivait
plus brouillée et moins criarde. Le vent frais
qui suit le fil de l'eau remuait les feuilles de
l'arbre unique planté à la pointe du Terrain
avec un bruit déjà appréciable. Cependant ils
étaient encore fort près du péril. Les édifices

les plus rapprochés d'eux étaient l'évêché et
l'église. Il y avait visiblement un grand désordre intérieur dans l'évêché. Sa masse ténébreuse était toute sillonnée de lumières qui y
couraient d'une fenêtre à l'autre; comme,
l'orsqu'on vient de brûler du papier, il reste
un sombre édifice de cendre où de vives étincelles font mille courses bizarres. A côté, les
énormes tours de Notre-Dame, ainsi vues de
derrière avec la longue nef sur laquelle elles
se dressent, découpées en noir sur la rouge et
vaste lueur qui emplissait le Parvis, ressemblaient aux deux chenets gigantesques d'un
feu de cyclopes.

Ce qu'on voyait de Paris de tous côtés os-
cillait à l'œil dans une ombre mêlée de lumière.
Rembrandt a de ces fonds de tableau.

L'homme à la lanterne marcha droit à la
pointe du Terrain. Il y avait là, au bord extrême de l'eau, le débris vermoulu d'une haie
de pieux maillée de lattes, où une basse vigne
accrochait quelques maigres branches étendues comme les doigts d'une main ouverte.
Derrière, dans l'ombre que faisait ce treillis,
une petite barque était cachée. L'homme fit
signe à Gringoire et à sa compagne d'y entrer.
La chèvre les y suivit. L'homme y descendit

le dernier; puis il coupa l'amarre du bateau, l'éloigna de terre avec un long croc, et, saisissant deux rames, s'assit à l'avant, en ramant de toutes ses forces vers le large. La Seine est fort rapide en cet endroit, et il eut assez de peine à quitter la pointe de l'île.

Le premier soin de Gringoire, en entrant dans le bateau, fut de mettre la chèvre sur ses genoux. Il prit place à l'arrière; et la jeune fille, à qui l'inconnu inspirait une inquiétude indéfinissable, vint s'asseoir et se serrer contre le poëte.

Quand notre philosophe sentit le bateau s'ébranler, il battit des mains, et baisa Djali entre les cornes. — Oh! dit-il, nous voilà sauvés tous quatre. Il ajouta, avec une mine de profond penseur : — On est obligé, quelquefois à la fortune, quelquefois à la ruse, de l'heureuse issue des grandes entreprises.

Le bateau voguait lentement vers la rive droite. La jeune fille observait avec une terreur secrète l'inconnu. Il avait rebouché soigneusement la lumière de sa lanterne sourde. On l'entrevoyait dans l'obscurité, à l'avant du bateau, comme un spectre. Sa carapoue, toujours baissée, lui faisait une sorte de masque; et à chaque fois qu'il entr'ouvrait en ramant ses bras où pendaient de larges manches noires, on eût dit deux grandes ailes de chauve-souris. Du reste, il n'avait pas encore dit une parole, jeté un souffle. Il ne se faisait dans le bateau d'autre bruit que le va-et-vient de la rame, mêlé au froissement des mille plis de l'eau le long de la barque.

— Sur mon âme! s'écria tout à coup Gringoire, nous sommes alègres et joyeux comme des ascalaphes! Nous observons un silence de pythagoriciens ou de poissons! Pasque-Dieu! mes amis, je voudrais bien que quelqu'un me parlât. — La voix humaine est une musique à l'oreille humaine. Ce n'est pas moi qui dis cela, mais Didyme d'Alexandrie, et ce sont d'illustres paroles. — Certes, Didyme d'Alexandrie n'est pas un médiocre philosophe. — Une parole, ma belle enfant! dites-moi, je vous supplie, une parole. — A propos, vous aviez une drôle de petite singulière moue; la faites-vous toujours? Savez-vous, ma mie, que le parlement a toute juridiction sur les lieux d'asile, et que vous couriez grand péril dans votre logette de Notre-Dame? Hélas! le petit oiseau trochylus fait son nid dans la gueule du crocodile. — Maître, voici la lune qui reparaît. — Pourvu qu'on ne nous aperçoive pas! — Nous

faisons une chose louable en sauvant madamoiselle, et cependant on nous pendrait de
par le roi si l'on nous attrapait. Hélas! les ac-
tions humaines se prennent par deux anses.
On flétrit en moi ce qu'on couronne en toi.
Tel admire César qui blâme Catilina. N'est-ce
pas, mon maître? Que dites-vous de cette philosophie? Moi, je possède la philosophie d'instinct, de nature, *ut apes geometriam.* — Allons! personne ne me répond. Les fâcheuses
humeurs que vous avez là tous deux! Il faut
que je parle tout seul. C'est ce que nous ap-
pelons en tragédie une monologue. — Pasque-
Dieu! — Je vous préviens que je viens de voir
le roi Louis onzième, et que j'en ai retenu ce
jurement. — Pasque-Dieu, donc! ils font toujours un fier hurlement dans la Cité. — C'est
un vilain méchant vieux roi. Il est tout em-
brunché dans les fourrures. Il me doit toujours l'argent de mon épithalame, et c'est tout
au plus s'il ne m'a pas fait pendre ce soir, ce
qui m'aurait fort empêché. — Il est avaricieux
pour les hommes de mérite. Il devrait bien
lire les quatre livres de Salvien de Cologne
Adversus avaritiam. En vérité! c'est un roi
étroit dans ses façons avec les gens de lettres,
et qui fait des cruautés fort barbares. C'est

ıne éponge à prendre l'argent posée sur le
peuple. Son épargne est la ratelle qui s'enfle
de la maigreur de tous les autres membres.
Aussi les plaintes contre la rigueur du temps
deviennent murmures contre le prince. Sous
ce doux sire dévot, les fourches craquent de
pendus, les billots pourissent de sang, les
prisons crèvent comme des ventres trop pleins.
Ce roi a une main qui prend et une main qui
pend. C'est le procureur de dame Gabelle et de
monseigneur Gibet. Les grands sont dépouil-
lés de leurs dignités, et les petits sans cesse
accablés de nouvelles foules. C'est un prince
exorbitant. Je n'aime pas ce monarque. Et
vous, mon maître?

L'homme noir laissait gloser le bavard poëte.
Il continuait de lutter contre le courant violent et serré qui sépare la proue de la Cité de
la poupe de l'île Notre-Dame que nous nommons aujourd'hui l'île Saint-Louis.

— A propos, maître! reprit Gringoire subitement. Au moment où nous arrivions sur le
Parvis à travers les enragés truands, votre ré-
vérence a-t-elle remarqué ce pauvre petit diable auquel votre sourd était en train d'écraser
la cervelle sur la rampe de la galerie des rois?

J'ai la vue basse, et ne l'ai pu reconnaître?
Savez-vous qui ce peut être?

L'inconnu ne répondit pas une parole. Mais
il cessa brusquement de ramer, ses bras dé-
faillirent comme brisés, sa tête tomba sur sa
poitrine, et la Esmeralda l'entendit soupirer
convulsivement. Elle tressaillit de son côté.
Elle avait déjà entendu de ces soupirs-là.

La barque abandonnée à elle-même dériva
quelques instans au gré de l'eau. Mais l'homme
noir se redressa enfin, ressaisit les rames,
et se remit à remonter le courant. Il dou-
bla la pointe de l'île Notre-Dame, et se dirigea
vers le débarcadère du Port-au-Foin.

— Ah! dit Gringoire, voici là-bas le logis
Barbeau. — Tenez, maître, regardez: ce groupe
de toits noirs qui font des angles singuliers,
là, au dessous de ce tas de nuages bas, filan-
dreux, barbouillés et sales, où la lune est
toute écrasée et répandue comme un jaune
d'œuf dont la coquille est cassée. — C'est un
beau logis. Il y a une chapelle couronnée
d'une petite voûte pleine d'enrichissemens
bien coupés. Au dessus vous pouvez voir le
clocher très-délicatement percé. Il y a aussi
un jardin plaisant, qui consiste en un étang,
une volière, un écho, un mail, un labyrinthe,

une maison pour les bêtes farouches, et quantité d'allées touffues fort agréables à Vénus.
Il y a encore un coquin d'arbre qu'on appelle
le luxurieux, pour avoir servi aux plaisirs
d'une princesse fameuse et d'un connétable de
France galant et bel esprit. — Hélas! nous
autres pauvres philosophes nous sommes à
un connétable ce qu'un carré de choux et de
radis est au jardin du Louvre. Qu'importe
après tout! la vie humaine pour les grands
comme pour nous est mêlée de bien et de mal.
La douleur est toujours à côté de la joie, le
spondée auprès du dactyle. — Mon maître, il
faut que vous je conte cette histoire du logis
Barbeau. Cela finit d'une façon tragique. C'était
en 1319, sous le règne de Philippe V, le plus
long des rois de France. La moralité de l'histoire
est que les tentations de la chair sont pernicieu-
ses et malignes. N'appuyons pas trop le regard
sur la femme du voisin, si chatouilleux que nos
sens soient à sa beauté. La fornication est une
pensée fort libertine. L'adultère est une curiosité de la volupté d'autrui. —... Ohé! voilà que
le bruit redouble là bas!

Le tumulte en effet croissait autour de Notre-
Dame. Ils écoutèrent. On entendait assez clai-
rement des cris de victoire. Tout à coup, cent

flambeaux qui faisaient étinceler des casques d'hommes d'armes se répandirent sur l'église à toutes les hauteurs, sur les tours, sur les galeries, sous les arcs-boutans. Ces flambeaux semblaient chercher quelque chose; et bientôt ces clameurs éloignées arrivèrent distinctement jusqu'aux fugitifs : — L'égyptienne! la sorcière! à mort l'égyptienne!

La malheureuse laissa tomber sa tête sur ses mains, et l'inconnu se mit à ramer avec furie vers le bord. Cependant notre philosophe réfléchissait. Il pressait la chèvre dans ses bras, et s'éloignait tout doucement de la bohémienne qui se serrait de plus en plus contre lui, comme au seul asile qui lui restât.

Il est certain que Gringoire était dans une cruelle perplexité. Il songeait que la chèvre aussi, *d'après la législation existante*, serait pendue si elle était reprise; que ce serait grand dommage, la pauvre Djali! qu'il avait trop de deux condamnées ainsi accrochées après lui; qu'enfin son compagnon ne demandait pas mieux que de se charger de l'égyptienne. Il se livrait entre ses pensées un violent combat, dans lequel, comme le Jupiter de l'Iliade, il pesait tour à tour l'égyptienne et la chèvre; et il les regardait l'une après l'autre, avec des yeux humides de larmes en disant entre ses dents : — Je ne puis pourtant pas vous sauver toutes deux.

Une secousse les avertit enfin que le bateau abordait. Le brouhaha sinistre remplissait toujours la cité. L'inconnu se leva, vint à l'égyptienne, et voulut lui prendre le bras pour l'aider à descendre. Elle le repoussa, et se pendit à la manche de Gringoire, qui de son côté, occupé de la chèvre, la repoussa presque. Alors elle sauta seule à bas du bateau. Elle était si troublée qu'elle ne savait ce qu'elle faisait, où elle allait. Elle demeura ainsi un moment stupéfaite, regardant couler l'eau. Quand elle revint un peu à elle, elle était seule sur le port avec l'inconnu. Il paraît que Gringoire avait profité de l'instant du débarquement pour s'esquiver avec la chèvre dans le pâté de maisons de la rue Grenier-sur-l'eau.

La pauvre égyptienne frissonna de se voir seule avec cet homme. Elle voulut parler, crier, appeler Gringoire; sa langue était inerte dans sa bouche, et aucun son ne sortit de ses lèvres. Tout à coup elle sentit la main de l'inconnu sur la sienne. C'était une main froide et forte. Ses dents claquèrent, elle devint plus pâle que le rayon de lune qui l'éclairait. L'homme ne

dit pas une parole. Il se mit à remonter à
grands pas vers la place de Grève, en la tenant
par la main. En cet instant, elle sentit vaguement que la destinée est une force irrésistible.
Elle n'avait plus de ressort, elle se laissa entraîner, courant tandis qu'il marchait. Le quai
en cet endroit allait en montant. Il lui semblait
cependant qu'elle descendait une pente.

Elle regarda de tous côtés. Pas un passant.
Le quai était absolument désert. Elle n'entendait de bruit, elle ne sentait remuer des hommes que dans la Cité tumultueuse et rou-
geoyante, dont elle n'était séparée que par un
bras de Seine, et d'où son nom lui arrivait
mêlé à des cris de mort. Le reste de Paris était
répandu autour d'elle par grands blocs d'ombre.

Cependant l'inconnu l'entraînait toujours
avec le même silence et la même rapidité. Elle
ne retrouvait dans sa mémoire aucun des
lieux où elle marchait. En passant devant une
fenêtre éclairée, elle fit un effort, se roidit
brusquement, et cria : — Au secours !

Le bourgeois à qui était la fenêtre l'ouvrit,
y parut en chemise avec sa lampe, regarda
sur le quai avec un air hébété, prononça
quelques paroles qu'elle n'entendit pas, et re-

ferma son volet. C'était la dernière lueur d'espoir qui s'éteignait.

L'homme noir ne proféra pas une syllabe,
il la tenait bien, et se remit à marcher plus
vite. Elle ne résista plus, et le suivit, brisée.

De temps en temps elle recueillait un peu
de force, et disait d'une voix entrecoupée par
les cahots du pavé et l'essoufflement de la
course : — Qui êtes-vous? Qui êtes-vous? — Il
ne répondait point.

Ils arrivèrent ainsi, toujours le long du
quai, à une place assez grande. Il y avait un
peu de lune. C'était la Grève. On distinguait
au milieu une espèce de croix noire debout;
c'était le gibet. Elle reconnut tout cela, et vit
où elle était.

L'homme s'arrêta, se tourna vers elle, et
leva sa carapoue. — Oh! bégaya-t-elle pétrifiée, je savais bien que c'était encore lui!

C'était le prêtre. Il avait l'air de son fantôme. C'est un effet du clair de lune. Il semble qu'à cette lumière on ne voie que les spectres des choses.

— Écoute, lui dit-il, et elle frémit au son
de cette voix funeste qu'elle n'avait pas entendue depuis long-temps. Il continua. Il articu-
lait avec ces saccades brèves et haletantes qui

II.   30

révèlent par leurs secousses de profonds trem-
blemens intérieurs. — Écoute. Nous sommes
ici. Je vais te parler. Ceci est la Grève. C'est
ici un point extrême. La destinée nous livre
l'un à l'autre. Je vais décider de ta vie; toi, de
mon âme. Voici une place et une nuit au delà
desquelles on ne voit rien. Écoute-moi donc.
Je vais te dire... D'abord ne me parle pas de ton
Phœbus. (En disant cela, il allait et venait,
comme un homme qui ne peut rester en
place, et la tirait après lui.) Ne m'en parle
pas. Vois-tu? si tu prononces ce nom, je ne
sais pas ce que je ferai, mais ce sera terrible.

Cela dit, comme un corps qui retrouve
son centre de gravité, il redevint immobile,
mais ses paroles ne décelaient pas moins d'a-
gitation. Sa voix était de plus en plus basse.

— Ne détourne point la tête ainsi. Écoute-
moi. C'est une affaire sérieuse. D'abord, voici
ce qui s'est passé. — On ne rira pas de tout
ceci, je te jure. — Qu'est-ce donc que je disais? rappelle-le-moi! ah! — Il y a un arrêt
du parlement qui te rend à l'échafaud. Je viens
de te tirer de leurs mains. Mais les voilà qui
te poursuivent. Regarde.

Il étendit le bras vers la Cité. Les perquisi-
tions, en effet, paraissaient y continuer. Les

rumeurs se rapprochaient; la tour de la maison du lieutenant, située vis-à-vis la Grève,
était pleine de bruit et de clartés; et l'on voyait
des soldats courir sur le quai opposé avec des
torches et ces cris : L'égyptienne! Où est l'égyptienne? Mort! mort!

— Tu vois bien qu'ils te poursuivent, et que
je ne te mens pas. Moi, je t'aime. — N'ouvre
pas la bouche; ne me parle plutôt pas, si c'est
pour me dire que tu me hais. Je suis décidé
à ne plus entendre cela. — Je viens de te sauver. — Laisse-moi d'abord achever. — Je puis
te sauver tout-à-fait. J'ai tout préparé. C'est à
toi de vouloir. Comme tu voudras, je pourrai.

Il s'interrompit violemment. — Non, ce
n'est pas cela qu'il faut dire.

Et courant, et la faisant courir, car il ne la
lâchait pas, il marcha droit au gibet, et le lui
montrant du doigt. — Choisis entre nous deux,
dit-il froidement.

Elle s'arracha de ses mains, et tomba au
pied du gibet en embrassant cet appui funèbre, puis elle tourna sa belle tête à demi, et
regarda le prêtre par dessus son épaule. On
eût dit une Sainte-Vierge au pied de la croix.
Le prêtre était demeuré sans mouvement, le

doigt toujours levé vers le gibet, conservant
son geste, comme une statue.

Enfin l'égyptienne lui dit : — Il me fait encore moins horreur que vous.

Alors il laissa retomber lentement son bras,
et regarda le pavé avec un profond accable-
ment. — Si ces pierres pouvaient parler, murmura-t-il, oui, elles diraient que voilà un
homme bien malheureux.

Il reprit. La jeune fille, agenouillée devant
le gibet, et noyée dans sa longue chevelure,
le laissait parler sans l'interrompre. Il avait
maintenant un accent plaintif et doux qui
contrastait douloureusement avec l'âpreté
hautaine de ses traits.

— Moi, je vous aime. Oh! cela est pourtant
bien vrai. Il ne sort donc rien au dehors de ce
feu qui me brûle le cœur! Hélas! jeune fille,
nuit et jour; oui, nuit et jour, cela ne mérite-
t-il aucune pitié? C'est un amour de la nuit
et du jour, vous dis-je; c'est une torture.—Oh!
je souffre trop, ma pauvre enfant!—C'est
une chose digne de compassion, je vous assure. Vous voyez que je vous parle doucement.
Je voudrais bien que vous n'eussiez plus cette
horreur de moi. — Enfin, un homme qui aime
une femme, ce n'est pas sa faute! — Oh! mon

Dieu! — Comment! vous ne me pardonnerez
donc jamais? Vous me haïrez toujours? C'est
donc fini? C'est là ce qui me rend mauvais,
voyez-vous? et horrible à moi-même! — Vous
ne me regardez seulement pas! Vous pensez à
autre chose, peut-être, tandis que je vous
parle debout et frémissant sur la limite de
notre éternité à tous deux! — Surtout ne me
parlez pas de l'officier! — Quoi! je me jette-
rais à vos genoux; quoi! je baiserais, non
vos pieds, vous ne voudriez pas, mais la terre
qui est sous vos pieds; quoi! je sangloterais
comme un enfant, j'arracherais de ma poitrine, non des paroles, mais mon cœur et mes
entrailles, pour vous dire que je vous aime;
tout serait inutile, tout! — Et cependant vous
n'avez rien dans l'âme que de tendre et de
clément. Vous êtes rayonnante de la plus belle
douceur; vous êtes toute entière suave, bonne,
miséricordieuse et charmante. Hélas! vous n'a-
vez de méchanceté que pour moi seul! Oh!
quelle fatalité!

Il cacha son visage dans ses mains. La jeune
fille l'entendit pleurer. C'était la première fois.
Ainsi debout et secoué par les sanglots, il était
plus misérable et plus suppliant qu'à genoux.
Il pleura ainsi un certain temps.

— Allons! poursuivit-il, ces premières larmes passéés. Je ne trouve pas de paroles. J'a-
vais pourtant bien songé à ce que je vous dirais. Maintenant je tremble et je frissonne,
je défaille à l'instant décisif, je sens quelque
chose de suprême qui nous enveloppe, et je
balbutie. Oh! je vais tomber sur le pavé si
vous ne prenez pas pitié de moi, pitié de vous.
Ne nous condamnez pas tous deux. Si vous
saviez combien je vous aime! Quel cœur c'est
que mon cœur! Oh! quelle désertion de toute
vertu! quel abandon désespéré de moi-même!
Docteur, je bafoue la science; gentilhomme,
je déchire mon nom; prêtre, je fais du missel
un oreiller de luxure, je crache au visage de
mon Dieu! tout cela pour toi, enchanteresse!
pour être plus digne de ton enfer! et tu ne
veux pas du damné! Oh! que je te dise tout!
plus encore, quelque chose de plus horrible,
oh! plus horrible!...

En prononçant ces dernières paroles, son
air devint tout-à-fait égaré. Il se tut un instant, et reprit comme se parlant à lui-même,
et d'une voix forte: — Caïn, qu'as-tu fait de
ton frère?

Il y eut encore un silence, et il poursuivit:
— Ce que j'en ai fait, Seigneur? Je l'ai re-

cueilli, je l'ai élevé, je l'ai nourri, je l'ai aimé,
je l'ai idolâtré, et je l'ai tué! Oui, Seigneur,
voici qu'on vient de lui écraser la tête devant
moi sur la pierre de votre maison, et c'est à
cause de moi, à cause de cette femme, à cause
d'elle.....

Son œil était hagard. Sa voix allait s'étei-
gnant; il répéta encore plusieurs fois, machinalement, avec d'assez longs intervalles,
comme une cloche qui prolonge sa dernière vibration : — A cause d'elle... — A cause
d'elle... — Puis sa langue n'articula plus aucun son perceptible, ses lèvres remuaient
toujours cependant. Tout à coup il s'affaissa
sur lui-même comme quelque chose qui s'é-
croule, et demeura à terre sans mouvement,
la tête dans les genoux.

Un frôlement de la jeune fille, qui retirait
son pied de dessous lui, le fit revenir. Il passa
lentement sa main sur ses joues creuses, et
regarda quelques instans avec stupeur ses
doigts qui étaient mouillés. — Quoi ! murmura-t-il, j'ai pleuré !

Et se tournant subitement vers l'égyptienne
avec une angoisse inexprimable :

— Hélas! vous m'avez regardé froidement
pleurer ! Enfant, sais-tu que ces larmes sont

des laves? Est-il donc bien vrai? de l'homme qu'on hait rien ne touche. Tu me verrais mourir, tu rirais. Oh! moi je ne veux pas te voir mourir! Un mot! un seul mot de pardon! Ne me dis pas que tu m'aimes, dis-moi seulement que tu veux bien; cela suffira, je te sauverai. Sinon... Oh! l'heure passe. Je t'en supplie par tout ce qui est sacré, n'attends pas que je sois redevenu de pierre comme ce gibet qui te réclame aussi! Songe que je tiens nos deux destinées dans ma main, que je suis insensé, cela est terrible, que je puis laisser tout choir, et qu'il y a au dessous de nous un abîme sans fond, malheureuse, où ma chute poursuivra la tienne durant l'éternité! Un mot de bonté! dis un mot! rien qu'un mot!

Elle ouvrit la bouche pour lui répondre. Il se précipita à genoux devant elle pour recueillir avec adoration la parole, peut-être attendrie, qui allait sortir de ses lèvres. Elle lui dit: — Vous êtes un assassin!

Le prêtre la prit dans ses bras avec fureur, et se mit à rire d'un rire abominable. — Eh bien, oui! assassin! dit-il, et je t'aurai. Tu ne veux pas de moi pour esclave, tu m'auras pour maître. Je t'aurai! J'ai un repaire où je te traînerai. Tu me suivras, il faudra bien que tu me

suives, ou je te livre! Il faut mourir, la belle,
ou être à moi! être au prêtre! être à l'apostat!
être à l'assassin! dès cette nuit, entends-tu cela?
Allons! de la joie! allons, baise-moi, folle! La
tombe ou mon lit!

Son œil pétillait d'impureté et de rage. Sa
bouche lascive rougissait le cou de la jeune
fille. Elle se débattait dans ses bras. Il la couvrait de baisers écumans.

— Ne me mords pas, monstre! cria-t-elle.
Oh! l'odieux moine infect! laisse-moi! Je vais
t'arracher tes vilains cheveux gris et te les jeter
à poignées par la face!

Il rougit, il pâlit, puis il la lâcha et la regarda d'un air sombre. Elle se crut victo-
rieuse, et poursuivit: — Je te dis que je suis
à mon Phœbus, que c'est Phœbus que j'aime,
que c'est Phœbus qui est beau! Toi, prêtre, tu
es vieux! tu es laid! Va-t-en!

Il poussa un cri violent, comme le misérable auquel on applique un fer rouge. —
Meurs donc! dit-il à travers un grincement de
dents. Elle vit son affreux regard, et voulut
fuir. Il la reprit, il la secoua, il la jeta à terre,
et marcha à pas rapides vers l'angle de la Tour-
Rolland en la traînant après lui sur le pavé par
ses belles mains.

Arrivé là, il se tourna vers elle : — Une
dernière fois, veux-tu être à moi ?

Elle répondit avec force : — Non.

Alors il cria d'une voix haute : — Gudule !
Gudule ! voici l'égyptienne ! venge-toi !

La jeune fille se sentit saisir brusquement
au coude. Elle regarda, c'était un bras décharné qui sortait d'une lucarne dans le mur
et qui la tenait comme une main de fer.

— Tiens bien ! dit le prêtre, c'est l'égyptienne échappée. Ne la lâche pas. Je vais chercher les sergens. Tu la verras pendre.

Un rire guttural répondit de l'intérieur du
mur à ces sanglantes paroles. — Hah ! bah !
hah ! — L'égyptienne vit le prêtre s'éloigner
en courant dans la direction du pont Notre-
Dame. On entendait une cavalcade de ce côté.

La jeune fille avait reconnu la méchante recluse. Haletante de terreur, elle essaya de se
dégager. Elle se tordit, elle fit plusieurs soubresauts d'agonie et de désespoir, mais l'autre
la tenait avec une force inouïe. Les doigts
osseux et maigres qui la meurtrissaient se
crispaient sur sa chair, et se rejoignaient à
l'entour. On eût dit que cette main était rivée
à son bras. C'était plus qu'une chaîne, plus
qu'un carcan, plus qu'un anneau de fer, c'é-

tait une tenaille intelligente et vivante qui sortait d'un mur.

Épuisée, elle retomba contre la muraille, et alors la crainte de la mort s'empara d'elle. Elle songea à la beauté de la vie, à la jeunesse, à la vue du ciel, aux aspects de la nature, à l'amour, à Phœbus, à tout ce qui s'enfuyait et à tout ce qui s'approchait, au prêtre qui la dénonçait, au bourreau qui allait venir, au gibet qui était là. Alors elle sentit l'épouvante lui monter jusque dans les racines des cheveux, et elle entendit le rire lugubre de la recluse qui lui disait tout bas : — Hah ! hah ! hah ! tu vas être pendue !

Elle se tourna mourante vers la lucarne, et elle vit la figure fauve de la sachette à travers les barreaux. — Que vous ai-je fait ? dit-elle presque inanimée.

La recluse ne lui répondit pas, et se mit à marmotter avec une intonation chantante, irritée et railleuse : — Fille d'Égypte ! Fille d'Égypte ! Fille d'Égypte !

La malheureuse Esmeralda laissa retomber sa tête sous ses cheveux, comprenant qu'elle n'avait pas affaire à un être humain.

Tout à coup la recluse s'écria, comme si la question de l'égyptienne avait mis tout ce

temps pour arriver jusqu'à sa pensée. — Ce
que tu m'as fait, dis-tu! — Ah! ce que tu m'as
fait, égyptienne! Eh bien! écoute. — J'avais
un enfant, moi! vois-tu? J'avais un enfant!
un enfant, te dis-je! — Une jolie petite fille!
— Mon Agnès, reprit-elle égarée en baisant
quelque chose dans les ténèbres. — Eh bien!
vois-tu, fille d'Égypte? on m'a pris mon enfant; on m'a volé mon enfant; on m'a mangé
mon enfant. Voilà ce que tu m'as fait.

La jeune fille répondit comme l'agneau : —
Hélas! je n'étais peut-être pas née alors!

— Oh! si! repartit la recluse, tu devais être
née. Tu en étais. Elle serait de ton âge! Ainsi!
— Voilà quinze ans que je suis ici; quinze ans
que je souffre; quinze ans que je prie; quinze
ans que je me cogne la tête aux quatre murs.
— Je te dis que ce sont des égyptiennes qui
me l'ont volée, entends-tu cela? et qui l'ont
mangée avec leurs dents. — As-tu un cœur?
figure-toi ce que c'est qu'un enfant qui joue;
un enfant qui tette; un enfant qui dort. C'est
si innocent! — Hé bien! cela, c'est cela qu'on
m'a pris, qu'on m'a tué! Le bon Dieu le sait
bien! — Aujourd'hui, c'est mon tour; je vais
manger de l'égyptienne. — Oh! que je te mor-
drais bien si les barreaux ne m'empêchaient.

J'ai la tête trop grosse! — La pauvre petite!
pendant qu'elle dormait! Et si elles l'ont réveillée en la prenant, elle aura eu beau crier; je
n'étais pas là! — Ah! les mères égyptiennes,
vous avez mangé mon enfant! Venez voir la
vôtre.

Alors elle se mit à rire ou à grincer des
dents; les deux choses se ressemblaient sur
cette figure furieuse. Le jour commençait à
poindre. Un reflet de cendre éclairait vaguement cette scène, et le gibet devenait de plus
en plus distinct dans la place. De l'autre côté,
vers le pont Notre-Dame, la pauvre condamnée croyait entendre se rapprocher le bruit de
cavalerie.

— Madame! cria-t-elle joignant les mains
et tombée sur ses deux genoux, échevelée,
éperdue, folle d'effroi; madame! ayez pitié.
Ils viennent. Je ne vous ai rien fait. Voulez-
vous me voir mourir de cette horrible façon
sous vos yeux? Vous avez de la pitié; j'en suis
sûre. C'est trop affreux. Laissez-moi me sauver. Lâchez-moi! Grâce! Je ne veux pas mourir comme cela!

— Rends-moi mon enfant! dit la recluse.

— Grâce! Grâce!

— Rends-moi mon enfant!

— Lâchez-moi, au nom du ciel!

— Rends-moi mon enfant!

Cette fois encore, la jeune fille retomba, épuisée, rompue, ayant déjà le regard vitré de quelqu'un qui est dans la fosse. — Hélas! bégaya-t-elle, vous cherchez votre enfant, moi je cherche mes parens.

— Rends-moi ma petite Agnès! poursuivit Gudule. — Tu ne sais pas où elle est? Alors, meurs! — Je vais te dire. J'étais une fille de joie, j'avais un enfant, on m'a pris mon enfant. — Ce sont les égyptiennes. Tu vois bien qu'il faut que tu meures. Quand ta mère l'égyptienne viendra te réclamer, je lui dirai : La mère, regarde à ce gibet! — Ou bien rends-moi mon enfant. — Sais-tu où elle est, ma petite fille? Tiens, que je te montre. Voilà son soulier, tout ce qui m'en reste. Sais-tu où est le pareil? Si tu le sais, dis-le moi, et si ce n'est qu'à l'autre bout de la terre, je l'irai chercher en marchant sur les genoux.

En parlant ainsi, de son autre bras, tendu hors de la lucarne, elle montrait à l'égyptienne le petit soulier brodé. Il faisait déjà assez jour pour en distinguer la forme et les couleurs.

— Montrez-moi ce soulier, dit l'égyptienne en tressaillant. Dieu! Dieu! Et en même temps, de la main qu'elle avait libre, elle ouvrait vivement le petit sachet orné de verroterie verte qu'elle portait au cou.

— Va! va! grommelait Gudule, fouille ton amulette du démon! Tout à coup elle s'interrompit, trembla de tout son corps, et cria avec une voix qui venait du plus profond des entrailles : — Ma fille!

L'égyptienne venait de tirer du sachet un petit soulier absolument pareil à l'autre. A ce petit soulier était attaché un parchemin sur lequel ce *carme* était écrit :

> Quand le pareil retrouveras,
> Ta mère te tendra les bras.

En moins de temps qu'il n'en faut à l'éclair, la recluse avait confronté les deux souliers, lu l'inscription du parchemin, et collé aux barreaux de la lucarne son visage rayonnant d'une joie céleste en criant : — Ma fille! Ma fille!

—Ma mère! répondit l'égyptienne.

Ici nous renonçons à peindre.

Le mur et les barreaux de fer étaient entre elles deux. — Oh! le mur! cria la recluse. Oh! la voir et ne pas l'embrasser! Ta main! ta main!

La jeune fille lui passa son bras à travers
la lucarne, la recluse se jeta sur cette main,
y attacha ses lèvres, et·y demeura, abîmée
dans ce baiser, ne donnant plus d'autre signe
de vie qu'un sanglot qui soulevait ses hanches
de temps en temps. Cependant elle pleurait à
torrens, en silence, dans l'ombre, comme une
pluie de nuit. La pauvre mère vidait par flots
sur cette main adorée le noir et profond puits
de larmes qui était au dedans d'elle, et où
toute sa douleur avait filtré goutte à goutte
depuis quinze années.

Tout à coup, elle se releva, écarta ses longs
cheveux gris de dessus son front, et sans dire
une parole, se mit à ébranler de ses deux mains
les barreaux de sa loge, plus furieusement
qu'une lionne. Les barreaux tinrent bon. Alors
elle alla chercher dans un coin de sa cellule un
gros pavé qui lui servait d'oreiller, et le lança
contre eux avec tant de violence qu'un des
barreaux se brisa en jetant mille étincelles. Un
second coup effondra tout-à-fait la vieille croix
de fer qui barricadait la lucarne. Alors avec
ses deux mains elle acheva de rompre et d'é-
carter les tronçons rouillés des barreaux. Il y
a des momens où les mains d'une femme ont
une force surhumaine.

Le passage frayé, et il fallut moins d'une minute pour cela, elle saisit sa fille par le milieu du corps, et la tira dans sa cellule. — Viens! que je te repêche de l'abîme! murmurait-elle.

Quand sa fille fut dans la cellule, elle la posa doucement à terre, puis la reprit, et la portant dans ses bras comme si ce n'était toujours que sa petite Agnès, elle allait et venait dans l'étroite loge, ivre, forcenée, joyeuse, criant, chantant, baisant sa fille, lui parlant, éclatant de rire, fondant en larmes, le tout à la fois et avec emportement.

— Ma fille! ma fille! disait-elle. J'ai ma fille! la voilà. Le bon Dieu me l'a rendue. Eh vous! venez tous! Y a-t-il quelqu'un là pour voir que j'ai ma fille? Seigneur Jésus, qu'elle est belle! Vous me l'avez fait attendre quinze ans, mon bon Dieu, mais c'était pour me la rendre belle. — Les égyptiennes ne l'avaient donc pas mangée! Qui avait dit cela? Ma petite fille! ma petite fille! baise-moi. Ces bonnes égyptiennes. J'aime les égyptiennes. — C'est bien toi. C'est donc cela, que le cœur me sautait chaque fois que tu passais. Moi qui prenais cela pour de la haine! Pardonne-moi, mon Agnès, pardonne-moi. Tu m'as trouvée bien méchante, n'est-ce pas? je t'aime. — Ton petit signe au cou, l'as-tu toujours? voyons. Elle l'a toujours. Oh! tu es belle! C'est moi qui vous ai fait ces grands yeux-là, mademoiselle. Baise-moi. Je t'aime. Cela m'est bien égal, que les autres mères aient des enfans; je me moque bien d'elles à présent. Elle n'ont qu'à venir. Voici la mienne. Voilà son cou, ses yeux, ses cheveux, sa main. Trouvez-moi quelque chose de beau comme cela! Oh! je vous en réponds qu'elle aura des amoureux celle-là! J'ai pleuré quinze ans. Toute ma beauté s'en est allée, et lui est venue. Baise-moi!

Elle lui tenait mille autres discours extravagans dont l'accent faisait toute la beauté, dérangeait les vêtemens de la pauvre fille jusqu'à la faire rougir, lui lissait sa chevelure de soie avec la main, lui baisait le pied, le genou, le front, les yeux, s'extasiait de tout. La jeune fille se laissait faire, en répétant par intervalles très-bas et avec une douceur infinie : — Ma mère!

— Vois-tu, ma petite fille? reprenait la recluse en entrecoupant tous ses mots de baisers, vois-tu? je t'aimerai bien. Nous nous en irons d'ici. Nous allons être bien heureuses. J'ai hérité quelque chose à Reims, dans notre pays. Tu sais, Reims? Ah! non, tu ne sais pas cela, toi; tu étais trop petite! Si tu savais comme tu étais jolie, à quatre mois! Des petits pieds qu'on venait voir par curiosité d'Épernay, qui est à sept lieues! Nous aurons un champ, une maison. Je te coucherai dans mon lit. Mon Dieu! mon Dieu! qui est-ce qui croirait cela? j'ai ma fille!

— O ma mère! dit la jeune fille trouvant enfin la force de parler dans son émotion, l'égyptienne me l'avait bien dit. Il y a une bonne égyptienne des nôtres qui est morte l'an passé, et qui avait toujours eu soin de moi comme une nourrice. C'est elle qui m'avait mis ce sachet au cou. Elle me disait toujours : — Petite, garde bien ce bijou. C'est un trésor. Il te fera retrouver ta mère. Tu portes ta mère à ton cou. —Elle l'avait prédit, l'égyptienne!

La sachette serra de nouveau sa fille dans ses bras. —Viens, que je te baise! tu dis cela gentiment. Quand nous serons au pays, nous chausserons un Enfant-Jésus d'église avec les petits souliers. Nous devons bien cela à la bonne sainte Vierge. Mon Dieu! que tu as une jolie voix. Quand tu me parlais tout à l'heure, c'était une musique! Ah! mon Dieu

Seigneur! J'ai retrouvé mon enfant! Mais est-
ce croyable, cette histoire-là? On ne meurt de
rien, car je ne suis pas morte de joie.

Et puis, elle se remit à battre des mains et
à rire, et à crier : — Nous allons être heureuses!

En ce moment la logette retentit d'un cliquetis d'armes et d'un galop de chevaux, qui
semblait déboucher du pont Notre-Dame, et
s'avancer de plus en plus sur le quai. L'égyptienne se jeta avec angoisse dans les bras de la
sachette.

— Sauvez-moi! sauvez-moi! ma mère! les
voilà qui viennent!

La recluse redevint pâle.

— O ciel! que dis-tu là? J'avais oublié! on
te poursuit! Qu'as-tu donc fait?

— Je ne sais pas, répondit la malheureuse
enfant; mais je suis condamnée à mourir.

— Mourir! dit Gudule chancelante comme
sous un coup de foudre. Mourir! reprit-elle
lentement et regardant sa fille avec son œil
fixe.

— Oui, ma mère, reprit la jeune fille éperdue, ils veulent me tuer. Voilà qu'on vient me
prendre. Cette potence est pour moi! Sauvez-
moi! sauvez-moi! Ils arrivent! sauvez-moi!

La recluse resta quelques instans immobile comme une pétrification, puis elle remua la tête en signe de doute, et tout à coup partant d'un éclat de rire, mais de son rire effrayant qui lui était revenu : — Ho! ho! non! c'est un rêve que tu me dis là. Ah, oui! je l'aurais perdue, cela aurait duré quinze ans, et puis je la retrouverais, et cela durerait une minute! Et on me la reprendrait! et c'est maintenant qu'elle est belle, qu'elle est grande, qu'elle me parle, qu'elle m'aime; c'est maintenant qu'ils viendraient me la manger, sous mes yeux à moi qui suis la mère! Oh, non! ces choses-là ne sont pas possibles. Le bon Dieu n'en permet comme cela.

Ici la cavalcade parut s'arrêter, et l'on entendit une voix éloignée qui disait: — Par ici, messire Tristan! Le prêtre dit que nous la trouverons au Trou-aux-Rats. — Le bruit de chevaux recommença.

La recluse se dressa debout avec un cri désespéré. — Sauve-toi! sauve-toi! mon enfant! Tout me revient. Tu as raison. C'est ta mort! Horreur! malédiction! Sauve-toi!

Elle mit la tête à la lucarne, et la retira vite. — Reste, dit-elle, d'une voix basse, brève et lugubre, en serrant convulsivement la main de

l'égyptienne plus morte que vive. Reste! ne
souffle pas! il y a des soldats partout. Tu ne
peux sortir. Il fait trop de jour.

Ses yeux étaient secs et brûlans. Elle resta
un moment sans parler; seulement elle marchait à grands pas dans la cellule, et s'arrêtait
par intervalles, pour s'arracher des poignées
de cheveux gris qu'elle déchirait ensuite avec
ses dents.

Tout à coup elle dit : — Ils approchent. Je
vais leur parler. Cache-toi dans ce coin. Ils ne
te verront pas. Je leur dirai que tu t'es échappée, que je t'ai lâchée, ma foi!

Elle posa sa fille, car elle la portait toujours,
dans un angle de la cellule qu'on ne voyait pas
du dehors. Elle l'accroupit, l'arrangea soigneusement, de manière que ni son pied ni sa main
ne dépassassent l'ombre, lui dénoua ses cheveux noirs qu'elle répandit sur sa robe blanche pour la masquer, mit devant elle sa cruche et son pavé, les seuls meubles qu'elle eût,
s'imaginant que cette cruche et ce pavé la ca-
cheraient. Et quand ce fut fini, plus tranquille,
elle se mit à genoux, et pria. Le jour, qui ne faisait que de poindre, laissait encore beaucoup
de ténèbres dans le Trou-aux-Rats.

En cet instant, la voix du prêtre, cette voix

infernale passa très près de la cellule en criant : — Par ici, capitaine Phœbus de Châteaupers !

A ce nom, à cette voix, la Esmeralda, tapie dans son coin, fit un mouvement. — Ne bouge pas ! dit Gudule.

Elle achevait à peine qu'un tumulte d'hommes, d'épées et de chevaux s'arrêta autour de la cellule. La mère se leva bien vite, et s'alla poster devant sa lucarne pour la boucher. Elle vit une grande troupe d'hommes armés, de pied et de cheval, rangée sur la Grève. Celui qui les commandait mit pied à terre et vint vers elle. — La vieille, dit cet homme qui avait une figure atroce, nous cherchons une sorcière pour la pendre : on nous a dit que tu l'avais.

La pauvre mère prit l'air le plus indifférent qu'elle put, et répondit : — Je ne sais pas trop ce que vous voulez dire.

L'autre reprit : — Tête-Dieu ! que chantait donc cet effaré d'archidiacre. Où est-il ?

— Monseigneur, dit un soldat, il a disparu.

— Or çà, la vieille folle, repartit le commandant, ne me mens pas. On t'a donné une sorcière à garder. Qu'en as-tu fait ?

La recluse ne voulut pas tout nier, de peur

d'éveiller des soupçons, et répondit d'un accent sincère et bourru : — Si vous parlez d'une grande jeune fille qu'on m'a accrochée aux mains tout à l'heure, je vous dirai qu'elle m'a mordu et que je l'ai lâchée. Voilà. Laissez-moi en repos.

Le commandant fit une grimace désappointée.

— Ne vas pas me mentir, vieux spectre, reprit-il. Je m'appelle Tristan l'Hermite, et je suis le compère du roi. Tristan l'Hermite, entends-tu ? Il ajouta, en regardant la place de Grève autour de lui : — C'est un nom qui a de l'écho ici.

— Vous seriez Satan l'Hermite, répliqua Gudule qui reprenait espoir, que je n'aurais pas autre chose à vous dire et que je n'aurais pas peur de vous.

— Tête-Dieu, dit Tristan, voilà une commère ! Ah ! la fille sorcière s'est sauvée ! et par où a-t-elle pris ?

Gudule répondit d'un ton insouciant : — Par la rue du Mouton, je crois.

Tristan tourna la tête, et fit signe à sa troupe de se préparer à se remettre en marche. La recluse respira.

— Monseigneur, dit tout à coup un archer, demandez donc à la vieille fée pourquoi les barreaux de sa lucarne sont défaits de la sorte.

Cette question fit rentrer l'angoisse au cœur de la misérable mère. Elle ne perdit pourtant pas toute présence d'esprit. — Ils ont toujours été ainsi, bégaya-t-elle.

— Bah! repartit l'archer, hier encore ils faisaient une belle croix noire qui donnait de la dévotion.

Tristan jeta un regard oblique à la recluse.

— Je crois que la commère se trouble!

L'infortunée sentit que tout dépendait de sa bonne contenance, et, la mort dans l'âme, elle se mit à ricaner. Les mères ont de ces forces-là. — Bah! dit-elle, cet homme est ivre. Il y a plus d'un an que le cul d'une charrette de pierres a donné dans ma lucarne et en a défoncé la grille. Que même j'ai injurié le charretier!

— C'est vrai, dit un autre archer, j'y étais.

Il se trouve toujours partout des gens qui ont tout vu. Ce témoignage inespéré de l'archer ranima la recluse, à qui cet interrogatoire faisait traverser un abîme sur le tranchant d'un couteau.

Mais elle était condamnée à une alternative continuelle d'espérance et d'alarme.

— Si c'est une charrette qui a fait cela, repartit le premier soldat, les tronçons des barres devraient être repoussés en dedans, tandis qu'ils sont ramenés en dehors.

— Hé! hé! dit Tristan au soldat, tu as un nez d'enquêteur au Châtelet. Répondez à ce qu'il dit, la vieille.

— Mon Dieu! s'écria-t-elle aux abois et d'une voix malgré elle pleine de larmes, je vous jure, monseigneur, que c'est une charrette qui a brisé ces barreaux. Vous entendez que cet homme l'a vu. Et puis, qu'est-ce que cela fait pour votre égyptienne?

— Hum! grommela Tristan.

— Diable! reprit le soldat, flatté de l'éloge du prevôt, les cassures du fer sont toutes fraîches!

Tristan hocha la tête. Elle pâlit. — Combien y a-t-il de temps, dites-vous, de cette charrette?

— Un mois, quinze jours peut-être, monseigneur. Je ne sais plus, moi.

— Elle a d'abord dit plus d'un an, observa le soldat.

— Voilà qui est louche! dit le prevôt.

— Monseigneur, cria-t-elle toujours collée devant la lucarne, et tremblant que le soupçon ne les poussât à y passer la tête et à re-

garder dans la cellule ; monseigneur, je vous
jure que c'est une charrette qui a brisé cette
grille. Je vous le jure par les anges du paradis.
Si ce n'est pas une charrette, je veux être éternellement damnée et je renie Dieu !

— Tu mets bien de la chaleur à ce jurement ! dit Tristan avec son coup d'œil d'inqui-
siteur.

La pauvre femme sentait s'évanouir de plus
en plus son assurance. Elle en était à faire des
maladresses, et elle comprenait avec terreur
qu'elle ne disait pas ce qu'il aurait fallu dire.

Ici, un autre soldat arriva en criant : — Monseigneur, la vieille fée ment. La sorcière ne
s'est pas sauvée par la rue du Mouton. La
chaîne de la rue est restée tendue toute la
nuit, et le garde-chaîne n'a vu passer personne.

Tristan, dont la physionomie devenait à chaque instant plus sinistre, interpella la recluse :
— Qu'as-tu à dire à cela ?

Elle essaya encore de faire tête à ce nouvel
incident : — Que je ne sais, monseigneur, que
j'ai pu me tromper. Je crois qu'elle a passé
l'eau en effet.

— C'est le côté opposé, dit le prévôt. Il n'y
a pourtant pas grande apparence qu'elle ait

voulu rentrer dans la Cité, où on la poursuivait. Tu mens, la vieille !

— Et puis, ajouta le premier soldat, il n'y
a de bateau ni de ce côté de l'eau ni de l'autre.

— Elle aura passé à la nage, répliqua la recluse défendant le terrain pied à pied.

— Est-ce que les femmes nagent ? dit le
soldat.

— Tête-Dieu ! la vieille ! tu mens ! tu mens !
reprit Tristan avec colère. J'ai bonne envie de
laisser là cette sorcière, et de te prendre, toi.
Un quart d'heure de question te tirera peut-
être la vérité du gosier. Allons ! tu vas nous
suivre.

Elle saisit ces paroles avec avidité. — Comme
vous voudrez, monseigneur. Faites. Faites. La
question. Je veux bien. Emmenez-moi. Vite,
vite ! partons tout de suite. — Pendant ce temps-
là, pensait-elle, ma fille se sauvera.

— Mort-Dieu ! dit le prevôt, quel appétit
du chevalet ! Je ne comprends rien à cette
folle.

Un vieux sergent du guet à tête grise sortit des rangs, et s'adressant au prevôt : — Folle
en effet, monseigneur ! Si elle a lâché l'égyptienne, ce n'est pas sa faute, car elle n'aime
pas les égyptiennes. Voilà quinze ans que je

fais le guet, et que je l'entends tous les soirs
maugréer les femmes bohêmes avec des exé-
crations sans fin. Si celle que nous poursuivons
est, comme je crois, la petite danseuse à la
chèvre, elle déteste celle-là surtout.

Gudule fit un effort et dit : — Celle-là surtout.

Le témoignage unanime des hommes du
guet confirma au prévôt les paroles du vieux
sergent. Tristan l'Hermite désespérant de rien
tirer de la recluse lui tourna le dos, et elle le
vit avec une anxiété inexprimable se diriger
lentement vers son cheval. — Allons, disait-il
entre ses dents, en route! remettons-nous à
l'enquête. Je ne dormirai pas que l'égyptienne
ne soit pendue.

Cependant il hésita encore quelque temps
avant de monter à cheval. Gudule palpitait
entre la vie et la mort en le voyant promener
autour de la place cette mine inquiète d'un chien
de chasse qui sent près de lui le gîte de la bête
et résiste à s'éloigner. Enfin il secoua la tête et
sauta en selle. Le cœur si horriblement com-
primé de Gudule se dilata, et elle dit à voix
basse en jetant un coup d'œil sur sa fille,
qu'elle n'avait pas encore osé regarder depuis
qu'ils étaient là : — Sauvée!

La pauvre enfant était restée tout ce temps
dans son coin, sans souffler, sans remuer, avec
l'idée de la mort debout devant elle. Elle n'a-
vait rien perdu de la scène entre Gudule et
Tristan, et chacune des angoisses de sa mère
avait retenti en elle. Elle avait entendu tous
les craquemens successifs du fil qui la tenait
suspendue sur le gouffre; elle avait cru
vingt fois le voir se briser, et commençait
enfin à respirer et à se sentir le pied en terre
ferme. En ce moment, elle entendit une voix
qui disait au prevôt : — Corbœuf! monsieur
le prevôt, ce n'est pas mon affaire, à moi
homme d'armes, de pendre les sorcières. La
quenaille de peuple est à bas. Je vous laisse
besogner tout seul. Vous trouverez bon que
j'aille rejoindre ma compagnie, pour ce qu'elle
est sans capitaine. — Cette voix, c'était celle
de Phœbus de Châteaupers. Ce qui se passa
en elle est ineffable. Il était donc là, son ami,
son protecteur, son appui, son asile, son Phœbus! Elle se leva, et avant que sa mère eût pu
l'en empêcher, elle s'était jetée à la lucarne en
criant : — Phœbus! à moi, mon Phœbus!

Phœbus n'y était plus. Il venait de tourner
au galop l'angle de la rue de la Coutellerie.
Mais Tristan n'était pas encore parti.

La recluse se précipita sur sa fille avec un rugissement. Elle la retira violemment en arrière en lui enfonçant ses ongles dans le cou. Une mère tigresse n'y regarde pas de si près. Mais il était trop tard. Tristan avait vu.

— Hé! hé! s'écria-t-il avec un rire qui déchaussait toutes ses dents et faisait ressembler sa figure au museau d'un loup, deux souris dans la souricière!

— Je m'en doutais, dit le soldat.

Tristan lui frappa sur l'épaule :

— Tu es un bon chat! — Allons, ajouta-t-il, où est Henriet Cousin ?

Un homme qui n'avait ni le vêtement ni la mine des soldats sortit de leurs rangs. Il portait un costume mi-parti gris et brun, les cheveux plats, des manches de cuir, et un paquet de cordes à sa grosse main. Cet homme accompagnait toujours Tristan, qui accompagnait toujours Louis XI.

— L'ami, dit Tristan-l'Hermite, je présume que voilà la sorcière que nous cherchions. Tu vas me pendre cela. As-tu ton échelle?

— Il y en a une là sous le hangar de la Maison-aux-Piliers, répondit l'homme. Est-ce à cette justice-là que nous ferons la chose? poursuivit-il en montrant le gibet de pierre.

— Oui.

— Ho hé! reprit l'homme avec un gros rire
plus bestial encore que celui du prevôt, nous
n'aurons pas beaucoup de chemin à faire.

— Dépêche, dit Tristan! tu riras après.

Cependant, depuis que Tristan avait vu sa
fille et que tout espoir était perdu, la recluse
n'avait pas encore dit une parole. Elle avait jeté
la pauvre égyptienne à demi morte dans le
coin du caveau, et s'était replacée à la lucarne,
ses deux mains appuyées à l'angle de l'entable-
ment comme deux griffes. Dans cette attitude, on la voyait promener intrépidement
sur tous ces soldats son regard, qui était redevenu fauve et insensé. Au moment où Henriet Cousin s'approcha de la loge, elle lui fit
une figure tellement sauvage qu'il recula.

— Monseigneur, dit-il en revenant au prévôt, laquelle faut-il prendre?

— La jeune.

— Tant mieux. Car la vieille paraît malaisée.

— Pauvre petite danseuse à la chèvre! dit
le vieux sergent du guet.

Henriet Cousin se rapprocha de la lucarne.
L'œil de la mère fit baisser le sien. Il dit assez
timidement : — Madame...

Elle l'interrompit d'une voix très basse et furieuse : — Que demandes-tu?

— Ce n'est pas vous, dit-il, c'est l'autre.

— Quelle autre?

— La jeune.

Elle se mit à secouer la tête en criant : — Il n'y a personne! Il n'y a personne! Il n'y a personne!

— Si! reprit le bourreau, vous le savez bien. Laissez-moi prendre la jeune. Je ne veux pas vous faire de mal, à vous.

Elle dit avec un ricanement étrange : — Ah! tu ne veux pas me faire de mal, à moi!

— Laissez-moi l'autre, madame; c'est monsieur le prevôt qui le veut.

Elle répéta d'un air de folie : — Il n'y a personne.

— Je vous dis que si! répliqua le bourreau; nous avons tous vu que vous étiez deux.

— Regarde plutôt! dit la recluse en ricanant. Fourre ta tête par la lucarne.

Le bourreau examina les ongles de la mère, et n'osa pas.

— Dépêche! cria Tristan qui venait de ranger sa troupe en cercle autour du Trou-aux-Rats, et qui se tenait à cheval près du gibet.

Henriet revint au prevôt encore une fois,

tout embarrassé. Il avait posé sa corde à terre,
et roulait d'un air gauche son chapeau dans
ses mains. — Monseigneur, demanda-t-il, par
où entrer ?

— Par la porte.

— Il n'y en a pas.

— Par la fenêtre.

— Elle est trop étroite.

— Elargis-la, dit Tristan avec colère. N'as-
tu pas des pioches?

Du fond de son antre, la mère, toujours en
arrêt, regardait. Elle n'espérait plus rien, elle
ne savait plus ce qu'elle voulait, mais elle ne
voulait pas qu'on lui prît sa fille.

Henriet Cousin alla chercher la caisse d'outils des basses-œuvres sous le hangard de la
Maison-aux-Piliers. Il en retira aussi la double
échelle qu'il appliqua sur-le-champ au gibet.
Cinq ou six hommes de la prevôté s'armèrent
de pics et de leviers, et Tristan se dirigea
avec eux vers la lucarne.

— La vieille, dit le prevôt d'un ton sévère,
livre-nous cette fille de bonne grâce.

Elle le regarda comme quand on ne com-
prend pas.

— Tête-Dieu! reprit Tristan, qu'as-tu donc

à empêcher cette sorcière d'être pendue
comme il plaît au roi?

La misérable se mit à rire de son rire farouche.

— Ce que j'y ai? C'est ma fille.

L'accent dont elle prononça ce mot fit frissonner jusqu'à Henriet Cousin lui-même.

— J'en suis fâché, repartit le prevôt, mais
c'est le bon plaisir du roi.

Elle cria en redoublant son rire terrible : —
Qu'est-ce que cela me fait, ton roi? Je te dis
que c'est ma fille !

— Percez le mur, dit Tristan.

Il suffisait, pour pratiquer une ouverture
assez large, de desceller une assise de pierre
au dessous de la lucarne. Quand la mère entendit les pics et les leviers saper sa forteresse,
elle poussa un cri épouvantable; puis elle se
mit à tourner avec une vitesse effrayante autour de sa loge, habitude de bête fauve que
la cage lui avait donnée. Elle ne disait plus
rien, mais ses yeux flamboyaient. Les soldats
étaient glacés au fond du cœur.

Tout à coup elle prit son pavé, rit, et le jeta
à deux poings sur les travailleurs. Le pavé,
mal lancé (car ses mains tremblaient), ne

toucha personne, et vint s'arrêter sous les
pieds du cheval de Tristan. Elle grinça des dents.

Cependant, quoique le soleil ne fût pas encore levé, il faisait grand jour; une belle teinte
rose égayait les vieilles cheminées vermoulues
de la Maison-aux-Piliers. C'était l'heure où les
fenêtres les plus matinales de la grande ville
s'ouvrent joyeusement sur les toits. Quelques
manans, quelques fruitiers allant aux halles
sur leur âne, commençaient à traverser la
Grève; ils s'arrêtaient un moment devant ce
groupe de soldats amoncelé autour du Trou-
aux-Rats, le considéraient d'un air étonné, et
passaient outre.

La recluse était allée s'asseoir près de sa fille,
la couvrant de son corps, devant elle, l'œil
fixe, écoutant la pauvre enfant qui ne bougeait pas, et qui murmurait à voix basse pour
toute parole : Phœbus! Phœbus! A mesure que
le travail des démolisseurs semblait s'avancer,
la mère se reculait machinalement, et serrait
de plus en plus la jeune fille contre le mur.
Tout à coup la recluse vit la pierre (car elle
faisait sentinelle, et ne la quittait pas du regard) s'ébranler, et elle entendit la voix de
Tristan qui encourageait les travailleurs. Alors
elle sortit de l'affaissement où elle était tom-

bée depuis quelques instans, et s'écria, et tandis qu'elle parlait, sa voix tantôt déchirait l'oreille comme une scie, tantôt balbutiait comme si toutes les malédictions se fussent pressées sur ses lèvres pour éclater à la fois. — Ho! ho! ho! Mais c'est horrible! Vous êtes des brigands! Est-ce que vous allez vraiment me prendre ma fille? Je vous dis que c'est ma fille! Oh! les lâches! Oh! les laquais bourreaux! les misérables goujats assassins! Au secours! au secours! au feu! Mais est-ce qu'ils me prendront mon enfant comme cela? Qui est-ce donc qu'on appelle le bon Dieu? —

Alors s'adressant à Tristan, écumante, l'œil hagard, à quatre pattes comme une panthère, et toute hérissée :

— Approche un peu me prendre ma fille! Est-ce que tu ne comprends pas que cette femme te dit que c'est sa fille? Sais-tu ce que c'est qu'un enfant qu'on a? Hé! loup-cervier, n'as-tu jamais gîté avec ta louve? n'en as-tu jamais eu un louveteau? et si tu as des petits, quand ils hurlent, est-ce que tu n'as rien dans le ventre que cela remue?

— Mettez bas la pierre, dit Tristan; elle ne tient plus.

Les leviers soulevèrent la lourde assise. C'était, nous l'avons dit, le dernier rempart de la mère. Elle se jeta dessus ; elle voulut la retenir ; elle égratigna la pierre avec ses ongles, mais le bloc massif, mis en mouvement par six hommes, lui échappa, et glissa doucement jusqu'à terre le long des leviers de fer.

La mère, voyant l'entrée faite, tomba devant l'ouverture en travers, barricadant la brêche avec son corps, tordant ses bras, heurtant la dalle de sa tête, et criant d'une voix enrouée de fatigue qu'on entendait à peine : — Au secours ! au feu ! au feu !

— Maintenant prenez la fille, dit Tristan toujours impassible.

La mère regarda les soldats d'une manière si formidable qu'ils avaient plus envie de reculer que d'avancer.

— Allons donc, reprit le prevôt. Henriet Cousin, toi !

Personne ne fit un pas.

Le prevôt jura : — Tête-Christ ! mes gens de guerre ! peur d'une femme !

— Monseigneur, dit Henriet, vous appelez cela une femme ?

— Elle a une crinière de lion ! dit un autre.

— Allons ! repartit le prevôt, la baie est assez large. Entrez-y trois de front, comme à la

brèche de Pontoise. Finissons, mort-Mahom!
Le premier, qui recule, j'en fais deux morceaux!

Placés entre le prevôt et la mère, tous deux
menaçans, les soldats hésitèrent un moment,
puis, prenant leur parti, s'avancèrent vers le
Trou-aux-Rats.

Quand la recluse vit cela, elle se dressa brusquement sur les genoux, écarta ses cheveux
de son visage, puis laissa retomber ses mains
maigres et écorchées sur ses cuisses. Alors de
grosses larmes sortirent une à une de ses
yeux; elles descendaient par une ride le long
de ses joues, comme un torrent par le lit qu'il
s'est creusé. En même temps elle se mit à parler, mais d'une voix si suppliante, si douce,
si soumise et si poignante, qu'à l'entour de
Tristan plus d'un vieil argousin qui aurait
mangé de la chair humaine s'essuyait les
yeux.

— Messeigneurs! messieurs les sergens, un
mot! C'est une chose qu'il faut que je vous
dise! C'est ma fille, voyez-vous? ma chère
petite fille que j'avais perdue! Écoutez. C'est
une histoire. Figurez-vous que je connais
très-bien messieurs les sergens. Ils ont toujours été bons pour moi dans le temps que

les petits garçons me jetaient des pierres, parce
que je faisais la vie d'amour. Voyez-vous?
vous me laisserez mon enfant, quand vous
saurez! Je suis une pauvre fille de joie. Ce sont
les bohémiennes qui me l'ont volée. Même
que j'ai gardé son soulier quinze ans. Tenez,
le voilà. Elle avait ce pied-là. A Reims! La
Chantefleurie! rue Folle-peine! Vous avez
connu cela peut-être. C'était moi. Dans votre
jeunesse, alors, c'était un beau temps, on
passait de bons quarts d'heure. Vous aurez
pitié de moi, n'est-ce pas, messeigneurs? Les
égyptiennes me l'ont volée; elles me l'ont
cachée quinze ans. Je la croyais morte. Figurez-
vous, mes bons amis, que je la croyais morte.
J'ai passé quinze ans ici, dans cette cave, sans
feu l'hiver. C'est dur, cela. Le pauvre cher
petit soulier! J'ai tant crié que le bon Dieu
m'a entendue. Cette nuit, il m'a rendue ma
fille. C'est un miracle du bon Dieu. Elle n'était
pas morte. Vous ne me la prendrez pas, j'en
suis sûre. Encore si c'était moi, je ne dirais
pas, mais elle, une enfant de seize ans! Lais-
sez-lui le temps de voir le soleil! — Qu'est-ce
qu'elle vous a fait? rien du tout. Moi non plus.
Si vous saviez que je n'ai qu'elle, que je suis
vieille, que c'est une bénédiction que la sainte

Vierge m'envoie. Et puis, vous êtes si bons
tous ! Vous ne saviez pas que c'était ma fille;
à présent vous le savez. Oh ! je l'aime ! Monsieur le grand prevôt, j'aimerais mieux un
trou à mes entrailles qu'une égratignure à
son doigt ! C'est vous qui avez l'air d'un bon
seigneur ! Ce que je vous dis là vous explique
la chose, n'est-il pas vrai ? Oh ! si vous avez eu
une mère, monseigneur ! vous êtes le capitaine, laissez-moi mon enfant ! Considérez
que je vous prie à genoux, comme on prie
un Jésus-Christ ! Je ne demande rien à personne ; je suis de Reims, messeigneurs; j'ai
un petit champ de mon oncle Mahiet Pradon.
Je ne suis pas une mendiante. Je ne veux rien,
mais je veux mon enfant ! Oh ! je veux garder mon enfant ! Le bon Dieu, qui est le maître, ne me l'a pas rendue pour rien ! Le
roi ! vous dites le roi ! Cela ne lui fera déjà
pas beaucoup de plaisir qu'on tue ma petite
fille ! Et puis le roi est bon ! C'est ma fille !
c'est ma fille, à moi ! elle n'est pas au roi ! elle
n'est pas à vous ! Je veux m'en aller ! nous
voulons nous en aller ! enfin, deux femmes
qui passent, dont l'une est la mère et l'autre
la fille, on les laisse passer ! Laissez-nous passer ! nous sommes de Reims. Oh ! vous êtes

bien bons, messieurs les sergens; je vous aime
tous. Vous ne me prendrez pas ma chère petite,
c'est impossible ! N'est-ce pas, que c'est tout-à-
fait impossible ? Mon enfant! mon enfant!

Nous n'essaierons pas de donner une idée
de son geste, de son accent, des larmes qu'elle
buvait en parlant, des mains qu'elle joignait
et puis tordait, des sourires navrans, des regards noyés, des gémissemens, des soupirs,
des cris misérables et saisissans qu'elle mêlait
à ces paroles désordonnées, folles et décou-
sues. Quand elle se tut, Tristan l'Hermite fronça
le sourcil, mais c'était pour cacher une larme
qui roulait dans son œil de tigre. Il surmonta
pourtant cette faiblesse, et dit d'un ton bref:
— Le roi le veut.

Puis, il se pencha à l'oreille d'Henriet Cousin, et lui dit tout bas : — Finis vite! Le redoutable prévôt sentait peut-être le cœur lui
manquer, à lui aussi.

Le bourreau et les sergens entrèrent dans la
logette. La mère ne fit aucune résistance,
seulement elle se traîna vers sa fille et se jeta
à corps perdu sur elle. L'égyptienne vit les
soldats s'approcher. L'horreur de la mort la
ranima : — Ma mère! cria-t-elle avec un inexprimable accent de détresse, ma mère! ils

viennent! défendez-moi! — Oui, mon amour,
je te défends! répondit la mère d'une voix
éteinte, et, la serrant étroitement dans ses
bras, elle la couvrit de baisers. Toutes deux
ainsi à terre, la mère sur la fille, faisaient un
spectacle digne de pitié.

Henriet Cousin prit la jeune fille par le
milieu du corps sous ses belles épaules. Quand
elle sentit cette main, elle fit : Heuh! et s'é-
vanouit. Le bourreau, qui laissait tomber
goutte à goutte de grosses larmes sur elle,
voulut l'enlever dans ses bras. Il essaya de
détacher la mère qui avait pour ainsi dire
noué ses deux mains autour de la ceinture
de sa fille, mais elle était si puissamment cram-
ponnée à son enfant qu'il fut impossible de l'en
séparer. Henriet Cousin alors traîna la jeune
fille hors de la loge, et la mère après elle. La
mère aussi tenait ses yeux fermés.

Le soleil se levait en ce moment, et il y avait
déjà sur la place un assez bon amas de peuple qui regardait à distance ce qu'on traînait ainsi sur le pavé vers le gibet. Car c'était la
mode du prevôt Tristan aux exécutions. Il avait
la manie d'empêcher les curieux d'approcher.

Il n'y avait personne aux fenêtres. On voyait
seulement de loin, au sommet de celle des

tours de Notre-Dame qui domine la Grève, deux hommes détachés en noir sur le ciel clair du matin, qui semblaient regarder.

Henriet Cousin s'arrêta avec ce qu'il traînait au pied de la fatale échelle, et, respirant à peine, tant la chose l'apitoyait, il passa la corde autour du cou adorable de la jeune fille. La malheureuse enfant sentit l'horrible attouchement du chanvre. Elle souleva ses paupières, et vit le bras décharné du gibet de pierre, étendu au dessus de sa tête. Alors elle se secoua, et cria d'une voix haute et déchirante: — Non! non! je ne veux pas! La mère, dont la tête était enfouie et perdue sous les vêtemens de sa fille, ne dit pas une parole; seulement on vit frémir tout son corps, et on l'entendit redoubler ses baisers sur son enfant. Le bourreau profita de ce moment pour dénouer vivement les bras dont elle étreignait la condamnée. Soit épuisement, soit désespoir, elle le laissa faire. Alors il prit la jeune fille sur son épaule, d'où la charmante créature retombait gracieusement pliée en deux sur sa large tête. Puis il mit le pied sur l'échelle pour monter.

En ce moment la mère accroupie sur le pavé ouvrit tout-à-fait les yeux. Sans jeter un cri,

elle se redressa avec une expression terrible;
puis, comme une bête sur sa proie, elle se
jeta sur la main du bourreau et le mordit. Ce
fut un éclair. Le bourreau hurla de douleur.
On accourut. On retira avec peine sa main sanglante d'entre les dents de la mère. Elle gardait un profond silence. On la repoussa assez
brutalement, et l'on remarqua que sa tête
retombait lourdement sur le pavé. On la releva, elle se laissa de nouveau retomber. C'est
qu'elle était morte.

Le bourreau, qui n'avait pas lâché la jeune
fille, se remit à monter l'échelle.

II.

La creatura bella bianco vestita. — Dante.

———

Quand Quasimodo vit que la cellule était vide, que l'égyptienne n'y était plus, que pendant qu'il la défendait on l'avait enlevée, il prit ses cheveux à deux mains et trépigna de surprise et de douleur, puis il se mit à courir par toute l'église, cherchant sa bohémienne, hurlant des cris étranges à tous les coins de

mur, semant ses cheveux rouges sur le pavé.
C'était précisément le moment où les archers
du roi entraient victorieux dans Notre-Dame,
cherchant aussi l'égyptienne. Quasimodo les y
aida, sans se douter, le pauvre sourd, de leurs
fatales intentions ; il croyait que les ennemis
de l'égyptienne, c'étaient les truands. Il mena
lui-même Tristan-l'Hermite à toutes les ca-
chettes possibles, lui ouvrit les portes secrètes, les doubles-fonds d'autel, les arrière-
sacristies. Si la malheureuse y eût été encore,
c'est lui qui l'eût livrée. Quand la lassitude de
ne rien trouver eut rebuté Tristan qui ne se
rebutait pas aisément, Quasimodo continua
de chercher tout seul. Il fit vingt fois, cent fois
le tour de l'église, de long en large, du haut en
bas, montant, descendant, courant, appelant,
criant, flairant, furetant, fouillant, fourrant
sa tête dans tous les trous, poussant une torche sous toutes les voûtes, désespéré, fou. Un
mâle qui a perdu sa femelle n'est pas plus ru-
gissant ni plus hagard. Enfin quand il fut sûr,
bien sûr qu'elle n'y était plus, que c'en était
fait, qu'on la lui avait dérobée, il remonta
lentement l'escalier des tours, cet escalier
qu'il avait escaladé avec tant d'emportement
et de triomphe le jour où il l'avait sauvée. Il

repassa par les mêmes lieux, la tête basse,
sans voix, sans larmes, presque sans souffle.
L'église était déserte de nouveau, et retombée
dans son silence. Les archers l'avaient quittée
pour traquer la sorcière dans la Cité. Quasimodo, resté seul dans cette vaste Notre-Dame,
si assiégée et si tumultueuse le moment d'auparavant, reprit le chemin de la cellule où
l'égyptienne avait dormi tant de semaines sous
sa garde. En s'en approchant, il se figurait
qu'il allait peut-être l'y retrouver. Quand au
détour de la galerie qui donne sur le toit des
bas-côtés, il aperçut l'étroite logette avec sa
petite fenêtre et sa petite porte, tapie sous un
grand arc-boutant comme un nid d'oiseau
sous une branche, le cœur lui manqua, au
pauvre homme, et il s'appuya contre un pilier
pour ne pas tomber. Il s'imagina qu'elle y
était peut-être rentrée, qu'un bon génie l'y
avait sans doute ramenée, que cette logette
était trop tranquille, trop sûre et trop charmante pour qu'elle n'y fût point, et il n'osait
faire un pas de plus, de peur de briser son
illusion. — Oui, se disait-il en lui-même, elle
dort peut-être, ou elle prie. Ne la troublons pas.
— Enfin il rassembla son courage, il avança
sur la pointe des pieds, il regarda, il entra.

Vide! La cellule était toujours vide. Le malheureux sourd en fit le tour à pas lents, souleva le lit et regarda dessous, comme si elle pouvait être cachée entre la dalle et le matelas, puis il secoua la tête et demeura stupide. Tout à coup, il écrasa furieusement sa torche du pied, et, sans dire une parole, sans pousser un soupir, il se précipita de toute sa course la tête contre le mur et tomba évanoui sur le pavé.

Quand il revint à lui, il se jeta sur le lit, il s'y roula, il baisa avec frénésie la place tiède encore où la jeune fille avait dormi; il y resta quelques minutes immobile comme s'il allait y expirer; puis il se releva, ruisselant de sueur, haletant, insensé, et se mit à cogner les murailles de sa tête avec l'effrayante régularité du battant de ses cloches, et la résolution d'un homme qui veut l'y briser. Enfin il tomba une seconde fois, épuisé; il se traîna sur les genoux hors de la cellule et s'accroupit en face de la porte, dans une attitude d'étonnement. Il resta ainsi plus d'une heure sans faire un mouvement, l'œil fixé sur la cellule déserte, plus sombre et plus pensif qu'une mère assise entre un berceau vide et un cercueil plein. Il ne prononçait pas un mot; seulement, à de longs intervalles, un sanglot

remuait violemment tout son corps, mais un
sanglot sans larmes, comme ces éclairs d'été
qui ne font pas de bruit.

Il paraît que ce fut alors que, cherchant au
fond de sa rêverie désolée quel pouvait être
le ravisseur inattendu de l'égyptienne, il songea à l'archidiacre. Il se souvint que dom
Claude avait seul une clef de l'escalier qui menait à la cellule; il se rappela ses tentatives
nocturnes sur la jeune fille, la première à laquelle lui Quasimodo avait aidé, la seconde
qu'il avait empêchée. Il se rappela mille détails,
et ne douta bientôt plus que l'archidiacre ne
lui eût pris l'égyptienne. Cependant tel était
son respect du prêtre, la reconnaissance, le dé-
vouement, l'amour pour cet homme avaient
de si profondes racines dans son cœur qu'elles
résistaient, même en ce moment, aux ongles
de la jalousie et du désespoir.

Il songeait que l'archidiacre avait fait cela,
et la colère de sang et de mort qu'il en eût
ressentie contre tout autre, du moment où
il s'agissait de Claude Frollo, se tournait
chez le pauvre sourd en accroissement de douleur.

Au moment où sa pensée se fixait ainsi sur
le prêtre, comme l'aube blanchissait les arcs-

boutans, il vit à l'étage supérieur de Notre-
Dame, au coude que fait la balustrade extérieure qui tourne autour de l'abside, une
figure qui marchait. Cette figure venait de son
côté. Il la reconnut. C'était l'archidiacre. Claude
allait d'un pas grave et lent. Il ne regardait pas
devant lui en marchant, il se dirigeait vers la
tour septentrionale, mais son visage était
tourné de côté, vers la rive droite de la Seine,
et il tenait la tête haute, comme s'il eût tâché
de voir quelque chose par dessus les toits. Le
hibou a souvent cette attitude oblique. Il vole
vers un point et en regarde un autre. — Le
prêtre passa ainsi au dessus de Quasimodo
sans le voir.

Le sourd que cette brusque apparition avait
pétrifié, le vit s'enfoncer sous la porte de l'escalier de la tour septentrionale. Le lecteur sait
que cette tour est celle d'où l'on voit l'Hôtel-
de-Ville. Quasimodo se leva et suivit l'archidiacre.

Quasimodo monta l'escalier de la tour pour
le monter, pour savoir pourquoi le prêtre le
montait. Du reste, le pauvre sonneur ne savait ce qu'il ferait, lui Quasimodo, ce qu'il
dirait, ce qu'il voulait. Il était plein de fureur

et plein de crainte. L'archidiacre et l'égyptienne se heurtaient dans son cœur.

Quand il fut parvenu au sommet de la tour,
avant de sortir de l'ombre de l'escalier et d'entrer sur la plate-forme, il examina avec précaution où était le prêtre. Le prêtre lui tournait le dos. Il y a une balustrade percée à jour
qui entoure la plate-forme du clocher. Le prêtre, dont les yeux plongeaient sur la ville, avait
la poitrine appuyée à celui des quatre côtés
de la balustrade qui regarde le pont Notre-
Dame.

Quasimodo, s'avançant à pas de loup derrière lui, alla voir ce qu'il regardait ainsi. L'attention du prêtre était tellement absorbée
ailleurs qu'il n'entendit point le sourd marcher près de lui.

C'est un magnifique et charmant spectacle
que Paris, et le Paris d'alors surtout, vu du
haut des tours de Notre-Dame aux fraîches
lueurs d'une aube d'été. On pouvait être, ce
jour-là, en juillet. Le ciel était parfaitement
serein. Quelques étoiles attardées s'y étei-
gnaient sur divers points, et il y en avait une
très-brillante au levant dans le plus clair du
ciel. Le soleil était au moment de paraître.
Paris commençait à remuer. Une lumière très-

blanche et très-pure faisait saillir vivement à l'œil tous les plans que ses mille maisons présentent à l'orient. L'ombre géante des clochers allait de toits en toits d'un bout de la grande ville à l'autre. Il y avait déjà des quartiers qui parlaient et qui faisaient du bruit. Ici un coup de cloche, là un coup de marteau, là bas le cliquetis compliqué d'une charrette en marche. Déjà quelques fumées se dégorgeaient çà et là sur toute cette surface de toits comme par les fissures d'une immense sólfatare. La rivière, qui fronce son eau aux arches de tant de ponts, à la pointe de tant d'îles, était moirée de plis d'argent. Autour de la ville, au dehors des remparts, la vue se perdait dans un grand cercle de vapeurs floconneuses à travers lesquelles on distinguait confusément la ligne indéfinie des plaines, et le gracieux renflement des coteaux. Toutes sortes de rumeurs flottantes se dispersaient sur cette cité à demi réveillée. Vers l'orient le vent du matin chassait à travers le ciel quelques blanches ouates arrachées à la toison de brume des collines.

Dans le Parvis, quelques bonnes femmes, qui avaient en main leur pot au lait, se montraient avec étonnement le délabrement singulier de la grande porte de Notre-Dame, et deux ruisseaux de plomb figés entre les fentes des grès. C'était tout ce qui restait du tumulte de la nuit. Le bûcher allumé par Quasimodo, entre les tours, s'était éteint. Tristan avait déjà déblayé la place et fait jeter les morts à la Seine. Les rois comme Louis XI ont soin de laver vite le pavé après un massacre.

En dehors de la balustrade de la tour, précisément au dessous du point où s'était arrêté le prêtre, il y avait une de ces gouttières de pierre fantastiquement taillées qui hérissent les édifices gothiques ; et, dans une crevasse de cette gouttière, deux jolies giroflées en fleur, secouées et rendues comme vivantes par le souffle de l'air, se faisaient des salutations folâtres. Au dessus des tours, en haut, bien loin au fond du ciel, on entendait de petits cris d'oiseaux.

Mais le prêtre n'écoutait, ne regardait rien de tout cela. Il était de ces hommes pour lesquels il n'y a pas de matins, pas d'oiseaux, pas de fleurs. Dans cet immense horizon qui prenait tant d'aspects autour de lui, sa contemplation était concentrée sur un point unique.

Quasimodo brûlait de lui demander ce qu'il

avait fait de l'égyptienne; mais l'archidiacre semblait en ce moment être hors du monde. Il était visiblement dans une de ces minutes violentes de la vie où l'on ne sentirait pas la terre crouler. Les yeux invariablement fixés sur un certain lieu, il demeurait immobile et silencieux; et ce silence et cette immobilité avaient quelque chose de si redoutable que le sauvage sonneur frémissait devant et n'osait s'y heurter. Seulement, et c'était encore une manière d'interroger l'archidiacre, il suivit la direction de son rayon visuel, et de cette façon le regard du malheureux sourd tomba sur la place de Grève.

Il vit ainsi ce que le prêtre regardait. L'échelle était dressée près du gibet permanent. Il y avait quelque peuple dans la place et beaucoup de soldats. Un homme traînait sur le pavé une chose blanche à laquelle une chose noire était accrochée. Cet homme s'arrêta au pied du gibet. Ici il se passa quelque chose que Quasimodo ne vit pas bien. Ce n'est pas que son œil unique n'eût conservé sa longue portée, mais il y avait un gros de soldats qui empêchait de distinguer tout. D'ailleurs, en cet instant le soleil parut, et un tel flot de lumière déborda par dessus l'horizon qu'on eût dit que toutes les pointes de Paris, flèches, cheminées, pignons, prenaient feu à la fois.

Cependant l'homme se mit à monter l'échelle. Alors Quasimodo le revit distinctement. Il portait une femme sur son épaule, une jeune fille vêtue de blanc ; cette jeune fille avait un nœud au cou. Quasimodo la reconnut. C'était elle.

L'homme parvint ainsi au haut de l'échelle. Là il arrangea le nœud. Ici le prêtre, pour mieux voir, se mit à genoux sur la balustrade.

Tout à coup l'homme repoussa brusquement l'échelle du talon, et Quasimodo, qui ne respirait plus depuis quelques instans, vit se balancer au bout de la corde à deux toises au dessus du pavé, la malheureuse enfant avec l'homme accroupi les pieds sur ses épaules. La corde fit plusieurs tours sur elle-même, et Quasimodo vit courir d'horribles convulsions le long du corps de l'égyptienne. Le prêtre de son côté, le cou tendu, l'œil hors de la tête, contemplait ce groupe épouvantable de l'homme et de la jeune fille, de l'araignée et de la mouche.

Au moment où c'était le plus effroyable, un rire de démon, un rire qu'on ne peut avoir que lorsqu'on n'est plus homme, éclata sur le

visage livide du prêtre. Quasimodo n'entendit
pas ce rire, mais il le vit. Le sonneur recula de
quelques pas derrière l'archidiacre, et tout à
coup se ruant sur lui avec fureur, de ses deux
grosses mains il le poussa par le dos dans l'a-
bîme sur lequel dom Claude était penché.

Le prêtre cria : — Damnation! et tomba.

La gouttière au dessus de laquelle il se trouvait l'arrêta dans sa chute. Il s'y accrocha avec
des mains désespérées, et au moment où il
ouvrait la bouche pour jeter un second cri, il
vit passer au rebord de la balustrade, au dessus de sa tête, la figure formidable et venge-
resse de Quasimodo. Alors il se tut.

L'abîme était au dessous de lui. Une chute
de plus de deux cents pieds, et le pavé. Dans
cette situation terrible, l'archidiacre ne dit
pas une parole, ne poussa pas un gémisse-
ment. Seulement, il se tordit sur la gouttière
avec des efforts inouis pour remonter; mais
ses mains n'avaient pas de prise sur le gra-
nit, ses pieds rayaient la muraille noircie,
sans y mordre. Les personnes qui ont monté
sur les tours de Notre-Dame savent qu'il y a
un renflement de la pierre immédiatement au
dessous de la balustrade. C'est sur cet angle
rentrant que s'épuisait le misérable archi-

diacre. Il n'avait pas affaire à un mur à pic, mais à un mur qui fuyait sous lui.

Quasimodo n'eût eu, pour le tirer du gouffre, qu'à lui tendre la main ; mais il ne le regardait seulement pas. Il regardait la Grève. Il regardait le gibet. Il regardait l'égyptienne. Le sourd s'était accoudé sur la balustrade à la place où était l'archidiacre le moment d'auparavant, et là, ne détachant pas son regard du seul objet qu'il y eût pour lui au monde en ce moment, il était immobile et muet comme un homme foudroyé, et un long ruisseau de pleurs coulait en silence de cet œil qui jusqu'alors n'avait encore versé qu'une seule larme.

Cependant l'archidiacre haletait. Son front chauve ruisselait de sueur, ses ongles saignaient sur la pierre, ses genoux s'écorchaient au mur. Il entendait sa soutane, accrochée à la gouttière, craquer et se découdre à chaque secousse qu'il lui donnait. Pour comble de malheur, cette gouttière était terminée par un tuyau de plomb qui fléchissait sous le poids de son corps. L'archidiacre sentait ce tuyau ployer lentement. Il se disait, le misérable, que quand ses mains seraient brisées de fatigue, quand sa soutane serait déchirée, quand ce plomb serait ployé, il faudrait tomber, et l'épouvante le prenait aux entrailles. Quelquefois il regardait avec égarement un espèce d'étroit plateau formé, à quelque dix pieds plus bas, par des accidens de sculpture, et il demandait au ciel, dans le fond de son âme en détresse, de pouvoir finir sa vie sur cet espace de deux pieds carrés, dût-elle durer cent années. Une fois, il regarda au dessous de lui dans la place, dans l'abîme; la tête qu'il releva fermait les yeux et avait les cheveux tout droits.

C'était quelque chose d'effrayant que le silence de ces deux hommes. Tandis que l'archidiacre à quelques pieds de lui agonisait de cette horrible façon, Quasimodo pleurait et regardait la Grève.

L'archidiacre, voyant que tous ses soubresauts ne servaient qu'à ébranler le fragile point d'appui qui lui restait, avait pris le parti de ne plus remuer. Il était là, embrassant la gouttière, respirant à peine, ne bougeant plus, n'ayant plus d'autres mouvemens que cette convulsion machinale du ventre qu'on éprouve dans les rêves quand on croit se sentir tomber. Ses yeux fixes étaient ouverts d'une manière maladive et étonnée. Peu à peu cependant, il perdait du terrain, ses doigts glissaient sur la gouttière; il sentait de plus en plus la faiblesse de ses bras et la pesanteur de son corps. La courbure du plomb qui le soutenait s'inclinait à tout moment d'un cran vers l'abîme. Il voyait au dessous de lui, chose affreuse, le toit de Saint-Jean-le-rond, petit comme une carte ployée en deux. Il regardait l'une après l'autre les impassibles sculptures de la tour, comme lui suspendues sur le précipice, mais sans terreur pour elles ni pitié pour lui. Tout était de pierre autour de lui : devant ses yeux, les monstres béans ; au dessous, tout au fond, dans la place, le pavé ; au dessus de sa tête, Quasimodo qui pleurait.

Il y avait dans le Parvis quelques groupes de braves curieux qui cherchaient tranquillement à deviner quel pouvait être le fou qui s'amusait d'une si étrange manière. Le prêtre leur entendait dire, car leur voix arrivait jusqu'à lui, claire et grêle : — Mais il va se rompre le cou !

Quasimodo pleurait.

Enfin l'archidiacre écumant de rage et d'épouvante comprit que tout était inutile. Il rassembla pourtant ce qui lui restait de force pour un dernier effort. Il se roidit sur la gouttière, repoussa le mur de ses deux genoux, s'accrocha des mains à une fente des pierres,

et parvint à regrimper d'un pied peut-être ;
mais cette commotion fit ployer brusquement
le bec de plomb sur lequel il s'appuyait. Du
même coup, la soutane s'éventra. Alors sentant tout manquer sous lui, n'ayant plus que
ses mains roidies et défaillantes qui tenaient à
quelque chose, l'infortuné ferma les yeux et
lâcha la gouttière. Il tomba.

Quasimodo le regarda tomber.

Une chute de si haut est rarement perpen-
diculaire. L'archidiacre, lancé dans l'espace,
tomba d'abord la tête en bas et les deux mains
étendues; puis il fit plusieurs tours sur lui-
même; le vent le poussa sur le toit d'une maison où le malheureux commença à se briser.
Cependant il n'était pas mort quand il y arriva.
Le sonneur le vit essayer encore de se retenir
au pignon avec les ongles; mais le plan était
trop incliné, et il n'avait plus de force. Il glissa
rapidement sur le toit comme une tuile qui se
détache, et alla rebondir sur le pavé. Là, il ne
remua plus.

Quasimodo alors releva son œil sur l'égyptienne dont il voyait le corps, suspendu au
gibet, frémir au loin sous sa robe blanche des
derniers tressaillemens de l'agonie, puis il le

rabaissa sur l'archidiacre, étendu au bas de la
tour, et n'ayant plus forme humaine, et il dit
avec un sanglot qui souleva sa profonde
poitrine : — Oh! tout ce que j'ai aimé!

———

III.

Mariage de Phœbus.

Vers le soir de cette journée, quand les officiers judiciaires de l'évêque vinrent relever sur le pavé du Parvis le cadavre disloqué de l'archidiacre, Quasimodo avait disparu de Notre-Dame.

Il courut beaucoup de bruits sur cette aventure. On ne douta pas que le jour ne fût venu où, d'après leur pacte, Quasimodo, c'est-à-dire le diable, devait emporter Claude Frollo, c'est-à-dire le sorcier. On présuma qu'il avait brisé le corps en prenant l'âme comme les singes qui cassent la coquille pour manger la noix.

C'est pourquoi l'archidiacre ne fut pas inhumé en terre sainte.

Louis XI mourut l'année d'après, au mois d'août 1483.

Quant à Pierre Gringoire, il parvint à sauver la chèvre, et il obtint des succès en tragédie. Il paraît qu'après avoir goûté de l'astrologie, de la philosophie, de l'architecture, de l'hermétique, de toutes les folies, il en revint à la tragédie, qui est la plus folle de toutes. C'est ce qu'il appelait *avoir fait une fin tragique*. Voici, au sujet de ses triomphes dramatiques, ce qu'on lit dès 1483 dans les comptes de l'Ordinaire. : « A Jehan Marchand et » Pierre Gringoire, charpentier et composi-» teur, qui ont fait et composé le mystère fait » au Châtelet de Paris à l'entrée de monsieur le » légat, ordonné des personnages, iceux revê-» tus et habillés ainsi que audit mystère était » requis; et pareillement, d'avoir fait les écha-» fauds qui étaient à ce nécessaires; et pour ce » faire, cent livres. »

Phœbus de Châteaupers aussi fit une fin tragique, il se maria.

IV.

Mariage de Quasimodo.

Nous venons de dire que Quasimodo avait disparu de Notre-Dame le jour de la mort de l'égyptienne et de l'archidiacre. On ne le revit plus en effet; on ne sut ce qu'il était devenu.

Dans la nuit qui suivit le supplice de la Esmeralda, les gens des basses-œuvres avaient

détaché son corps du gibet et l'avaient porté,
selon l'usage, dans la cave de Montfaucon.

Montfaucon était, comme dit Sauval, « le
» plus ancien et le plus superbe gibet du
» royaume. » Entre les faubourgs du Temple
et de Saint-Martin, à environ cent soixante
toises des murailles de Paris, à quelques portées
d'arbalète de la Courtille, on voyait au sommet d'une éminence douce, insensible, assez
élevée pour être aperçue de quelques lieues à
la ronde, un édifice de forme étrange, qui
ressemblait assez à un cromlech celtique, et
où il se faisait aussi des sacrifices humains.

Qu'on se figure, au couronnement d'une
butte de plâtre, un gros parallélépipède de
maçonnerie, haut de quinze pieds, large de
trente, long de quarante, avec une porte,
une rampe extérieure et une plate-forme; sur
cette plate-forme seize énormes piliers de
pierre brute, debout, hauts de trente pieds,
disposés en colonnade autour de trois des
quatre côtés du massif qui les supporte, liés
entre eux à leur sommet par de fortes poutres où pendent des chaînes d'intervalle en
intervalle; à toutes ces chaînes des squelettes; aux alentours dans la plaine, une croix
de pierre et deux gibets de second ordre qui

semblent pousser de bouture autour de la
fourche centrale; au dessus de tout cela, dans
le ciel, un vol perpétuel de corbeaux; voilà
Montfaucon.

À la fin du quinzième siècle, le formidable
gibet, qui datait de 1328, était déjà fort décrépit; les poutres étaient vermoulues, les chaînes rouillées, les piliers verts de moisissure;
les assises de pierre de taille étaient toutes re-
fendues à leur jointure, et l'herbe poussait
sur cette plate-forme où les pieds ne touchaient
pas. C'était un horrible profil sur le ciel que
celui de ce monument; la nuit surtout, quand
il y avait un peu de lune sur ces crânes blancs,
ou quand la bise du soir froissait chaînes et
squelettes, et remuait tout cela dans l'ombre.
Il suffisait de ce gibet présent là pour faire
de tous les environs des lieux sinistres.

Le massif de pierre qui servait de base à
l'odieux édifice était creux. On y avait pratiqué une vaste cave, fermée d'une vieille grille
de fer détraquée, où l'on jetait non-seule-
ment les débris humains qui se détachaient
des chaînes de Montfaucon, mais les corps de
tous les malheureux exécutés aux autres gibets permanens de Paris. Dans ce profond
charnier où tant de poussières humaines et tant

de crimes ont pourri ensemble, bien des
grands du monde, bien des innocens sont venus successivement apporter leurs os, depuis
Enguerrand de Marigni, qui étrenna Montfaucon et qui était un juste, jusqu'à l'amiral de
Coligni, qui en fit la clôture et qui était un
juste.

Quant à la mystérieuse disparition de Quasimodo, voici tout ce que nous avons pu découvrir.

Deux ans environ ou dix-huit mois après les
événemens qui terminent cette histoire, quand
on vint rechercher dans la cave de Montfaucon le cadavre d'Olivier-le-Daim qui avait été
pendu deux jours auparavant, et à qui Charles VIII accordait la grâce d'être enterré à
Saint-Laurent en meilleure compagnie, on
trouva parmi toutes ces carcasses hideuses
deux squelettes dont l'un tenait l'autre singu-
lièrement embrassé. L'un de ces deux squelettes, qui était celui d'une femme, avait encore quelques lambeaux de robe d'une étoffe
qui avait été blanche, et l'on voyait autour de
son cou un collier de grains d'adrézarach avec
un petit sachet de soie, orné de verroterie
verte, qui était ouvert et vide. Ces objets
avaient si peu de valeur que le bourreau sans

doute n'en avait pas voulu. L'autre, qui tenait celui-ci étroitement embrassé, était un squelette d'homme. On remarqua qu'il avait la colonne vertébrale déviée, la tête dans les omoplates, et une jambe plus courte que l'autre. Il n'avait d'ailleurs aucune rupture de vertèbres à la nuque, et il était évident qu'il n'avait pas été pendu. L'homme auquel il avait appartenu était donc venu là, et il y était mort. Quand on voulut le détacher du squelette qu'il embrassait, il tomba en poussière.

FIN.

C

TABLE DU SECOND VOLUME.

LIVRE SEPTIÈME.

LIVRE HUITIÈME.

LIVRE NEUVIÈME.

FIN DE LA TABLE.